LOLA
Petite, grosse et exhibitionniste

LOUISA MEONIS

Lola
Petite, grosse et exhibitionniste

Roman

HARLEQUIN
83-85, boulevard Vincent Auriol, 75646 PARIS CEDEX 13.
Service Lectrices — Tél. : 01 45 82 47 47

www.harlequin.fr

ISBN 978-2-2802-7894-2 — ISSN 2271-0256

Prologue

Ses seins s'écrasèrent sur le marbre froid. Elle sentit un doigt s'introduire sous le fin tissu en dentelle de sa culotte et l'arracher d'un geste sûr. Il se pencha sur elle, et le contact de sa peau chaude vint réchauffer son dos, augmentant le contraste avec la pierre froide. Ses seins frottaient contre la surface fraîche au rythme de sa respiration saccadée, et ses mamelons durcis devenaient douloureux, rendant l'attente insupportable. Tous ses sens étaient en éveil. Malgré ses nombreuses expériences, jamais Julia n'avait ressenti pareille excitation. Ses lèvres trempées de désir étaient prêtes à accueillir son amant. Elle sentait son membre qui tendait vers ses fesses, cherchant à se frayer un chemin à travers l'étoffe de son pantalon.

Brusquement, il n'y eut plus aucun obstacle entre eux.

— Tu veux que je te baise ?

Il l'attira brutalement contre son bassin. Elle poussa un gémissement avide.

— Dis-le.

— Oui.

— Oui quoi ?

— Oui, je veux que tu me baises !

Ses jambes tremblaient. Il plaça les mains sur les siennes, et en un mouvement, son sexe dur et chaud coulissa de toute sa longueur le long de sa fente. Elle poussa un cri étranglé. Il était si gros, si long, si dur… Mais elle en voulait plus, tellement plus. Il se redressa, se retira et, avec lenteur, se fraya un passage un peu plus loin dans son intimité brûlante. Il la maîtrisait par ce simple contact qui lui paraissait sans fin ; elle était sa captive, sa proie.

Tout à coup, il la pénétra totalement, d'une seule poussée puissante. Il l'emplit tellement qu'elle eut l'impression qu'il la déchirait de l'intérieur. Il s'immobilisa un instant, puis se mit à aller et venir rapidement en elle. Elle laissa échapper un cri de plaisir. Elle le laissait la posséder comme jamais personne avant lui.

Les mains puissantes de son amant vinrent enserrer ses hanches, tous ses muscles étaient tendus…

— Lola ! Mais, merde, ça fait au moins vingt minutes que je hurle ! Bouge tes fesses, tu vas être en retard.

— Quoi ?… Quelle heure est-il ?

J'enregistre mon texte, ferme mon ordinateur et jette un coup d'œil à ma montre.

Il est déjà 10 h 20.

C'est le drame ! Je vais encore être en retard.

Merde !

Je continue à jurer tandis que je passe *illico* en mode habillage express.

J'essaie de faire entrer mon postérieur plus qu'imposant dans un pantalon noir. Après un dandinement laborieux, je finis par y arriver, mais mon ventre, lui, semble plus récalcitrant. J'exécute alors la même danse ridicule pour enlever le coupable et le balance avec dépit dans un coin.

Il a dû rétrécir au lavage… ou pas.

Dans tous les cas, il restera à cette place pour un moment, celui-là. Il est puni, privé de l'honneur de recevoir la visite de mes magnifiques fesses.

Note pour plus tard : manger plus de salade, arrêter la crème glacée, et manger encore plus de salade !

Je finis par en trouver un à ma taille et propre (que demander de plus ?). Allez, au hasard, je dirais… un chemisier rose. Ouverture de penderie et bingo !

Je l'enfile mais réalise aussitôt que le rose ne sera pas de circonstance. Il m'en faut un noir.

Encore faudrait-il que je trouve ça dans mon bazar.

Bilan : je dois donc manger de la salade et considérer le rangement de mon dressing comme prioritaire, même si ça relève du sport extrême.

Miracle, je tombe finalement sur un chemisier noir, un peu fripé mais propre.

O.K., je suis parée ! Maintenant, il ne me manque plus qu'à dénicher une veste de la même couleur.

— Je t'ai appelé un taxi, annonce Safia, visiblement très amusée de me voir courir dans tous les sens au milieu de mon bordel.

— T'es super ! Tu sais où est ma veste noire ? dis-je en me baissant pour regarder sous le lit.

— Je crois que je l'ai vue dans la salle de bains. Attends, je vais vérifier.

Elle s'éloigne et revient quelques instants plus tard avec ladite veste, qui a connu des jours meilleurs. Elle est couverte de poils de chat et une odeur suspecte s'en dégage. Je crois que je vais m'en passer, après tout nous sommes début septembre et il fait encore bon. Je jette malgré tout un coup d'œil par la fenêtre.

Il pleut des cordes.

Restons optimistes : je vais mettre un imperméable, et ça ira très bien.

— Le taxi est là, déclare-t-elle en me tendant clés, portable et sac à main.

— Tu vois, c'est exactement pour ça que tu es ma meilleure amie, lui dis-je en mettant mes escarpins.

— Mouais… Ce qui est sûr, c'est que depuis le temps, je commence à bien pratiquer le « Lola Morell *style* ».

— Le « Lola Morell *style* » ?

— Un art de vivre bien particulier consistant à arriver systématiquement en retard. Maintenant, dépêche-toi si tu ne veux pas que ton taxi parte sans toi, me dit-elle en me montrant la voiture jaune qui démarre.

Je quitte l'appartement en trombe, courant comme une folle pour ne pas le louper.

Je m'installe vivement sur la banquette arrière du véhicule, trempée malgré ma course infernale, et donne l'adresse au chauffeur. Evidemment, je n'ai pas pris de parapluie, mais je me fais une raison, peut-être qu'une âme généreuse et bien plus prévoyante que moi pourra m'abriter.

Je regarde ma montre, c'est officiel, je vais être en retard.

Je me rassure en me disant que les enterrements, c'est sûrement comme les mariages, ça ne doit jamais commencer à l'heure !

J'arrive avec juste vingt minutes de retard au cimetière de Green-Wood, où sont enterrés plein de gens riches, comme le sera bientôt Joseph Hamlish, super-boss de la finance et mon patron chez Hamlish Entreprise Holding Inc., où je travaille depuis quatre ans.

J'ai bien essayé de me défiler, d'autant que je n'ai rencontré cet homme que deux ou trois fois pendant tout ce temps, mais mon habituel « Je ne peux pas, j'ai piscine » ne m'a pas paru très approprié.

Les enterrements, plus chiant, tu meurs ! C'est d'ailleurs pour ça que ça se passe toujours dans un cimetière. Ben oui, comme ça, on est sur place !

Lola, tu n'as aucun respect pour quoi que ce soit ! Et en plus tu te parles à toi-même, tu es définitivement timbrée.

Sur cette constatation, je rejoins en hâte un groupe que j'aperçois massé devant un trou et essaie d'adopter une attitude de circonstance, genre « Quelle tragédie ! Un homme si… ».

Il faut que je trouve quelque chose à dire à sa famille.

Rien ne me vient. Je resterai sur un classique « Toutes mes condoléances », cela devrait faire l'affaire.

Tout le monde est concentré sur ce que le prêtre raconte. Discrètement, je me tape l'incruste sous un parapluie.

Merci, gentille personne que je ne connais pas, et qui a l'air bizarre.

J'esquisse un sourire, et il m'en adresse un en retour qui lui donne un air de tueur en série.

O.K., dès le bla-bla du curé terminé, je m'éloignerai.

Je promène les yeux sur l'assemblée… Etrange, je ne vois aucun de mes collègues.

Un doute me saisit.

Non, je n'ai pas…

Non, je n'aurais pas fait ça…

Je me rapproche de l'homme qui tient le parapluie et lui demande tout doucement à l'oreille pour ne pas être entendue :

— Excusez-moi, c'est bien la cérémonie pour M. Hamlish ?

Il se penche vers moi, son épaule frôlant ma poitrine, et me sourit sans répondre.

O.K., j'ai très envie de prendre mes jambes à mon cou. Il me drague ou quoi ?

Je répète ma question un peu plus fort. Toujours pas de réponse, mais il passe la main sur ma hanche, me colle contre lui et me sourit de plus belle.

Vraiment, je crois qu'il me drague.

De toute manière, c'est forcément le bon enterrement, je n'en ai pas vu d'autres en arrivant.

Je m'écarte un peu de mon dragueur psychopathe au parapluie et tente de me concentrer sur les paroles du prêtre… Au bout de deux minutes, je me rends enfin compte que celui-ci parle italien — ou un truc dans le genre !

La chose paraît maintenant évidente : je ne suis pas au bon endroit.

Et merde, quelle galère !

Je regarde autour de moi et aperçois alors une collègue en train de courir sous la pluie en direction d'une chapelle un peu plus loin.

Je souris à mon acolyte au parapluie, histoire de me montrer polie, ce qu'il prend de toute évidence pour une invitation puisqu'il se permet de me tâter les fesses.

Se faire peloter à un enterrement par un mec bizarre avec un air de tueur en série : c'est fait !

Je lui collerais bien mon poing dans la figure, mais heureusement pour lui, je suis déjà super en retard.

Je préfère m'enfuir en courant en direction de la chapelle. En plus, je suis trop bien élevée pour frapper quelqu'un à un enterrement !

***

Je pousse la grosse porte de bois massif et suis saisie par la différence d'ambiance.

Pas de veuve éplorée, non, c'est plutôt le genre « enterrement-party chez Barbie ». Il y a là un ramassis de blondes longilignes en escarpins Prada et tailleur ultrachic.

J'essaie de passer inaperçue malgré mon retard et me faufile jusqu'à une place. Mauvais calcul : pluie + escarpins = « Blourp, blourp » assuré à chaque pas. J'ai beau me mettre sur la pointe des pieds pour limiter la nuisance sonore, trop tard ; tout le monde m'a déjà remarquée et semble se poser des questions sur ma démarche étrange.

Je finis par m'installer sur un banc libre pour prendre part à la cérémonie comme si de rien n'était.

J'observe l'immense photo du défunt Joseph Hamlish et me dis que j'ai bien fait de venir car, malgré tout, c'est grâce à cet homme que j'ai pu faire des études de finances dans une grande université américaine, ce qui, pour une petite Française provinciale, est plutôt pas mal.

Quand je pense à ce qui m'a conduite aux Etats-Unis…

J'avais 18 ans, vivais dans un petit village du sud de la France et venais d'obtenir mon bac littéraire avec une mention bien. Toute la classe avait décidé de fêter la fin des examens en organisant un week-end camping sauvage dans le champ du vieux M. Martin. On avait fait un gros feu de camp, et on se gavait de marshmallows grillés en fumant et en buvant beaucoup trop. Nous nous trouvions dans une sorte d'allégresse postdiplôme. Certains, très sages, parlaient de leurs prépas, de métiers barbants, d'autres envisageaient de partir pour un tour du monde ; tous échafaudaient des plans plus ou moins réalistes…

En ce qui me concernait, mon avenir était déjà tracé.

Nathan et moi étions ensemble depuis trois ans. A mon entrée en seconde, j'étais tombée sous le charme de ce grand garçon maigre dont les lunettes étaient bien trop grosses pour son visage émacié. Au bout de deux jours, nous étions ensemble et ne nous quittions plus.

En première, il avait décidé de faire des études scientifiques, et moi de lettres. Nous n'étions plus dans la même classe, mais cela n'avait aucune importance. On se voyait entre les cours, puis le soir nous révisions ensemble — tantôt chez moi, tantôt chez lui — et après nous faisions l'amour, toujours avec beaucoup de tendresse, comme le font les gens qui s'aiment.

Car nous nous aimions. Du moins c'est ce que je pensais à l'époque.

Oui, j'étais un peu niaise et amoureuse… et surtout bien conne !

A la fin du lycée, nous devions prendre un appartement à Paris. Je nous voyais déjà dans une chambre de bonne tout juste assez grande pour nous deux. Nous aurions vécu l'un sur l'autre, partageant les bons moments comme les grandes galères, toujours dans la joie et la bonne humeur. J'aurais étudié à la Sorbonne et lui aurait fait sa prépa dans une grande école de chimie dont je ne me souviens plus du nom.

Nous avions prévu qu'il finisse son cursus et devienne ingénieur, trouve un bon travail, pendant que j'écrirais des livres pour enfants. Une fois la maison avec jardin achetée, on se serait mariés, on aurait eu quatre beaux enfants et un labrador. La vie parfaite.

J'étais vraiment pompette, je me sentais mal, une grosse envie de vomir. Du coup, je m'éloignai un peu de la fête pour me soulager et, tandis que je me délestais de mon fardeau stomacal, j'entendis des couinements, comme un animal en train de mourir.

Alors, tout doucement — pour ne pas effrayer la bête —, je m'avançai en silence entre les arbres. Et là, je découvris avec horreur qu'il ne s'agissait pas d'un animal blessé… Tignasse noire, caleçon à petits canards en costume de Batman sur les chevilles : pas de doute, c'était bien mon Nathan. Mon Nathan en train de culbuter vigoureusement ma meilleure amie de l'époque !

Les couinements provenaient donc d'elle… Elle se tenait à quatre pattes parmi des branchages et, à chaque coup qu'il lui donnait, sa tête tapait contre un tronc d'arbre. Il est clair que sa position n'était pas idéale !

Ma seule réaction fut de lâcher un retentissant : « PUTAIN DE MERDE ! »

Nathan s'arrêta immédiatement et me regarda, l'air hagard.

Le temps se figea, mon cœur explosa en milliers de morceaux face à son regard vide et inexpressif.

Je ne bougeais pas, je n'arrivais pas à détacher les yeux de ce spectacle. J'avais l'impression d'être dans un mauvais porno, il avait les mains sur ses hanches à *elle*, son sexe encore en *elle* !

Après, je ne me souviens plus très bien, j'étais ivre, j'avais l'esprit embrumé. J'étais sous le choc. Tous mes petits plans de vie s'étaient envolés loin, très loin.

Le lendemain, je me suis réveillée allongée au pied d'un arbre avec une bouteille de whisky comme oreiller, à me faire lécher la joue par une chèvre. Après avoir abandonné la bouteille à la bête, je me suis levée le plus dignement possible — enfin, j'ai essayé — et je suis retournée au campement. Sans rien dire, j'ai pris mon sac à dos, mon duvet et suis rentrée chez moi à pied sans adresser un regard, une parole à qui que ce soit.

J'étais perdue, mon existence toute tracée s'était écroulée. Mais j'ai décidé de ne pas pleurer sur mon sort et de me construire une nouvelle vie…

J'ai pris une douche, me suis installée devant mon ordinateur et ai tapé sur Google « stage d'été USA ».

Après plusieurs recherches, j'ai trouvé une entreprise new-yorkaise qui, en collaboration avec une école de commerce et de gestion, proposait des stages.

J'ai appelé l'école en question avec toute ma détermination et *my french accent.* Il y avait eu un désistement de dernière minute et il restait une place au service financier.

Ce n'était pas du tout mon truc, les chiffres, mais j'avais besoin de changer d'air, alors j'ai postulé pour ce stage qui commençait trois jours plus tard. J'ai été prise.

J'ai vidé le compte épargne sur lequel j'avais placé toutes mes économies en vue de mon installation parisienne avec Nathan. J'ai fait faire un visa express, préparé mes valises, dit au revoir à papa, maman, et *let's go to New York* !

Voilà comment je me suis retrouvée à travailler pour Hamlish Entreprise Holding Inc. Parfois, je me demande ce qu'il se serait passé si j'étais restée en France, mais, quoi qu'il en soit, je me dis que c'est mieux d'être partie.

Et maintenant, je suis au cimetière de Green-Wood, où j'enterre cet homme qui m'a finalement sauvée d'une vie ennuyeuse.

C'est sur cette pensée que je lui dis adieu.

PREMIÈRE PARTIE

Chapitre 1

Lundi 23 septembre

Il est 8 h 50 et, comme d'habitude, je suis en retard.

Je m'active devant la glace, essayant de camoufler mes yeux bouffis avec beaucoup trop de maquillage.

Je me regarde, souris.

Génial, on dirait un vieux clown prostitué !

Un coton, du démaquillant, et je nettoie mon chef-d'œuvre.

Je m'admire de nouveau et constate que *Lola Morell is back* !

Je ne perds pas une minute, enfile pantacourt, débardeur, veste à capuche et baskets. J'arrange mes boucles blondes en queue-de-cheval, fourre une robe dans mon sac à dos, avec une veste assortie au cas où.

C'est le premier jour de travail sans notre regretté Joseph Hamlish. J'ai entendu dire que c'est son fils, Jérémy, 32 ans, qui a hérité de l'empire. Personne ne sait à quoi il ressemble ni ce qu'il faisait avant. Il n'était même pas là pour l'enterrement de son père. Donc, aujourd'hui, c'est surprise !

Avec l'arrivée du nouveau patron, les rumeurs de restructuration vont bon train ; une chose est sûre : personne ne veut perdre son poste et moi la première, même s'il semble que mon réveil ne partage pas mon ambition matinale.

Pour l'occasion, j'ai choisi de mettre ma robe gris clair en coton léger Dolce & Gabbana. Je l'adore. Elle m'a coûté une fortune mais, avec, je deviens une bombe atomique ! Moulante là où il faut, laissant entrevoir la naissance de mes seins, mais avec une longueur au-dessous du genou qui rend tout ça très classe.

Je grimpe sur mon vélo et m'élance au rythme des Black Eyed Peas et de David Guetta.

Il fait encore beau et la température est douce. C'est ma période de l'année préférée, l'automne à New York. Les feuilles rousses donnent une teinte orangée à la ville, elles s'étalent au sol, volettent poussées par le vent…

Ce kaléidoscope de couleurs évoque la fin de l'été et Thanksgiving qui approche. Puis ce sera les décorations de Noël, la ville revêtira alors son beau manteau blanc et c'en sera fini des couleurs vives.

Perdue dans mes rêveries météorologiques, je slalome dans le flot dense de la circulation, avant de parvenir au building de HEH. Je gare ma bécane et, ne perdant pas une minute, m'élance badge en main devant le type de la sécurité qui, après quatre ans, a bien compris que je n'arrivais jamais à l'heure.

— Bonjour, Lola, encore en retard à ce que je vois, me lance Greg avec un sourire amical.

Je lui souris en retour, puis hausse les épaules d'un air fataliste.

Il faut dire que je suis une adepte du « encore cinq minutes ». En général, au bout d'une demi-heure de sommeil supplémentaire, entrecoupée de claques retentissantes sur l'appareil satanique qui s'égosille, je me lève et je n'ai plus le temps de prendre une douche ou même de me brosser les dents si je veux être à l'heure. Ne supportant pas de sortir de chez moi avec la trace de l'oreiller sur la joue et une haleine de chacal, je prends quand même le temps de faire tout ça. Je suis une fille ! En retard, mais une fille quand même ! On ne doit pas tout sacrifier à ses aspirations professionnelles !

Avant, j'allais au boulot en bus… et le ratais systématiquement. C'était encore pire !

Maintenant, je viens à vélo ; même si ça s'avère moins agréable l'hiver ou sous la pluie, c'est plus rapide, et en plus, ça m'aide à limiter les dégâts causés par un grignotage intensif sur mon postérieur.

Car question grignotage, je n'y vais pas mollo ! Alcool, chocolat, plats noyés de crème fraîche, sans compter le fromage et la charcuterie… En résumé, je ne suis pas du genre à ne manger qu'une feuille de laitue et à dire : « Oh, mon Dieu, mais je n'arriverai jamais à tout avaler… » Non, je finis mon assiette et me ressers après !

Après tout, je ne fais que respecter les coutumes hautement gastronomiques de mon pays !

Je continue sur ma lancée à travers le hall d'entrée, courant presque pour attraper l'ascenseur dont les portes sont en train de se refermer. Heureusement, quelqu'un à l'intérieur les retient, et je saute quasiment dans la cage en inox. J'ai l'impression d'être Indiana Jones dans *La Dernière Croisade*, sauf que je n'ai ni chapeau ni fouet.

A méditer : l'achat éventuel d'un fouet…

Pfff ! Encore faudrait-il que j'aie un mec pour que ça me serve à quelque chose !

Je n'ai pas le temps de m'appesantir sur mon absence de

vie sexuelle ; je balance mon sac à dos par terre, manquant au passage d'assommer mon sauveur. Je grommelle un remerciement et donne mon étage, tout en enlevant mes baskets et ma veste. Je sors ma robe, l'enfile directement sur mon débardeur et mon pantacourt, puis, d'un geste totalement dénué de classe et de finesse, me dandine pour enlever les vêtements restés dessous. Je fourre le tout dans mon sac, remonte la fermeture Eclair de ma robe pile à l'arrivée à mon étage. Je ne perds pas une minute, récupère mon paquetage, me tourne et découvre enfin l'autre personne présente dans la cabine.

Bordel de merde !

Je stoppe net. Un homme incroyablement beau se tient devant moi.

Il a les yeux gris. Je ne savais même pas qu'on pouvait avoir les yeux de cette couleur. Ça existe ça, les yeux gris ? Je veux dire, hormis dans les livres ?

Il sourit, rigole presque, ce qui laisse apparaître des fossettes…

Il est trop chou, trop craquant, j'ai envie de l'adopter ou de lui dire : « Prends-moi là, maintenant, tout de suite ! » Je ne sais plus où j'en suis, et je soupire en admirant cet adonis à la carrure athlétique.

Il tend un bras, et je me demande si j'ai dit tout ça à voix haute. Non, je ne suis pas folle, enfin pas à ce point-là. Il cale sa grande main afin que la porte de l'ascenseur reste ouverte tandis que je reste immobile, à sourire, ébahie. On ne peut pas avoir l'air plus idiote.

En fait, si.

En se changeant dans un ascenseur.

— Je crois que c'est votre étage, me dit-il, souriant toujours, d'une voix grave extrêmement sensuelle.

Je pensais que ce genre de mec était une légende. J'ai l'impression d'avoir croisé une licorne. Une super-méga-sexy licorne !

Lorsque je me décide enfin à sortir, je trébuche et me prends le pied dans le tapis. Il tend le bras pour me rattraper, mais je réussis le tour de force de conserver mon équilibre.

— Ça va, je n'ai rien, dis-je avec le sourire béat d'une midinette de 15 ans face à Justin Bieber.

Attention, Lola, tu baves, me susurre une petite voix.

Je le vois se passer une main dans ses cheveux châtains, l'air encore plus amusé, puis les portes se referment.

Quant à moi, je reste comme une abrutie à sourire aux portes en inox.

Je marche pieds nus en direction de mon bureau tout en rêvant, mes escarpins à la main… puis je reviens sur terre en regardant autour de moi.

Je ne savais pas qu'aujourd'hui, c'était black code ; du coup, je fais presque tache avec ma robe grise. Mais non, ma robe est bien trop classe pour faire tache !

J'aperçois mon collègue Paul et ma chef Natacha dans un coin, discutant à voix basse. Mauvais signe.

Natacha, dite « le Dragon », dont je suis l'assistante depuis quatre ans.

Quatre longues années d'enfer !

Sérieusement, *Koh-Lanta* à côté, c'est une promenade de santé pour personnes âgées. J'ai d'ailleurs ajouté à mon CV dans la rubrique « compétences particulières » la mention « survie en milieu hostile ».

Natacha est mon Viêtnam. J'ai même souffert un certain

temps d'un syndrome post-traumatique assez important. Chaque fois que je voyais des Louboutin, je ressentais un besoin viscéral de vodka. J'ai presque fini alcoolique.

Heureusement, j'ai découvert le caramel liquide, et cela a révolutionné ma vie. Saviez-vous que le sucre, au même titre que le sport et le sexe, libère des endorphines, les petites molécules du bonheur ? Donc le caramel liquide m'a aidée à oublier Natacha et mon absence de vie sexuelle.

On se fait à tout, vous pouvez me croire. J'arrive à gérer mes pulsions meurtrières de mieux en mieux. Je ne ressens plus que quatre ou cinq fois par jour l'envie d'étrangler quelqu'un.

C'est sûrement dû à la poupée vaudoue que je cache dans le tiroir de mon bureau.

Natacha est tout ce que je déteste : grande, blonde, mince, toujours parfaite.

Je me demande comment elle fait. Même quand la clim était en panne il y a deux ans, elle n'avait pas d'auréoles sous les bras, contrairement à moi, alors qu'il faisait au moins 40 °C.

Je dis : chapeau !

Elle m'en fait baver, à force de sous-entendus sur mon poids, mon style vestimentaire, mes cheveux, mes ongles… En somme, rien ne va ! Si je l'écoutais, je devrais m'inscrire à l'émission « Relooking extrême » et ne manger que des graines.

Lors de mon stage après le lycée, j'ai été son assistante durant l'été. Au début, ça allait. Comme je ne parlais pas très bien anglais, je ne comprenais rien à ce qu'elle me disait. Je hochais la tête et souriais.

Du coup, elle m'a gardée et je suis restée à New York. J'ai

étudié la finance en alternance et j'ai obtenu mon diplôme en mai dernier.

Elle a eu une promotion, alors, maintenant, pour compatir à mon malheur, j'ai Paul.

Paul, beau mec qui a un petit ami pâtissier (ça, c'est cool !), a joué dans quelques comédies musicales, mais n'a jamais percé.

J'arrive au niveau de Paul et de Natacha qui discutent à voix basse, l'air conspirateurs. Me voyant, Paul me lance un grand sourire, Natacha reste égale à elle-même — c'est-à-dire crispée, on dirait qu'elle a un balai dans le cul.

C'est ça de trop se faire retoucher… Je l'ai déjà vue sourire et, croyez-moi, c'est carrément flippant !

Elle m'observe de la tête aux pieds, de son regard qui me donne envie de lui crever les yeux. Oui, effectivement, je n'ai pas perdu 10 kg pendant la nuit ni pris 20 cm.

Je mesure toujours 1,59 m et pèse toujours 65 kg !

Paul regarde sa montre et son sourire s'élargit. Je l'adore, il est tellement gay !

— Mais il n'est pas encore 9 h 30, me dit-il, se moquant ouvertement de moi.

— Eh oui ! Comme quoi, tout arrive ! dis-je sans vraiment relever la moquerie. Que se passe-t-il ?

— Réunion du personnel à 10 heures, dit Natacha, les lèvres tendues comme un string.

Tiens, c'est nouveau ça… , me dis-je en fixant sa bouche.

— Natacha, mais vous êtes resplendissante ! Qu'avez-vous fait ce week-end ?

— La mort de ce pauvre Joseph m'a tellement chagrinée que je me suis offert un soin complet.

Mouais, tu parles, elle s'est surtout fait refaire !

— Barbie n° 24 a été renvoyée, me lance Paul d'un ton anxieux.

— Non ?

— Si.

— Je suis atterrée, nous sort Natacha.

Je dirais plutôt « prête à enterrer », vieux fossile botoxé !

Ce n'est pas correct, je sais, mais le P.-D.G. changeait tellement souvent d'assistante que je ne prenais pas la peine de mémoriser leur nom. Et vu qu'elles ressemblaient toutes à des poupées gonflables, Paul et moi avons pris l'habitude de leur coller le nom de Barbie assorti d'un numéro.

— Vous m'agacez tous les deux. Cette pauvre fille avait un nom, nous réprimande Natacha dont le visage reste figé malgré la colère.

Bordel, mais elle n'a pas, je ne sais pas, des amis, des membres de sa famille, quelqu'un d'un tant soit peu raisonnable qui la mettrait en garde contre les dangers de la chirurgie esthétique !

Je plisse les yeux et me demande l'âge qu'elle peut bien avoir.

— Je suis désolée, Natacha. Je ne m'en souviens jamais, mais peut-être pourriez-vous nous éclairer ?

Je la vois s'empourprer une seconde, serrer les poings, ses ongles manucurés s'enfonçant dans la chair de ses paumes, puis elle repart à la charge.

— Peu importe, dit-elle en levant la main comme pour chasser un mauvais souvenir. Il se trouve que je m'inquiète pour vous. Je crains qu'il n'y ait de grands bouleversements au sein de l'entreprise et compte tenu de la création récente de vos postes…

Elle ne continue pas ses insinuations, mais je la vois venir avec ses escarpins Louboutin hors de prix.

— Vous savez, Natacha, cela fait déjà un moment que je travaille pour HEH.

— Oui, sauf que vous êtes mon assistante. Mais vous n'avez pas à vous en faire : je vous protégerai, comme toujours, me dit-elle avec sa voix doucereuse.

Puis elle ajoute en me scannant de haut en bas :

— Je sais que ce n'est pas facile pour les gens comme vous.

Je me retiens de l'étrangler puisqu'il s'agit de ma supérieure et qu'elle a le pouvoir de me renvoyer. Mais je bous intérieurement, mes ongles s'enfoncent dans la paume de mes mains, mes épaules sont crispées. Encore un peu et je lui mettrais mon poing dans la figure. Mais je respire, je suis calme, sereine, je dirais même super-zen.

— Paul, nous pourrions peut-être faire un point sur les mails et les rendez-vous avant la réunion, lui lancé-je, la mâchoire crispée.

— Oui, bien sûr, Lola. Je vais te chercher une tasse de thé, me répond-il en sautillant d'un pied sur l'autre, gêné.

— N'oubliez pas le muffin, Paul, lance Natacha sur un ton de défi.

Je ne relève pas et me dirige vers mon bureau. Furieuse, je m'installe dans mon fauteuil et commence à éplucher mes mails sans vraiment y prêter attention.

Si le nouveau P.-D.G. veut me virer, eh bien, tant pis, je trouverai autre chose.

Je partirai découvrir le monde, ferai des rencontres au gré de mes aventures, trouverai l'amour au détour d'un chemin…

Un médecin humanitaire, ultra-sexy, venu sauver de

pauvres enfants tuberculeux. Nos regards se croiseront et nous serons frappés de plein fouet par l'amour, le vrai…

Je suis sortie de mes pensées romantiques par Paul, qui m'apporte mon thé et non pas un mais deux muffins pomme-caramel. Il est adorable ! Will, son compagnon, tient un salon de thé proche du bureau. Du coup, tous les matins, il apporte des petites douceurs pour tout l'étage.

— Tu sais, Lola, en ce qui me concerne, je te trouve super-belle. Tu as vu tes seins ! Même moi qui suis gay, je les trouve bandants, me dit-il en mettant les mains devant sa poitrine et en souriant d'un air aguicheur.

— T'inquiète, je me fiche de ce qu'elle pense. Et puis tu sais, une feuille de salade par jour dans l'estomac, ça n'aide pas à irriguer le cerveau.

Nous rions de bon cœur et il m'embrasse dans les cheveux.

Je sais que je ne suis pas un thon, que je suis simplement dodue. C'est parce que je ne fais pas assez attention à ce que je mange… Je devrais, mais… c'est trop dur.

Paul s'installe dans l'un des fauteuils devant mon bureau et nous commençons à évoquer le planning et les dossiers en cours. Dix minutes avant l'heure, nous partons en réunion.

Elle se déroule à l'étage de la direction. Notre société occupe les deux derniers niveaux d'un immense building de verre, en tout point semblable à ses congénères le long de Wall Street. La décoration est sobre : moquette grise, murs ivoire. Quelques peintures et photos sont accrochées çà et là pour conférer un peu d'âme au lieu.

La salle est bondée, malgré sa taille impressionnante. Comme tout l'immeuble, elle est baignée de lumière grâce aux grandes baies vitrées qui l'encadrent. Toutes les chaises sont occupées, mais il reste un peu d'espace libre dans un coin. Nous nous y faufilons avec Paul au milieu des chuchotements. Puis le silence s'installe. Je lisse des plis imaginaires de ma robe et lève les yeux.

Merde, merde et remerde.

Le beau gosse de l'ascenseur…

Il a l'air différent cette fois-ci. Froid, vaguement distant. Il a comme un air de tueur à gages.

Sauf que même avec cet air de tueur à gages, il est incroyablement sexy !

Je deviens nympho, sérieux. Je fantasme sur un mec qui ressemble à un psychopathe !

Je l'observe plus attentivement : il porte un costume gris anthracite que j'évalue être du sur mesure, une chemise blanche qui semble tout juste contenir ses puissants pectoraux… Mais c'est qui ce type ? On dirait un joueur de rugby, comme ceux des calendriers.

Oh non, mauvaise idée ! Très mauvaise idée même…

Trop tard ! Je l'imagine nu, légèrement huilé, avec un unique ballon ovale pour se protéger de mon regard indiscret.

Super, maintenant je suis en feu, et je ne parle pas de mes joues !

Zut ! zut ! et rezut !

Il faut que je détourne les yeux.

Il faut que je pense à autre chose.

Je n'y arrive pas.

Il me voit, me regarde et esquisse un léger sourire en coin.

J'ai un frisson.

Il m'a souri ! J'exulte : le rugbyman vient de me sourire.

Non mais, je ne vais pas mieux, moi !

Il faut que je me ressaisisse, ne serait-ce que par amour-propre. Non mais, tout de même, Lola, un peu de dignité !

Il se place face à la foule, toussote.

Du sirop, un massage ou un simple bouche-à-bouche ? Reste là, chéri, je vais chercher mon costume d'infirmière sexy et te soigner…

Mais à quoi je pense ?!

Il faut vraiment que je me calme ou que je me fasse sauter… au choix.

Etant donné que je suis dans une salle de réunion bondée, on va opter pour la première solution. Vite, regarde ailleurs, Lola. Je suis là pour voir le nouveau P.-D.G., pas pour admirer le beau gosse du coin !

Je fixe la porte derrière Sexy-Fossettes et espère y voir passer le nouveau boss qui devrait être, selon moi, petit, gros et à moitié chauve.

En parlant de derrière, je me demande comment est le sien…

Je fais un tour d'horizon, aperçois un homme légèrement chauve, la trentaine, pas très grand. Non, ça, c'est Bill qui est en retard. Mes yeux tombent sur une femme d'une cinquantaine d'années, les cheveux gris, tailleur strict, tenant un bloc-notes dans la main droite. On dirait l'institutrice frustrée d'une école de filles. Je l'imagine bien avec une règle dans la main, me disant : « C'est comme ça que vous ont éduquée vos parents, mademoiselle Morell ? Vous devriez avoir honte d'imaginer M. Sexy-Fossettes nu et huilé ! » (Je ne connais pas son nom, mais Sexy-Fossettes, ça lui va vraiment bien.)

Je suis certaine que ses fesses doivent être bien fermes.

Fermes et avec des fossettes. Il doit avoir la peau douce aussi.

Il est bronzé. Peut-être qu'il a les fesses toutes blanches ?

Ce serait marrant : je suivrais du bout du doigt la démarcation de son maillot de bain…

— Messieurs, dames, bonjour.

Tiens, Sexy-Fossettes parle.

Merde, mais pourquoi parle-t-il ?

Non, NON, pas possible !

J'ai maté de manière incroyablement indécente mon nouveau P.-D.G., sans compter que je me suis habillée dans l'ascenseur devant lui.

C'est officiel : JE VAIS ME FAIRE VIRER !

Je n'arrive plus à réfléchir. Vite, qu'est-ce qu'il raconte ? Concentre-toi, Lola…

Je n'y arrive pas. Je me liquéfie et j'ai chaud, je transpire de partout, je suis surtout morte de honte…

Je n'en reviens pas.

Comme dirait ma mère : « Tu ne rates jamais une occasion, Lola, tu ne peux pas faire comme tout le monde. »

Il faut que je me concentre…

— … occasion, je vous recevrai individuellement en entretien.

Merde, j'aurais dû écouter. Des entretiens ? Pourquoi ? Zut, zut !

— Je vous prie de bien vouloir vous inscrire dans le planning auprès de mon assistante et vous dis à bientôt.

Je suis perplexe : je n'ai absolument rien suivi de son discours. Il part comme il est venu, en ignorant ostensiblement les Barbie du défunt Joseph Hamlish qui l'interpellent. Les pauvres petites, elles se trouvent livrées à elles-mêmes dorénavant.

Par contre, l'institutrice coincée est vite prise d'assaut par les autres employés. Ce doit être l'assistante. Je suis sonnée, j'ai besoin de… de quoi ?

D'une vodka avec des fraises Tagada !

Oui, d'une vodka avec des bonbons qui flottent.

Comme ça, je ne serais plus la grosse qui s'habille dans l'ascenseur, je deviendrais officiellement la grosse folle alcoolique obsédée qui s'habille dans l'ascenseur. Avec ça, je suis sûre d'avoir la promotion du siècle !

— Qu'est-ce que tu en penses ? me demande Paul, ce qui me fait sortir de mes rêveries d'ivrogne.

— Je ne sais pas, j'ai arrêté d'écouter à partir du moment où je l'ai imaginé nu et huilé avec un ballon de rugby pour seul attribut, je lui confesse, encore sous le choc.

Il se met à rire de bon cœur, d'un rire tellement sonore que nos collègues se retournent vers nous. Il se mord les joues pour se calmer et me fait un rapide résumé du discours : il ne s'agit que de faire connaissance, de faire un point sur nous, sur l'entreprise, sur nos objectifs…

Je me dirige vers l'assistante personnelle de M. Jérémy Hamlish, *alias* le tueur à gages aux fossettes sexy.

Génial ! J'ai rendez-vous à 10 h 30, c'est-à-dire dans… dix minutes. Si j'avais voulu me préparer, je repasserai !

Je cours aux toilettes, me regarde dans le miroir, m'arrange un peu, respire et commence à réciter mon mantra :

— Je suis une super-boss de la finance et les beaux gosses qui héritent de l'empire de papa, je n'en fais qu'une bouchée.

Et s'il me vire, tant pis pour lui, il ne sait pas ce qu'il perd ! Parce que : je suis une super-boss de la finance.

O.K. Je saute sur place, lance une bonne droite, une gauche, un uppercut. J'ai l'air d'un boxeur qui s'apprête à rendre coup pour coup sur le ring.

Je me regarde une dernière fois et crie devant le miroir :

— PARCE QUE JE SUIS UNE SUPER BOSS DE LA FINANCE !

Ça a l'air ridicule, mais ça marche !

Vous devriez essayer : méthode infaillible, testée et approuvée par Lola Morell, la super-boss de la finance, yiipah !

Je sors et me dirige vers le bureau de la direction, plus motivée et remontée que jamais.

Je me présente à l'assistante. Elle me regarde par-dessus ses lunettes et me demande de patienter dans le petit salon. J'ai l'impression d'être convoquée au bureau du proviseur ; je m'attends presque à voir mes parents arriver avec leurs regards sévères de « qu'est-ce que tu as encore fait, Lola ? ».

Je fixe le portrait de mon ancien P.-D.G. accroché au mur, un vieux monsieur rondouillard. Quand je pense à toutes les femmes qu'il a séduites, je me demande ce qu'elles lui trouvaient.

L'argent, me dit une petite voix.

Quand même, il n'était plus tout jeune : il avait 64 ans, il n'était pas très grand et n'avait plus beaucoup de cheveux. C'est vrai qu'il avait de beaux yeux bleus, m'enfin, il était vraiment bof… pas comme son fils.

Son fils est très grand, musclé, il a le teint hâlé, les yeux gris. Ils n'ont tellement rien en commun que c'en est troublant. Il a dû tout hériter de sa mère.

Je trouve étrange que l'on n'ait jamais entendu parler de lui. Le père et le fils ne s'entendaient peut-être pas… D'un autre côté, un père coureur de jupons qui va toujours voir ailleurs si les nichons ne sont pas plus gros, ça ne doit pas être évident à supporter.

Joseph Hamlish avait une prédisposition à coucher avec

les secrétaires, les standardistes — enfin, tout ce qui possède un vagin et des talons.

Remarque, il avait ses exigences. En ce qui me concerne, il ne m'a jamais fait d'avances.

Ce n'était pas un mauvais bougre, il aimait juste un peu trop les femmes…

Un bruit de porte qui claque et de sanglots me sort de mes songes.

Je me retrouve face à une Natacha en pleurs, les joues rouges, qui part en courant. Je me tourne et mon regard tombe sur mon nouveau P.-D.G., qui a l'air énervé.

Il est bien loin le mister Fossettes super-sexy.

Non, en fait, ce n'est pas vrai : il l'est toujours autant. Sauf que je dois rester concentrée et professionnelle, donc pour le moment, je me le représente vilain, très vilain !

— Mademoiselle Morell, me dit-il en désignant son bureau.

— Monsieur Hamlish, dis-je en essayant de repousser très loin les images lubriques qui me donnent chaud tout à coup.

Sans rien dire, j'entre dans la pièce, grande et lumineuse : des peintures abstraites aux murs, un grand espace de travail en chêne avec, au centre, une pile impressionnante de dossiers, la même moquette grise présente dans l'ensemble de l'immeuble. Je m'assieds dans un fauteuil en cuir qui fait face au bureau et patiente.

Mon heure est arrivée, je vois déjà le truc, licenciée pour exhibitionnisme.

Ça va faire classe sur mon CV…

Il s'assied, s'empare d'un dossier qui semble être le mien et me regarde intensément de ses yeux gris. Je crois que ma culotte tente de se faire la malle.

Bordel, pourquoi faut-il qu'il soit si beau ?

Le silence s'installe et dure, la situation devient pesante, l'air est électrique. Je me sens nue sous son regard ; j'ai envie de rentrer chez moi ou d'appeler ma maman à l'aide. Mes mains sont moites, je suis vraiment nerveuse, mais il ne faut pas que je flanche.

— Depuis combien de temps travaillez-vous parmi nous, mademoiselle Morell ?

— Quatre ans.

— Vous êtes l'assistante de Mlle Duchovni ?

— Oui.

Ma voix n'est qu'un faible miaulement.

— Avez-vous eu des relations d'ordre sexuel avec mon père, mademoiselle Morell ?

— Non, dis-je en riant spontanément.

— Vous trouvez ça drôle ?

— Très sincèrement, oui.

— Pourquoi ?

— Je ne suis pas grande, blonde, mince. De plus, votre père n'était vraiment pas mon genre, dis-je en essayant de rester sérieuse.

— Et quel est votre type d'homme ? me dit-il en s'enfonçant dans son fauteuil.

— Je vous demande pardon ?

Je ne sais pas quoi dire, il me scrute avec ses yeux gris et je me sens perdue dans un vide abyssal. Il semble que mon cerveau tente lui aussi de se faire la malle.

— Vous me dites que mon père n'était pas votre genre, donc quel est votre type d'homme ?

— Je… je… je veux dire… je n'ai pas vraiment de type en particulier.

— Pourtant, vous venez d'affirmer le contraire.

— Non, ce que je voulais dire, c'est que votre père avait l'air sympathique, mais…

— Mais il n'était pas votre style, je l'ai bien compris.

J'ai chaud, je suis à bout de souffle alors que je n'ai pas bougé de mon fauteuil, je transpire de partout, c'est horrible, ma robe me colle à la peau…

— Vous voyez quelqu'un en ce moment ?

— Non.

— Parlez-moi de votre dernier ex alors.

— Comment ?

— Avez-vous des problèmes d'audition, mademoiselle Morell ?

— Non.

— Alors répondez-moi.

— Eh bien, mon ex, il… je ne sais pas…

— Etait-il grand, petit, sportif, plutôt intellectuel ou même les deux ?

— Il est blond, plutôt grand, pas vraiment sportif.

— Que fait-il dans la vie ?

— Il fait un doctorat… en lettres anciennes.

J'avale ma salive et reste hypnotisée par son regard.

— Je vois, dit-il en plaçant son index devant sa bouche sensuelle. Pour quelle raison avez-vous rompu ? reprend-il en tapotant ses lèvres charnues.

Je me dandine dans mon fauteuil, plus mal à l'aise que jamais.

Parce qu'il préférait jouer à la console que de me baiser…

— Incompatibilité.

— Pardon ?

— Incompatibilité, dis-je plus fort.

— J'avais entendu, mais cela ne veut rien dire, « incompatibilité ». Je veux la vraie raison.

Il me fait un peu peur, quand même. Je regarde discrètement la porte, fais un point sur les issues de secours, tentant de me rappeler les derniers exercices de simulation d'alerte incendie. Le problème, c'est que je ne cours pas vite et que j'ai mis des talons. Peut-être que si j'enlève discrètement mes chaussures…

— Lola, vous allez m'obliger à répéter toutes mes questions ? m'interrompt-il dans mes pensées d'évasion.

Je déglutis. Il compte faire quoi ? Me donner la fessée si je ne réponds pas ? Bien, maintenant, je suis encore plus excitée. De mieux en mieux.

— Non, bien sûr.

Voilà que je bégaie. *Super, Lola ! Tu n'as pas du tout l'air intimidée.*

— Nous n'avions pas vraiment de points communs et, au bout d'un moment, on a rompu. Tout simplement.

— Combien de temps êtes-vous restés ensemble ?

— Avec mon ex ?

— Oui.

— Quelques semaines, dis-je, incertaine.

La vérité, c'est que je ne sais pas vraiment. Il n'était pas méchant, il était juste ennuyeux. Je l'avais rencontré à une soirée, j'avais bu. Il m'a parlé de ses études de lettres. L'alcool aidant, je l'ai trouvé irrésistible. Par contre, le lendemain, c'était plus la même chose ! Pour ne pas passer pour une fille facile, je me suis fait une raison et j'ai tenté l'aventure avec lui. Ça n'a pas été une grande réussite…

Mais bon, qui sait, à force d'embrasser des crapauds, je finirai peut-être avec le prince charmant !

Il semble finir par avoir pitié et se saisit de nouveau de mon dossier, avec un sourire en coin.

Mon nouveau boss est un sadique. Il a eu ce qu'il voulait. Je suis morte de honte, je ne parlerai plus jamais des penchants libidineux de son père décédé !

— Si je comprends bien, tous les employés de HEH savent que mon père avait des aventures avec ses collaboratrices.

— Malheureusement, oui, c'est un fait établi.

Je ne vais pas lui mentir, tout le monde le sait. Et puis au point où j'en suis !

— Et cela ne vous a jamais dérangée ? demande-t-il, toujours aussi nerveux.

Si cela m'a dérangée ?

Bien sûr que cela m'a dérangée ! Je travaille pour Natacha depuis quatre ans !

Si j'avais couché avec son père, je serais analyste à l'heure qu'il est.

En plus, j'ai dû me former sur le tas et je me suis tapé son boulot pendant que madame se pavanait chez le coiffeur, l'esthéticienne ou je ne sais où.

— Je n'ai jamais fait l'objet d'avances ou de harcèlement sexuel sur mon lieu de travail. J'ai eu la chance de pouvoir suivre des études dans une grande université américaine et d'avoir un travail rémunéré dans une multinationale immédiatement après la fin de mon cursus. Mes compétences et mes résultats ont toujours été appréciés.

— Vos résultats ?

— Oui.

— Vous êtes assistante.

— Eh bien ! Je suis une très bonne assistante, dis-je plus fort qu'il ne le faudrait.

Je deviens agressive, j'en ai marre. C'est bon, qu'il me laisse partir !

— Bien, très bien, dit-il avec un sourire satisfait après un silence. Je vous remercie.

Il se lève, me raccompagne. Je le suis les yeux baissés. Je ne veux pas qu'il voie à quel point sa proximité me met mal à l'aise.

Quand l'ascenseur ouvre ses portes, je lui serre la main. J'en ai des frissons. Un courant électrique traverse mon corps, sa main est tellement grande et chaude. Je me ressaisis et entre dans la cabine. Je remarque à ce moment-là qu'il me sourit comme ce matin.

Il n'y a pas deux minutes, il m'interrogeait comme un agent de la Gestapo, et là il me sourit. J'ai du mal à suivre.

Et c'était quoi ces questions ? Qu'est-ce que mon ex a à voir avec mon boulot ? Ce mec est peut-être sexy, mais il est aussi complètement barge !

A mon étage, c'est la panique. Natacha est enfermée dans son bureau et refuse de parler à qui que ce soit.

Tout le monde chuchote et les bruits de couloir vont bon train, allant de : « Elle s'est fait renvoyer » à : « Il se trouve que le nouveau boss et elle ont eu une aventure, il y a longtemps » en passant par : « C'est bien le fils de son père : il a dû tenter le coup et vous connaissez la pauvre Natacha, elle est tellement sensible. »

J'avoue que la dernière hypothèse me fait doucement rire. Natacha, c'est une hyène. Non, même les hyènes sont plus douces qu'elle.

Je décide de tenter ma chance et frappe à sa porte. Je suis trop curieuse.

Au bout de trois coups, j'entre et la trouve assise dans son fauteuil devant son bureau, un mouchoir à la main et le regard dans le vide. Je ferme la porte derrière moi et surprends au passage les regards curieux de mes collègues. Je lève les yeux au ciel, exaspérée.

Je me dirige vers le bureau, m'assieds sur un siège en face et attends en silence, les bras croisés.

Son maquillage a coulé, elle a même les yeux rouges et gonflés. J'hésite à aller chercher mon téléphone pour immortaliser ce moment et me ravise : ce ne serait pas très sympa.

Elle secoue la tête, puis la redresse et me regarde droit dans les yeux.

— Ce mec est un gros con, finit-elle par lâcher.

J'attends, je ne veux pas la couper dans son élan. Mais elle ne semble pas vouloir continuer.

— Et pourquoi ? je demande.

Ce qu'elle peut être théâtrale… Il faut entrer dans son jeu sinon le rideau tombe, et adieu la suite du spectacle.

— Il m'a fait des avances, mais je l'ai repoussé. C'est bien le fils de son père, si vous voulez mon avis.

— Donc vous pleuriez parce qu'il vous a fait des avances ?

— Vous ne pouvez pas comprendre ! Comme si ce genre de choses pouvait vous arriver, me dit-elle avec son regard des mauvais jours.

Je me lève et quitte son bureau sans me retourner. Mes collègues me lancent des « Alors ? » à voix basse. Personne ne veut affronter le Dragon. Je hausse les épaules pour signifier que je n'en sais pas plus, ce qui est la vérité après tout : son histoire de drague, je n'y crois pas une seconde.

L'année dernière, elle voulait une nouvelle voiture. Alors elle est sortie quelque temps avec un vieux banquier super-flippant et elle a fini par en obtenir une flambant neuve.

Donc si un homme de la carrure du P.-D.G. lui avait fait des avances, je pense qu'elle aurait sauté sur l'occasion.

Du coup, je file à mon bureau et m'arrête pour demander à Paul si j'ai eu des appels durant mon absence.

— Tu veux un thé, Lo ? me demande-t-il tandis qu'il enregistre la lettre qu'il est en train de taper.

— Oui, je veux bien, si tu en fais pour toi, je lui réponds distraitement tout en regardant mon courrier.

Il acquiesce et je me dirige vers la porte de mon bureau. Je commence à traiter mes mails et, cinq minutes plus tard, voilà Paul qui m'apporte mon thé et s'installe sur l'un des sièges en face de moi. Je lui raconte brièvement mon entrevue avec le nouveau boss et le Dragon — je passe évidemment sous silence la partie gênante, avec les questions plus que personnelles de M. Je-suis-super-sexy-avec-mes-fossettes-et-mes-yeux-gris. En revanche, concernant Natacha, je n'omets aucun détail.

Puis je lui demande quand se déroulera son entretien. Il m'apprend que le sien n'aura pas lieu avant mercredi matin, et je lui certifie que cela est plutôt bon signe.

Une fois rassuré, Paul retourne à son bureau, et je me remets au travail pour quelques heures.

Après le déjeuner, je ne suis pas très motivée. Je regarde des vidéos sur YouTube et finis par jouer en ligne. Je discute avec mes amis, regarde des recettes, enfin, je glande.

Finalement, il ne se passe plus trop rien d'excitant. Après ma matinée de folie et mon entretien foireux avec le nouveau P.-D.G., c'est mieux comme ça. J'ai même le temps de regarder un bout de ma série sur des loups-garous sexy qui résolvent des enquêtes surnaturelles. J'ai l'impression que les loups-garous ne souffrent pas du froid : ils sont toujours torse nu, même quand il neige. Il n'y a jamais assez de petits plaisirs dans la vie !

Je revêts mon pantacourt, mon débardeur et ma veste à capuche, mais cette fois-ci dans mon bureau. Je ne vais pas refaire le coup de l'ascenseur. Une fois changée, je range ma robe dans mon sac à dos et me voilà repartie.

J'entre dans l'ascenseur, m'attendant presque à trouver M. Sexy-Fossettes, mais non, personne. Qu'est-ce que je m'imaginais ?

Je marmonne tout bas, les yeux rivés sur mes baskets, mais, au moment de sortir, ma tête rencontre une surface dure et je me retrouve sur les fesses.

— Excusez-moi, je suis vraiment désolé, me dit une voix grave que je commence à bien connaître.

Il me tend la main pour m'aider. Je relève la tête et mes yeux sont instantanément happés par les siens. Je n'aurais pas dû y plonger le regard : j'ai l'impression d'être perdue au milieu d'un océan en pleine tempête.

Mon cœur s'accélère, son parfum me retient prisonnière.

Je remarque qu'il porte des boutons de manchettes tout simples et que sa montre est plus sportive que luxueuse. Je finis par attraper sa main et suis traversée une fois de plus par un courant électrique.

— Est-ce que vous allez bien ? me demande-t-il, inquiet de ne pas me voir réagir.

Je me lève en sautillant, mais, cette fois-ci, je garde les yeux baissés. Il n'est pas juste sexy, il est envoûtant. Le genre d'homme que toutes les femmes doivent s'arracher, de ceux qui vous font atteindre le septième ciel sans vous toucher, rien qu'en vous murmurant des mots doux à l'oreille.

— Oui, je vais très bien, je vous remercie. Je ne regardais pas où j'allais, je suis désolée.

Je sors ma phrase très vite, d'une voix fluette que je ne reconnais pas.

— Ce n'est rien, me dit-il en m'adressant un petit sourire rassurant.

Il baisse ses yeux sur nos mains et je remarque que je tiens encore la sienne. Du coup, je me dégage à une telle vitesse que l'on dirait que je me suis brûlée. Mon visage, lui, devient cramoisi. Il me dit, toujours en souriant et en semblant fier de son petit effet :

— Je suis vraiment ravi que vous alliez bien.

— Oui, moi aussi, désolée, je dois y aller. Merci, monsieur Hamlish.

J'envisage de lui serrer la main mais me ravise. Je préfère éviter tout contact. Je m'en vais comme si j'avais le feu aux fesses, tout en maudissant mon côté midinette qui a tendance à ressortir aux moments les moins opportuns.

Quel connard !

— Oui, je suis trop beau et mes yeux sont tellement gris, tellement brillants et tellement sexy, dis-je d'une voix grave comme la sienne.

Non mais, c'est quoi cette couleur ?

Ringard !

Non, je ne suis pas du tout de mauvaise foi…

Une fois sur le trottoir, je respire enfin l'odeur familière du bitume et de la pollution. Je file directement au parking réservé aux vélos, grimpe sur ma monture d'acier et c'est parti, je regagne le confort sécurisant de mon appartement.

Quinze minutes plus tard, je suis arrivée.

L'entrée est dissimulée dans une petite rue, ce qui permet d'être rarement dérangé par des visiteurs indésirables.

J'adore cet appart, cadeau du papa de Safia, un banquier richissime qui offre des trucs tous plus extravagants les uns que les autres à sa fille chérie.

Il s'agit d'une façon plutôt pratique de se faire pardonner son manque d'affection, ses absences, ses maîtresses, etc.

L'année dernière, il nous a offert un voyage aux Bahamas parce qu'il n'avait pas réussi à se libérer pour la remise des diplômes.

Quelle tristesse ! Nous en étions toutes chamboulées !

Cocktails, plage, soleil, massage dans un Spa : encore une étape difficile de notre vie surmontée dans la douleur !

Je pousse la porte et suis accueillie par un Raspoutine très en forme. Raspoutine, c'est mon chat. Je l'ai trouvé dans le jardin, le pauvre. Il mourait de faim et ne bougeait presque plus, j'ai cru qu'il était mort. Le vétérinaire m'a dit qu'il avait probablement été renversé par une voiture et qu'il ne pourrait plus jamais se servir de son arrière-train, que je ferais mieux de le faire piquer.

Je n'ai pas pu, il me faisait trop de peine. Il me regardait avec ses petits yeux dorés, je n'en ai pas eu le cœur. Le vétérinaire l'a opéré. Malheureusement, il n'a pas réussi à sauver ses pattes arrière.

Du coup, il n'a plus que deux pattes fonctionnelles, mais un ami orthopédiste lui a conçu un petit chariot à roulettes qui lui permet de se déplacer librement.

Je n'ai pas l'impression qu'il vive mal son handicap. Au début, il ne sortait pas et restait tout le temps avec moi, mais maintenant, il joue dans le jardin. Il chasse même des souris. Il m'en a ramené une la dernière fois. Il était tout fier, et moi tout affolée ! J'ai couru dans tous les sens en criant. Un grand moment !

Je finis par lui caresser son ventre tout blanc et tout poilu et il me suit pendant que je range mes baskets, me déshabille et file dans la salle de bains. Après un bon bain à bulles et plusieurs orgasmes en pensant à mon mister Fossettes (on est intimes, maintenant, on s'appelle par nos petits noms : plus de « Sexy » entre nous !), je me sèche, enfile un pyjama rose parsemé de poussins et m'attaque à mon roman.

J'écris l'histoire de Julia, étudiante modèle qui se prostitue pour pouvoir payer ses études. C'est elle qui choisit ses clients, donc ils sont toujours très beaux, très riches et très sexy. C'est un roman, pas besoin d'être réaliste !

Ce qui fait le plus rire Safia, c'est que ma propre vie sexuelle tend vers le néant. Sans compter que, jusque-là, je n'ai pas connu… comment dire… l'extase — bon, appelons un chat, un chat : d'orgasme. Vous savez, ce truc qui vous fait voir des étoiles, vous laisse sans voix… Je précise : avec un homme. Sinon, j'ai Jeannot, mon vibromasseur qui ressemble à un lapin.

Je sais, son nom est nul, mais on ne peut pas être tout le temps imaginative !

Pour en revenir aux aventures de Julia, ce sont de petites séries érotiques qui me permettent de mettre un peu de beurre dans les épinards. Je ne signe pas de mon vrai nom, et, vu que je ne suis pas une célébrité, ça ne change la vie de personne, hormis la mienne.

C'est un peu ma vie sexuelle par procuration, Jeannot a ses limites !

Chapitre 2

Mardi 24 septembre

Il est 7 h 30 et, pour une fois, je me réveille à l'heure.

C'est qui la plus forte ?

— C'est Lola ! dis-je tout en exécutant ma danse de la victoire, bras repliés vers la poitrine en un mouvement circulaire tout en procédant à un dandinement majestueux.

Réveil : 72.

Lola : 4.

Je sais, petit score, mais il y a une progression…

Ma nuit a été douce et bercée par d'agréables rêves érotiques. J'en suis encore toute chamboulée.

Il me prenait sur son bureau, me fixait avec ses beaux yeux gris. Il était fort, puissant, tellement sensuel, violent mais pas trop. Il me mettait la fessée et je finissais par l'implorer de mettre fin à mon supplice.

C'était *hot* !

Du coup, j'ai avancé mon bouquin. Etrangement, mon héros qui avait les yeux marron les a gris maintenant. On se demande bien pourquoi…

La fessée, habituellement, ce n'est pas mon truc. Mais là, je ne sais pas, j'ai trouvé que c'était hyperérotique.

Quand je repense à ses longs doigts… Je n'ai plus qu'à prendre une douche froide.

Je trouve *Happy* de Pharrell Williams sur mon iPod et me dis que c'est la musique qu'il me faut. Je danse, me déhanche au rythme de la musique. Cette chanson est merveilleuse : tu l'écoutes une fois et t'as la patate.

Je ferme les yeux et me laisse masser par les jets chauds et puissants de ma douche. Je me savonne en imaginant que ce sont ses mains qui me caressent, ses doigts qui s'insèrent en moi. Je ne vois que ses yeux, je ne rêve que de ses mains et de sa voix si grave ; il n'en faut pas plus pour me propulser jusqu'à l'orgasme.

Une fois séchée et crémée, je décide qu'aujourd'hui je vais prendre le bus.

J'ai envie d'être sexy et, quand on arrive transpirante avec la mèche collée au front, c'est pas top.

Je vais mettre ma robe fourreau bleu marine à liseré rouge que j'adore. Son col rappelle les vestes colonels. Elle est courte mais pas trop.

J'attrape mes escarpins rouges à bouts arrondis et à lanière pour parfaire la tenue. Quant à la coiffure, j'opte pour un chignon artistique torsadé, un maquillage simple. Je me regarde dans la glace et je trouve le résultat assez réussi.

Hey, sexy lady…

Et me voilà de nouveau partie pour une minute musicale.

Une idée me vient ; je me suis bien apprêtée ce matin. Non qu'habituellement je ressemble à un thon, mais il faut avouer que j'ai fait des efforts.

Est-ce l'idée de croiser mon patron ?

De toute manière, je ne me fais pas de fausses idées, la compétition est rude chez HEH et je n'ai aucune chance.

Tant que je reste réaliste, tout va bien. Et qui sait, peut-être que j'arriverai à pêcher un beau poisson dans l'océan.

Un rugbyman châtain, avec de longs doigts, des yeux intensément gris, les pectoraux saillants sous une chemise cintrée…

Attention ! On a encore perdu Lola…

Houston, on a un problème : une petite blonde dodue vient de s'écraser sur la planète « Je fantasme à mort sur mon P.-D.G. »…

J'ai besoin d'action. Jusque-là, mon célibat ne me pesait pas, mais je dois avouer qu'aujourd'hui je me sens seule. J'ai des amis, une vie sociale intéressante, je sors souvent et profite de ma jeunesse, mais ma vie sexuelle est un néant absolu : la version ultime du néant, en quelque sorte…

C'est assez amusant, quand on y pense, un auteur de livres érotiques qui n'a pas de vie sexuelle. Je pourrais avoir une sexualité débridée, mais non, je reste plan-plan. Pas de partouzes, de séances BDSM ou je ne sais quoi… Le schéma normal, quoi : un homme, une femme, un lit. J'ai tenté des trucs, je ne vais pas le nier, mais ça ne s'est pas vraiment déroulé comme prévu.

Plan cul à la Lola.

Je plante le décor : mon ex, moi et une combinaison de Catwoman.

Présentation de l'ex : super-geek de son état, également capable de vous parler durant des heures — voire des jours — d'un mec qui est mort depuis au moins vingt mille ans et qui a fait un gribouillage sur un papyrus ou un mur — l'histoire varie en fonction de ses humeurs. Physiquement… comment dire ? J'avoue, j'ai cherché un moment à qui il me faisait penser. Puis, un jour, j'ai regardé *Harry Potter* et là, j'ai trouvé : Voldemort ! La comparaison n'est pas flatteuse, mais c'est la triste vérité… Il ressemble bel et bien à la face d'œuf qui s'est pris une porte. Son prénom étant aussi ennuyeux que sa personne, je préfère l'appeler Voldemort. C'est bien plus marrant que Richard !

Voldemort est un grand fan de comics, comme *Superman*, *Spiderman* et, bien évidemment, *Catwoman*.

L'histoire commence quand, ne pouvant plus supporter la monotonie de nos activités à l'horizontale, je décide d'épicer les choses.

Je vous laisse faire le calcul : moi + combinaison noire ultra-sexy de Catwoman (et accessoirement trop petite) + allergie au cuir synthétique = résultat pas vraiment joli à voir, mais qui a bien fait rire le corps médical des urgences.

Voldemort se pointe à l'heure dite pour notre rendez-vous. Je suis déjà suffocante, bouffie et couverte de plaques. Je l'appelle à l'aide, désespérée. Il arrive dans la chambre et panique.

Conseil : quand vous vous lancez dans un jeu sexuel, choisissez un partenaire qui a du sang-froid. Sinon, vous vous retrouvez morte de honte aux urgences à expliquer pourquoi vous portez une combinaison de Catwoman trop petite et que non, vous ne saviez pas que vous étiez fortement allergique au similicuir.

J'en frissonne encore rien que d'y repenser. Ils ont dû découper la combinaison diabolique aux ciseaux chirurgicaux. Et le pire, c'est que je me rappellerai toujours les yeux vitreux de l'affreux Voldemort qui observait la scène. C'est d'ailleurs à ce moment-là que j'ai réalisé qu'il valait mieux que nos chemins se séparent.

Enfin bref…

Je donne à manger à mon gros Raspoutine et prépare mon thé tout en réfléchissant.

Et pourquoi je n'expérimenterais pas tout ce que j'écris ? Ce doit être faisable, après tout ! Il me suffit de trouver les bons partenaires sexuels, comme ça, j'apprendrai d'autres trucs sympas qui étaieraient mes romans.

Je n'ai qu'à prendre ça comme un travail de recherche…

— Salut, beauté ! T'es bien matinale aujourd'hui.

Safia, je tuerais pour lui ressembler. Elle a de longs cheveux noirs comme l'ébène, des yeux verts en amande, un teint mat rehaussé par des joues légèrement roses qui lui donnent un air de petite fille ainsi que des formes harmonieuses. Et je sais de source sûre que, contrairement à moi, les régimes, elle ne connaît pas.

— Tu es bien songeuse…

Elle me scrute du regard comme pour essayer de lire dans mes pensées.

— Je réfléchissais au fait que je devrais faire des recherches… comment dire… sur le terrain… pour mes livres, bien sûr…

Je suis rouge comme une tomate.

— Ouais, pour les livres, bien entendu, me reprend-elle, pas vraiment convaincue.

— Tout à fait. J'ai besoin de nouveauté.

— De nouveauté ? Quel genre de nouveauté ?

— Je ne sais pas…

Je commence à être gênée par le tour que prend la conversation.

— Feu, costume, menottes, jeu de rôle dans la forêt… Non, je blague ! Tout ça, c'est déjà fait.

— Très drôle.

— J'avoue que je ne sais pas ce qui a été le plus drôle. J'aurais du mal à choisir ce qui remporte la palme… J'hésite entre la fois où je suis allée te chercher au commissariat ou quand l'appart a failli brûler… Ou bien, ah oui ! Je sais ! Quand je t'ai retrouvée nue menottée à la pergola…

— Ravie que mes péripéties te fassent autant marrer, je pensais plus à un basique.

— Un basique ?

Un sourire amusé se dessine sur ses lèvres.

— Un basique, oui. Un homme normal, tu sais, avec tout ce qu'il faut là où il faut.

— Tu veux dire un homme avec qui tu n'aurais pas besoin de piles ?

Et voilà qu'elle se met à rire.

— Tu sais, ce genre d'article n'est pas si difficile à trouver quand on cherche un peu, me dit-elle de plus en plus amusée.

— Et tu l'achètes où, toi ? Parce que moi, tu vois, j'ai un peu de mal.

On finit par éclater de rire toutes les deux.

— Ecoute, je te propose que l'on aille boire un verre après le boulot dans ce nouveau bar. Tu sais, celui dont nous a parlé Diamonds, me suggère-t-elle.

— J'en sais rien. Elle est bizarre cette fille.

— Bizarre ? Pourquoi tu dis ça ?

— Elle m'a raconté qu'elle avait été l'esclave sexuelle d'un courtier en assurances durant deux ans…

— Il faut que tu t'ouvres un peu plus ! Qu'est-ce que tu peux avoir l'esprit étriqué parfois ! me dit-elle en mimant je ne sais quoi avec les mains.

— On était à table, je mangeais de la dinde farcie quand

elle s'est mise à me donner des cours sur l'art et la manière d'enfiler un plug anal ! J'aurais bien aimé t'y voir !

— Tu fais bien des manières ! Il se trouve que le sadomaso, c'est à la mode en ce moment. Il faudrait peut-être t'y mettre.

— J'ai pas envie de me faire fouetter le cul, moi, dis-je, outrée.

— Je te parle de l'héroïne de ton roman, Julia, pas de toi, banane ! Evidemment que l'on va te trouver quelqu'un de gentil qui prendra soin de ton petit minou.

— Mais ça va pas, non ! Ta mère sait que tu parles comme ça ? lui dis-je en lui tapant sur l'épaule.

— Aïe ! réplique-t-elle, amusée. Si ça ne nous plaît pas, on partira ! C'est aussi simple que ça.

— O.K., mais tu m'invites.

— Allez va-t'en, tu vas rater ton bus.

Elle me donne une tape sur les fesses et va se préparer pour son boulot.

Et me voilà partie.

J'arrive à HEH, regarde partout en essayant de voir si le P.-D.G. est là. Je dévisage chaque personne, scrute chaque coin un par un. Comme s'il allait m'attendre en cachette derrière une plante verte !

Je savais que la folie me guettait, mais je ne pensais pas qu'elle m'attaquerait aussi tôt.

Je franchis le portique de sécurité. Personne. Je monte dans l'ascenseur. Personne. Je souffle enfin. Il est beau, mais il me fait un peu peur aussi. Le souvenir de l'entretien d'hier matin me revient et j'en ai des frissons.

Je suis sûre que c'est le genre de mec qui aime fouetter les femmes, comme dans ce livre, *Fifty Shades of Grey* — que j'ai adoré, cela dit en passant. C'est un Christian Grey, un maniaque du contrôle, puissant, sexuel. Et en plus, il a les yeux gris, ressemblance frappante.

Est-ce que l'auteure l'aurait rencontré ? Elle s'est peut-être inspirée de lui.

J'ai lu une interview d'elle, il n'y a pas si longtemps. Elle n'excluait pas la possibilité qu'un tel homme existe. Et si c'était lui ?

Je m'égare peut-être, mais c'est vrai qu'il est flippant et sexy. Enfin, de là à me laisser fouetter, il y a de la marge. Je ne dis pas, une petite — j'accentue le « petite » — fessée pourrait être sympa, mais tous les autres trucs, je n'adhère pas.

Je n'ai rien d'une Anastasia Steele. Je ne suis ni vierge ni effarouchée et s'il venait à me donner une fessée trop forte, je lui foutrais un coup dans les parties, histoire de le calmer.

Je suis sortie de mes rêves par Paul, qui semble tout excité. Il court vers moi et me serre contre lui.

Que se passe-t-il ?

Il me prend à bout de bras et me regarde comme un parent fier de son enfant, puis me serre de nouveau.

J'ai dû faire un truc super-cool, mais quoi ?

— Safia m'a appelé.

— Et Safia t'a dit quoi au juste ?

— Les filles sont de sortie ce soir.

— Tu es une fille maintenant ?

— Dans le cœur, mais j'aime trop mon pénis pour m'en séparer.

Nous rions de bon cœur tout en nous dirigeant vers nos bureaux.

— Sinon, à part Safia, j'ai des messages ? dis-je pour revenir à un sujet plus professionnel que ma vie sentimentale.

— Ton frère et l'assistante de Bukneimer, qui a avancé le rendez-vous à demain matin 10 heures.

— Quel frère ?

— Le plus intéressant, bien sûr.

— Mes frères sont tous intéressants pour des raisons différentes, mais le sont tous et sont surtout nombreux.

— Mathieu. Il fait un saut à New York à la fin de la semaine et demande si tu peux l'héberger.

— Il a appelé au bureau ? C'est bizarre.

— Ce n'était pas lui, c'était sa nouvelle assistante.

— Je vois. Eh bien, tu diras à l'assistante de mon frère que s'il veut venir chez moi, il n'a qu'à m'appeler en personne. Elle t'a dit ce qu'il venait faire ?

— Il vient pour une comédie musicale — j'adore cette journée ! me dit-il, les yeux brillants d'excitation.

— Il écrit des comédies musicales maintenant ?

Il a commencé par composer pour les publicités vantant les mérites de papiers-toilette toujours plus moelleux. Ensuite, il a fait des musiques de bandes-annonces, puis de films, et maintenant il en est aux comédies musicales. Au moins, il évolue.

— L'assistante de Bukneimer t'a dit pourquoi il avançait le rendez-vous ?

— Pas vraiment. Mauvais signe selon toi ?

— Oui, et je ne suis pas du tout prête. Il va falloir que je bosse dessus toute la journée.

— Pas d'*Esprit criminel* pour aujourd'hui ! De toute manière, ce n'est pas bon pour toi.

— Comment ça, ce n'est pas bon pour moi ? J'adore cette série !

Paul secoue la tête en signe de défaite. Est-ce que moi je

critique sa passion pour les films de zombies ? Moui, sans arrêt ! Un point partout, la balle au centre !

— N'oublie pas la réunion d'équipe à 10 h 30.

— Je ne pense qu'à ça. Là, tout de suite, ça ne semble pas évident, mais je t'assure que je ne vis que pour mon travail, dis-je tout en reculant vers mon bureau.

Je me heurte à un obstacle, ce qui me fait légèrement perdre l'équilibre. Je me rattrape *in extremis* à ce qui semble être… une main, grande et masculine.

— Eh bien ! Mademoiselle Morell, je suis ravi de constater que vous prenez autant à cœur votre travail.

Un vide intersidéral s'installe dans ma tête.

— Je suis surtout toujours ravi de tomber sur vous, dans tous les sens du terme.

Bordel, cette voix ! Je crois que ma petite culotte et mon cerveau se sont encore enfuis !

Je regarde sa main, il a la peau douce. Je la caresse sans même m'en rendre compte. Je me demande si c'est sa carnation naturelle…

— Excusez mon assistante, monsieur Hamlish, elle n'a pas vraiment l'habitude de voir du monde, dit Natacha en ôtant brutalement ma main de celle de mon boss.

« Excusez mon assistante, elle n'a pas vraiment l'habitude de voir du monde. » Quelle salope !

Bien sûr que j'en vois du monde, beaucoup, souvent même.

— Ce n'est rien. Nous nous voyons tout à l'heure, mademoiselle Duchovni.

— Natacha, je vous en prie.

Ben, voyons, sale petite garce, t'es trop vieille pour lui. C'est évident qu'il préfère les produits frais !

— Monsieur ? demande-t-il en se tournant vers Paul.

— Paul Desmond.

— Nous nous rencontrons demain, c'est bien cela ?

— Tout à fait, monsieur.

Il nous salue et nous restons un moment à observer le couloir vide.

De toute évidence, je ne suis pas la seule à fantasmer sur lui.

Je reviens sur terre et l'atterrissage est rude. Qu'est-ce qui m'a pris de lui caresser la main ? Je suis complètement folle ou en chaleur, au choix !

— Il est hypersexe, finit par dire Paul.

— Ouais, carrément, dis-je dans un souffle.

— Allez, remettez-vous ! Des comme lui, j'en croque au petit déjeuner ! dit Natacha.

— Vraiment, il me semble qu'en quatre ans, je ne vous ai jamais vue en aussi charmante compagnie, je lui réponds.

— Ils sont tous mille fois plus « charmants », comme vous dites, que… Quel était son nom déjà ?

— Peu importe.

Je sais qu'elle parle de Voldemort, mais je préfère ne pas relever.

— Si, vous savez bien, ma chère Lola : grand, blond, un peu enveloppé. Il étudiait les histoires de momies et tout le tralala. Il avait des yeux étranges et le visage un peu écrasé… Richard ! finit-elle par me dire, fière de me rappeler ce fâcheux épisode de mon histoire sentimentale.

— Erreur de jeunesse, dis-je, la mâchoire serrée.

— Natacha, je n'ai pas eu le temps de vous dire que M. Bukneimer a avancé son rendez-vous à demain matin 10 heures, dit Paul pour changer de sujet.

— Tout est prêt, n'est-ce pas, Lola ?

— Je m'y attelle.

— Alors au travail ! lâche-t-elle avant de s'en aller.

Je sais que je me répète, mais encore une dernière fois, c'est tellement jouissif : quelle salope !

Je pars, furieuse, en direction de mon bureau. De toute manière, j'ai du boulot. Il faut que je prépare le dossier d'investissement pour Bukneimer et je n'aurai même pas le temps de regarder ma série.

J'allume mon ordinateur, plus grognon que jamais.

Paul, comme à son habitude, m'apporte mon thé avec un muffin.

— Merci, t'es un ange.

— C'est amusant, car je ne pense pas que Will partage ton opinion.

— Que se passe-t-il ?

J'en profite pour fourrer un morceau de muffin dans ma bouche.

— Toujours pareil : je veux me marier, fonder une famille, mais lui, eh bien, comme d'habitude…

— Ça viendra, Paul. Il est fou de toi et tu le sais. Tu veux qu'on déjeune ensemble pour qu'on parle de tout ça ?

— Oui, je veux bien pour le déjeuner, me répond-il d'une petite voix. C'est juste que je veux plus, ajoute-t-il dans un souffle.

— Laisse-lui du temps, il faut que tu sois patient, lui dis-je doucement pour tenter de le réconforter.

— Je sais, mais je ne le vis pas très bien. Parfois, je doute, je me dis que…

Je ne le laisse pas finir et le prends dans mes bras.

Mariage ; toujours la même dispute. Paul veut se marier et Will ne se sent pas prêt.

Pourtant, Will est très amoureux et bien plus âgé que Paul, alors je ne sais pas ce qu'il attend.

Je décide de prendre une mesure drastique de remontage de moral : j'allume le son, lance *Happy* et danse comme une folle avec Paul.

A la fin de la chanson, nous découvrons Natacha dans l'encadrement de la porte, furieuse. Nous nous mettons à rire comme des gamins pris en faute, ce qui la fait encore plus fulminer. Elle finit par partir.

— C'est bon, ça va mieux ?

— Oui, merci, Lola.

Il m'embrasse sur le front et retourne vaquer à ses occupations.

Je ne lève le nez de mon ordinateur que pour la réunion d'équipe. La journée passe à une vitesse folle, mais j'ai tout de même réussi en temps et en heure à boucler mon dossier. Et j'en suis fière.

Une fois à la maison, je ressens le besoin de me délasser, décide d'enfiler mes baskets, un short et de partir faire un jogging.

J'ai pris du ventre ces derniers temps, ça fera du bien à ma brioche.

Je m'étire un peu, sautille sur place, allume ma montre, mon iPod et pars pour le circuit touristique, c'est-à-dire dix kilomètres.

Au bout de vingt minutes à un bon rythme, je suis à Central Park, je contemple les arbres majestueux qui ont revêtu les couleurs de l'automne. Chaque fois, j'ai du mal à croire que je me trouve toujours en plein cœur de New York, entourée de buildings.

Je profite de l'instant sans raccourcir ma foulée, enchantée par la vue des bambins qui jouent gaiement, des canards qui se dandinent, des calèches… Je me répète : « déjà plus de la moitié » pour me donner du courage. J'intensifie mon effort, portée par la voix de *John Newman*. Je ne veux rien lâcher. Le bourrelet, c'est tabou, on en viendra tous à bout !

Soudain, je sens une main qui m'attrape par l'épaule.

— Mademoiselle Morell ?

Et je me retrouve face à mon P.-D.G. essoufflé, rouge et en sueur.

Qu'est-ce qu'il fout là encore, celui-là ? Je ne peux même pas faire mon jogging tranquille !

— Ça fait bien cinq minutes que je vous cours après.

— Il ne fallait pas vous donner tant de mal.

Je suis malpolie maintenant ! Il passe la main dans ses cheveux humides et semble quelque peu déconcerté par ma remarque.

— Je ne voulais pas vous déranger. Je ne connais personne dans cette ville. Du coup, quand je vous ai vue, je me suis dit que l'on pourrait courir ensemble.

— Il vous reste combien de kilomètres à faire ? je lui demande pour me montrer un peu plus sympathique.

— Je ne sais pas, je n'ai pas prévu de timing particulier. J'avais simplement envie de me dégourdir les jambes.

Je jette un coup d'œil à ma montre, j'ai déjà sept kilomètres à mon actif.

— Je suis désolée, mais j'ai déjà quasiment terminé mon tour. Peut-être une prochaine fois…

Je ne m'attarde pas, je suis déjà partie en lui adressant un léger signe de la main. Je n'ose pas me retourner, mais je sens son regard dans mon dos.

Comme si j'allais faire un bout de jogging avec lui ! Non mais il rêve ou quoi ?

Genre, je suis trop beau gosse, allons courir ensemble, poupée !

J'arrive chez moi, jette mes baskets et file dans la salle de bains. J'entre, ne remarque pas la lumière allumée, obnubilée par l'image de Sexy-Fossettes en short et T-shirt tout transpirant. Je me déshabille, toujours perdue dans mes pensées. Une fois nue comme au premier jour, je tire le rideau et découvre… le père de Safia.

Evidemment, il est nu lui aussi et ne semble pas se soucier une minute de ma présence.

Je reste figée, je ne sais pas quoi faire ni où poser mon regard.

Depuis quand son père est aussi bien foutu !

Bon, c'est vrai, j'avais déjà remarqué qu'il n'était pas mal, je ne vais pas vous mentir. Mais là…

Bordel de merde !

Il m'observe lui aussi, avec un sourire charmeur et je vois… comment dire… l'essence même de sa virilité grossir ostensiblement.

Que faire ?

Je n'ai pas des masses d'options.

1) M'enfuir en criant « j'ai vu un énorme loup ».

2) Le rejoindre sous la douche et ne jamais rien dire à ma meilleure amie (ce qui est sacrément tentant !).

3) Dire juste « je suis désolée, je me suis trompée de salle de bains ».

Le temps que je réfléchisse, il tourne le robinet, attrape la serviette à côté de moi, se sèche et sort.

Il est tellement proche que je sens la chaleur de son corps

m'étreindre. Ma respiration s'accélère, j'ai envie qu'il me touche. Il ne faut pas… Mais s'il pouvait juste éteindre le feu qui s'est installé entre mes cuisses. Juste un peu…

Il approche son visage du mien ; il n'est plus qu'à quelques centimètres, son souffle caresse sensuellement ma bouche. Il colle son nez contre le mien, je sens son érection impressionnante poindre à travers la serviette.

— La place est libre, Lola.

— Merci, monsieur Amberson, dis-je en bégayant.

— De rien, mademoiselle Morell.

Il recule pour que j'entre à mon tour dans la douche.

J'ouvre l'eau et ferme le rideau. J'attends un certain temps sous l'eau froide, puis j'entends la porte de la salle de bains s'ouvrir et se refermer.

Je risque un coup d'œil : personne.

Putain de merde.

Je viens de flirter avec le père de ma meilleure amie. Je suis folle, bonne à enfermer.

C'est l'autre, avec ses jolies fesses et ses yeux gris, qui me fait perdre la boule.

Bordel, et ce sexe ! Je n'en reviens pas de la taille de son engin. *Tu m'étonnes qu'il s'enfile autant de filles avec ça !*

Je ne pourrai plus jamais le regarder en face.

Je termine ma douche à grand renfort de mon ami à pile pour me remettre de mes émotions.

Un bruit de porte…

Non… Pas encore ?

— Lola ?

Je reconnais la voix de Safia.

— Quoi, dis-je en cachant l'objet délictueux.

— Je suis désolée, changement de plan pour ce soir : mon père veut nous inviter au restaurant.

— Toutes les deux ?

— Oui, pourquoi ? Tu ne veux pas venir ?

— Je ne sais pas, il faut que je bosse sur mon livre.

Pinocchio !

— Bon, tant pis. De toute façon, il reste pour la nuit. Il a un problème de plomberie dans son appartement.

Ce qui n'est pas son cas à lui, tout semble très bien fonctionner…

— Pas de souci, dis-je d'une voix bizarre.

— Super, à tout à l'heure.

Je colle mon front contre le carrelage frais en espérant que ça me remettra les idées en place, mais je sors de la salle de bains plus sceptique que jamais. Les hommes sont en train de me rendre marteau.

— Lola, Safia m'a dit que vous ne vous joigniez pas à nous.

— Je suis désolée, mais malheureusement j'ai du travail.

Je regarde mes orteils peints en rose. Je me sens un peu mal à l'aise, oh, trois fois rien, on se demande bien pourquoi…

Il attrape mon menton et me force à plonger dans ses beaux yeux bleus. Il passe le doigt sur ma mâchoire et souffle dans mon oreille.

— Je n'en crois rien. Je pense que vous m'évitez et je trouve cela bien dommage.

J'ai du mal à avaler ma salive et j'ai de nouveau besoin d'une douche. Il recule d'un pas et lance :

— Safia chérie, ton amie a changé d'avis, elle nous accompagne. N'est-ce pas merveilleux ?

— Bien sûr, dit-elle, suspicieuse.

— Je vais aller me changer.

O.K., Lola, respire !

Je n'y arrive pas.

Comment j'en suis arrivée là ?

Je panique…

Je crève d'envie de faire des trucs super-cochons avec le père de Safia…

Bordel.

Pas que ce soit vraiment nouveau — ça fait déjà un moment que je fantasme sur lui. Mais là, c'est catastrophique…

Je suis toute mouillée…

Mais pourquoi je ne lui ai pas dit d'aller se faire foutre ?

Parce que je meurs d'envie qu'il me prenne dans toutes les positions du *Kama Sutra*, voilà pourquoi ! Et puis, après tout, nous sommes adultes… Sauf que c'est le père de Safia.

Et si c'était juste un petit coup, histoire de…

— Lola, tu es bientôt prête ?

La voix de Safia me coupe dans mes pensées plus qu'embrouillées.

— Presque.

Pas du tout, tu penses : ça fait bien cinq minutes que je tourne en rond comme un lion en cage.

Je prends une robe sans regarder dans mon armoire, enfile des bas, mes escarpins noirs, un coup de brosse, mascara, rouge à lèvres et *go* !

Et là, je vois l'homme de mes pensées se décomposer, puis toussoter pour reprendre contenance.

— Waouh, dit Safia.

Je regarde mon reflet et constate que j'ai mis ma robe rouge, celle qui est très décolletée et assez courte.

Si en plus je donne le bâton pour me faire battre…

— Je vais aller me changer.

— Non ! crie-t-il presque. Je veux dire, j'ai réservé pour 20 heures, nous devrions y aller.

— Comme vous voudrez, monsieur Amberson.

Safia passe devant et nous la suivons de près. Il cale sa main en bas de mon dos, à la naissance de mes fesses. Elle est si chaude que lorsqu'il la retire, je me sens nue.

L'image de la salle de bains me revient. Je serre les cuisses pour essayer de faire passer le trouble qui ne semble pas vouloir me quitter.

Arrivée au restaurant indien, je tente une échappée en me plaçant le plus loin possible de lui, mais sans grand effet : c'est dîner-spectacle ! Il finit par s'installer entre Safia et moi pour que l'on puisse tous profiter de la danse et du chant spécial *Bollywood*.

Je tente malgré tout de rester concentrée, répondant aux questions sur mon travail, mon nouveau boss (me gardant bien de dire à quel point il est chaud comme la braise !), notre nouvel appartement… Les plats défilent et je suis de moins en moins à l'aise. Je sens son regard sur moi. Pourtant, chaque fois que je l'observe, il ne me regarde même pas ! Bordel, que j'ai chaud ! Je suis en feu et je ne suis pas certaine que ce soit dû au curry !

— Ça va, Lola ? Tu es toute rouge, me demande Safia, visiblement inquiète.

— C'est intense… Je veux dire : épicé !

Je me reprends tant bien que mal, mais je peine vraiment à avoir une pensée cohérente.

— Eh bien, si tu le dis, me dit Safia, perplexe.

Heureusement, à ce moment-là, son téléphone sonne et je remercie le dieu de la téléphonie mobile qui décide de se manifester à cet instant précis. Je n'ai pas très envie de m'expliquer sur l'intensité de mon riz au curry ! Elle s'excuse et sort prendre sa communication — me laissant seule avec son père.

O.K., Lola, tu peux y arriver. Mange, concentre-toi sur le spectacle des filles qui font des bruits bizarres. Tout va bien se passer… jusqu'au moment où je sens une main chaude remonter au-dessus de mes bas. Je me raidis instantanément. Finalement, tout ne va pas bien se passer ! Je regarde mes cuisses, recouvertes — heureusement — par la nappe jaune moutarde. Personne ne semble faire attention à ce qui se passe sous la nappe. A part moi… et lui, qui ne perd pas de temps, continuant son exploration jusqu'à mon string.

Il semble satisfait de sentir que celui-ci est déjà trempé. J'attrape ma serviette et la serre désespérément. Il insère un doigt, le fait tournoyer lentement. Je panique à l'idée que l'on nous surprenne, mais les serveurs et les autres clients semblent se moquer totalement de nous. Le bout de tissu bouge légèrement, mais ne laisse rien transparaître sur ce qui se passe en dessous.

— On ne devrait pas, je murmure doucement, alors que je sens le plaisir monter en flèche dans mon ventre.

Il ne semble pas plus décidé que ça à écouter ma supplique. Il ajoute un autre doigt, appuie doucement sur mon bouton gonflé de désir avec son pouce et entame un lent va-et-vient. Je sursaute à ce contact supplémentaire, me contracte autour de ses longs doigts agiles ; je n'en peux plus. Putain, ça vient ! Je transpire, mords l'intérieur de ma joue pour ne pas laisser échapper un bruit. S'il amorce un autre petit va-et-vient, je suis perdue.

Y a pas à dire, l'expérience, ça joue. Je tente de reprendre mon souffle, observe une nouvelle fois le haut de mes cuisses — le tissu qui monte et descend — et ce spectacle a raison de mes dernières résistances. Je jouis en silence. Je parcours une nouvelle fois le restaurant du regard et… rien : Safia discute toujours au téléphone à l'extérieur, les filles du spectacle se lancent maintenant dans une chorégraphie enflammée, le monde n'a pas arrêté de tourner. Il sort sa main de dessous la nappe, me regarde droit dans les yeux et lèche ses doigts un à un.

— Délicieux, j'adore ce goût, dit-il, le regard sombre.

Je crois que je vais avoir un autre orgasme là, maintenant, tout de suite !

Lorsque Safia revient, elle semble agacée. Pour ma part, je suis mortifiée. Le reste du repas me passe un peu par-dessus et je me retrouve sous ma couette sans trop savoir comment. Je n'arrive pas à m'enlever de la tête que je me suis fait doigter par M. Amberson, le papa de ma meilleure amie.

Mais j'ai le feu au cul ou quoi ?

Entre mon boss et l'autre… Je me cache sous mon oreiller et me remémore les mots : « *Délicieux, j'adore ce goût.* » Qu'est-ce que vous voulez que je réponde à ça ?

Chapitre 3

Mercredi 25 septembre

7 h 48.

J'ouvre un œil, frappe le réveil, fourre la tête sous mon oreiller.

Je sais qu'il faut que je me lève, mais je n'en ai pas envie.

7 h 52.

Foutu réveil, il n'arrêtera jamais de me torturer avec sa voix nasillarde.

Je vais lui régler son compte…

Mais d'abord, je dors encore un peu.

8 h 02.

Il faut que je me bouge. J'essuie la bave collée sur ma joue et me lève. Direction la cuisine : je me gratte la fesse, donne une caresse à Raspoutine qui me tourne autour pour avoir à manger. Je mets la bouilloire à chauffer, sers mon gros matou, enlève le shorty coincé entre mes fesses, pose la tête sur le plan de travail — c'est froid, ça fait du bien…

Je me sens toute bizarre. J'ai rêvé de sexes éléphantesques, de longs doigts, d'yeux bleus, puis d'yeux gris, puis gris-bleu…

— Bonjour, Lola ! Ce n'est pas que je n'aime pas la vue

de vos jolies fesses, mais je pense qu'il serait plus convenable que vous vous installiez avec moi à table.

Putain, mais qu'est-ce qu'il fout là ?

Je fronce les sourcils. Qu'est-ce que j'espère, que ça va le faire disparaître ou quoi ?

— Monsieur Amberson.

— Mademoiselle Morell.

— Je… je ne vous avais pas vu.

— J'avais bien compris.

Il me regarde, amusé, par-dessus son journal. Il porte un pantalon de costume gris avec le gilet assorti, une chemise blanche remontée sur ses avant-bras, je fixe ses doigts, ses yeux, ses doigts…

Arrête, Lola !

— Je crois que je vais aller prendre une douche, dis-je en reculant.

— Vraiment ?

— Oui… seule… vraiment très seule.

Je trébuche sur Raspoutine qui lèche sa gamelle avec délectation, tombe sur les fesses et me rue, presque en courant, dans la salle de bains. Je ferme la porte à clé : on ne sait jamais, les éléphants, ça trompe énormément !

Risquant un regard dans le miroir, j'observe mon allure plus que critique. Je ne sais pas ce qui est le pire : le T-shirt avec un panda qui fume un bambou, mon shorty rose avec des vaches, peut-être mes chaussettes Hello Kitty. J'ai trouvé ma coiffure qui défie toutes les lois de la gravitation.

J'entends trois petits coups à la porte.

Il ne va tout de même pas… Non…

J'ai été claire, j'ai répété plusieurs fois « seule ». Maintenant, ça suffit, qu'il garde ses mains pleines de doigts là où elles sont !

— Lola, je voulais vous avertir que je me rends à mon bureau.

Silence.

— J'ai été ravi de vous voir hier soir.

Je rêve ou il me drague ?

Tu peux toujours courir, je ne te laisserai pas entrer.

— Je vous laisse ma carte avec mon numéro si vous souhaitez que l'on approfondisse notre… contact.

Là, il n'y a plus de doute, je crois que c'est clair.

J'ouvre le robinet pour faire diversion et retourne écouter.

Je finis par entendre la porte d'entrée se refermer.

Bon, eh bien, ça, c'est fait ! Quel vieux vicieux !

Et ça m'excite comme une folle, je suis une grosse dégoûtante.

Le père de ma meilleure amie !

Je me lamente tout en me lavant.

Avec ses doigts très, très agiles et ses yeux bleus…

Et me voilà partie au septième ciel.

J'ai honte…

Et je suis en retard !

C'est pas vrai…

Je cours partout dans ma chambre, attrape une robe, des bas, des sous-vêtements (quand même !), une veste, me coiffe, enfile mes chaussures tout en me dirigeant vers la console de l'entrée pour récupérer mon sac et là, je vois… sa carte qui me fait de l'œil.

Doute…

Il est sexy, mais pas touche…

Je ne sais pas…

Je regarde l'heure, me décide à cet instant, la jette à la poubelle et pars.

Après une course-poursuite en talons avec le bus, j'arrive à l'heure.

Paul est stressé. C'est le jour J avec Sexy-Fossettes, du coup, c'est moi qui sers le muffin et le thé avec un petit mot d'encouragement.

Mon dossier sous le bras, j'emprunte le couloir en direction de la salle de réunion, mets en place les outils nécessaires à ma présentation et vais accueillir M. Bukneimer avec Natacha.

J'adore ce genre de moment ! me dis-je, sarcastique.

Je bosse comme une folle sur un dossier et c'est le Dragon qui récolte tous les lauriers. Et si mon dossier est à chier, j'en prends pour mon grade.

J'aperçois M. Bukneimer, comme à son habitude, entouré de plusieurs « conseillers financiers » et d'une assistante.

Je dis « conseillers financiers », entre guillemets, car je suis quasiment persuadée qu'il s'agit plus d'un service de sécurité. Mais bon, c'est normal, il est super-riche et surtout super-louche…

Il s'agit de la troisième affaire que je traite avec lui. La première fois, j'avais été surprise. Je m'attendais à un gros monsieur un peu chauve, mais pas du tout. Il n'est pas vilain, mais il a ce je-ne-sais-quoi qui me fait dire de ne pas m'approcher de lui.

Il doit avoir dans les 45 ans, il est grand, élancé, blond avec des touches argentées sur les tempes, un charisme de fou. Dès qu'il est dans une pièce, sa présence vous submerge. Elle est parfois oppressante, surtout quand je suis stressée, comme maintenant.

— Monsieur Bukneimer, je l'accueille en lui serrant la main et en lui offrant mon plus joli sourire.

— Mademoiselle Morell. Vous vous souvenez de mes conseillers et de mon assistante.

— Bien sûr, dis-je en saluant poliment tout le monde.

— Natacha, *jó napot*, vous êtes radieuse comme toujours.

— Laszlo, quel flatteur ! (Il n'y a bien qu'elle pour l'appeler par son prénom.)

Jó napot, ça veut dire quoi déjà ? Mais si, je sais, j'avais regardé dans le dico... Ah oui, c'est « bonjour » en hongrois !

Nous passons de banalité en banalité jusqu'à la salle de réunion. Puis je me lance et lui présente le dossier.

Il s'agit du rachat d'une usine de fabrication de croquettes pour chien en faillite.

Je préfère sauver des entreprises existantes en établissant des plans de redressement financier afin d'épargner le plus possible d'emplois plutôt que de proposer des projets impliquant des constructions de nouvelles activités.

Je suis une écologiste financière. J'aime le recyclage !

Mon projet est solide et sans grand risque, puisqu'il s'agissait plus d'une mauvaise gestion que d'un secteur voué à l'échec.

Une affaire en or !

Comme à son habitude, à la fin de ma présentation, M. Bukneimer reste silencieux. J'ai appris à gérer ce silence.

Je me rappelle la première présentation que je lui avais faite. C'était il y a maintenant deux ans. J'étais tellement nerveuse que j'en avais été malade la veille. La présentation en elle-même avait été une horreur : j'avais bégayé, je transpirais à grosses gouttes et j'étais à deux doigts de me trouver mal. La totale, quoi.

Après les cinq minutes de silence habituelles, il reprend vie peu à peu.

— J'aime assez. Ce n'est pas trop risqué et je récupérerais rapidement ma mise de départ.

— Oui, effectivement. Comme vous pouvez le voir dans le prévisionnel, cela devrait être rapide. D'autre part, l'intégralité des emplois serait conservée, ce qui n'est pas négligeable.

— Mmm ! dit-il en se grattant le menton. Votre nouvelle direction accepte-t-elle les mêmes conditions financières qu'auparavant ?

— Laszlo, nous sommes de vieux amis, je suis sûre que cela ne devrait pas poser de problème, dit Natacha.

Vieux, c'est le cas de le dire !

— Bien, Natacha, *drágám*, allons déjeuner.

Drágám ! Mais oui, Natacha chérie, allons déjeuner, j'imite la grosse voix dans ma tête.

— Mademoiselle Morell, vous vous joignez à nous, bien sûr ? demande-t-il sur un ton qui ne permet pas le refus.

Comme si j'avais le choix !

— Evidemment, monsieur Bukneimer.

Et c'est parti pour les deux heures les plus emmerdantes de mon existence.

Heureusement, Paul se joint à nous.

— Alors, cet entretien ?

— Pas grand-chose. Il m'a demandé depuis combien de temps je travaillais pour HEH, si je m'y plaisais…

— Mouais, je ne le vois pas te demander si tu couchais avec son père.

— Il t'a demandé ?

— Oui. Bon, revenons-en à toi, le reste, on s'en fiche.

— Tu lui plais.

— Pourquoi tu dis ça ?

— Il me l'a dit.

— Quoi ?

— Il m'a demandé si j'aimais travailler dans cette équipe. J'ai dit oui, puis il m'a dit qu'il te trouvait charmante.

— C'est une blague ?

— Oui, et ça valait le coup rien que pour voir ta tête.

Il glousse et part discuter avec l'assistante du milliardaire hongrois.

Il est 17 h 30 quand je sors enfin le nez de mon bureau. Cet après-midi, le Dragon n'a pas arrêté. Le nouveau P.-D.G. super-sexy la rend folle ! Remarque, comme toutes mes autres collègues.

Elles sont toutes plus sexy que jamais. Il paraît — selon les rapports de mon espion personnel, Paul — que chaque fois qu'une de ces hyènes en mal d'amour croise Sexy-Fossettes, cela se solde par un échec retentissant.

Pourtant, il y a eu du tombé de stylo, avec un « Regarde mon popotin » plus ou moins explicite, de la salutation avec du tripotage de bras assorti d'un malicieux « Je vois que vous faites du sport », du déhanchement qui aurait pu rendre Shakira verte de rage.

Mais rien. Il paraît qu'il est resté plus froid qu'un glaçon en Arctique.

Du coup, Paul pense qu'il est gay ; moi, je pense qu'il mate discrètement. Parce que s'il est gay, ça va jeter un froid sur mes fantasmes !

En ce qui me concerne, je suis bien contente de ne pas l'avoir recroisé ; ça finit toujours par une catastrophe.

Qui sait, peut-être aurons-nous enfin un P.-D.G. qui attribue des promotions au mérite et non à la façon dont vous bougez vos fesses.

Je rêve d'une nouvelle ère où la bimbo serait une espèce en voie de disparition. Autant j'ai des collègues compétents, autant il y en a de la bimbo inutile !

Je me demande comment ça va se passer si M. Beau-gosse ne cède pas aux avances de mes collègues. Comment vont-elles survivre ? Vont-elles devoir vraiment se mettre au travail ?

Je n'ai pas le temps de m'appesantir sur leur sort. Ce soir, j'ai rendez-vous avec Pedro.

Pedro, un mètre quatre-vingt-douze de muscles et de testostérone, ancien commando d'élite, garde du corps pour stars et, accessoirement, coach personnel pour petite grosse auteure de livres coquins. Je le vois en moyenne deux fois par semaine pendant près d'une heure. Il est spécialiste en sports de combat et, plus précisément, en kick-boxing.

J'en fais depuis l'âge de 4 ans. Ce sont des choses qui arrivent quand on a quatre frères.

Au début, j'en ai fait pour imiter mes frères. Ensuite, j'ai continué par plaisir. Il faut dire que ça défoule. Après une heure, je me sens lessivée et heureuse.

Ce qui est paradoxal, c'est que je n'ai jamais été un garçon manqué. Ma mère s'est donné du mal : étant la seule fille après quatre garçons, j'étais une princesse. Une princesse guerrière, certes, mais une princesse malgré tout.

Pour contrebalancer, ma mère m'avait inscrite à la danse classique et j'en ai fait jusqu'à mes 17 ans. Maintenant, en plus du kick-boxing, je fais de la danse de salon, du style tango, samba… Du coup, je ne perds pas mon côté girly. Par contre, quand je suis au kick-boxing, je ne suis plus la gentille Lola, je me moque de me casser un ongle. Tout ce qui compte, c'est de gagner, de mettre l'autre au tapis et de lui faire mordre la poussière. Je me suis déjà blessée, mais cela ne m'a jamais arrêtée.

J'arrive pile à l'heure, comme toujours pour mon cours. Quand il ne s'agit pas d'aller au boulot, je me sens étrangement motivée. Dès que j'entre dans la salle, je vois Pedro discuter avec ce qui semble être son élève précédent.

— Lola, me dit Pedro avec son accent espagnol à couper au couteau.

Je me fige. Qu'est-ce qu'il fout là ? Non mais, ce n'est pas vrai, c'est mon karma ?

— Je te présente…

— M. Hamlish, dis-je en lui coupant la parole.

— Mademoiselle Morell, dit-il en souriant, si je m'attendais…

— Ne vous fiez pas à sa petite taille, Lola est incroyable, dit Pedro.

— Je ne suis pas si incroyable que ça, dis-je tout bas pour minimiser mes performances.

Soyons réalistes, je suis quasiment née sur un ring.

— Vous vous connaissez, c'est parfait ! Jérémy a fait appel à mes services, et je pensais le faire travailler avec toi pour qu'il ait une perspective plus approfondie sur le déroulement des cours.

Mon boss porte un short de boxe dévoilant des jambes musclées, et il est évidemment torse nu.

Bordel, ce torse, j'ai envie de le toucher, de le lécher…

Comment voulez-vous que je me concentre ?

— Si cela ne vous dérange pas, bien entendu, mademoiselle Morell ?

Bien sûr que si, ça me dérange ! Mais bon, ai-je vraiment le choix ? Je dois juste faire abstraction de son corps parfait, probablement sculpté par les dieux. O.K., ce n'est qu'un mec, un abruti de mec comme les autres !

— Non, bien sûr, lui dis-je sans le regarder.

— Bien, alors c'est parti, échauffement basique. Lola, on y va !

Après cinq minutes d'échauffement, je commence à moins prêter attention à mon boss super-sexy. Une sorte de compétition mentale s'installe : je vais le faire transpirer à grosses gouttes.

Je veux qu'il me supplie de mettre fin à ses souffrances, ou qu'il me supplie de l'embrasser, ou de le tripoter (ce qui n'a absolument aucun rapport, mais tant pis ! J'ai le droit de rêver).

Une fois l'échauffement terminé, on passe à la pratique. Je souris intérieurement, je me demande quelle sensation ça va me procurer de le taper. Un peu, d'abord, puis plus fort, mais pas trop. Je ne veux pas le blesser, à part s'il me cherche.

Nous nous tenons sur le ring, face à face, gants et protections en place.

— O.K., on va commencer par un light-contact. Après, si vous êtes à l'aise, on passera à du plein-contact.

Nous haussons la tête pour montrer que nous avons compris. Pour la première fois depuis que je pratique ce sport, je me dis que je ne dois pas être bien belle entre mes protections et mon protège-dents.

Je n'ai pas le temps de songer davantage à mon apparence car il entreprend quelques directs. Il ne tape pas fort, il doit avoir peur de me faire mal.

Je garde ma défense haute. Au bout de quelques coups, il m'agace ; j'esquive, je lui mets une droite puis assène plusieurs coups dans son abdomen. Il est surpris, adopte une position de défense, puis esquive. Mais je ne le laisse pas me donner son coup : je me baisse et fais une balayette, ce qui l'envoie au tapis.

Non mais, il croyait quoi ?

Il se relève immédiatement en un saut. Il a compris, il m'attaque directement en mettant plus de punch dans ses coups, mais ça ne sert à rien. J'esquive, je suis plus petite, plus rapide, et surtout plus hargneuse.

Je ne me laisse pas faire. J'enchaîne droite, gauche, uppercut, il maintient sa garde. Il fait plus attention à ses jambes : il a bien compris mon amour de la balayette-surprise. Mais j'ai d'autres tours dans mon sac. Je lui balance un coup de pied direct, puis un autre crocheté retourné et il se retrouve de nouveau les fesses par terre.

Il n'a pas l'air content. D'un autre côté, s'il voulait jouer à la dînette, il s'est trompé d'endroit.

Il commence à se relever, mais plus doucement cette fois-ci. Je ne lui en laisse pas le temps : je lui refais une balayette alors qu'il n'est pas encore debout. Mais il reste stable sur ses jambes, m'entraîne au sol, roule sur moi et me bloque les mains au-dessus de la tête.

Je sens le poids de son corps sur le mien, sa transpiration se mélangeant à la mienne. A chaque respiration, ma poitrine frôle son torse ferme. Mon regard est hypnotisé par ses yeux couleur tempête. Je suis perdue au milieu d'un océan de sentiments. J'ai chaud, j'ai envie de lui et… lui aussi, de toute évidence.

Depuis quand le kick-boxing est-il devenu aussi érotique ?

— On n'est pas au judo, mon gars !

Et je lui balance un coup de tête.

Je me relève en un saut et lui assène un coup de pied retourné. Il est K.-O.

Merde, il saigne. Je lui ai explosé le nez, je crois.

Il ouvre les yeux et me regarde, désorienté.

— Ça va ?

J'enlève vite mes gants pour l'aider à se relever. Mais il a du mal. Je n'y suis pas allée mollo.

Mais qu'est-ce qui m'a pris ?

Pedro arrive, me jette un regard noir et scrute le nez de mon patron.

— Ce n'est rien, ça n'a pas l'air cassé. Je vais chercher la trousse, je reviens…

Mon P.-D.G. crache son protège-dents et me regarde en souriant, assis par terre.

— Je n'ai rien, ça va. Je ne m'attendais pas vraiment à ça, je l'avoue. Lola, vous avez une fâcheuse tendance à me surprendre, dit-il, ponctuant sa phrase d'un rire.

— D'un autre côté, c'est du kick-boxing, vous pensiez à quoi ?

— A vrai dire, je vous ai sous-estimée. Vous êtes toute petite et…

Il ne finit pas sa phrase et se relève.

Et quoi ? Grosse ?

J'aurais dû taper plus fort.

— Et quoi ? je demande froidement. Grosse ?

Il me regarde, l'air encore un peu dans le vague.

— Vous n'êtes pas grosse, vous avez tout ce qu'il faut là où il faut, dit-il en s'attardant un peu trop sur ma poitrine. Je voulais dire « une femme ». Désolé, ce doit être mon côté misogyne.

Pedro arrive enfin avec la trousse et nettoie le nez ensanglanté de mon boss.

Je n'en reviens pas, je lui ai explosé le nez !

J'espère qu'il ne va pas me virer…

— Oui, elle est petite mais coriace et surtout rapide, dit Pedro. Tout va bien, ce n'est pas cassé, vous allez avoir un bleu, mais rien de plus.

— Je suis désolée.

Mais je ne le suis pas le moins du monde. Il aurait mérité que je lui botte un peu plus son joli petit cul…

Petite ? Tsss, je suis sûre qu'il voulait dire grosse.

— Je n'y crois pas une seconde, me dit-il en arquant un sourcil.

— Je vous demande pardon ?

— Vous ne semblez pas du tout désolée.

— Effectivement, je ne le suis pas. On est sur un ring, pas dans une salle de bal. Je comprends, ce ne doit pas être facile pour votre honneur de mâle de perdre contre une femme, de petite taille qui plus est !

— Mon honneur de mâle ?

— Oui ! Votre fierté, si vous préférez ! Monsieur Hamlish, si vous vouliez jouer à la marelle, vous vous êtes trompé d'endroit ! lui dis-je avec mon regard de tueuse.

Et toc, moi aussi je sais faire les regards qui tuent !

Il se lève, exaspéré. Tiens, je l'ai vexé !

Zut alors ! me dis-je ironiquement, finalement, je vais peut-être lui botter son joli petit cul !

— Je demande une revanche.

Il me sonde avec son regard froid, le même qui me faisait peur dans son bureau.

Je renfile mes gants. Je ne suis pas dans son bureau, on est sur *mon* ring.

Pedro s'approche de moi et me chuchote discrètement à l'oreille :

— Essaie de ne pas faire trop de dégâts.

Je lui réponds en observant mon adversaire qui sautille déjà en s'étirant le cou :

— Je ne promets rien : il m'a traitée de « fille » et de « petite ».

Pedro ne sort pas du ring et m'adresse son regard de prof autoritaire.

— Je ne plaisante pas, Lola, dit-il entre ses dents.

— Promis, je l'abîme juste un petit peu.

Pedro finit par descendre du ring. Je saute, m'étire et frappe mes gants l'un contre l'autre.

Nous reprenons doucement.

Nous nous tournons autour ; il n'ose pas m'attaquer.

Il envoie quelques coups directs, faibles.

Il fait quoi là ? Il veut me chatouiller ?

Je crois surtout qu'il cherche à m'énerver.

Et il y parvient : il esquive mes coups, il est plus stable, plus mobile et plus rapide que tout à l'heure. J'accélère mes coups, j'alterne entre son abdomen et sa tête. Il tente une balayette, mais je saute pour l'éviter et lui donne un coup de genou dans le ventre. Il recule pour reprendre sa garde, mais je ne lui en laisse pas le temps : coup de pied retourné, balayette, et au tapis, le beau gosse !

Il ne bouge plus.

Merde, je l'ai encore assommé. Pourtant, il a un casque !

Pedro arrive sur le ring en courant et le relève : il est sonné, mais encore conscient.

Son œil droit est tout gonflé, son nez saigne de nouveau ; il a les joues rouges et le regard dans le vague.

— Je crois qu'on va éviter de faire un troisième round, dis-je pour détendre l'atmosphère.

— Non, effectivement, dit Pedro d'un ton sec.

— Ça va, je vous assure. Je suis juste un peu sonné. Lola, il vaut mieux en rester là, nous allons éviter le troisième round pour aujourd'hui, dit-il tout en plaquant une serviette sur son nez en sang.

Il descend du ring aidé par Pedro et je me retrouve seule. J'enlève mes protections et mes gants, bois, saisis une corde à sauter. Je suis encore pleine d'énergie. Je sautille avec mon iPod sur les oreilles en attendant que Pedro revienne.

Pedro revient tout seul au bout de cinq minutes. J'en déduis que Sexy-Fossettes en a eu assez pour aujourd'hui.

Je m'arrête, enlève mes écouteurs.

— Alors ? Il survivra ?

— Oui, mais il ne va pas être beau demain, reprend-il, l'air agacé. Je pensais que son niveau était un peu plus élevé, je l'avoue, sinon je ne l'aurais pas mis contre toi.

— Ce ne sont que des bleus et je n'ai pas tapé si fort que ça.

— Il m'a demandé si vous pouviez avoir des entraînements communs.

J'attrape une serviette, m'essuie et bois un peu. Quel gros lourd, celui-là !

— C'est hors de question. C'est mon boss ! Le nouveau P.-D.G. de ma boîte. En fonction de mes journées, je ne suis pas sûre de ne vouloir lui faire que quelques bleus, si tu vois ce que je veux dire.

— O.K., je comprends mieux.

— Tu comprends quoi ?

— Avec les nouveaux, tu es rarement aussi agressive.

— Il le mérite, crois-moi. Il a dit que j'étais petite !

— Lola, tu *es* petite !

— Il n'était pas obligé de le dire.

— Tu es susceptible, c'est nouveau.

Je jette la serviette dans une corbeille, reprends un peu d'eau.

— Aide-moi à m'étirer, rends-toi utile, dis-je, taquine.

Je fais mes exercices de stretching avec Pedro quand je vois monsieur le boss revenir vers nous.

Son visage est moins rouge, mais son nez, lui, reste gonflé, et son œil droit est encore plus boursouflé. Je lui ai mis une sacrée raclée !

— Mademoiselle Morell, j'ai pu admirer votre talent et je dois dire que vous ne m'avez pas loupé. On va se poser des questions, demain, au bureau.

— Je suis sûre qu'à cette occasion vous trouverez des tas d'infirmières prêtes à vous soigner.

Qu'est-ce qui m'a pris de lui dire ça ?

Il me regarde bizarrement. En même temps, vu son visage, n'importe lequel de ses regards a l'air bizarre.

— Accepteriez-vous de dîner en compagnie d'un homme des cavernes après votre entraînement ?

— Désolée, mais la femme de petite taille que je suis a déjà des choses prévues ce soir.

— Vous m'avez défiguré, vous pourriez faire un effort, dit-il, contrarié.

Il passe la main dans ses cheveux. Il croit quoi ? Que je vais arrêter de respirer s'il me l'ordonne ? Mais quel macho !

Je me relève pour aller prendre une douche et sors en souriant.

— Pedro, on se revoit dans la semaine. Monsieur Hamlish, je vous ferai parvenir des cookies pour adoucir la perte de votre honneur de mâle et vous souhaite une bonne soirée.

Je poursuis mon chemin, puis m'arrête une dernière fois et me retourne : il est bouche bée.

— Essayez les petits pois surgelés pour votre œil.

J'en rigole encore sous la douche.

Chapitre 4

Jeudi 26 septembre

J'observe le soleil qui se lève sur Central Park depuis la fenêtre de ma chambre d'hôtel.

Tout me ramène à cette fille.

J'observe mon reflet dans le miroir, appuie légèrement sur le renflement de mon œil douloureux et souris comme un crétin.

Voilà à quoi j'en suis réduit : à sourire comme un adolescent attardé et à agir comme tel.

Je me suis tellement branlé en pensant à elle que ça m'étonne de ne pas avoir de cloques sur la main droite.

Et ses seins ! Si j'étais un tant soit peu poète, j'en écrirais des sonnets !

Chaque coup en valait la peine. Elle bougeait et ils se mettaient en mouvement. Une danse hypnotique ou érotique. Ma queue en palpite encore…

Lorsque l'autre abruti m'a demandé de veiller sur elle, je ne m'attendais pas à ça !

Dès que je l'ai vue dans l'ascenseur, elle m'a rendu fou. Elle enlevait ses vêtements un par un. Je me suis dit : *C'est ton jour de chance, mon gars.* J'étais déjà dur, prêt à l'action, mais elle s'est rhabillée.

Ensuite, le hall, où elle est tombée à genoux. Un rêve, là aussi ! La voir comme ça me regarder avec ses yeux de biche égarée…

Et ce truc qu'elle met pour courir, pas possible ! Si elle courait à poil, ce serait pareil ! Je l'ai suivie sur près de cinq cents mètres, j'ai observé son postérieur rebondir à chacune de ses foulées. Comme d'habitude, arrivé à son niveau, j'ai raconté n'importe quoi.

Je suis à bout. Elle me torture…

Je suis sorti de mes pensées par le vibreur de mon téléphone.

— J.

— Salut, mon pote, comment ça se passe ?

Voilà l'autre connard.

— Je n'ai pas le droit de t'en parler et tu le sais.

— Je veux juste savoir si tout va bien.

Il est nerveux. Remarque, je le comprends.

— Elle va bien.

— Tu l'as écartée de la liste des suspects ?

Je rêve surtout de lui écarter les cuisses… Je me demande quel goût elle peut bien avoir…

— Je ne parlerai pas de ça avec toi.

— Mets-toi à ma place.

Voilà qu'il me fait pitié, cet enfoiré.

— S'il y a quoi que ce soit, je t'appelle.

— O.K., il faut que j'y aille… mais tu me tiens au courant.

— Bye.

— Merci, J.

Il a raccroché. C'est toujours une situation délicate.

Concrètement, il n'y a pas grand-chose, mais je suis un professionnel, je n'écarte aucune possibilité.

Bon allez, Jérémy Hamlish doit faire son show…

Voilà bien dix minutes qu'elle me parle. Ça devrait être interdit par la loi d'être aussi conne.

Je ne dis pas qu'elle est moche, mais il y a quelque chose qui me dérange…

Je gratte ma barbe naissante et hoche la tête, histoire de me montrer vaguement attentif à son histoire.

P.-D.G. d'une multinationale… J'ai plutôt l'impression d'être un morceau de barbaque pourchassé par des vautours femelles !

Je fronce les sourcils et profite de son monologue interminable pour la dévisager.

Tout a l'air faux, même son visage. Ce doit être son nez ou ses pommettes, je ne sais pas.

Joseph Hamlish avait des goûts bien précis en matière de femme. Grande, blonde, mince, même leurs visages présentent des similarités. Ils sont fins, les yeux clairs, tout comme leur peau légèrement hâlée. Elles ressemblent toutes à des poupées, ça doit être ça.

Comment peut-on fantasmer sur ce genre de femmes ?

Moi, je les aime avec des formes… Hum ! Comme la petite Lola : elle a tout ce qu'il faut là où il faut. Je rêve de téter ses mamelons, de me frayer un chemin entre ses délicieuses fesses…

Bon, retour à mon interlocutrice, parce que je m'égare et que mon entrejambe est à l'étroit tout à coup.

Pas que l'idée de me branler au bureau me gêne. Au

contraire, je n'arrête pas, c'est ça le problème. Un petit coup de miss Joli-cul et *vlam*, c'est reparti pour un tour.

Je ne peux pas continuer comme ça. Mais d'un autre côté, je ne donne pas cher de ma peau si je me la tape.

La blonde n'a même pas constaté que je n'écoutais plus.

De toute évidence, elles pensent toutes que je veux reprendre la place du défunt Joseph Hamlish.

Si seulement elles savaient, elles ne se donneraient pas autant de peine.

Heureusement, M. Joseph Hamlish savait aussi s'entourer de personnel compétent.

Voilà qu'elle rigole à sa propre blague... Son rire est métallique, aigu, très désagréable.

Je souris aimablement à mon interlocutrice. Je n'ai rien écouté mais j'essaie de donner le change.

Je dois écourter, je n'en peux plus, elle me tape sur les nerfs ; et j'ai une réunion dans cinq minutes.

— Mademoiselle Duchovni, je suis désolé, mais je vais devoir prendre congé, lui dis-je en la raccompagnant jusqu'à l'ascenseur, avec ma voix et mon sourire les plus charmants.

On ne sait jamais d'où peuvent venir les informations. Même une blonde sans cervelle peut se révéler une informatrice utile.

— Pourquoi ne pas m'appeler Natacha ? dit-elle en me caressant le torse du bout du doigt.

Elle ne doute de rien, celle-là. Remarque, la plupart des hommes aiment ce genre de femmes.

— Je ne voudrais pas créer de favoritisme, lui dis-je doucement avec un clin d'œil.

Je ne dois pas abattre toutes mes cartes, donc je ne peux pas me débarrasser de ces sangsues trop brutalement.

Elle entre enfin dans l'ascenseur en se déhanchant. Elle se tourne et me sert ce qu'elle doit considérer comme un sourire. Elle a dû se faire faire un lifting ou un truc du genre… C'est vraiment moche.

Je souffle enfin. Plus vite j'en aurai fini, mieux ce sera.

Je regagnerai mon havre de paix où je peux pêcher et faire de longues promenades en forêt. Je lirai au coin de la cheminée et m'occuperai de mon potager. Tout rentrera dans l'ordre et je pourrai enfin respirer.

Je me dirige rapidement jusqu'à mon bureau et m'y installe en attendant Beth, qui tient le rôle de mon assistante.

Elle ne tarde pas à me rejoindre avec sa tablette et ses dossiers, elle verrouille la porte et s'installe en face de moi.

— Vous ne m'avez pas raconté ce qu'il est arrivé à votre œil.

— J'ai tenté une approche avec Mlle Morell.

Je lui explique brièvement en omettant le fait que j'étais trop occupé à mater ses seins pour voir ses coups venir.

— Vous avez fait exprès de vous mettre dans un état pareil ? Je comprends mieux pourquoi vous avez été choisi, vous ne reculez devant rien, me dit-elle en m'observant par-dessus ses lunettes.

— Il s'agit de ma dernière mission et je n'aime pas trop toute cette agitation, dis-je en faisant un mouvement circulaire de l'index. Donc, plus vite ce sera réglé, mieux ce sera.

— Je vous l'accorde. Je dois dire que je n'apprécie pas particulièrement le climat new-yorkais.

— Cela ne m'étonne guère de vous, dis-je en m'enfonçant dans mon fauteuil.

Je souffle et reprends :

— Avons-nous du nouveau sur les mouvements de son compte bancaire ?

— Je vous ai transféré le contenu de l'historique de son navigateur et des dossiers présents sur son ordinateur. Vous avez aussi une copie de ses mails.

— Je doute que ce soit elle, mais nous ne devons écarter aucune piste.

— Bien.

— Je tente un rapprochement, mais je dois dire qu'elle a la fâcheuse tendance à me surprendre — ce qui n'est pas donné à tout le monde, croyez-moi, ajouté-je en arrangeant ma cravate.

— Je connais votre réputation et ne doute en rien de vos capacités. Peut-être le contenu de son ordinateur et son rendez-vous avec Bukneimer vous en apprendront-ils plus ?

— Autre chose ?

— Pas vraiment. J'ai fait les recherches que vous m'aviez demandées sur les autres employés, mais je n'ai rien trouvé de suspect.

— Bien, approfondissez les recherches sur ses collègues les plus proches. Je veux tout savoir, même ce qu'ils ont mangé au petit déjeuner.

— Ce sera fait.

Nous terminons par l'exposé de mon emploi du temps de la journée et des différentes tâches importantes dues à ma fonction de « P.-D.G. ». Importantes ? Pas certain que les discours et les ronds de jambe soient essentiels au bon maintien d'une entreprise. C'est bien le boulot le plus ennuyeux de la terre, P.-D.G.. Je dirais que c'est le diminutif de « professionnel de la glandouille ».

Que nous caches-tu, belle Lola ?

Je commence par les dossiers de son ordinateur.

Rien de réellement compromettant, j'approfondirai plus tard.

Au tour de l'historique.

Plusieurs recherches sur des sites de vente en ligne, elle a commandé une paire de bottes à talons hauts. Et voilà... Je l'imagine avec un imperméable et ses bottes, nue dessous.

Je baisse ma braguette, m'empoigne, imagine sa langue parcourant ma queue sur toute sa longueur, sa bouche se refermant sur mon gland. Elle l'aspire d'abord doucement puis elle le prend tout entier. Je commence un va-et-vient, imaginant que je suis entre ses lèvres, que je lui baise la bouche de plus en plus vite. Je m'y laisserais aller et elle avalerait mon nectar avec délectation.

J'attrape une lingette, me nettoie et reboutonne mon pantalon.

L'achat de bottes à talons aiguilles sur son lieu de travail ne m'apprend pas grand-chose. Je ne m'arrête pas à cette info.

J'avoue que je prends un plaisir inouï à faire des recherches sur cette belle demoiselle. Habituellement, je me cantonne à exécuter mon travail, mais chaque information que j'apprends sur elle me donne l'impression de tendre vers un but encore inconnu.

Une vidéo.

Elle a visionné *Hotwolf*, épisode 12.

J'appuie sur lecture, attends quelques minutes...

Mais qu'est-ce que c'est que ce truc !

De toute évidence, la seule intrigue de la série consiste à voir des hommes à moitié nus courir dans la forêt. Une sorte d'*Alerte à Malibu* avec des loups-garous !

J'en ris tout seul.

Elle doit mal vivre son célibat pour regarder des trucs pareils.

Je devrais lui proposer mes services, je saurais comment lui faire du bien…

Je continue mon exploration dans les jours antérieurs et là, je découvre… des lectures en ligne de livres érotiques.

Bordel, elle a même surligné certains passages très osés.

Elle veut ma mort ! Je me suis branlé il n'y a pas dix minutes et je suis de nouveau dur comme du granit. Elle va me tuer.

Mort par overdose de branlettes.

Je me demande si elle se caresse pendant qu'elle lit ces trucs… J'en suis sûr. La question est : un, deux ou même trois doigts. Je préfère l'imaginer serrée, donc juste un doigt. Comme ça, je lui ferai de l'effet avec ma grosse queue…

Mon téléphone me ramène à mon bureau. Je décroche et émerge difficilement. La journée va être longue.

— Monsieur, un colis pour vous.

Qu'est-ce que c'est que ça ?

Je regarde le panier à froufrous roses posé sur mon bureau, attrape la carte à petites fleurs et la parcours.

Cher monsieur Hamlish,
Je vous offre ces quelques biscuits qui, je l'espère, soulageront votre douleur…
Bien à vous,

Lola Morell

Petite coquine, tu serais à moi, tu me soulagerais bien !

Mademoiselle Morell,
Je vous remercie pour vos délicieux cookies d'excuse, même si je dois avouer que j'aurais préféré un dîner en votre charmante compagnie.
Peut-être m'accorderiez-vous ce privilège ce soir ?
Dans l'expectative de votre réponse,

M. Jérémy Hamlish
P.-D.G.
Hamlish Entreprise Holding. Inc

Non mais, je n'ai pas la moindre intention de dîner avec lui ! Je ne devrais même pas répondre à son mail.

Monsieur Hamlish,
Je vous remercie pour votre invitation, mais je ne suis pas libre.
Je suis ravie que les cookies vous plaisent.
Cordialement,

Lola Morell

Voilà. Professionnel et détaché, juste parfait.

J'attends comme une cruche devant mon écran. Il ne va pas répondre, il doit avoir autre chose à faire ; c'est du bidon son invitation, j'en suis sûre.

Il faut que je passe à autre chose…

Je n'y arrive pas.

J'aimerais qu'il me réponde. Pour dire quoi ? Je ne sais pas, juste une petite réponse.

Mais rien.

Je me concentre sur un document Excel quelques minutes et retourne voir ma boîte mail.

Toujours rien.

Mais réponds !

Pourquoi ne répond-il pas ? Juste deux petits mots… juste un…

— Mademoiselle Morell ?

Je sursaute lorsque j'entends sa voix. Je relève la tête : il est là, dans mon bureau.

Il me regarde avec ses yeux couleur tempête. Enfin, surtout un. L'autre est rouge, mais beaucoup moins gonflé. Il a un sacré coquart.

Je me demande ce qu'il a dit aux gens qui l'ont interrogé.

J'imagine bien : « Je me suis fait agresser par une naine bouffie, hier soir, une vraie folle furieuse. »

— Lola ?

Bordel, mon prénom sonne carrément cochon quand c'est lui qui le prononce.

— Pardon, monsieur, que puis-je faire pour vous ?

— Vous venez encore de refuser mon invitation. Je me suis dit que, peut-être, en venant la formuler en personne, vous auriez moins le cœur de refuser ?

Il reste sur le seuil de mon bureau. Entre son coquart et ses cheveux un peu longs, il a l'air d'un voyou.

Un voyou très sexy…

Les bras croisés, il attend une réponse, avec moins de patience qu'il n'essaie de s'en donner l'air.

— Votre œil était dans un bien pire état hier soir et j'ai refusé malgré tout, dis-je avec un sourire en coin.

Tu joues avec le feu, me dit une petite voix.

— Eh bien, cela a le mérite d'être clair. Mais je vais insister malgré tout, me rétorque-t-il avant de prendre une grande inspiration et de faire un effort pour ne pas sauter par-dessus mon bureau et m'étrangler. Mademoiselle Morell, me feriez-vous l'honneur de dîner en ma compagnie ce soir ?

— Je suis désolée, mais, comme je vous l'ai déjà dit, je ne suis pas disponible ce soir.

Je le vois partir. Je ne m'attendais pas à ce que ce soit si facile. Bizarre…

Il revient quelques secondes plus tard, attrape mon manteau derrière la porte et me le tend.

— Paul vient de me dire que vous étiez libre pour déjeuner. Puisque vous ne voulez pas dîner, nous déjeunerons.

— Je suis désolée, mais j'ai un rendez-vous important à 14 heures, je dois me préparer.

— Avec qui ?

— Je vous demande pardon ?

— Avec qui avez-vous rendez-vous ?

— Cela ne vous concerne pas !

Je commence à rougir. J'ai honte de mon mensonge, mais il me court sur le système. J'aurais dû taper plus fort hier soir.

— Il s'agit de mon entreprise, donc cela me regarde.

— C'est personnel.

— Vous réglez des affaires personnelles au lieu de travailler ou vous cherchez juste à m'éviter ?

J'ouvre, puis referme la bouche. Quoi que je réponde, je suis dans la merde. Je me lève en signe de reddition.

— C'est bien ce que je pensais.

Il sourit, fier de lui.

Quel connard !

Il m'aide à mettre mon manteau. J'inspire, m'enivre, il sent bon le savon et… son odeur à lui. Une odeur entêtante.

Je reprends mes esprits et attrape mon sac en l'assommant au passage. Ce n'était pas volontaire, mais c'est appréciable !

Il me regarde, l'air agacé, mais ne fait aucune remarque. Nous nous dirigeons vers l'ascenseur.

Je me sens mal à l'aise. Un silence gênant s'est installé entre nous.

En fait, rectification : c'est gênant pour *moi*. Pour sa part, il est tout sourires et savoure sa victoire.

Pendant que nous attendons devant l'ascenseur, je regarde tout aux alentours, en prenant bien soin de l'éviter.

Je n'avais jamais remarqué que nous avions autant de plantes vertes. C'est amusant, je passe plusieurs fois par jour devant sans jamais y faire attention. On a l'air d'en prendre soin…

Je suis sortie de mes pensées par l'arrivée de l'ascenseur.

Sexy-Fossettes m'ouvre le passage et sourit de plus belle.

Qu'est-ce qu'il peut être sexy, c'est agaçant ! Ça devrait être illégal.

— Vous pensez à la même chose que moi ?

Qu'est-ce que j'en sais, moi, à quoi il pense ?

Il pense que la situation est gênante, que je ne sais même pas comment engager la conversation puisque je ne le connais pas, et qu'en plus, c'est mon patron ? Ou alors, il pense aussi à ses fesses, que j'imagine bien dures et musclées. Ou à son torse.

Non, je ne crois pas que nous pensions à la même chose. Ou bien il est encore plus mégalo que je ne le pense.

Je décide de changer de sujet :

— On vous a demandé ce que vous aviez fait à votre visage ? je lui demande, un brin moqueuse.

— Oui.

— Qu'avez-vous répondu ?

— La vérité.

— Vous leur avez dit que je vous ai ridiculisé au kick-boxing ? dis-je en fronçant les sourcils.

Il rit.

— Non, j'ai dit que j'avais repris l'entraînement et que j'étais tombé sur plus fort que moi.

— Vous n'avez pas voulu écorcher davantage votre honneur de mâle dominant.

— Tout à fait, femelle, me dit-il en me regardant comme un prédateur prêt à bondir sur sa proie.

— Et vos infirmières, que vont-elles penser de notre escapade ? Vous l'ont-elles autorisée au moins ?

— Je n'ai pas d'infirmière… pour le moment, Lola.

Ses yeux ! Pourquoi l'ai-je regardé, je n'aurais pas dû ! Il me regarde intensément. Je me sens toute mouillée…

— Je vois, trop de choix ? je lui réponds.

— Pas vraiment. Celle que je désire ne semble pas disposée à jouer avec moi.

— Je ne comprends pas, vous êtes tellement charmant, dis-je avec une moue.

Je n'ai pas le temps de le voir venir : il presse le bouton d'arrêt d'urgence de l'ascenseur, me plaque contre la paroi, retient mes mains au-dessus de ma tête et colle son front contre le mien.

Ma respiration s'accélère, ma poitrine frôle son torse à chaque respiration. Instinctivement, je ferme les yeux. Je prends conscience de la chaleur qui émane de son corps, son odeur. Ma tête tourne, son visage est si près que nos souffles se mélangent. Si j'avance un peu, je pourrai goûter à ses lèvres si charnues, si tentatrices.

Mais je ne bouge pas. Je suis tétanisée de surprise.

Il frotte doucement son nez contre le mien, caresse mes

lèvres avec les siennes. Ma bouche s'ouvre à son contact. Je passe la langue sur sa lèvre inférieure, je veux connaître son goût.

Il a un goût de café sucré, il est délicieux.

Il se presse contre moi, j'écarte les jambes ; je veux le sentir tout contre moi.

Nos lèvres se trouvent enfin, nos langues se cherchent, puis se retrouvent, se mêlent dans un ballet infernal.

Son baiser est passionné.

Je sens la chaleur dans mon bas-ventre augmenter. J'ai envie de le toucher, mais je ne peux pas car il tient toujours mes mains. Il consent à ma prière silencieuse et les lâche enfin. Du bout des doigts, il frôle mes cuisses jusqu'à l'ourlet de ma jupe, qu'il remonte brusquement jusqu'à ma taille. Il agrippe mes fesses et me soulève, ce qui me permet de l'enserrer de mes jambes. Je sens son érection à travers le tissu déjà trempé de ma culotte.

Il est en train de me rendre folle ! Je surmonte mes dernières réticences et passe les mains dans ses cheveux, que je tire doucement, puis plus fort. Je resserre un peu plus l'étreinte de mes cuisses. Ses mains quittent mes fesses et se faufilent sous mon pull. Il caresse mon ventre, mon dos, sa main remonte jusqu'à…

Putain !

Un bruit me ramène à la réalité. J'essaie d'échapper à son emprise, mais il ne semble pas d'accord. Il se presse encore plus contre moi, me lèche le cou en gémissant. Je finis par le repousser plus violemment que je ne l'aurais voulu et décroche le téléphone de la cabine.

J'appuie sur le bouton et l'ascenseur redémarre. Je me rhabille en essayant de reprendre un aspect « Je ne viens pas de faire des cochonneries avec mon boss dans l'ascenseur », tout en lui jetant un regard en coin. Il semble avoir du mal à se reprendre. La bosse dans son pantalon est phénoménale. Il essaie de cacher son embarras avec sa veste.

L'ascenseur arrive enfin à destination. Les gens ne semblent pas nous prêter attention tandis qu'ils patientent pour monter à leur tour dans la cabine.

Je souffle, soulagée.

Lui, en revanche, ne perd pas le nord et me saisit par la taille en accélérant jusqu'à débouler dans la rue. Une voiture noire est garée sur le trottoir. Dès qu'il nous aperçoit, le chauffeur descend nous ouvrir la porte.

Je m'installe sans rien dire sur la banquette arrière ; mon P.-D.G. se place à côté de moi en gardant une certaine distance.

Le chauffeur démarre. Je regarde le paysage défiler par la vitre sans réellement y prêter attention.

Je n'arrive pas à réfléchir, trop consciente de sa présence. Je sens sa chaleur, son odeur, présente sur moi, dans l'habitacle. Elle flotte, omniprésente et envoûtante.

J'essaie de ne pas bouger, de garder cette distance qu'il y a entre nous. Mes muscles sont tendus.

La voiture s'arrête.

Je souffle. C'est la fin de mon supplice. Cet espace confiné est une torture : j'ai envie qu'il me touche, je crève d'envie de le toucher, le caresser, l'embrasser, d'être sur lui, autour de lui.

Mais à la fois, je ne veux pas.

Oui, je sais, je suis une fille complexe…

Ce qui s'est passé dans l'ascenseur ne doit pas se reproduire.

***

La porte s'ouvre. Il descend et j'essaie de me ressaisir.

Je sors à mon tour sans prendre la main qu'il me tend.

Plus aucun contact.

J'ai bien dit, *plus aucun contact.*

Si je le répète plusieurs fois dans ma tête, j'arriverai peut-être à m'en convaincre !

Au moins, nous sommes dans un lieu public, c'est déjà ça. Comme je ne tiens pas à me faire arrêter aujourd'hui pour attentat à la pudeur, tout devrait bien se passer.

Nous entrons dans un charmant petit restaurant japonais. Je le connais pour y avoir mangé plusieurs fois, ils font des sushis à se damner.

L'hôtesse nous installe dans un coin à une petite table.

Je m'assieds et constate que le restaurant est complet — parfait, ainsi, pas de tentation superflue. Plus de pelotage. En plus, nous sommes en face l'un de l'autre, donc pas de frôlement de cuissot ou autre. Mes jambes resteront de mon côté et, s'il approche trop ses grandes pattes des miennes, je lui mets un coup de talon dans le tibia !

Si j'évite son regard, je devrais m'en sortir.

Je m'excuse et me rends aux toilettes, ma culotte est dans un état désastreux, elle est bonne à jeter. Sans compter qu'il a détaché mes bas dans l'ascenseur.

Le voyou, il sait s'y prendre !

Je me demande s'il fait ce genre de choses avec d'autres ou juste avec moi. Après tout, ce ne sont pas les propositions qui doivent lui manquer, au boulot ou ailleurs. Avec un corps comme le sien, il ne doit pas avoir de mal à se trouver de la compagnie.

En tout cas, je dois avouer que je n'avais pas vu le coup venir.

Mais ça ne se reproduira pas. Je ne suis pas une de ces filles qui couchent avec leur patron. Je réussis par moi-même, un point c'est tout.

Le problème, c'est qu'il est vachement beau, vachement sexy, *hot*, super*hot*, super, super*hot*, je dirais même !

Ses lèvres, bordel, ses lèvres, ses mains, elles sont faites pour donner des orgasmes.

D'*incroyables* orgasmes.

O.K. Je respire, me regarde dans le miroir, arrange mes cheveux et me répète :

— Je ne dois plus toucher ou laisser mon boss super-sexy me tripoter.

Je me le répète au moins dix fois avant de regagner notre table.

Je me mords la lèvre. Il est vraiment sexy, pourtant, il ne fait rien là. Il est simplement assis à regarder son menu. Un simple feuillet qu'il tient entre les mains.

Ses mains !

Je n'aurais pas dû regarder, super ! Je me mords l'intérieur de la joue pour essayer de me ressaisir une nouvelle fois.

Comment des mains peuvent-elles m'exciter autant ? Ce ne sont que des mains. *Reprends-toi, Lola !*

O.K., je vais m'installer et tenter d'avoir l'air digne.

Je manque d'embarquer la nappe dans mon élan, mais fais comme si de rien n'était. Comme si je n'avais pas remarqué ses yeux se lever du menu et, surtout, son sourire moqueur.

Ça sent le déjeuner foireux, mais je ne me laisserai pas faire. C'est lui qui s'est jeté sur moi, pas l'inverse !

Je n'arrive pas à me concentrer sur le menu ; je vois clair, mais n'arrive pas à lire.

Zut ! Je n'arrête pas de me dandiner sur la chaise.

Je n'ai pas *du tout* l'air nerveuse.

— Vous connaissez ?

Je connais quoi ?

Ne pas avoir l'air stupide. *Réfléchis, Lola !*

Mon cerveau s'est enfui, je ne comprends plus rien, je ne suis pas sûre de pouvoir formuler une phrase correcte.

Je devrais peut-être m'enfuir, moi aussi…

Si je compte sur l'effet de surprise, même si je ne cours pas vite, je peux être au bureau en quinze minutes. Je récupère mes affaires… Non, pas le temps : je prends un taxi et rentre chez moi. Non, encore mieux : je me rends directement à l'aéroport et m'envole vers un pays lointain, où personne ne me connaît. Je change de nom, de visage, la totale…

— Le restaurant, vous connaissez ?

Respire, Lola, et souris.

— Oui, j'y ai déjà mangé avec plusieurs clients. Ce n'est pas très loin du bureau et ils font de délicieux makis.

Il fait une grimace et jette de nouveau un coup d'œil à son menu. Je le sens perplexe.

— Vous aimez les makis ?

— Pas vraiment.

— Alors pourquoi avoir choisi ce restaurant ?

— On m'a dit que vous aimiez les sushis, donc…

Il hausse les épaules, défaitiste.

— Qui vous a dit ça ?

— Peu importe.

Il continue à étudier la carte sans me donner plus d'explications. Il semble attendre une révélation, ou je ne sais quoi.

— Vous ne semblez vraiment pas convaincu. Vous savez, j'aime aussi la cuisine italienne et il y a un super petit restaurant juste au coin de la ruc.

— Non, c'est bon, ils doivent bien avoir un steak qui traîne dans les parages.

— Un steak qui traîne ? je répète en rigolant.

Bordel, pourquoi me fait-il autant craquer ? Parce qu'il me fait rire, que je le trouve super-méga sexy, qu'il est intelligent, qu'il embrasse comme un dieu… Et ses mains…

Non, je dois arrêter de penser à ses mains.

— Au dos de la carte, vous avez des plats. Il y a même des nouilles au bœuf, ajouté-je en tournant sa carte et en les lui montrant.

Je ne peux pas m'empêcher de sourire.

Je ne suis pas la seule à être un peu chamboulée.

L'espoir fait vivre !

— Eh bien, je vais prendre les nouilles sautées alors.

Il me sourit, victorieux. Il semble moins perdu qu'il y a une minute. Je me décide pour un assortiment de makis, je meurs de faim. Nous passons commande.

Silence.

Je n'ose pas le regarder et ce blanc me met mal à l'aise.

Je décide de mettre les pieds dans le plat.

— Pourquoi m'avez-vous invitée ?

— Je n'aime pas manger seul et je vous aime bien.

— Vous m'aimez bien ?

— Oui.

— Vous n'aimez pas manger seul ?

— Vous comptez répéter tout ce que je vous dis ?

— Excusez-moi, mais cette conversation me semble irréelle. Vous ne me connaissez même pas.

— Vous vous appelez Lola Morell, vous faites du kick-boxing et vous travaillez pour moi. Vous voyez, je vous connais. Pas très bien, certes, mais je vous connais.

Il m'adresse un large sourire.

Mais il est complètement maboul !

Je ne vois pas quoi lui répondre.

Il ne pouvait pas me dire qu'il me trouvait jolie, amusante, un truc sympa, non ? Je fais du kick-boxing et je m'appelle Lola. Super !

Il aime peut-être qu'on lui tape dessus.

Ma foi, je ne suis pas contre l'idée de lui prodiguer une ou deux fessées. Je mettrais une de ces combinaisons en cuir, moulante et ultra-sexy. Je fouetterais — au début, pas trop fort — ses petites fesses musclées, juste pour qu'elles rosissent un peu…

Qu'est-ce que je raconte, moi, maintenant ?

Il est en train de me rendre folle.

— Mais dites-m'en plus, je vous en prie, j'adorerais tout savoir de vous, reprend-il.

— De moi ?

— On ne vous a jamais dit que jouer au perroquet était agaçant ?

— Que voulez-vous savoir ?

— Frères et sœurs ?

— Quatre frères.

— Eh bien, vous n'avez pas dû vous ennuyer ! C'est pour ça que vous faites du kick ?

— Oui et non.

— Vous êtes la petite dernière ?

— Oui.

— Je vous agace ?

— Oui.

— Pourquoi ?

— Je crois que c'est dans votre nature, mais je ne vous connais pas assez pour en être certaine, dis-je en souriant.

— Je suis sûr que nous partageons beaucoup de points communs.

— Ce n'est pas mon avis, mais essayez toujours.

— Le kick, déjà. Ensuite, je ne sais pas... J'aime jardiner. Et vous ? lâche-t-il après un temps de réflexion.

Il marque un point : j'adore jardiner. Mais je n'ai pas envie de lui faciliter la victoire.

— Pas vraiment.

Nos commandes arrivent à ce moment-là.

Tandis que je mange, je me dis que je suis une vilaine menteuse. Je devrais faire un effort, il n'est pas méchant. C'est tout simplement que je ne sais pas quoi penser de lui. Si je baisse la garde, je sais ce qu'il va se passer.

Je vais tomber amoureuse, il me brisera le cœur, je me retrouverai en vrac et sans boulot.

Donc, je me dis qu'il vaut mieux rester à un niveau professionnel et ne pas s'aventurer dans le sentimental.

Ma décision prise, nous parlons de tout et de rien. Je passe finalement un agréable moment, sans ambiguïté, sans malaise, comme de vrais collègues qui discutent.

Je lui parle même de mes dossiers en cours, de ma conversation avec Bukneimer. Il semble intéressé, me pose des questions pertinentes sur les financements de mes clients.

Malheureusement, je ne lui suis pas d'une grande aide.

C'était son père qui s'occupait de tous ces détails.

A la fin de notre déjeuner, je repars plus légère et beaucoup moins tendue.

Bon, certes, j'ai passé mon temps à le lorgner. Il faut dire que même sa façon de manger des pâtes est sexy. A chaque sourire, j'ai eu droit à de la fossette et, à chaque mouvement, j'ai admiré ses mains et les muscles de ses bras.

Je ne me suis permis que, oh, dix ou vingt fois, d'imaginer sauter sur la table, lui arracher sa chemise et le lécher de partout.

Mais je suis malgré tout fière de moi. J'ai survécu.

Veni vidi vici et *I'm a Survivor* (je chantonne même le vieux morceau des Destiny's Child). Je danserais bien, mais ça manquerait de discrétion.

Même dans la voiture, tout s'est bien passé.

En revanche, une fois arrivée devant les portes de l'ascenseur, c'est différent. Etrangement, les Destiny's Child ont déserté, me laissant seule avec ma libido en rut.

Je transpire, ma respiration s'accélère, tout comme mon rythme cardiaque.

Pourvu qu'on ne soit pas seuls. Je croise les doigts.

Et le miracle se produit : un groupe arrive. Je remercie mentalement toutes les forces cosmiques de l'univers et souris comme une abrutie. En entrant, je risque un coup d'œil à Sexy-Fossettes qui, lui, semble agacé.

Finalement, j'ai remercié l'univers beaucoup trop tôt : nous sommes poussés tout au fond par le groupe et, du coup, je me retrouve serrée entre lui et un sosie des ZZ Top. Je me concentre mentalement pour ne pas remarquer que je suis collée contre lui, que je sens chaque partie de son corps malgré nos vêtements.

Et je dis bien, chaque partie de son corps !

Difficile à dire si ce rapprochement le laisse de marbre ou s'il devient dur comme du marbre.

Bordel, mais ils sont combien dans son caleçon !

Mes fesses frottent contre ses hanches. Heureusement que je n'ai plus de culotte !

Je ferme les yeux et me laisse envahir par la sensation de nos corps pressés l'un contre l'autre. Je continue mon frotti-frotta jusqu'au moment où je sens sa main sur l'intérieur de ma cuisse. Il remonte lentement, en frôlant ma peau brûlante du bout des doigts. Il arrive bientôt trop haut, beaucoup trop haut. Il s'arrête un instant. Je sens son entrejambe augmenter de volume contre mes fesses. Et sans crier gare, il me pénètre d'un doigt. Je hoquette de surprise. Il passe son bras devant ma taille et me maintient contre lui, puis il s'élance dans un va-et-vient effréné. Je capitule, me sers sur ses doigts. Le plaisir est fulgurant, intense. Le monde qui m'entoure s'évanouit et ne reste que le plaisir…

Le tintement de l'ascenseur nous sort de notre torpeur. Il me lâche précipitamment et j'ai froid tout d'un coup. Je me sens mal. Je viens de jouir dans un ascenseur rempli de monde. *Sur mon lieu de travail.*

Est-ce que je serais complètement folle ?

Folle et exhibitionniste, parce que jouir deux fois en public en l'espace de quelques jours, c'est… c'est — je ne trouve même pas les mots pour le dire —, mais c'est *mal*, vraiment, vraiment *très mal.*

Je ne suis qu'une cochonne, c'est tout !

Je suis arrivée à mon étage et je ne sais pas quoi faire. Je me tourne vers lui. Il me regarde, ferme sa veste et m'adresse un sourire à faire détaler les petites culottes.

Il est fier de lui en plus ! J'aurais dû le massacrer hier sur le ring.

Je sors, furieuse, cours presque jusqu'à mon bureau, ferme la porte et m'y adosse. J'essaie de reprendre mon souffle.

J'ai envie de pleurer.

Heureusement, il ne m'a pas suivie. Il ne manquerait plus que ça.

Je sens les larmes couler, je ne contrôle plus rien. Je viens d'avoir l'orgasme le plus incroyable que j'aie jamais eu.

Comment est-ce possible ?

Je m'étais promis, plus de pelotage ! Et *tac* ! Une montée d'ascenseur, et voilà le travail.

Je me sens idiote et sale.

Je n'ai même pas de vêtements de rechange, je vais devoir rester comme ça toute la journée.

Chapitre 5

Vendredi 27 septembre

9 h 10.

Allez, plus vite, Lola ! J'accélère sur mon vélo au rythme de John Newman quand une berline noire me coupe la route. Je dérape, mais contrôle ma trajectoire.

Quel connard ! J'ai failli me faire ratatiner !

De colère, je tape sur le capot de la voiture tout en regardant dans les yeux le chauffard qui a failli me renverser. Je lâche un « espèce d'abruti » et remonte sur mon engin tout en balançant un dernier coup de pied au véhicule diabolique.

— Pas possible, ces crétins qui ne savent pas conduire, je lui hurle une dernière fois avant d'ajouter : Danger public !

D'un autre côté, je crois que je n'avais pas la priorité…

Et puis on s'en fout !

C'est New York !

On n'écrase pas les petites grosses à deux-roues !

Je n'ai pas le temps de m'attarder davantage et repars en vitesse. Mon téléphone n'arrête pas de sonner. Je jette un coup d'œil à mon portable : le bureau. Je pédale toujours plus vite, menaçant la vie des piétons se trouvant sur mon chemin. J'arrive enfin à destination, gare mon bolide, sors ma carte d'accès et cours en direction de l'ascenseur. Nouvelle sonnerie, la messagerie : c'est Paul, qui est hors d'haleine. Zut ! J'ai une réunion dans deux minutes et je ne suis pas habillée.

On ne va pas refaire le coup de l'effeuillage dans l'ascenseur. Je me trouve un peu trop exhibitionniste en ce moment.

— J'ai cru que tu n'arriverais jamais, me dit-il tout en sortant les vêtements de mon sac, tandis que je me débarrasse de mes baskets et me déshabille à la vitesse éclair.

— Désolée, c'est quoi cette réunion ? Ce n'était pas prévu au planning.

Je parle tout en enfilant ce que Paul me tend.

— Info de dernière minute, me jette-t-il.

Et en une poignée de secondes, j'ai enfilé jupe noire cintrée, chemisier blanc et veste assortie.

J'enfile mes escarpins, attrape mes cheveux que j'entortille en un chignon, et sors de mon bureau après une dernière retouche.

Paul arrange une mèche échappée, me tend mon bloc-notes et nous filons sans attendre au bout du couloir, dans la petite salle de réunion.

M. Boss Super Sexy arrive en même temps et il n'a pas l'air content.

— Monsieur Hamlish, je lui lance avec un sourire pincé, en prenant soin de ne pas le regarder dans les yeux.

— Mademoiselle Morell, me répond-il avec un regard aussi froid que l'Arctique.

Je crois qu'une armée d'ours polaires vient de mourir d'hypothermie à l'instant !

D'un signe, il m'invite à entrer. Je le précède sans broncher — je n'ai pas envie de finir comme les ours polaires.

Au moment où je m'avance, il plaque la main au creux de mes reins. Je sens un courant électrique me traverser, une douce chaleur se répandre et se diffuser dans le bas de mon ventre.

Ah non ! Ça ne va pas recommencer !

Pas après ce qu'il m'a fait hier.

Je me dégage brusquement et lui lance mon regard de tueuse. Moi aussi, je peux trucider des ours polaires !

Il me regarde, surpris, et s'éloigne, gêné.

Lola : 1.

Sexy-Fossettes Pervers : 0.

Je finis par m'installer en essayant de rester calme, même si je n'ai jamais été aussi nerveuse. Je me place en face de Natacha qui m'ignore totalement, trop occupée à le dévorer.

Il est encore plus beau qu'hier dans son costume noir sur mesure.

Hum ! Dark-Fossettes…

J'ai envie de lui arracher sa chemise, de faire voler les boutons à travers la salle, de l'embrasser partout en faisant courir ma langue sur ses abdos.

Bordel, je ne peux pas rester calme deux minutes !

— Messieurs, dames, je vous ai convoqués ce matin car il semble que nous ayons un problème de taille sur le dossier Longworth.

Pour le coup, il va droit au but ! Il lance un regard glacial à Natacha qui se décompose sous nos yeux.

— Pouvez-vous nous dire quel est le problème, mademoiselle Duchovni ? poursuivit-il sur sa lancée.

— Je… je ne sais… je ne sais pas, finit-elle par bégayer.

— Vous ne savez pas ? reprend-il, menaçant. N'est-ce pas

votre dossier, mademoiselle Duchovni ? dit-il en grinçant des dents.

Je regarde Paul qui semble aussi perdu que moi. Je n'ai jamais entendu ce nom-là.

— Si, mais, je veux dire… Tout était en ordre la dernière fois que je me suis entretenue avec M. Longworth.

— Il semblerait que M. Longworth vous ait dissimulé certains détails, lui lance-t-il en se penchant vers elle. Des détails comme le fait que la ferme, ainsi que toutes ses terres ont été saisies par sa banque.

— Il doit y avoir une erreur. J'ai fait partir moi-même le virement qui confirme la vente, reprend-elle d'une voix plus affirmée.

Je regarde le spectacle de la mise à mort de Natacha. On se croirait dans une arène lors d'un combat de gladiateurs. Il ne manque plus que le sang et les larmes. J'imagine très bien la foule en délire quand le P.-D.G. Super Sexy présentera la tête du Dragon à la foule en délire…

— Qu'en pensez-vous, mademoiselle Morell ? me lance-t-il alors que je ne suis plus du tout la conversation.

— Je ne sais pas, je ne connais pas le dossier, mais vos arguments ont l'air bons, je réponds avec un manque d'assurance évident.

— Très bien. Il faut nous rendre sur place. Nous partons dans deux heures, le temps de tout préparer. Mon chauffeur va vous ramener chez vous chercher quelques affaires. Ne vous chargez pas, cela ne devrait pas durer longtemps. Deux jours tout au plus.

— Avec vous ?

— Oui, mademoiselle Morell, avec moi. Cela vous pose-t-il problème ?

— Oui, non, dis-je en bégayant légèrement. Je veux dire qu'il serait peut-être plus judicieux que ce soit Mlle Duchovni qui vous accompagne. C'est son dossier, ajouté-je doucement.

Pourquoi faut-il toujours que j'aie l'impression d'être une gamine avec lui ?

— J'estime que Mlle Duchovni en a assez fait sur ce dossier. De plus, comme vous êtes son assistante, vous devez percevoir l'importance de la réunion que Mlle Duchovni devra mener demain avec les conseillers financiers de M. Bukneimer. Qu'importe, mon chauffeur vous attend, alors dépêchez-vous !

— Votre chauffeur ?

— Je ne voudrais pas que vous vous fassiez écraser ou que vous soyez en retard pour prendre l'avion.

Comment sait-il que j'ai failli me faire renverser ce matin ?

Mon cerveau se remet en marche…

Deux jours avec lui ? Non, impossible.

C'est pas bon ça, c'est pas bon du tout, c'est même pas bon du tout du tout…

Quand on sait ce qu'on est capable de faire dans un ascenseur bondé, c'est une très mauvaise idée.

Je n'ai pas le temps de me poser davantage de questions car le chauffeur est déjà là. Etrangement, il me dit quelque chose.

A peine a-t-il fini que Sexy-Fossettes jette un coup d'œil entendu à Natacha avant de s'en aller comme il est venu. Je ne l'ai jamais vu aussi énervé. Natacha se lève à son tour et me regarde méchamment.

— Je compte sur vous pour donner une bonne image de HEH. Je suis consciente que cela ne va pas être facile, mais vous comprenez bien que mes responsabilités ne me permettent pas de m'absenter pendant deux jours.

Je la regarde de travers un moment et ne peux m'empêcher de penser : *Mais quelle garce !* Ce n'est pas du tout ce qu'il a dit !

— Ne vous inquiétez pas, je ferai de mon mieux, dis-je presque au garde-à-vous comme si je m'apprêtais à partir sauver le soldat Ryan !

Je me lève, dis au chauffeur de m'attendre à la réception le temps que je récupère mes affaires — et de me renseigner accessoirement sur la mission que j'ai acceptée, ce que je me garde bien de lui dire.

J'essaie de retrouver Sexy-Fossettes, mais il est déjà loin.

Super ! Et je fais quoi, moi ?

J'essaie de le joindre sur sa ligne directe : rien.

J'appelle son assistante, qui m'apprend qu'il est déjà parti chez lui chercher ses affaires.

Encore mieux.

J'essaie de trouver une excuse pour échapper à la corvée, mais rien ne me vient à part « Impossible, j'ai piscine » — que je ne peux décemment pas sortir.

Je me laisse tomber dans mon fauteuil et me prends la tête entre les mains. Ce type me rend complètement dingue et, de toute évidence, je viens d'accepter de passer deux jours avec lui dans le Kansas, à faire je ne sais quoi.

Paul prend son pied. Il arbore un air mélodramatique, ferme la porte avec une lenteur feinte, puis vient s'installer en face de moi, avec son sourire en coin que je déteste.

— Alors, c'est quoi cette fois-ci ? Tu fantasmes encore sur le boss ? me demande-t-il en arquant un sourcil.

— Non, sur le meurtre de Natacha, je lui réponds, honteuse, la tête toujours entre les mains.

Je souffle, puis lui dis :

— Essaie de me récupérer tout ce que tu peux sur le dossier Longworth, s'il te plaît.

— Je vais voir ce que je peux faire.

Je me dépêche de mettre tout en ordre, même si, en quelques minutes, cela relève plus de *Mission impossible.* Tant pis, aujourd'hui, je serai Jack Bauer dans *24 Heures.*

Paul revient avec un dossier sous le bras.

— Alors…

Il laisse planer un silence. Si je ne le connaissais pas mieux, je lui suggérerais de devenir acteur.

— Tu pars assister à la vente aux enchères de la ferme Longworth qui doit avoir lieu cet après-midi à 16 heures, puis vous devrez rester pour de la paperasse et vous rentrerez.

Je relève la tête : ça pourrait être pire. Les ventes aux enchères, c'est du gâteau et la paperasse aussi. Je connais bien, c'est mon job.

Je me sens un peu mieux. Comme dirait ma mère, il n'y a pas de quoi fouetter un chat. Je range mes affaires, emporte quelques dossiers que je pourrai traiter dans l'avion.

Le seul problème, c'est que je n'ai pas suivi l'option P.-D.G. Sexy lorsque j'ai passé mon diplôme de finance.

J'ai beau chercher, je ne trouve aucune excuse valable pour ne pas y aller. Ni alibi ni complice, rien.

Je ne peux pas prétexter que je suis malade : il m'a vue et je n'ai pas l'air souffrante.

Paul me suit jusqu'à la réception. Plus je m'en rapproche, plus je ralentis. Je ne veux pas y aller…

Soudain, une question me vient.

— C'est loin d'ici le Kansas. C'est du côté de la Californie ?

Ma question aurait choqué plus d'un Américain, mais pas Paul qui est au courant de mes lacunes en ce qui concerne l'histoire, la géographie, et surtout, la politique de son pays.

— Environ trois heures de vol, une heure de moins de décalage horaire et tu verras, tu te croiras vraiment au cœur des Etats-Unis avec ses grands espaces, ses ranchs…

— Mouais, je vois. Tu sais, il y a aussi des vaches en France, je lui lance, pas vraiment convaincue.

— Amuse-toi bien, me dit-il en chantonnant.

Je grimace rien qu'à cette idée.

Je retrouve le chauffeur et le suis jusqu'à une berline.

Je la regarde, regarde le chauffeur et comprends.

— Vous essayez souvent d'écraser les jeunes filles, dites-moi ? je sors en essayant de lui faire mon regard de dure à cuire.

Il rigole. Il faut croire que le patron est bien plus doué que moi pour les regards de tueur.

— Je suis désolé, mademoiselle, mais il me semble que vous n'aviez pas la priorité, me dit-il tout en m'ouvrant la portière.

— Mouais, peut-être, je grommelle.

Je ne m'excuserai pas.

Une fois installée, je me rends compte que je pars au pays des vaches et des grands espaces dans moins de deux heures, et que ma valise n'est pas prête.

Je suis interrompue dans ma réflexion par le chauffeur qui

me demande mon adresse. Je la lui marmonne vaguement avant de replonger dans mes pensées.

Je déboule dans mon appartement sans une minute à perdre. J'attrape la valise au-dessus de mon armoire et, pendant que j'y engouffre des tas de fringues sans vraiment y prêter attention, j'appelle Safia, qui décroche à la deuxième sonnerie.

— Salut, Lo.

— Salut, je pars au Kansas pour le boulot avec mon nouveau boss. Je ne sais pas quand je rentrerai !

Je lui lance ma tirade sans respirer tout en jetant des affaires de toilette dans un vanity.

— O.K., tu me tiendras au courant. Prends ton ordi portable, il faut que tu avances sur ton bouquin. N'oublie pas ton passeport et donne de tes nouvelles.

— Oui, maman !

— Je ne rigole pas. Tu pars où exactement ?

— Au Kansas.

— C'est-à-dire ?

— Je ne sais pas, on m'a dit au Kansas.

— Tu sais, c'est grand, le Kansas !

— Oui, Paul m'a dit qu'il y avait des ranchs et de grands espaces !

— C'est très beau, tu devrais aimer. Mais n'oublie pas ton ordi, tu as vraiment du retard.

— Oui, je sais. Il faut que je te laisse. Promis, je ne t'oublie pas et je roulerai une pelle à une vache pour toi si tu veux !

— T'es vraiment dégueu, tes parents savent que leur fille est aussi malpolie ?

— Je crois, je lui réponds en riant, ils ont perdu tout espoir maintenant.

— Je te laisse. Bises, et n'oublie pas de baiser !

— Je pense que ça va être dur. Et puis, tu sais, plus je suis en manque, plus j'écris vite !

— Alors n'oublie pas de ne pas baiser. Allez, bises, ma biche.

— Bises.

Je raccroche et continue la préparation de ma valise.

Je n'avais pas pensé à mon bouquin. En ce moment, je n'avance pas ; il va falloir que je le bosse en plus. Mon éditrice a beau être ma meilleure amie, j'ai quand même des délais à respecter.

Quand je suis arrivée aux Etats-Unis, j'avais une petite chambre universitaire. Puis j'ai choisi de rester et j'ai dû chercher un appart. Je suis tombée sur Safia, étudiante délurée en dernière année de lettres.

Un soir où nous avions bu, je lui ai raconté l'histoire de Nathan et des livres pour enfants. Elle en a tellement ri qu'elle en a fait pipi dans sa culotte. Un grand moment !

Je ne sais pas comment on en est venues à cette conclusion, mais, depuis lors, on a décidé que je devais coucher avec tous les gars que je rencontrerais, acheter une affaire de marchand de glaces et écrire des bouquins pornographiques. Finalement, j'écris certes des histoires érotiques, mais j'ai choisi de ne pas coucher avec plein de gars, et surtout, je n'ai pas monté d'affaire de marchand de glaces.

Sur ces bons souvenirs, je finis de rassembler mes affaires et retrouve le chauffeur devant la voiture. Il range mon bagage dans le coffre avec mon ordinateur portable et c'est parti pour… deux jours de folie !

Après quarante-cinq minutes de bouchons interminables, nous arrivons enfin à l'aéroport de Newark. En tout cas, y a pas à dire, l'assistante du boss est super-efficace : en deux heures, elle nous a obtenu des places. Je n'en reviens pas.

Je suis surprise quand je vois la voiture rentrer carrément dans l'aéroport.

Et je saisis quand j'arrive sur la piste réservée aux avions privés. Je ne comprends pas pourquoi je m'en étonne : je sais que la société possède plusieurs jets. Je suis naïve parfois ! Comme si un P.-D.G. multimillionnaire acceptait de prendre un vol commercial. Mais quelle idiote !

Pour moi, c'est une première. Je devrais prendre des notes pour un prochain roman. Julia pourrait avoir un amant très riche. Ils sont toujours très riches ! Un qui l'engagerait pour la durée d'un vol…

Grand, blond, des yeux énigmatiques… Je tiens un bon truc !

Je suis tirée de ma rêverie lorsque la portière de la voiture s'ouvre. Je n'avais même pas remarqué que la voiture était garée. Je sors tout en défroissant ma jupe.

— Merci, dis-je, concentrée sur les plis de ma jupe.

— Je vous en prie, me fait une voix grave qui n'est pas celle du chauffeur.

Je lève les yeux, les joues rouges de confusion. Mon regard est absorbé par des yeux gris pétillants. Je reste un moment sans bouger, mes yeux noisette perdus dans un océan illuminé d'étoiles.

— Monsieur, l'avion est prêt à décoller, nous informe une voix à nos côtés.

M. Hamlish toussote et répond d'une voix rauque :

— Bien, très bien.

Il passe la main dans ses cheveux ébouriffés par le vent.

Je reprends vie et me dirige vers la passerelle. J'ai l'impression d'oublier quelque chose, mais je ne sais pas quoi.

— Mes valises ! dis-je plus fort qu'il ne le faudrait.

— Ne vous inquiétez pas, je les ai prises, me répond le chauffeur avec un grand sourire.

Je le lui rends et entre dans l'avion.

Je dois dire que je ne m'attendais pas à ça. La cabine est luxueuse, sans rien de tapageur. Un long canapé est disposé à droite, une table et des chaises à gauche. Il faudrait que je prenne des notes précises pour un prochain livre ; cet avion m'inspire. Je m'installe dans un fauteuil crème tout en regardant autour de moi.

— Bonjour, bienvenue à bord. Souhaitez-vous boire quelque chose ? demande une Barbie rousse qui prodigue de grands sourires à mon patron installé à mon côté.

— Un café, s'il vous plaît.

Puis il se tourne vers moi, attendant une réponse.

— Un thé vert à la menthe, si vous en avez, bien sûr. Sinon, ce n'est pas grave.

— Je vais voir ce que je peux faire, me répond-elle tout en lui jetant des œillades.

Je me demande si c'est toujours comme ça pour lui. Il n'a pas l'air de s'en soucier, il semble ailleurs. Il doit avoir l'habitude.

L'avion s'élance sur la piste. Je regarde par le hublot le paysage qui s'offre à moi.

— J'espère que le fait de m'accompagner ne bouleverse pas trop votre emploi du temps.

— Non, j'ai pris mon téléphone et mon ordinateur portable au cas où…

— Je pensais à des choses plus personnelles, comme des rendez-vous avec vos amis ou votre compagnon.

— Je n'avais rien de prévu et Raspoutine s'en remettra.

Il me regarde, intrigué.

— Mon chat, Raspoutine. Il boude quand je m'absente mais il finit toujours par me pardonner.

— Eh bien, nous essaierons de rentrer le plus tôt possible. Je ne voudrais pas que Raspoutine boude trop longtemps, me répond-il en riant.

Il est vraiment beau quand il rit. Il est flippant quand il se met en colère, mais il est incroyablement beau quand il rigole, avec ses jolies fossettes. J'ai envie de l'embrasser. Le souvenir de ses lèvres sur les miennes me revient. L'assaut de sa langue, la douceur de ses lèvres charnues…

— Mademoiselle Morell ?

— Pardon, vous me disiez ?

Prise en flagrant délit de matage, ça craint…

— Je vous demandais qui s'occupe de Raspoutine en votre absence.

— Ma colocataire s'en occupera. Safia, c'est ma colocataire, qui vit avec moi.

Un seul mot me vient : pathétique.

Quelle idiote ! Avec ça, je suis sûre d'avoir une promotion sous peu. Il va me voir comme la petite grosse qui vit avec son chat et qui ne sait pas faire une phrase correcte.

Sauvée par Barbie !

Maintenant que nous avons décollé, l'hôtesse nous apporte nos boissons. Elle se baisse, suggestive, pour montrer la profondeur de son décolleté à mon boss qui a l'air franchement agacé par la situation.

Mais elle n'en démord pas : elle se frotte contre lui tandis qu'elle dépose la tasse devant moi.

Garce.

« Je suis trop belle avec mes cheveux roux et mon postérieur à la Jennifer Lopez ! »

Voilà que je suis jalouse, maintenant… De mieux en mieux !

O.K., Lola, oublie et passe à autre chose.

Le boulot.

Je vais bosser sur mon livre. Au moins, ce sera plus constructif que de lorgner mon boss et d'imiter Barbie dans ma tête.

J'attrape mon ordi et commence. Je m'y mets et la magie opère ; plus rien n'existe que les mots.

A l'aise dans mon univers, je me laisse bercer par Polymnie, muse de l'écriture et de la rhétorique.

13 h 45.

Je ne sais pas sur quel genre de dossier elle travaille, mais elle a l'air concentrée.

Elle est vraiment belle quand elle fronce les sourcils. Ça lui donne un je-ne-sais-quoi d'institutrice sévère.

Mince, elle se mord la lèvre. Quand elle se mord la lèvre comme ça, je n'ai qu'une envie, c'est de lui sauter dessus, de prendre cette lèvre, de la mordiller à mon tour, puis de la lécher. Après, je caresserai sa langue avec ma langue.

Il faut que je me ressaisisse… De toute manière, il ne se passera jamais rien.

Je n'arrive pas à réfléchir quand elle est là.

Qu'est-ce qui m'a pris de lui demander de m'accompagner ? Je dois être masochiste.

J'ai une trique d'enfer depuis hier et j'emmène l'objet de mes tourments. Je suis cinglé.

P.-D.G.. *Tsss*... Je n'accepterai plus jamais ce genre de mission. Je déteste la paperasse et tout ce bordel. J'aime l'action, pas faire le gratte-papier et me trimballer en jet déguisé en pingouin.

Je ne peux même pas bosser, puisqu'elle est là. Même si elle semble absorbée par ce qu'elle fait, ce ne serait pas très discret.

Il faut que je trouve un sujet de conversation.

J'adore quand elle me parle, elle me regarde avec ses grands yeux et elle me sourit. Elle est tellement spontanée. Comme tout à l'heure, avec son histoire de colocataire et son chat. Raspoutine ! Je suis sûr et certain qu'il s'agit d'un gros pépère. Je l'envie, ce Raspoutine...

— Parlez-moi de votre chat.

Qu'est-ce que j'ai fait ? J'ai lancé ça comme ça !

Putain, un vrai abruti !

Déjà, tout à l'heure, qu'est-ce qui m'a pris de lui demander si elle voyait quelqu'un ?

D'autant plus que je sais très bien qu'elle ne fréquente personne.

Je suis sûr qu'elle voit clair dans mon jeu. Et voilà qu'elle sourit.

Ce sourire... C'est la plus belle chose que j'ai jamais vue. Ou bien ce sont ses fesses, je ne sais plus trop.

— Vous voulez vraiment que je vous parle de mon chat ?

— Je me demandais quel genre de chat vous aviez, par curiosité, dis-je en caressant nerveusement ma cravate.

— Ce n'est pas un chat de race. Je l'ai trouvé, blessé, je

l'ai fait soigner, mais malgré tout il ne marche plus que sur deux pattes. Il est noir et blanc à poil long.

— J'avoue que je ne m'attendais pas à ça. J'imaginais un gros siamois.

— A vrai dire, il est gras comme un cochon.

Cette fille est fabuleuse.

Et moi, j'ai l'impression d'être un ado en chaleur.

— Monsieur, nous vous informons que l'avion va atterrir d'ici quinze minutes. Désirez-vous autre chose ?

— Non, merci, je réponds sèchement.

Cette hôtesse m'aguiche ou je rêve ! Je ne les supporte plus, toutes autant qu'elles sont !

Ce boulot me pèse de plus en plus. Entre ma principale suspecte que j'ai pelotée dans un ascenseur bondé et toutes ces femelles qui me collent, j'en ai ma claque.

Si l'épisode d'hier parvenait aux oreilles de mes supérieurs, je ne donnerais pas cher de mon poste ou de ma peau.

Sans compter que cette aventure ne mènerait nulle part. Innocente ou non, Lola ne voudra jamais de moi. Je lui mens sur ma véritable identité, j'enquête sur elle et son entourage...

Elle me regarde, puis l'hôtesse. Je suis sûr qu'elle pense que je suis comme l'autre crétin de Joseph.

J'ai toujours respecté les femmes. Je profite, certes, mais avec galanterie.

— Excusez-moi, est-ce que la ville où nous nous rendons est loin de l'aéroport ?

— Environ deux heures et demie de route. Mon assistante a loué une voiture. C'est votre première fois au Kansas ?

— J'avoue que, pour le moment, je ne suis allée que dans le Vermont et j'ai passé un week-end à Las Vegas. La géographie américaine, c'est pas mon truc. C'est un pays tellement vaste que j'ai toujours du mal avec les distances.

Elle toussote et fixe de nouveau l'écran de son ordinateur. Je me rends compte que je lui souris comme un idiot.

Je suis d'une discrétion incroyable !

C'est quoi, déjà, mon boulot ?

— Monsieur, nous allons atterrir. Vous devriez attacher votre ceinture, me dit l'hôtesse en me caressant l'intérieur de la cuisse.

Je lui souris poliment et écarte sa main avant qu'elle ne s'égare plus haut.

Lola doit vraiment me prendre pour un gros connard de play-boy. D'un autre côté, c'est ce que je suis censé être ! Quelle couverture merdique !

— Mademoiselle Morell, vous devriez vous attacher. Donnez-moi votre ordinateur, je vais le ranger.

— Merci.

Au moins, l'hôtesse est polie avec elle. Pas comme la pimbêche toute refaite. Si j'en avais le pouvoir, je l'aurais déjà virée.

Nous atterrissons enfin à Kansas City, sous une pluie battante. Heureusement, la voiture de location nous attend déjà. Malgré un court sprint avec un parapluie, nous arrivons trempés dans le véhicule. Je m'installe, règle les rétroviseurs et le siège.

— Vous êtes déjà venu au Kansas ? me demande-t-elle.

Je fais un effort surhumain pour ne pas remarquer que son chemisier est transparent à cause de la pluie.

— Oui, il y a longtemps, dis-je, tendu.

Mon pantalon me serre. Je sens la fermeture Eclair entrer dans la chair de mon membre.

Il faut que je pense à autre chose. Je dois me concentrer sur ma mission.

— La pluie ne vous dérange pas pour conduire ?

— Non, j'ai l'habitude des conditions difficiles.

Si elle savait, ce n'est pas peu dire !

— Ce n'est pas au Kansas qu'il y a des tornades ? me demande-t-elle, l'air inquiète.

— Peut-être, mais pas aujourd'hui.

J'allume le GPS, entre les coordonnées et mets le contact. Mais Lola a vraiment l'air anxieuse.

— Ne vous inquiétez pas, le GPS indique aussi ce genre de choses. S'il y avait un avis de tempête ou de tornade, nous le saurions.

Elle semble se détendre légèrement. Je vais conduire doucement, je ne veux pas l'effrayer.

Mais qu'est-ce que je suis en train de faire ? Je fantasme sur ma suspecte qui n'a, en plus, que 22 ans ! Elle est beaucoup trop jeune pour moi. Je n'ai pas la moindre chance.

Je meurs d'envie de l'embrasser. Si seulement je pouvais juste poser mes lèvres sur les siennes, juste une caresse.

Plus nous avançons, plus le temps se dégrade. Je roule doucement car je n'y vois pas grand-chose. J'attrape le GPS : étrange, le voyant ne clignote pas. Je sors mon portable de ma poche : pas de réseau.

Mauvais signe si même mon équipement est hors-service.

Je reste calme, je ne laisse rien transparaître. Elle est déjà inquiète, il ne faudrait pas qu'elle panique…

— Qu'est-ce que c'est que ça là-bas ? me demande-t-elle.

J'accélère. Il faut que l'on trouve un abri tout de suite, une maison, vite ! Je suis au max, la voiture tressaute. Je coupe à travers champs. Lola panique, mais je me concentre sur la route. J'arrive enfin aux abords d'une maison.

— Lola, dès que j'arrête la voiture, il va falloir courir vers la maison, d'accord ?

Elle hoche la tête ; j'en déduis que c'est bon. Elle ne quitte pas le ciel des yeux. Une fois devant la maison, je n'éteins pas le contact et vois Lola sauter hors du véhicule. Nous courons jusqu'à la maison, mais elle est fermée à clé. J'essaie de défoncer la porte sans grand succès.

— Jérémy, venez !

Elle me tire par le bras. Je la suis jusqu'à ce qui semble être une cave.

Nous nous précipitons à l'intérieur, barricadons l'entrée, puis nous nous enfonçons dans l'obscurité.

Dans le noir, je n'entends plus que sa respiration. Elle a peur.

La tempête fait rage dehors, mais seule m'importe Lola. Plus rien ne compte qu'elle…

Je la prends dans mes bras et la sens trembler contre moi. Son corps est si petit, si chaud, si doux. Elle pose la tête contre mon torse. Je baisse la mienne. J'ai besoin de sentir son visage, sa peau contre ma peau, de savoir qu'elle va bien.

J'ai comme un choc au moment où nos peaux entrent en contact. Ça picote ; elle est vraiment chaude. Je sens son souffle près du mien, il sent la menthe.

Je lui caresse les cheveux et la réconforte en lui chuchotant à l'oreille. Elle sent les bonbons, ses cheveux sont si doux… J'effleure son cou, sa peau si douce et chaude.

Elle enfonce les doigts dans mon dos, comme si j'étais son point d'ancrage.

Merveilleuse douleur…

Nos joues se touchent, nos souffles se rapprochent. Je la serre plus fort — je vais finir par lui faire mal, mais j'ai besoin de la sentir plus près de moi. L'air se charge d'électricité. Elle respire plus vite, mon cœur s'emballe.

Je ne veux pas que ça s'arrête, je n'y survivrai pas…

Nous nous retrouvons front contre front. Nos souffles se mélangent, nos lèvres se frôlent sans vraiment se toucher ; j'ai du mal à respirer. Elle remonte une main le long de mon dos, caresse ma nuque du bout des doigts. Je souffre, mon désir est trop intense.

Elle m'attrape par les cheveux et tire doucement dessus, douce torture, divin enfer, et elle écrase ses lèvres sur les miennes. C'en est presque douloureux. Je profite d'un gémissement pour prolonger ce baiser. Ma langue se fraie un passage dans sa bouche, je l'explore doucement — je veux profiter de chaque instant. Nos langues se caressent timidement, se cherchent, se trouvent, s'unissent dans une danse érotique. Sa bouche est tellement chaude, son baiser tellement doux.

Je n'en peux plus. Mon désir est à son comble, mon sexe est dur, tellement dur qu'il me fait souffrir. Je veux être en elle, mais je ne peux pas…

D'un geste sûr, elle fait tomber ma veste. Je fais glisser les mains le long de son visage. Je perds mon sang-froid et commence à déboutonner son chemisier en couvrant ses joues, son cou de légers baisers. Je lui retire son vêtement et le laisse tomber par terre. Je reprends ses lèvres, passe mes mains dans ses cheveux et tire sur son chignon pour le défaire pendant qu'elle m'enlève ma chemise et caresse mon torse.

Je gémis.

Je sens son corps se tendre sous mes mains ; mes mains sur ses seins, sa taille, ses hanches, le long de ses cuisses.

J'atteins l'ourlet de sa jupe, que je remonte jusqu'à sa taille, et j'en profite pour plaquer les mains sur ses fesses.

Elle déboucle ma ceinture, mais moi, je ne quitte plus ses fesses. Je les ai tellement rêvées que je ne les quitterai jamais !

Elle descend minutieusement la braguette de mon pantalon, lequel rejoint le reste de nos vêtements, caresse mon sexe à travers le fin tissu de mon boxer. Elle ne fait que courir le bout de ses doigts le long de mon érection, mais je me sens déjà proche de la fin. On ne m'a jamais touché comme ça...

Elle quitte mes lèvres, embrasse mon cou, puis mon torse. Je suis obligé de lâcher ses fesses. Elle continue son parcours de baisers, puis atteint la limite de mon boxer ; elle passe la langue sur mon ventre pendant que ses mains s'affairent à descendre le bout de tissu.

Je retiens mon souffle...

— Ah... Lola !

Elle a saisi mon sexe, le lèche sur toute sa longueur, entame un léger va-et-vient avec la main.

— Putain... Lola, je t'en prie !

Répondant à ma prière, elle m'entoure de ses lèvres et suce timidement.

Je gémis.

Elle me suce de plus belle.

Jamais je n'aurais imaginé une sensation pareille ou pensé que ce serait aussi bon…

Je bascule la tête en arrière et passe les mains dans ses cheveux. Je la sens qui me rentre au plus profond de sa bouche. C'est extraordinaire.

Elle fait tournoyer sa langue, j'en veux plus ! Je bascule mes hanches vers elle, les remue pour accentuer la sensation. Pourvu que ça ne s'arrête jamais ! Je sens que je vais venir, que je vais jouir dans sa bouche. A cette idée, je sens mon sexe se tendre.

— Lola, je t'en prie, je vais… Lola !

Elle arrête enfin, passe un dernier coup de langue sur mon gland.

Il faut que je la prenne maintenant !

Elle m'entraîne par terre. Je l'embrasse. Je reconnais son goût et autre chose… moi.

Je la dévore, mes mains parcourent son corps.

Elle ne porte plus qu'une minuscule culotte en dentelle.

Bordel de merde !

Il faut que je sois en elle maintenant !

Je fais glisser mes doigts sous le tissu humide et tire dessus : elle est nue et tout à moi.

A moi !

Pour toujours !

Je me place au-dessus d'elle, positionne mes mains de chaque côté de sa tête, mon gland à l'entrée de son sexe : brutalement, je m'enfonce en elle.

Elle crie.

Je me fige, profite de chaque sensation. Je me sens à ma place en elle. Elle est si étroite…

Incroyable.

Je sors avec une lenteur exquise, puis m'enfonce de nouveau. Elle gémit. Je recommence, puis m'arrête, je ne tiens plus...

Mais j'attends encore, je veux la voir jouir...

Je bouge lentement, entrant et sortant en douceur. Elle suit chacun de mes coups de reins.

Je me concentre.

Elle m'embrasse durement. Je la sens venir ; j'accélère, elle est si serrée, tout son corps se contracte.

— Jérémy, encore !

Elle en veut plus, je deviens fou !

Mon corps se contracte à son tour, je frémis.

Je ne savais pas que ce serait comme ça, que l'on pouvait ressentir ça !

Je suis ailleurs, je ne sens plus qu'elle autour de moi... plus que moi en elle...

Je me tends et décharge, crie son nom, me répands en elle, lui abandonne mon âme, ma vie si elle en veut, tout, je lui donnerais tout !

Mon cœur bat à tout rompre, il va exploser.

Front contre front, nous nous embrassons avec tendresse. Je lui caresse les cheveux, le visage, le cou. Je finis par rouler sur le côté en l'entraînant avec moi.

Je la veux dans mes bras... pour toujours.

Elle est à moi.

Je ne la laisserai jamais partir.

Elle est à moi...

Mes yeux se ferment et je succombe à ses caresses.

*
* *

Un bruit me réveille : mon téléphone. J'ai reçu un message. Etrange…

Je l'attrape en prenant soin de ne pas réveiller Lola qui dort au creux de mon épaule.

Premier et dernier avertissement : laisse tomber ou, la prochaine fois, ce ne sera pas une panne électronique en pleine tempête…

DEUXIÈME PARTIE

Chapitre 6

Samedi 28 septembre

Un léger courant d'air me sort de mon exquise torpeur. Mes membres sont engourdis, délicieusement douloureux. J'étire chacun de mes muscles comme un chat après une sieste. Je les ressens, se déroulant avec lenteur sous ma peau frissonnante. Je me sens bien, en sécurité. Les poils de son torse me chatouillent le bout du nez. Je me cale un peu plus contre lui, profitant de sa chaleur.

Ma tête monte et descend au rythme calme de sa respiration. Ses bras puissants autour de moi, ses mains sur mes hanches, nos jambes entremêlées.

Sa posture est protectrice. Ou possessive, peut-être. Je ne sais pas trop…

Il me tient si fermement que je ne suis pas sûre de pouvoir bouger.

D'un autre côté, pourquoi faire ?

Je suis si bien.

Ma main repose sur son ventre. Sa peau est douce.

Il sent si bon, malgré l'odeur de renfermé et de poussière qui règne dans la pièce.

Son parfum prend le dessus, entêtant, enivrant, masculin. Il sent le savon de luxe et… lui.

J'ai l'impression d'être un animal à le renifler comme ça, mais c'est tellement bon !

Je sens déjà l'excitation revenir, une boule se forme dans mon bas-ventre. J'avais vu en lui un dieu du sexe, et cette nuit, j'en ai eu la démonstration. Une attirance quasi animale nous liait. Jamais je n'avais ressenti pareille sensation, j'avais l'impression d'avoir trouvé l'autre moitié de mon âme. Chaque baiser, chaque caresse, tout était naturel. Dans ses bras, je me sens à ma place, chez moi.

Je frotte précautionneusement mon nez contre la peau tendre de son cou et inspire une grande bouffée de son parfum. Je me laisse transporter par cet exquis saisissement.

Ma peau me picote déjà, elle le réclame, lui, son corps, ses mains expertes, son souffle au creux de mes lèvres…

Mes mains vagabondent au gré de leurs envies. Elles parcourent son corps puissant et chaud. Un sourire m'échappe, je tente de le retenir en me mordant la lèvre.

Ce qui m'a marquée la nuit dernière, c'est sa carrure et son corps ferme. Il doit faire beaucoup de sport pour être fichu comme ça !

Bordel, il ressemble vraiment aux mecs des calendriers.

Mon rugbyman sexy…

Oui, parce que là, c'est devenu officiel : il est à moi et je ne compte pas le partager.

C'est *mon* Sexy-Fossettes…

Je ne suis pas sûre qu'il partage mes ambitions, mais c'est tant pis pour lui. Vu le morceau, je ne compte pas le lâcher.

Je suis passée d'un vulgaire steak surgelé premier prix

(comprenez Voldemort) à du bœuf de Kobe (le dieu du stade sur lequel je suis en train de fantasmer grave !!).

Du bout des doigts, je trace un chemin imaginaire sur ses abdos en redessinant minutieusement ses muscles.

Ma bouche s'assèche au souvenir de la façon dont je l'ai dévoré. On peut dire que j'ai profité de l'instant.

Bon, O.K., j'étais déchaînée !

Je me mords une nouvelle fois la lèvre. Aucun regret ! Je lui ai arraché ses vêtements… Ils étaient trempés ! Finalement, je n'ai fait que me préoccuper de sa santé. Un coup de froid, c'est si vite arrivé ! Après, je ne serais pas contre l'idée de jouer au docteur avec lui…

Un faible rayon de lumière filtre à travers les volets, dessine un jeu d'ombre et de lumière sur ses membres, ce qui fait paraître ses muscles encore plus impressionnants.

Et si je l'embrasse là, ou là, est-ce que ça le réveille ?

Après tout, tant qu'on n'essaie pas, on n'en sait rien !

Je pose délicatement les lèvres sur son magnifique torse.

J'entends un bruit, on dirait… des voix ?

Oh non ! Des voix !

Je le regarde, me regarde… On est un peu à poil quand même !

Il faut que je le réveille. Je me vois mal expliquer que la tempête a également emporté nos vêtements. Ce serait une sacrée coquine, celle-là !

— Jérémy, dis-je en le secouant doucement.

Il m'embrasse les cheveux, me caresse et je me rapproche instinctivement de lui.

Je les entends s'approcher.

— Monsieur Hamlish, réveillez-vous maintenant ! Il y a du monde dehors, dis-je d'une voix suraiguë.

— Hum, quoi ?

Mon Dieu, sa voix grave encore endormie est tellement sexy…

Merde, Lola, ce n'est pas le moment de penser à ça !

— J'ai entendu des voix.

— Quoi ?

Il me dévisage comme si je venais de perdre la tête — ou alors, c'est sa tête au réveil ?

— Il y a des gens dehors !

— Merde !

Il se redresse en me bousculant au passage et regarde autour de lui, perdu.

Il panique ?

Non, pourquoi paniquerait-il ?

C'est juste qu'il vient de se réveiller. Ouais, c'est sa tête au réveil, j'en suis sûre.

Nous entendons les voix se rapprocher et là, c'est moi qui panique.

Je passe en mode *fighting*, habillage express.

Nos vêtements sont pleins de poussière et de terre, roulés en boule, entremêlés. J'attrape le premier truc qui se présente… un boxer, pas à moi.

Dans l'urgence, j'enfile sa chemise à l'envers et me rends compte de mon erreur. Je suis nerveuse, je trouve enfin mon string, qui — comment dire — ne me servira plus jamais. Je me mets à sourire comme une idiote en repensant au moment où il me l'a arraché. Carrément, comme ça, *tac*, il a tiré dessus…

C'est vrai qu'il a les doigts puissants, vraiment très habiles…

Les voix deviennent plus distinctes dehors, ce qui a pour conséquence de me faire redescendre sur terre immédiatement. Je me mets à trembler et n'arrive pas à boutonner mon chemisier correctement.

Au moment où les volets s'ouvrent, j'ai réussi à l'enfiler, ainsi que ma jupe. Quant à mon boss, il n'a eu que le temps de remonter son pantalon. Finalement, à force d'arriver en retard tous les matins, j'ai fini pro de l'habillage express.

La lumière extérieure est aveuglante. Je cligne plusieurs fois des yeux pour m'habituer à cette nouvelle luminosité. Une silhouette massive se dessine dans l'encadrement de la porte.

— Lola Morell ? demande une voix grave.

— Oui ?

— C'est votre famille qui nous envoie, on vous a cherchée partout.

Evidemment ! Comment ont-ils su où j'étais ?

Pfff ! Peu importe, parfois, il vaut mieux ne pas chercher !

— Ils étaient très inquiets, mademoiselle. On n'a pas idée de se promener avec un temps pareil.

— On ne savait pas que ce serait l'apocalypse ! dis-je, sur la défensive.

— Avec tous les moyens technologiques à disposition de nos jours, pas un de vous n'a pensé à regarder la météo ?

C'est vrai qu'on aurait pu faire un point avant de s'embarquer dans toute cette histoire. Mais le bon côté, c'est que j'ai baisé comme jamais ! Alors, papa, maman, on s'en fout !

De toute manière, ils s'inquiètent tout le temps, alors un peu plus ou un peu moins…

— Finissez de vous habiller, jeunes gens. Et vous, mademoiselle Morell, vous devez rappeler vos parents. Votre pauvre mère est morte d'inquiétude.

— Oui, réponds-je avec une toute petite voix.

J'ai l'impression d'être une ado prise en faute avec son petit copain à l'arrière d'une voiture.

La silhouette déserte l'entrée. Je jette un coup d'œil à Sexy-Fossettes qui finit de boutonner sa chemise et de mettre ses chaussures. Je ne discerne aucune expression sur son visage, je ne sais pas quoi penser, il semble absent ou énervé. Il se dirige vers la sortie.

Il ne perd pas de temps !

Même pas un « C'était sympa, on remet ça quand vous voulez », ou même « J'ai adoré vous culbuter entre des cagettes de poireaux et de pommes de terre, on se rappelle ».

Tandis que j'attrape ma veste, je surprends son regard, je n'arrive pas à l'interpréter.

J'avale difficilement ma salive, je viens de comprendre. Il a été pris en flagrant délit avec la petite grosse du service financier !

Voilà pourquoi il est bizarre !

Quelle idiote !

Qu'est-ce que je croyais ? Qu'il allait me susurrer des mots d'amour, qu'on allait partir vivre au Canada, se marier, avoir des enfants ?

Que je suis conne !

Evidemment qu'il ne veut pas de moi.

Evidemment qu'il ne m'a baisée que parce qu'il faisait noir, et qu'il pouvait s'imaginer avec Gisele Bündchen !

Il ne m'a rien promis.

D'un autre côté, il n'a rien dit non plus, à part « Lola, je t'en prie » pendant que je le suçais.

J'ai sucé mon patron dans un débarras.

Attention, Lola vient d'atterrir… ou de se crasher plutôt !

Non seulement il ne m'a rien dit ou promis, mais en plus, c'est moi qui lui ai sauté dessus.

Les trois petites marches qui me séparent de l'extérieur me semblent interminables, j'ai l'impression de grimper l'Everest, je suis à bout de souffle.

Dehors, je me sens sale, seule et désespérée.

J'ai envie de rentrer chez moi, de m'enrouler dans mes couvertures avec Raspoutine, de fermer les yeux et d'oublier. Et de faire pipi…

Ben quoi ! C'est bien gentil tout ça, mais je me voyais mal dire : « Excuse-moi, chéri, je reviens, je vais juste braver les éléments, vider ma vessie, et je reviens ! »

Je garde la tête baissée. Je suis tellement mal à l'aise que si je pouvais me cacher sous terre, je le ferais.

J'aperçois enfin l'homme dont j'ai distingué plus tôt la silhouette : il s'agit d'un ranger qui est taillé comme une armoire à glace.

Je remue la terre avec le bout de mon escarpin. Personne ne semble faire attention à moi.

Tout le monde en a après mon patron qui, lui, semble… comme d'habitude. Peut-être un peu tendu : il est droit comme un piquet, on dirait qu'on lui a mis un balai dans le…

C'est pas moi, promis ! De toute manière, il n'y avait pas de balai dans le débarras !

A y regarder de plus près, je me dis qu'il doit avoir l'habitude, lui, de s'envoyer en l'air, comme ça, sans attaches.

Pourtant, pour moi, c'était tellement irréel, sensationnel, sauvage, incroyable, intense…

Bon, c'est vrai que les seules fois où j'ai joui, c'était grâce à Jeannot, mon vibromasseur.

Désormais, mon super-appareil qui m'a coûté un bras,

une jambe et un œil réunis me semble bien fade… Tandis que pour lui, ce doit être la routine, avec toutes les femmes qu'il a à ses pieds…

Il a dû en faire, des trucs de dingue. Et je suis persuadée qu'il n'a jamais fini aux urgences, lui.

La pipe, normalement, je suis plutôt douée. En tout cas, aucun de mes ex ne s'est jamais plaint.

Et si en fait j'étais une merde au lit ?

Pourtant, il avait plutôt l'air d'apprécier…

Est-ce que les hommes simulent aussi ?

Il faisait noir, je me suis jetée sur lui, il n'allait pas me dire : « Désolé, Lola, mais je crois que ça ne va pas être possible. » Vous imaginez l'ambiance de merde après ça ?

J'ai envie de pleurer, mais je ne craquerai pas.

Je ne craquerai pas !

Je ravale la boule qui s'est formée dans ma gorge et respire…

Pourquoi la vie est-elle aussi injuste ? ! Dans un débarras, c'est pas simple de trouver la bonne position ! En plus, j'étais un peu crevée, je dois avouer… Pourtant, j'ai donné le meilleur de moi-même !

C'est pas possible !

Si j'étais bidon, je le saurais ?

Est-ce que les gens moches savent qu'ils sont moches ?

Si j'étais un thon aux performances sexuelles pitoyables, je le saurais ?

Le ranger s'approche de moi avec un téléphone.

Qu'est-ce qu'il me veut celui-là, il ne voit pas que je suis en plein conflit intérieur ? que je suis au bord du gouffre ? que je suis à deux doigts de trucider Cupidon ?

Cupidon, tu parles ! Quel connard !

Je suis certaine qu'il s'agit d'un vulgaire nain volant imbibé la moitié du temps. Parce que sinon, je n'en serais pas là !

— Tenez, mademoiselle, c'est votre père.

— Merci, dis-je, la gorge serrée.

Je prends une profonde inspiration. Attention, ça va faire mal !

— Coucou, papa, lancé-je de ma voix de petite fille.

— Enfin ! me fait mon père.

— Je vais bien, je t'assure. Nous nous sommes fait surprendre, mais nous n'avons rien.

— Comment as-tu pu te faire surprendre, Lola, tu n'as donc pas vérifié la météo avant de partir ?

— Si, mais… nous avions un GPS et il ne nous a rien indiqué.

— Le GPS n'indiquait rien ? C'est quelle marque ? Donne-moi le numéro de série.

— T'es pas sérieux, papa ? dis-je en m'écartant du groupe.

— Quand il s'agit de la sécurité de ma famille, je suis toujours sérieux et tu le sais.

— Papa, je ne peux pas te le dire, je ne sais pas où il est !

— Ecoute, chérie, tu dois faire plus attention à toi, ça ne me plaît pas, tout ça. Si ta mère et moi n'avions pas téléphoné hier à ton appartement, nous n'aurions jamais su où tu étais. Et s'il t'était arrivé quelque chose ?

— On ne parle plus de tempête, là ?

— Lola, ne recommence pas. Je comprends tes choix, ne nous reproche pas les nôtres. Tu sais que tu dois nous prévenir quand tu pars, ce n'est pas nouveau. Tu dois faire plus attention à ta sécurité, et à la nôtre par la même occasion.

— Je sais.

— Lola, ma chérie, je t'aime, tu le sais ?

— Oui, je le sais, dis-je, agacée.

— Alors, prends soin de toi, promis ?

— Promis. Bisous, papa.

— Bisous, ma chérie.

Je monte dans la voiture du shérif, m'installe sur la banquette arrière en faisant attention de ne pas croiser le regard de mon patron. Je préfère reporter mon attention sur le paysage dévasté par la tempête, le cyclone ou je ne sais quoi, qui a tout emporté, et mon cœur avec. C'est meilleur pour mon moral.

O.K., Lola, regarde autour de toi, il y a peut-être eu des morts. Et toi, tu ne penses qu'à toi.

— Est-ce que des gens ont été blessés ? demandé-je au ranger.

— Non, mademoiselle, les habitants avaient été prévenus.

— Alors pourquoi notre GPS ne nous a pas donné l'alerte ?

— Je ne sais pas, mademoiselle, je n'y connais rien dans ce domaine, moi !

— Serait-ce possible de le récupérer ?

— Je l'ai pris, je vais demander à notre service technique d'y jeter un œil, dit Sexy-Connard qui se mord les doigts d'avoir couché avec moi.

— Nous n'avons pas de service technique.

Il me regarde, surpris.

Je suis sûre que je ne suis pas si nulle… Mouais, je ne suis pas nulle, je ne suis peut-être pas exceptionnelle, mais…

J'aurais dû continuer le yoga, travailler plus ma souplesse…

Je souffle de dépit.

Je me demande ce qui se serait passé si nous n'avions pas été interrompus. Nous l'aurions probablement refait, encore et encore et encore…

J'en ai des frissons d'excitation rien que d'y penser. J'ignorais que c'était humainement possible d'avoir autant de rapports sexuels en si peu de temps.

J'aurais aimé qu'on ne nous retrouve pas tout de suite...

Nous arrivons enfin à destination... c'est-à-dire à l'aéroport.

Comment ça, on rentre ?

Et le dossier Longworth ?

Pourquoi on ne reste pas ?

— Que fait-on du dossier Longworth ? finis-je par lui demander alors que nous sommes sur le tarmac.

Il me regarde à peine, il semble tendu.

— La vente a déjà été effectuée ce matin. Mais nous aurons des tas d'autres dossiers comme celui-ci à l'avenir.

Il me fixe droit dans les yeux, avec une incroyable intensité. J'ai l'impression de me retrouver dans un abysse...

Foutus yeux gris...

Merde, c'est pas possible !

Je ne suis pas certaine d'être en train de parler de Longworth. Ou plutôt, j'ai envie de croire qu'il me promet d'autres parties de jambes en l'air démentielles.

Il m'invite à passer devant lui et je gagne la cabine. Je me sens plus sale que jamais, j'ai peur de toucher quelque chose et de tout salir. Je me sens gauche et je ne sais pas comment me tenir.

— Mademoiselle, voulez-vous bien conduire Mlle Morell à la salle de bains, s'il vous plaît ?

— Bien sûr, monsieur, minaude-t-elle.

Il y a une salle de bains dans l'avion ?

Remarque, pourquoi n'y aurait-il pas de salle de bains dans un jet ? Suis-je bête !

Nous n'avons vraiment pas les mêmes valeurs !

Je suis donc Barbie rousse qui m'amène jusqu'à une chambre toute simple, composée d'un grand lit et de deux tables de chevet. Elle me présente une porte qui s'ouvre sur une salle de bains petite, mais cosy. Tout est là : il y a une douche, un miroir, un lavabo, jusqu'aux produits de toilette.

— Vous pouvez vous installer, je vais vous apporter vos affaires, me dit-elle en souriant.

Elle me semble bien sympathique tout à coup. Mais en fait, à part m'ignorer, elle n'a jamais été désagréable.

Une fois seule, je prends le temps de me regarder dans un miroir. Je ne ressemble à rien : j'essuie des traînées marron, grises, voire d'autres couleurs indéfinissables, sur mon visage. Mon mascara a coulé, mes cheveux sont tout emmêlés.

Bordel, j'ai des faux airs de raton-laveur !

Tu m'étonnes qu'il ait des doutes sur le bien-fondé de notre partie de jambes en l'air. Dans le noir, passe encore, mais à la lumière du jour, c'est une tout autre histoire !

Je suis hideuse.

Sur cette constatation, je me déshabille et file sous la douche. Je profite du jet chaud pour me détendre, me frotte fort pour faire disparaître les traces de boue, de poussière, de Jérémy Hamlish.

Je ne veux plus sentir ses mains sur moi, son souffle près de mon oreille, la sensation de sa peau contre la mienne, son odeur.

Cela ne se reproduira plus jamais. Ce qui s'est passé cette nuit ne sera plus qu'un lointain souvenir.

Je me rappelle soudain où je suis et me presse, me sèche avec une serviette qui a été disposée à mon intention.

Dans la chambre, mes affaires sont déjà là.

Je décide de faire dans le décontracté : j'attrape un jean,

un T-shirt simple jaune pâle, un sweat à capuche et mes Converse. Je fais tomber la serviette au sol et suis surprise par un bruit. Je me tourne et me retrouve nez à nez avec lui. Il m'observe, me détaille comme s'il me voyait pour la première fois. Puis il me dit d'une voix enrouée :

— Vous avez déjà fini ?

— Pas vraiment, comme vous pouvez le constater, lui dis-je en désignant ma nudité.

— J'apprécie beaucoup le spectacle, murmure-t-il en se rapprochant lentement comme un animal prêt à sauter sur sa proie — ou à sauter sa proie tout court.

Ma gorge est sèche, je me sens toute chose d'un coup.

Ah ! Je savais que je n'étais pas si nulle !

— Je dois prendre une douche, Lola, et j'espérais que vous accepteriez de… vous joindre à moi, dit-il avec un sourire à tomber.

Bordel, s'il me sort les fossettes, comment je fais, moi ?

O.K., Lola, résiste, respire…

Je prends une dernière inspiration et, avec toute ma détermination, je lui rétorque :

— Je crois que vous pouvez très bien vous *laver* tout seul.

Il ouvre et referme la bouche.

Lola : 2

Sexy-Fossettes-Pervers : 0

Il me sourit de plus belle.

Bordel, foutues fossettes, je suis déjà toute mouillée, et mes bonnes résolutions sont en train de prendre la poudre d'escampette !

— Bien, comme vous voudrez, dit-il d'une voix charmeuse.

A peine ai-je le temps de comprendre qu'il s'empare de ma bouche, mêlant sa langue à la mienne avec détermination. Il m'embrase déjà. Je gémis tandis que ses mains parcourent mon corps avec avidité. Il émet un grognement sauvage. Les pointes de mes seins se dressent sous ses caresses expertes. Je me presse contre lui, j'en veux plus… Son baiser devient affolant ; je perds pied, envoûtée. Ses lèvres quittent les miennes, je me sens perdue… Il m'effleure la joue du bout du nez, ses mains glissent doucement le long de mes bras nus et me poussent sur le lit.

— Je…

Je ravale ma salive alors qu'il commence à se déshabiller.

Et *hop* la chemise !

— Je veux dire… je ne pense pas que ce soit une bonne idée, dis-je en essayant de ne pas perdre mon sang-froid, tandis que les muscles de ses bras se contractent alors qu'il enlève sa ceinture.

Et un pantalon en moins.

Bordel de merde !

Après tout, je suis déjà nue sur le lit, alors je devrais peut-être… mais juste un peu… pas beaucoup… me détendre.

Ma volonté se dégonfle aussi sûrement que son boxer a du mal à contenir son érection.

— Sérieusement, Jérémy, l'avion va décoller, on devrait…

Le boxer !

Il est nu.

Ah non, il manque les chaussettes !

Il me regarde, arque un sourcil, me sourit diaboliquement, enlève ses chaussettes une à une. Depuis quand les hommes qui retirent leurs chaussettes, c'est excitant ?

Il grimpe sur le lit, me rejoignant à quatre pattes. Il m'écarte les jambes, je perds mon souffle tandis que je sens le sien sur mon sexe humide. Il continue d'explorer mon corps du bout des lèvres. Ma conscience m'a désertée.

— J'ai proposé de me laver, je vous rappelle.

Nos visages ne sont plus qu'à quelques millimètres. Son regard gris ne quitte pas le mien, ses joues s'empourprent, ses lèvres s'entrouvrent. Si j'avais des doutes quant à l'effet que j'ai sur lui, ils viennent de s'envoler. Tant mieux, parce que le yoga, j'accroche pas des masses !

Il s'installe entre mes jambes et nos regards sont scellés.

Ma respiration est saccadée, mon cœur s'emballe. Il m'attrape par les hanches, les doigts crispés d'impatience. Le bout de mes seins frotte contre la peau chaude de son torse, la sensation est si intense, déclenche un tel flot de sensations que je ne peux retenir un cri alors que je sens la pointe de sa langue parcourir mon cou jusqu'au lobe de mon oreille, qu'il mordille avec délectation. Sa main pétrit avec vigueur mon sein, titillant la pointe.

Sa peau est si brûlante contre la mienne…

Je n'en peux plus, j'agrippe ses fesses et le presse contre moi tout en plaquant mon bassin pour accueillir son sexe au plus profond de ma féminité. Il est si lourd, si dur ! D'un lent mouvement, je le fais coulisser en moi, attentive à chaque sensation. Mes mains parcourent inlassablement son corps parfait.

— L'avion, dis-je dans un murmure tandis que nous amorçons le décollage.

— Lola.

Mon prénom ressemble à une douce prière entre ses lèvres.

Délicieuse sensation.

Il m'emplit tellement…

Je quitte terre, crie son nom, enfonce les ongles dans ses

fesses charnues, mord sa lèvre douce qui me rend complètement folle.

Nos corps s'enchevêtrent, ses mains sont partout à la fois. Mon orgasme est brutal. Je tente de reprendre pied tandis qu'il se déverse en moi.

Une seule chose me vient à l'esprit :

Waouh !!!

Nous sommes tous les deux à bout de souffle. Je m'agrippe à lui et nous roulons sur le côté. Il attrape la couverture en bas du lit, nous couvre. Mes yeux se ferment alors qu'il me caresse les cheveux.

J'ouvre doucement les yeux et regarde autour de moi.

Les draps sont défaits…

Je renifle l'oreiller à côté de moi et souris comme une idiote en me remémorant les derniers événements.

Je crois qu'il m'aime bien, en fait. Mon sourire s'élargit un peu plus à cette pensée.

Qu'est-ce que je peux être fleur bleue alors ! Je pourrais maudire une nouvelle fois mon côté midinette, mais l'extase sexuelle dans laquelle je me trouve me l'interdit.

Je me soulève légèrement et vois la porte de la salle de bains entrouverte. J'entends l'eau qui coule et Jérémy qui chantonne un truc que je n'arrive définitivement pas à identifier.

En voilà un qui ne fera pas chanteur…

Je parcours la chambre des yeux et aperçois son sac de voyage qui m'attire tel un aimant.

Non, Lola, tu ne peux pas, ce n'est pas bien, la curiosité est un vilain défaut… Je sens que je sombre du côté obscur, mais la tentation est là, oppressante. Je l'entends enchaîner sur un nouveau couplet. Je réfléchis à toute vitesse à un plan d'action : je me lève, cours jusqu'au sac — si je fouille de façon extrêmement organisée, c'est faisable.

Je jette un nouveau coup d'œil en direction de la salle de bains et me décide.

Je soulève vite la couette et presse le pas jusqu'au sac. Une fois devant l'objet de ma convoitise, j'entends sa voix qui m'appelle :

— Lola ?

Merde, il éteint l'eau !

Je tourne sur moi-même, ne sachant vraiment pas quoi faire.

Lola + gestion de stress en situation de crise = 0.

Je cours jusqu'au lit, me recouvre avec la couette et adopte la position « Je dors comme un bébé ». Je ne suis qu'innocence !

Je distingue le bruit de ses pas sur la moquette. Il se rapproche…

Reste calme, Lola…

Je sens sa présence à côté de moi. *Humm !* Qu'est-ce qu'il sent bon !

Reste immobile, Lola, tu le renifleras plus tard.

— Lola ?

— Mmmh ?

Je fais semblant de quitter les bras de Morphée.

— Lola, réveille-toi, nous allons atterrir.

J'ouvre un œil, puis l'autre, et découvre Jérémy au-dessus de moi qui me sourit. Qu'est-ce qu'il est beau ! Du bout des doigts, il effleure mes lèvres et m'embrasse avec tendresse. Je passe la main dans ses cheveux humides et tire doucement dessus, je le pousse doucement, lui monte dessus. Mon nez parcourt son cou avec gourmandise et je suis déjà toute chamboulée. Il me le faut maintenant, tout de suite. Jamais je ne serai rassasié d'un mec pareil ! Je saisis son sexe et l'amène en moi. Avec lenteur, je coulisse le long de son pénis déjà dur.

— Putain, Lola, je suis sérieux, on va atterrir.

— J'ai très envie de m'envoyer en l'air avec toi, Jérémy, dis-je d'une voix sensuelle.

Il me saisit les fesses, me retourne pour être au-dessus de moi et entre entièrement en moi.

— Tu vas me tuer, Lola !

Il attrape mon sein et tète le bout de mon mamelon durci. Je gémis, jamais on ne m'avait fait un truc pareil…

Il passe une dernière fois sa langue sur mon téton rendu sensible et me pénètre plus fort.

Je sens que ça vient, une boule se forme dans mon bas-ventre. Je prends ses fesses entre mes mains, le serre plus près de moi et accélère le mouvement.

— Lola, arrête, je vais…

— Tu vas quoi ? dis-je en léchant et en mordillant son menton.

Il saisit mes mains, les passe au-dessus de ma tête, et je plonge dans ses iris gris.

— Tu es une vraie diablesse ! dit-il en accentuant chaque mot d'un coup de reins.

Il joint mes poignets et les retient avec la main gauche, tandis que de l'autre, il saisit mon menton, m'embrasse durement, me mordillant les lèvres. Son va-et-vient est sans répit. Je sens l'avion descendre, et moi, je monte rencontrer les étoiles tandis que mon amant se déverse en moi.

Notre orgasme est dévastateur. Il me relâche, nous nous embrassons à en perdre haleine.

Il finit par coller son front transpirant contre le mien et me dit en souriant :

— Mademoiselle Morell, je crois que nous venons d'atterrir.

Sur cette constatation, nous rions de bon cœur.

— Nous devrions nous habiller, monsieur Hamlish, dis-je en parcourant son dos musclé.

— Vous êtes sûre, mademoiselle Morell ? Parce que j'adore m'envoyer en l'air avec vous !

Je pose une dernière fois mes lèvres sur les siennes, le repousse et me dirige vers la salle de bains avec les vêtements que j'avais choisis.

Lorsque j'en ressors, il est déjà prêt et m'attend, ma valise à la main.

— Merci, je vais la prendre, lancé-je en tentant de récupérer mon bagage.

Jérémy arrête mon geste et approche son visage du mien.

— Nous pourrions aller boire un café plus tard, dit-il en passant sa main libre dans ses cheveux.

— Pourquoi pas ? Nous nous verrons au bureau lundi, réponds-je, mal à l'aise.

Je prends mes affaires et descends les marches. J'ai la bonne surprise de trouver Safia et lui saute dans les bras.

— Mon Dieu, Lo, moi aussi, je suis ravie de te retrouver !

Elle m'emmène jusqu'à une Audi noire.

— C'est quoi cette voiture ?

— C'est la voiture dont la maison d'édition se sert pour récupérer les VIP.

— Je suis une VIP maintenant ?

— T'es ma meilleure amie, alors t'es une super-VIP ! Et puis, en tant qu'éditrice, c'est moi qui décide ! ajoute-t-elle avec un clin d'œil.

— Super, VIP ! Super slogan, je devrais peut-être m'en faire un T-shirt, ou alors une cape.

— Pour le moment, on va plutôt faire un truc pour ça, grimace-t-elle tout en agitant la main devant ma figure.

— Je rêve ou tu es en train de me dire que j'ai une sale gueule ?

— Je suis désolée, Lo, mais ouais. Je ne sais pas où tu as traîné, mais c'est pas beau à voir, avoue-t-elle avec une grimace.

— O.K. ! Alors qu'est-ce que tu proposes pour ma face de gremlin ?

— La totale.

— A ce point-là ?

— Crois-moi, on ne doit rien négliger, surtout quand un beau gosse comme lui est dans les parages, dit-elle en désignant mon boss du menton.

Je risque un coup d'œil. Il se tient droit et nous observe, les mains dans les poches de son jean, et ne fait même pas un effort pour paraître discret. Il semble à mille lieues de l'homme avec lequel « je me suis envoyée en l'air » il y a quelques minutes.

Il me fait penser à…

Mon père ? !

Lola, tu es de plus en plus tordue.

En plein complexe d'Œdipe maintenant, on aura tout vu !

Il faut que j'arrête avec ce type. Le sexe est dément, mais pour le reste… je ne sais pas, il y a quelque chose qui me dérange…

— Bon, on y va ? dis-je à Safia, l'air de rien.

Je ne suis pas sûre de vouloir partager ça avec elle.

En tout cas, pas pour le moment.

— O.K., allons chouchouter la star !

— Appelle-moi plutôt « Super-VIP », je préfère.

— O.K., Super-VIP, allons sauver tes cheveux des forces maléfiques qui se sont acharnées sur eux au Kansas.

— Su-per VIP ! dis-je en chantonnant.

J'ai droit à la totale : Spa, massage, boutiques, coiffure, manucure…

Ai-je déjà dit à quel point j'adore le père de Safia ?

Et là, je ne parle pas de ses talents manuels ou de son outillage hors du commun, je fais référence aux pouvoirs magiques de son American Express.

Vous l'agitez telle la baguette de Harry Potter et *pouf* ! Magie ! Les portes des salons de coiffure les plus sélects de Manhattan s'ouvrent juste pour vous et une armée de coiffeurs vous assiège et dompte votre chevelure rebelle.

De retour à la maison, je me sens toute pimpante.

Un énorme bouquet de fleurs est posé sur le paillasson, avec une enveloppe où il est juste noté « Lola » d'une écriture soignée.

Je regarde Safia, mais elle lève les mains pour me signifier qu'elle n'y est pour rien.

Nous entrons avec nos sacs et le bouquet. Raspoutine me fait une fête démentielle en me roulant au moins dix fois sur les pieds avant que j'arrive à l'attraper pour lui faire un câlin.

Après une tonne de marques d'affection pour mon énorme chat, j'ouvre l'enveloppe et découvre un mot écrit à la main.

N'oubliez pas notre café…
Tendrement,
J.

Je la tourne et remarque son numéro.

J'ai besoin de vodka.

— Eh, Lo, ça te branche d'aller boire un verre ? On pourra mettre l'une de nos nouvelles tenues.

— Carrément.

— C'est de qui, les fleurs ?

— Mon boss.

— Il te dit quoi ?

— Pas grand-chose, laisse tomber.

— Comme tu voudras. Mets la robe rose ! T'es une bombe dedans.

Je prends une douche, enfile la fameuse robe rose, qui est vraiment très courte, je dirais même vraiment très très courte et très décolletée et très moulante. J'enfile des escarpins assortis et me maquille de façon bien plus appuyée que d'habitude. Quant à mes cheveux, le coiffeur les a à peine coupés : ils sont toujours mi-longs, légèrement ondulés avec quelques mèches, ce qui les éclaircit et illumine mon visage.

— Waouh ! Putain, ne me dis pas que tu ne te trouves pas canon !

— Pour une fois, je dois avouer que je ne me trouve pas vilaine, lui dis-je avec un clin d'œil.

Nous arrivons trente minutes plus tard dans notre club de salsa préféré. Nous nous installons à une table et commandons deux vodkas Tagada.

On danse, on boit, on rit, on se laisse emporter par la musique. Tout est parfait.

Je bois encore, un homme m'invite à danser. Je ne décline pas, même si ce n'est pas l'envie qui m'en manque : il n'est pas beaucoup plus grand que moi, il est un peu chauve et transpire beaucoup, mais c'est le seul homme qui m'ait proposé une danse.

Je plisse les yeux et me dis qu'il ressemble à cet acteur qui joue dans *Jumeaux* avec Schwarzenegger.

C'était quoi son nom déjà ?

Et puis peu importe ! J'ai besoin d'un autre verre.

J'ai aussi besoin d'arrêter de penser… à lui, à son petit mot, que, je ne sais pour quelle raison idiote, j'ai glissé dans ma pochette.

Je bois un verre, deux verres, trois verres. Le jumeau de Schwarzi me rejoint, m'entraîne sur la piste. Il danse mal, il est maladroit et pue la transpiration.

Jérémy… Sa douceur, ses lèvres, ses caresses, sa façon de bouger en moi…

Je m'échappe de la piste de danse, attrape la bouteille de vodka et avale cul sec une bonne rasade, puis une autre.

Bordel, ça brûle !

Encore une.

Il faut que je l'appelle.

Je m'excuse auprès de mon partenaire qui doit me prendre pour une ivrogne.

Je saisis la carte.

Il faut que je m'isole.

Les toilettes !

J'y file tant bien que mal. Il faut dire que je suis un peu pompette. J'atteins enfin mon but, ferme la porte, vérifie qu'il n'y a personne. Je me cale contre un distributeur de préservatifs et compose le numéro.

Une première fois.

Zut ! Pourquoi les touches bougent-elles toutes seules ?

Deuxième essai.

Quel téléphone de merde !

Troisième essai.

Deux sonneries.

— Hamlish.

— J'ai envie de toi.

Putain ! Mais qu'est-ce qui me prend ?

Je vais pas bien !

— Lola ? dit-il de sa voix si sexy.

— J'ai envie de toi.

Mais bordel, je suis incontrôlable !

Je ne peux pas me retenir ? Et je ne peux pas sortir une autre phrase ?

Je dérape un peu et me rattrape à mon nouvel ami… le distributeur.

— Lola, il faut qu'on parle.

— Je te veux dans ma bouche, et toi, tu veux qu'on parle ?

C'est officiel, je suis folle.

— Bordel, Lola, où es-tu ?

— Dans les toilettes.

— Les toilettes ?

— Oui, à côté d'un distributeur de capotes.

— Tu es bizarre. Tu as bu ?

— Vodka.

— Tu es seule ?

— Non, il y a beaucoup de monde, je suis dans un club.

— C'est quoi le nom du club, Lola ?

— *¿Porqué ? ¿Vienes para bailar conmigo ?*

— Quoi ?

— *Digo : ¿vienes para bailar conmigo ?*

— Je ne comprends pas, Lola, tu parles en quoi ?

— Espagnol.

— Tu parles espagnol ?

— Ça t'excite ?

— Lola, tout ce que tu fais m'excite.

— Alors tu viens me prendre ?

— Si j'arrive à savoir où tu es.

— Je te l'ai dit.

— Non, tu m'as dit « les toilettes », Lola, ça ne m'aide pas. Il faut que tu me dises le nom du club.

— *Clandestino.*

— O.K. Tu es enfermée dans les toilettes ?

— Oui.

— Très bien, tu y restes jusqu'à ce que j'arrive. Je frapperai trois coups à la porte, tu n'ouvres à personne d'autre.

— J'adore les codes secrets.

— Lola, tu ne bouges pas, tu le promets ?

— Je sais pas, j'ai besoin de faire pipi.

— Tu peux, mais tu restes dans les toilettes jusqu'à ce que j'arrive, promis ?

— Promis, mais tu fais vite !

Puis je raccroche.

Il va venir ! Je suis toute contente ! Je fais pipi, une retouche maquillage ou plutôt un carnage maquillage, et achète des préservatifs, beaucoup de préservatifs. J'essaie de les mettre dans ma pochette, mais ça n'entre pas.

Je ne vais pas les laisser là quand même ! J'en case dans mon soutien-gorge, dans l'élastique de mon string, dans mes escarpins, et voilà !

Je suis super-protégée contre l'envahisseur !

Toc toc toc.

J'ouvre la porte, l'attrape par sa veste, me pends à son cou et l'embrasse furieusement.

Je ne fais pas de quartier. Ma langue est partout à fouiller sa bouche. Je le plaque contre le mur, à côté de la porte que je referme à clé. Je défais la ceinture de son jean, j'ai besoin de lui maintenant. Il prend mon visage entre ses mains. De toute évidence, il est aussi content que moi de ce contact. Mais j'ai besoin de voir et de sentir la preuve de son désir. Je passe doucement la main sur le renflement de son jean.

— Hum ! Lola, on ne devrait pas.

J'accentue la pression sur son membre.

— Il… il… faut qu'on… parle, Lola.

J'ouvre sa braguette et le caresse à travers le fin tissu de son boxer, tout en faisant glisser mes lèvres le long de sa mâchoire, de son cou. Je lèche la veine de son cou qui bat vite, très vite, il est visiblement excité.

— Lola, tu me rends fou ! Bordel, Lola !

— J'aime quand tu cries mon nom.

J'attrape le haut de son caleçon et le fais descendre sur ses cuisses musclées. Même ses cuisses m'excitent !

Je suis trempée, je bous, je suis en feu.

— De toute évidence, ton caleçon non plus ne veut pas discuter.

Je remonte tout doucement et me retrouve nez à nez avec son sexe.

Il en a une grosse, quand même !

Je la saisis d'une main et entame un lent va-et-vient. Je vois déjà une goutte perler au bout. Il rejette la tête en arrière, sa respiration est rapide, j'accélère.

— Lola, je t'en prie…

Ma langue parcourt son membre sur toute sa longueur jusqu'à réceptionner la perle de son désir. Je me souviens de son goût salé, de sa peau si tendre…

Je le prends dans ma bouche, le suce doucement tout en saisissant ses boules dans ma main, les malaxant avec douceur.

Ma langue passe sur son gland gonflé de désir, puis je repars, l'embrasse, le reprends, le suce fort, l'aspire, je déplace ma main sur son membre dressé et le branle pendant que je le suce encore.

— Bordel, Lola, t'arrête pas.

Son sexe se contracte, mais je ne veux pas qu'il jouisse tout de suite. Je le veux en moi, je veux le sentir m'empaler, le sentir m'emplir complètement avec sa bite.

J'enlève la main de son sexe, la passe sous ma robe, remonte celle-ci jusqu'à ma taille et retire mon string, faisant tomber ainsi les préservatifs que j'y avais cachés. Je caresse doucement mon clitoris et enfonce mon index dans mon sexe déjà humide.

Mes yeux trouvent ceux de Jérémy qui m'observe tandis que je me pénètre encore et encore avec mon index. Son sexe tressaute à chacun de mes gémissements de plaisir. Sa respiration est saccadée.

Il ne manque rien du spectacle, il a l'air hypnotisé. J'enlève mon doigt et le lui mets dans la bouche. Sa langue le suce avidement. Je le retire, m'approche de lui, me baisse et reprends son sexe dans ma bouche en le mordant légèrement, passe mon index entre ses fesses si parfaites et le pénètre d'une seule poussée.

— Oh ! Lola !

Le son rauque qui monte alors de sa poitrine ne ressemble en rien à ce que j'avais entendu jusque-là. Son sexe grossit encore dans ma bouche, sa respiration devient haletante. Mon doigt poursuit son exploration et ma langue lèche avec avidité chaque goutte perlant au bout de son pénis. Il inspire brièvement alors que je le pénètre plus profondément.

— Lola…

Son sexe enfle davantage. Il est aussi dur que du marbre. Ses veines se gonflent au rythme des va-et-vient de ma bouche et de mon index. Un cri rauque lui échappe. Il se cabre, ses doigts se cramponnent à mes cheveux. J'aspire une dernière fois son sexe tout en enfonçant mon doigt profondément. Il jouit violemment entre mes lèvres entrouvertes en jurant, m'étranglant presque au passage. Les contractions au bout de mon doigt propulsent son sperme hors de son corps. Il se déverse sur moi et ne semble plus pouvoir s'arrêter.

Eh, ma robe neuve !

J'essaie de nettoyer les dégâts avec du papier-toilette tandis qu'il reprend son souffle. Il est couvert de sueur et de sperme et semble à mille lieues de moi. Mais je m'en fiche ! Je suis inquiète pour ma robe, elle m'a coûté une fortune ! Quand je l'ai achetée, la vendeuse me regardait de haut du genre : « Ton cul ne rentrera pas dedans. » Eh bien, si, il y est rentré, mon cul, et il est super-canon dedans ! Je me demande si le sperme, ça tache ?

Je n'ai pas le temps d'y réfléchir car Jérémy me saisit par la nuque et m'embrasse avec passion en me plaquant contre le mur. Sa langue caresse la mienne, ses mains encadrent mon visage. Il colle son front encore humide contre le mien et murmure :

— Je t'en prie, Lola, ne me quitte jamais.

Il enfouit la tête dans mon cou.

Que voulez-vous que je réponde à ça ?

Je ne suis définitivement pas en état de quoi que ce soit : les murs tanguent autour de moi.

Je n'avais pas réfléchi au fait de le revoir. Je voulais juste être avec lui.

Il finit par me lâcher. Je perds l'équilibre mais il me rattrape avant que je ne tombe. Nos yeux ne se quittent pas. Il passe la main dans mes cheveux et nos visages se retrouvent collés l'un à l'autre. Nous laissons nos souffles se mélanger. Je respire son odeur si apaisante.

Je ferme les yeux. Je veux ressentir toute l'intensité de ce moment, le conserver au plus profond de ma mémoire.

Chapitre 7

Dimanche 29 septembre

J'observe la douceur des traits de son visage, frôle le relief de sa poitrine du bout des doigts.

Comment cette simple caresse peut-elle m'électriser autant ?

Bercé par son doux ronflement, je pose ma tête sur l'oreiller juste à côté du sien et continue mon exploration silencieuse.

J'attrape quelques mèches de ses cheveux, souris. J'aime cette couleur, on dirait que le soleil y a joué à cache-cache ! J'en apprécie la texture et en respire l'odeur au creux de ma main. Elle sent le bonbon.

Un bonbon que j'adore dévorer…

Je soupire et passe les mains sur ma figure. Je ne vais pas pouvoir continuer à lui mentir longtemps. Je dois lui dire qui je suis… ce que je suis…

Ça ne m'était jamais arrivé jusqu'à présent. J'ai déjà eu des liaisons au cours de mes missions, mais je n'ai jamais ressenti ce besoin de révéler qui j'étais.

J'ai bafoué toutes les règles que je m'étais imposées.

1) Ne jamais coucher avec un de mes suspects.

2) Ne jamais rester dormir avec une maîtresse.

3) Ne jamais coucher deux fois avec la même femme.

4) Ne jamais révéler mon identité.

5) Ne jamais m'attacher à quelqu'un, et encore moins à une femme.

Voilà où j'en suis… Je suis dans la merde.

Il ne me reste plus qu'à lui dire qui je suis et, là, je serai au sommet de mon tas de merde.

Sans compter que lorsqu'elle saura, ce n'est pas dit qu'elle voudra encore de moi.

Le problème, c'est que j'ai envie qu'elle m'aime autant que… moi je l'aime.

Et comment aimer quelqu'un que l'on ne connaît pas ?

Je ne veux pas qu'elle aime Jérémy Hamlish, P.-D.G. héritier d'une multinationale…

Je veux qu'elle m'aime, moi.

Moi, le mec parti de rien, de nulle part, et qui n'a rien ni personne.

Juste moi.

Je n'ai ni voiture de sport, ni chauffeur, ni appartement grandiose à New York. Ma vie n'est qu'une illusion.

Pour elle, pour nous, je veux que ce soit vrai. Pas de mensonges, pas de faux-semblants, juste nous.

Merde, Lola ! Qu'est-ce que tu m'as fait ?

Tu m'as retourné la cervelle.

Je ne sais pas quoi faire de tous ces sentiments ni comment m'y prendre pour que… tu m'aimes.

Je jette un coup d'œil au réveil posé sur la table de nuit : 6 h 30.

Vu l'état dans lequel elle était hier soir, elle devrait dormir encore un moment. Il faut que je me change les idées, je ne réfléchis plus quand elle est là.

Un comble !

Je ne suis pas un homme, je suis une machine sans émotions, conçue pour faire le sale boulot dont personne ne veut.

S'ils me voyaient tous. Moi, J., l'inébranlable, le tueur...

J'ai l'impression de redevenir un stupide ado boutonneux quand je suis avec elle.

Je plonge dans mes souvenirs un instant, un frisson me parcourt.

Non, lorsque j'étais à l'âge ingrat, je ne me préoccupais pas des filles, je ne cherchais qu'à survivre...

Ce n'est venu que bien plus tard, et encore, c'était bien plus un besoin physiologique qu'une envie de créer des liens avec quelqu'un.

Il faut que j'aille courir.

Je dois reprendre mes esprits.

Je me lève — sans la regarder, sinon je resterais à l'observer encore et encore.

J'ouvre un œil.

Lumière.

Ça brûle les yeux.

Je refourre ma tête sous le drap.

Ma tête.

J'ai mal.

J'ai la bouche pâteuse.

J'ai envie de faire pipi, mais ma tête me fait trop mal.

Satanée vodka !

Option n° 1 : je me lève, cours jusqu'aux toilettes les yeux fermés au risque de me prendre une porte, de tomber et de me fracasser le crâne.

Option n° 2 : attendre que ça passe — c'est bien connu, ce genre de choses finit toujours par passer.

Je me tourne et décide d'opter pour la seconde option.

Je me retourne, je ne suis pas sûre que ce soit une bonne idée.

Je me reretourne, O.K., ça n'est vraiment pas une bonne idée. En plus, je suis en train de m'asphyxier avec mon odeur de chacal bourré qui n'a jamais rencontré de brosse à dents de sa vie.

Bon, option n° 1 : je peux le faire.

Je saute du lit les yeux fermés — je connais l'appart par cœur —, j'accélère en direction de ce que j'imagine être le fond de ma chambre.

PAMMMMM !

PUTAIN DE MERDE ! Je crie en me tenant le front. Je me suis pris un mur.

— Lola ? Qu'est-ce que tu fais ? Ça va ?

Inquiet, Jérémy examine mon front.

Je crois que j'ai loupé un épisode.

— Lola ? Réponds ! Est-ce que ça va ?

— Je ne sais pas trop.

Je jette un coup d'œil aux alentours. Je ne suis pas chez moi ! Je comprends mieux.

Sexy-Fossettes est là, torse nu, transpirant, il ne porte qu'un short…

Je me mords la lèvre.

Je suis hypnotisée par une goutte de sueur qui perle sur son torse et se dirige tout droit vers l'élastique de son short.

Comme c'est mignon tout plein ça, me dis-je tout en la suivant avec le bout de mon index.

— Lola ? me dit-il d'une voix toute douce.

— Huummm ?

— J'aimerais vraiment savoir comment tu vas.

— Bien, très bien, un peu mal à la tête.

— O.K. Pourquoi tu t'es pris le mur ?

— Je ne regardais pas où j'allais, tu m'as perturbée avec tout ça, dis-je en désignant son torse.

Je me vois mal lui expliquer mes tactiques d'ivrogne tout à fait discutables.

Il me sourit.

Mouais, ravie de le faire rire avec mes conneries !

Ma vessie se rappelle à mon bon souvenir et je décide de me lever, mais ma tête a du mal à suivre. Entre la vodka et le mur, je ne sais pas ce qui lui a fait le plus de mal. Heureusement, Jérémy me rattrape et me prend dans ses bras.

— Je crois que tu devrais retourner t'allonger un peu, dit-il en me portant jusqu'au lit.

— J'ai besoin d'aller à la salle de bains.

— Tu iras après. D'abord, tu vas te reposer.

— Non, je dois vraiment me rendre à la salle de bains.

— Lola, je me fiche que tu sois coiffée ou maquillée ou je ne sais quel truc de fille.

Je gigote jusqu'à essayer de retomber sur mes pieds.

— Arrête, tu vas tomber, Lola.

— Tu vas me lâcher, espèce d'homme des cavernes ? Sérieux ? Maquillée, coiffée ? Quel macho ! Je veux faire pipi ! Voilà, je l'ai dit ! Je ne voulais pas te le dire, mais puisque tu insistes !

Il me regarde et se met à rire.

Waouh ! Il est vraiment beau quand il rit !

— Bon, alors, princesse, je vous y emmène.

— Non, je peux y aller toute seule.

Je me dépêche. On ne sait jamais, s'il lui prenait l'idée de me suivre.

Une fois installée, je me détends et prends deux minutes pour réfléchir.

Comment en suis-je arrivée là ?

Je détaille la pièce, y vois un lavabo en marbre avec son nécessaire de toilette. Tout est parfaitement aligné. Une furieuse envie de tout déplacer me prend. Je me retiens et scrute les serviettes : je suis dans un hôtel, un hôtel de luxe, mais dans un hôtel tout de même.

Il vit dans un hôtel ?

Bizarre, non ?

Il est riche, il vient d'hériter de la fortune de son père, et très certainement de ses acquis immobiliers aussi, alors pourquoi vivre ici ?

— Lola ? Est-ce que tout va bien ?

— Oui.

Je me regarde dans le miroir : j'ai une sacrée bosse en plein milieu du front, mes cheveux sont dans un état indescriptible, je porte un T-shirt blanc trois fois trop grand et, comble de l'horreur, j'ai une haleine de poney.

Un véritable sex-symbol !

— Lola, tu as terminé ?

— Non.

C'est pas vrai, mais j'ai bien le droit d'être un peu tranquille, non ?

J'attrape sa brosse à dents et commence par l'indispensable.

— Pourquoi est-ce que j'entends l'eau couler si tu n'as pas fini ?

— Ça me déstresse.

— Quoi ? demande-t-il, sceptique.

Maintenant, mes cheveux !

Je prends un peigne, mais je ne le sens pas, il est minuscule et ma tignasse ferait peur aux Jackson Five. Un coup, deux coups… et merde, je l'ai cassé.

— Lola, tu n'as toujours pas fini ?

— J'ai une vessie capricieuse, dis-je en tentant de dissimuler mon crime.

— Qu'est-ce que tu trafiques ? dit-il dans mon dos.

Merde, il est discret, je ne l'avais pas entendu entrer. Je constate qu'il a enfilé un T-shirt gris.

Il me regarde bizarrement, il a dû flairer l'entourloupe.

O.K., je tente le tout pour le tout.

Je glisse les mains sous son T-shirt, caressant ses muscles.

— Déshabille-toi, tout de suite, lui dis-je sur un ton autoritaire.

Il rit de bon cœur, enlève ses baskets et son T-shirt.

Putain de bordel de merde, c'est pas possible d'être gaulé comme ça !

Finalement, même les dieux du stade sont des mauviettes à côté de lui. J'observe le V qui dépasse de son short et en salive d'avance…

— Et ça ? dis-je en faisant claquer l'élastique de son short.

Il lève un sourcil, me sort le sourire « Ta culotte s'échappe, technique approuvée par Sexy-Fossettes », et l'enlève.

Je reste un moment interdite devant le spectacle.

Je l'ai déjà vu nu, mais je crois que je ne m'y ferais jamais.

Pas une once de graisse superflue, uniquement des muscles fuselés… Et ses abdos, les plus beaux que j'aie jamais vus.

Je ne pensais même pas que ce genre de choses existait dans la vraie vie !

Il est l'incarnation de mes fantasmes, et de ceux toutes les femmes hétérosexuelles de l'univers.

Je me jette sur lui et l'embrasse comme si ma dernière heure était arrivée. Ma langue lance un assaut effronté à la sienne. J'enlève mon T-shirt, l'assomme au passage à coups de coude, mais reprends vite mon manège. Je fais glisser les mains le long de son torse, effleurant chacun de ses muscles. D'un geste sûr, je le pousse dans la cabine de douche. Nos lèvres ne se quittent pas. Il allume l'eau, passe ses mains sous mes fesses, me soulève et me colle contre le carrelage frais. Le contraste entre la chaleur de sa peau et le revêtement froid est saisissant, je perds tout contrôle, passe les mains dans ses cheveux mouillés et tire dessus, mords sa lèvre, son cou, ses épaules.

— Lola…

Sa voix n'est plus qu'un souffle rauque. Je saisis son sexe et l'insère dans ma fente humide. Il glisse atrocement doucement, me rendant folle. Je le mords plus fort. Ma violence détonne avec sa douceur, tout comme le froid contre mon dos et la chaleur de son corps contre le mien.

— Je t'en prie, Jérémy…

Je rejette ma tête en arrière, les sensations sont trop intenses, je me sens près d'exploser. Je quitte doucement terre, crie plus fort, le serre contre moi, plus fort, encore, plus près.

Je jouis, l'entraînant avec moi dans mon paradis de plaisir.

Nous reprenons notre souffle. Il m'embrasse tendrement en me caressant doucement les cheveux, le visage, le cou.

Comme j'aime quand il me touche !

Je passe les mains sur son dos musclé et me rends compte qu'il est encore en moi.

— Comment va ta tête ? me demande-t-il en effleurant ma bosse.

— Elle a vu pire.

— Je n'aime pas trop ça, dit-il en posant ses lèvres sur le bout de mon nez trempé.

— Je te rappelle que je fais du kickboxing, je ne suis pas une petite fleur fragile.

Il plonge ses yeux dans les miens et me dit :

— Je n'apprécie pas l'idée que l'on puisse te faire du mal, Lola.

Je n'aime pas la direction que prend la conversation. Je me sens mal à l'aise, j'ai besoin de changer de sujet.

— Tu veux que je te savonne ? dis-je, charmeuse.

— Moi d'abord.

Il me fait descendre lentement jusqu'à ce que mes pieds touchent le sol de la douche, attrape le shampooing, en met dans la paume de sa main et frotte mes cheveux, massant mon crâne du bout des doigts.

Que c'est bon !

Je ferme les yeux et me laisse faire. Ses mains expertes passent chaque centimètre carré de mon corps au crible. Il me frotte, me rince, et moi, j'atteins le nirvana.

Je ne me rends pas tout de suite compte qu'il a fini et demeure dans la même position un moment.

Je redescends doucement et me mets moi aussi à explorer son corps sous toutes les coutures. Il ne me quitte pas des yeux et, moi, j'observe son sexe reprendre lentement du volume au fur et à mesure de mes gestes.

Sans un mot, il éteint l'eau, attrape une grande serviette et me sèche d'abord, puis passe la main sur ma nuque, m'embrasse. Nos corps s'aimantent, se cherchent, s'emboîtent, jouissent. Voilà où je me sens bien : dans cet étrange silence où j'ai l'impression que tout se dit, que tout se passe.

Notre baiser est interrompu par un bruit venu d'ailleurs… mon estomac.

Il émet des sons plus improbables les uns que les autres, comme s'il voulait communiquer avec le monde extérieur.

Jérémy me regarde, se mordant les lèvres pour ne pas éclater de rire.

Je n'en reviens pas. Je viens de ruiner le moment le plus romantique de mon existence avec mon estomac !

— Je crois qu'il faut vous nourrir, mademoiselle Morell.

— Désolée.

— Ne le sois pas. Je ne sais pas ce que je préfère, tes ronflements ou les gargouillis étranges de ton estomac.

— Je ne ronfle pas.

— Si. Et tu fais aussi tout un tas de bruits étranges quand tu dors.

— Je ne ronfle pas et n'émets aucun son lorsque je dors, dis-je, la mâchoire crispée. Et si c'était le cas, un gentleman n'en ferait pas état.

— Lola, je suis beaucoup de choses, mais certainement pas un gentleman. Allez, viens, on va commander le petit déjeuner, dit-il en m'embrassant sur la tête.

— Je ne ronfle pas, je respire fort !

Mais alors que j'avance mon argument, un nouveau grondement stomacal se produit.

Il se met à rire, m'attrape et me pose sur le lit avec délicatesse.

Je l'observe, boudeuse, tandis qu'il enfile un caleçon et un pantalon de jogging.

Tout comme dans la salle de bains, ses affaires sont impeccablement rangées. Un coup d'œil autour de moi m'apprend qu'il en est de même pour tout le reste de la pièce : son ordinateur, ses dossiers, ses stylos…

— Tu as fait l'armée ?

Il se raidit.

— Pourquoi tu penses ça ?

— Tes affaires, le rangement.

— Je suis un homme organisé, répond-il en regardant autour de lui. De quoi as-tu envie ?

— Ce que tu veux, je ne suis pas compliquée.

— O.K.

Il s'en va comme s'il avait le feu aux fesses.

Il n'a pas répondu à ma question.

Je me rends compte que je ne sais rien de lui.

Qu'est-ce qu'il faisait avant de venir à New York ?

Pourquoi n'a-t-on jamais entendu parler de lui ?

Trop de questions se bousculent dans ma tête.

Mais, pour le moment, il y a plus urgent, je dois m'habiller. Je retrouve ma robe posée sur une chaise avec ma pochette : elle est remplie de préservatifs.

La scène me revient…

Non ?!

Mais je suis une vraie petite cochonne !

Je l'ai supplié de venir me sauter dans les toilettes d'un night-club !

J'ai supplié mon boss de venir me sauter dans les toilettes !

Je vois d'ici ce qu'il doit penser de moi : « Lola, toujours partante, je dirais même chaude comme la braise… »

Il faut que je reprenne mes esprits. J'inspire, je souffle, ça ne passe pas…

Bon, une chose à la fois ! Je dois d'abord couvrir mes fesses.

J'inspecte ma robe. Elle pue la vodka, la transpiration, bref, elle est dégueulasse.

Je tourne la tête et vois les affaires de mon mystérieux boss me faire de l'œil.

Je passe d'abord la main sur ses boxers et me dis qu'après tout…

Lorsque j'arrive dans le salon de la suite, le petit déjeuner est déjà là. Sexy-Fossettes est installé, il sirote son café tout en lisant le journal.

Mais pourquoi est-il si beau ?

Je me mords la lèvre et prends place en face de lui. Il abaisse son journal et m'observe tandis que je me sers du thé.

— Je ne pensais pas que mes vêtements pouvaient être aussi bandants !

Je lui souris, fière de moi. Je lui ai emprunté un de ses pantalons de costume gris que j'ai ajusté tant bien que mal à ma petite taille, un débardeur blanc qui laisse entrevoir un bon décolleté et ai remis mes escarpins roses. J'ai même réussi à faire quelque chose de mes cheveux à l'aide d'un élastique trouvé dans ma pochette sous un amas de capotes.

— Tu as commandé tout ce qu'il y avait sur la carte ?

— Tout, sauf les fruits rouges.

— Comment… Comment sais-tu que j'y suis allergique ?

Il marque un temps d'arrêt et me sourit.

— Tu devrais manger avant que ça ne refroidisse, dit-il en replongeant le nez dans son journal.

— Je mange, mais tu te rends bien compte que la tactique

« Je change de sujet pour ne pas répondre à la question » ne marche pas ?

Il ne répond pas.

— Alors, ex-militaire ?

Je retente ma chance.

Il pose le journal, me regarde froidement. Je l'ai énervé.

— Ce que j'ai été ou ce que j'ai fait avant n'a pas d'importance. Ce qui compte, c'est le présent.

— Je prends ça pour un oui alors.

— Je n'ai jamais été militaire, je suis juste un homme organisé et ton patron. C'est pour cela que je connais tes allergies.

— O.K., très bien, tu ne veux pas en parler. Pas besoin de prendre un air de tueur.

— Je… Je te demande pardon ?

J'ai fait bégayer M. Super Contrôle !

C'est que j'ai dû taper dans le mille.

— Pourquoi ne pas juste dire « Je ne veux pas en parler, merci de passer à autre chose » ?

Il semble perdu. A croire que ça ne lui était pas venu à l'esprit.

— Bien, alors je n'ai pas envie d'en parler, dit-il en reprenant sa lecture.

— Sinon, comment est-ce que je suis arrivée jusqu'ici ?

— En voiture, dit-il sans baisser son journal.

— Ha, ha ! Morte de rire ! Je peux savoir pourquoi je ne suis pas chez moi ?

— Je t'ai demandé « On va chez moi ? », tu m'as dit « Oui », répond-il en minaudant.

Si c'est censé m'imiter, je ne vois pas de ressemblance.

— Aussi simple que ça, conclut-il.

— Pourquoi ai-je la furieuse envie de te faire bouffer ton journal ?

Il le baisse et me regarde dans les yeux. Il s'apprête à me répondre quand son téléphone sonne.

Il prend une grande inspiration et décroche.

— Hamlish.

Il s'en va, me laissant seule face à un banquet royal qui pourrait nourrir tous les enfants affamés de la Terre.

Quel gâchis…

Je trouve le numéro de la réception et demande qu'on emballe le reste.

Au moins, comme ça, je n'aurai pas besoin de faire des courses.

— Excuse-moi, le boulot, dit-il, légèrement absent, en revenant au même moment que le service d'étage.

Il leur ouvre, surpris, et les regarde emballer le petit déjeuner.

Je les remercie, leur donne un pourboire et me retrouve avec un tas de boîtes en carton dans un sac plastique et mon boss qui m'observe comme si j'étais folle.

— Ben quoi ! On n'allait pas jeter tout ça, dis-je pour me justifier.

— Non, dit-il, les yeux encore ronds de surprise.

Il passe la main dans ses cheveux, visiblement nerveux.

— Je dois me rendre à une réunion. Je te dépose chez toi ?

— On est dimanche.

— Je suis P.-D.G., j'ai des responsabilités même le dimanche.

— O.K. Bon, je veux bien que tu me ramènes.

Je n'y crois pas une seconde, à son histoire de réunion.

Mais *monsieur* veut rester mystérieux, alors je laisse tomber.

De toute manière, cette relation ne nous mènera nulle part : il est mon patron et je suis la petite grosse du service financier…

Nous quittons la suite en silence et c'est dans ce même état d'esprit qu'il me reconduit chez moi.

Quand nous arrivons, je lui dis au revoir et pars sans me retourner.

— Lola ? crie Jérémy, qui m'a de toute évidence suivie.

Je me tourne, regarde cet homme incroyablement beau et me dis qu'il n'est pas pour moi.

— Au revoir, Jérémy.

J'enfonce la clé dans la serrure et sens sa main sur mon épaule.

— Lola, dit-il dans un murmure. Ne fais pas ça, ce n'est qu'une réunion. J'aurais préféré passer mon après-midi avec toi, mais je ne peux pas.

— Ce n'est pas ça, lui dis-je en le regardant enfin.

— Alors c'est quoi ? demande-t-il en m'effleurant les joues.

Nos visages sont trop proches l'un de l'autre, j'ai du mal à réfléchir. J'avale difficilement ma salive. Il colle son front contre le mien.

— Laisse-moi une chance, Lola.

— Une chance de quoi ?

— D'être avec toi.

Je ne réponds pas car je ne connais pas la réponse moi-même. Je n'ai aucune idée de ce que je veux… Nos lèvres se trouvent, il m'embrasse comme si c'était la dernière fois. Nos langues se goûtent, nos corps se rapprochent. Pendant un instant, plus rien n'existe que lui, que moi, que nous.

— Je passerai ce soir, après ma réunion, dit-il, les yeux encore fermés de notre baiser.

Et il s'en va sans attendre de réponse.

J'entre chez moi, je suis encore sous le choc.

Je ne le comprends définitivement pas : il ne veut rien me dire sur lui, mais veut que je lui laisse une chance d'être avec moi…

Heureusement, mon Raspoutine est là !

Il me roule joyeusement sur les pieds tout en se frottant à mes jambes. Je ne sais pas si c'est parce qu'il est content de me voir ou si c'est l'odeur du bacon qui le rend fou ! C'est quand il essaie d'escalader mes mollets que je comprends qu'il s'agit du bacon.

— Alors ? me dit Safia d'un ton interrogateur depuis l'encadrement de la porte.

— Alors ? répété-je, l'air de rien en essayant d'attraper mon chat obèse qui tente de choper le sac plastique.

— Ce n'est pas une réponse. Tu m'avais caché que tu t'envoyais en l'air avec ton boss super-sexy.

Si elle savait à quel point je me suis envoyée en l'air avec lui !

— Je ne vois pas du tout de quoi tu parles, dis-je, faussement innocente.

— Non seulement tu mens très mal, mais en plus Raspoutine est en train de manger le sac, dit-elle en partant vers sa chambre. Oh ! et tant que j'y pense, ton boss et toi pourrez profiter de l'appartement ce soir et toute la semaine prochaine. Je pars en voyage pour mon boulot.

— Où vas-tu ? lui demandé-je en extirpant les morceaux de plastique de la gueule de mon chat.

— En Californie, je vais rencontrer un nouvel auteur.

— Tu pars quand ?

— Dans deux heures.

— Deux heures ? Mais tu l'as su quand ?

— Ce matin. Tu sais, pendant que tu faisais des folies de ton corps.

— Je… Oui, bon, peut-être un peu.

— Un peu ?

— Bon, O.K., beaucoup !

Je me décide à vider mon sac, alors qu'elle fait sa valise, et l'accompagne à l'aéroport.

Je rentre et, comme chaque fois que Safia n'est pas là, je me rends compte que je n'aime pas vivre seule. J'observe Raspoutine couché dans un coin du canapé et me dis que le plus heureux, c'est lui. Soyons réalistes : mis à part son arrière-train paralysé, il ne se prend pas la tête avec le sexe opposé.

Mais qu'est-ce que je raconte ?

Il est castré !

C'est peut-être ça la solution ?

La sonnette se fait entendre et je songe que je suis officiellement folle !

J'ouvre.

C'est lui, plus beau que jamais dans un simple jean et un polo bleu marine qui fait ressortir ses yeux gris.

Sans un mot, nous nous ruons l'un vers l'autre. Nos lèvres sont soudées, j'enroule les jambes autour de ses hanches tandis qu'il me soulève. Il chancelle et nous nous laissons tomber sur le tapis du couloir. Je suis sous lui, offerte, prête à le recevoir, à l'aimer encore et encore. Il s'agenouille entre mes cuisses, descend mon jean, enlève brusquement ma culotte. Son souffle chaud sur mon sexe me fait perdre la tête. Il caresse doucement mon clitoris avec sa langue. Il devient brusque, impatient. Ses gestes ne sont plus délicats, il est sauvage.

Il déboutonne son jean, se place au-dessus de moi et me pénètre brutalement.

Un cri étouffé s'échappe de ma gorge.

Sa bouche recouvre la mienne, ses mains retiennent mes poignets tandis qu'il plonge en moi, plus fort, plus loin, enchaînant les coups de boutoir avec détermination.

— Tu es à moi… à moi… Lola… à moi…

Entre le claquement de ses testicules contre mes fesses, sa litanie possessive, la pression de ses mains sur mes poignets, je sens l'orgasme monter alors qu'il se décharge en moi dans un cri rauque.

Je mords ses lèvres pleines. Il me serre toujours plus fort. Je lui caresse le dos, et je suis perdue…

Chapitre 8

Lundi 30 septembre

BOUM.

HI HI HI !

Putain, mais qu'est-ce que c'est que ce bordel ?

Réveillée au beau milieu d'un rêve.

Moi, lui, caresses, baisers, ses mains, sa peau chaude…

J'ouvre un œil, regarde autour de moi et le vois, il me sourit.

Je me ressaisis et l'observe.

Il est beau, la lumière de la rue filtrée par les rideaux éclaire son visage. Je suis du bout de mon index le chemin tracé par l'obscurité, caressant les contours de sa mâchoire, de ses yeux, de ses pommettes. Ses lèvres appellent au baiser, sa chevelure ébouriffée lui donne un air de mauvais garçon.

Il fait trop sombre, je ne peux pas discerner la couleur de ses yeux mais je les imagine gris foncé avec une lueur de malice.

Doucement, il passe une main dans mes cheveux tout emmêlés et me souffle à l'oreille :

— Je crois que ton amie Safia n'est pas rentrée seule.

Je stoppe net mon exploration.

— Ce n'est pas Safia, elle est en voyage d'affaires.

Il se redresse, prêt à bondir du lit.

— Tu as d'autres colocataires ? demande-t-il posément.

— Pas que je sache.

Nous sautons du lit en même temps, j'enfile un bas de jogging qui traîne par terre et un T-shirt « I love NY » noir.

Qu'est-ce que ça peut bien être ?

Je tends l'oreille. Si c'est un cambrioleur, il n'est pas discret.

J'entends glousser de plus belle.

Jérémy suit mon exemple et enfile son jean.

J'attrape la batte de base-ball que je cache sous mon lit et surprends son regard intrigué.

— Ben quoi ? On ne sait jamais ! dis-je tout bas pour ne pas me faire entendre par nos visiteurs.

Il sourit, amusé, ce qui fait apparaître ses fossettes.

Génial ! Maintenant, j'ai envie de lui. D'un autre côté, il ne porte qu'un jean, il est torse nu : évidemment que ma libido pointe le bout de son nez.

Je ne suis qu'une femme faible !

Ce n'est pas possible d'être aussi sexy à… 4 heures.

En ce qui me concerne, je ressemble à une clocharde, entre mon jogging et mon T-shirt trois fois trop grand. Sans compter mes cheveux : un mélange entre Jackson Five et « Oups, j'ai mis mes doigts dans la prise ».

Je suis ramenée à la réalité par un nouveau gloussement.

Il me fait signe de rester derrière lui.

Là, j'entends une voix masculine… que je connais bien… même très bien.

Qu'est-ce qu'il fout là, cet enfoiré ?

Je suis furieuse. Il ne m'a pas prévenue et, en plus, il ramène une fille chez moi.

Ça ne va pas se passer comme ça !

Je pose la main sur le bras de Jérémy, l'interromps dans son élan et lui dis doucement :

— C'est bon, je sais qui c'est.

— Et tu gardes quand même la batte ? Il est dangereux ?

— Oui, pour ma santé mentale.

Je file à vive allure sans attendre de réponse, cours dans le couloir, talonnée par des gloussements de plus en plus sonores, pour tomber nez à nez avec…

Pas possible !

J'en laisse tomber ma batte par terre.

— Piranha ! lancé-je, sous le choc.

— Non, c'est Lirhana, me rétorque la starlette, pas du tout décontenancée par le fait d'être nue en plein milieu de mon salon.

— Lo, tu ne dors pas ? me demande Mathieu, mon crétin de frangin, cachant mal son engin avec l'un de mes coussins.

Je vais pouvoir le brûler, celui-là. BEURK !

— Et tu n'es pas toute seule, dit-il, super-gêné, en lançant un regard à Jérémy que la scène fait bien rire.

Au moins, la situation l'embarrasse, c'est déjà ça !

— Jérémy, se présente mon boss avec un rictus qui se veut amical, mais qui semble plus crispé qu'autre chose.

— Matt, le frère de Lo, dit l'autre boulet en présentant une main avant de se rendre compte qu'il en a besoin pour tenir son cache-sexe de fortune.

— Sérieux ! Fais un effort et planque mieux ton truc, lâché-je, excédée, en montrant du doigt un morceau qui dépasse derrière le coussin de travers.

— Vous vous joignez à nous ? lance la starlette aguicheuse à Jérémy.

— Non, il n'est pas libre et il allait partir, dis-je sèchement en poussant mon amant vers la porte.

— Dommage ! dit-elle en enroulant une mèche de ses cheveux sur son index.

Dans le couloir, Jérémy me regarde, perplexe.

— Il est 4 heures, je ne vais pas partir comme ça, dit-il en montrant sa tenue plus que légère.

— C'est vrai, tes affaires !

Je m'élance vers ma chambre à vive allure et les ramasse.

— Je pensais plutôt finir la nuit avec toi.

Il attrape ses vêtements et me fait face pour me forcer à le regarder.

— Tu devrais rentrer.

Il saisit mon menton et plonge ses yeux gris dans les miens.

— Tu as changé d'avis pour nous deux ?

Je déglutis, je ne sais pas quoi dire.

J'ai besoin d'y réfléchir.

J'aime être avec lui, la façon dont il me touche, m'embrasse, me regarde, me fait l'amour… Mais il y a un je-ne-sais-quoi qui me gêne.

— Non, dis-je, convaincante.

Je ne veux pas fermer de porte, mais il faut que je réfléchisse.

J'ai beaucoup trop de questions en tête, j'ai besoin de faire le point.

Il s'habille à regret, m'embrasse sur le front et s'en va.

Je ne le raccompagne pas jusqu'à la porte. Je n'ai pas très envie de recroiser mon frère en position délicate avec sa starlette hollywoodienne.

Je m'allonge sur mon lit, frotte mon nez sur un oreiller.

Son odeur m'enveloppe comme une armure. Contre quoi, je ne sais pas, mais je me sens en sécurité comme ça.

Je suis perdue. Comment a-t-il pu prendre une place aussi importante dans ma tête en si peu de temps ?

Je ferme les yeux, espérant ne plus penser à lui, sans succès. Je le sens partout sur moi, autour de moi…

Quand je suis avec lui, je ne veux être nulle part ailleurs, je me sens bien, vivante, à ma place…

J'ouvre doucement les yeux et vois Jérémy qui me sourit.

Du bout des doigts, je caresse ses fossettes si sexy et pose mes lèvres délicatement sur les siennes, si douces, si tentatrices.

Je sens ses mains chaudes sur mes hanches, mes fesses, mon ventre, mes seins… Elles sont partout à la fois, ne me laissent aucun répit. Je gémis, la sensation est trop intense. Sa langue se fraye un chemin et vient enlacer la mienne.

J'ai chaud, je suffoque. Il m'oppresse, s'insère entre mes lèvres humides, occupant tout l'espace. Il est trop gros, je le sens cogner dans mon ventre, prendre place en moi, dans mon estomac, ma poitrine, ma tête, il est partout.

Le ciel tourne, je tombe, je crie, me débats, essayant de me rattraper tant bien que mal…

Je me réveille, désorientée, à bout de souffle, inondée de sueur, secouée par la violence de ces sensations.

Qu'est-ce qui vient de se passer ?

Je me redresse, seule, dans ma chambre. Je consulte mon réveil : 7 h 10.

Je me laisse retomber lourdement sur mon oreiller et me couvre les yeux avec les mains.

Quand je dis que ce type est en train de me rendre folle !

La preuve, je n'ai même pas eu besoin de fracasser mon réveil.

Une douce odeur de crêpe vient me chatouiller les narines.

Je crois qu'il est l'heure de bouger mes fesses.

J'entre en titubant dans la cuisine et trouve mon frère en train de s'affairer devant la gazinière.

— Salut, l'affreuse ! J'étais sûr que l'odeur de la bouffe te sortirait du coma.

— Je m'attendais à mieux comme excuses.

J'attrape un morceau de crêpe que je fourre rageusement dans ma bouche.

— Et Piranha, elle n'est plus là ?

— D'abord, c'est Lirhana. Ensuite, je l'ai mise dehors juste après que tu es partie avec ton chanteur de boys band. Il compte nous rejoindre d'ailleurs ?

— Non.

J'attrape une assiette. Je n'ai pas envie d'avoir ce genre de conversation avec mon frère. Je n'ai même pas envie de savoir qu'il a une vie sexuelle.

Mais il a cru bon d'en faire étalage dans mon salon, sur mon canapé.

BEURK !

Note pour plus tard : brûler le canapé et les coussins.

— Donc, Jérémy ? Hein ?

Merde ! De toute évidence, il n'a pas envie de passer à autre chose.

— Lirhana ? Hein ?

— Rien de sérieux. Je lui ai écrit une chanson, et tu sais comment sont les filles : trois notes de musique et leur string s'envole !

— Tu es un gros dégueulasse. Tu ne pouvais pas, je ne sais pas, prendre une chambre d'hôtel ? Tu es pingre à ce point ?

— Elle ne voulait pas prendre le risque d'être remarquée par les paparazzis et elle est super-bonne ! Je ne pouvais pas manquer une occasion de me la taper.

J'ai envie de vomir. La vie sexuelle de mon frère, le meilleur des régimes ! Méthode 100 % naturelle !

— Donc, Jérémy ?

— Tu vas pas lâcher l'affaire ?

— Non.

— Pas sérieux, juste comme ça, voilà, tu sais tout.

— Tu veux que j'aille lui casser la gueule ? Parce que tu sais, Quenelle, tu mérites mieux que ce genre de connard.

— Premièrement, ne m'appelle pas Quenelle. Deuxièmement, il s'agit d'un choix personnel. O.K. ?

Il me regarde de travers, je vois bien qu'il ne veut pas laisser passer, mais je suis une grande fille.

Il ne dit plus rien et nous mangeons nos crêpes.

— Tu restes combien de temps ?

— Je ne sais pas, je me suis installé dans le bureau. Safia n'est pas là ?

— Non, elle est en voyage d'affaires jusqu'à la fin de la semaine. T'aurais au moins pu me prévenir que tu venais, tu ne crois pas ?

— Mon assistante a téléphoné à ton boulot et l'a dit à ton collègue. Si tu n'as pas eu le message, je n'y suis pour rien !

— Tu te moques de moi là ?

— Je ne vois pas pourquoi tu dis ça. En plus, Quenelle, tu m'as donné les clés, tu te rappelles ?

— Je t'ai donné les clés pour que ce soit plus simple, pas pour que tu te serves de mon salon comme d'un baisodrome.

— Tu n'es pas obligée d'être vulgaire.

— C'est moi qui suis vulgaire ?

— Je t'ai fait des crêpes, ça va pas comme excuses ?

— J'aurais préféré que tu appelles avant de venir t'incruster avec une pseudo-starlette. En plus, avec ce genre de fille, on ne sait jamais où elle a traîné ses fesses avant.

— Bordel, mais tu t'entends ? On dirait maman ! Ne t'inquiète pas, Lo, je me protège comme il faut…

— Et mon canapé, tu l'as protégé, lui ? Il doit être plein de morpions, de MST en tout genre ou je ne sais quoi…

— Promis, Quenelle, la prochaine fois, j'enfilerai une capote géante sur ton canapé !

Il se lève en rigolant de sa blague pourrie et débarrasse son assiette.

— Matt, merci pour les crêpes. Par contre, si tu ramènes encore une fille chez moi, je la vire à coups de pied. C'est clair ?

Il s'en va en riant — me laissant accessoirement la vaisselle dans l'évier et la cuisine à nettoyer.

— Je suis sérieuse.

— Ouais, ouais.

Mais il est déjà parti.

Le bon côté dans l'histoire, c'est que, pour une fois, je suis à l'heure. Décidément, en ce moment, je suis une vraie machine de guerre ! Ne manque plus que j'arrête de regarder mes séries et de faire mes courses en ligne et je serai l'employée du mois.

Quand je sors de l'ascenseur, j'ai les mains moites, et

comme une vilaine impression d'avoir marqué en gros sur le front « J'ai baisé avec le patron »…

Non, je me fais des idées.

Je n'aime pas les secrets, ni les mensonges, ça me fait transpirer à mort. Heureusement, ce matin, j'ai pensé à mettre du déo !

— Salut, beauté, me lance Paul dès qu'il m'aperçoit.

— Salut, beau gosse.

— Alors, ça s'est passé comment avec le patron ? Parce que j'ai eu ton message, mais tu es restée tellement vague…

— Bien, normal.

Ça y est, c'est parti, je me sens rougir à vue d'œil et j'ai les dessous de bras dans un état lamentable.

— Non ?! s'exclame Paul, qui en reste sans voix. Tu as… toi et lui ? Putain, Lola, je veux tout savoir.

— Je ne vois pas de quoi tu parles.

— Arrête, tu es toute rouge et tu te liquéfies à vue d'œil. Alors ?

— Oh ! vous voilà, vous ? demande Natacha.

Je n'ai jamais été aussi contente de voir cette vieille peau.

— Je viens d'arriver, Natacha.

— Ma pauvre, cette tempête n'a pas épargné vos cheveux. Et vous avez un teint effroyable. Je devrais peut-être vous donner un jour de congé, dit-elle en me détaillant de la tête aux pieds avec dégoût.

Espèce de pétasse !

Je suis allée chez le coiffeur il y a deux jours et en plus, ce matin, je me suis maquillée.

— Je vous assure que je vais très bien. Je vous remercie de votre sollicitude, Natacha.

— Comme vous voudrez, ma chère. Mais en ce qui me

concerne, je ne me permettrais pas de sortir comme ça, claironne-t-elle en désignant ma tête de son index.

J'ai comme une envie de meurtre.

— Bien, puisque vous restez avec nous, je veux le plan financier de M. Eller sur mon bureau avant midi.

— Midi ?

C'est impossible, je ne peux pas monter un tel dossier en si peu de temps.

— Oui, la présentation a lieu demain matin et j'ai besoin de la préparer. Allez, au travail !

Et elle s'en va.

Non mais je rêve ! Elle me demande si je veux rentrer chez moi et, la minute d'après, elle me balance un dossier urgent dans la figure.

Je soupire d'exaspération.

— Ne t'inquiète pas, Lo, je vais t'aider, dit gentiment Paul.

— Non, laisse tomber, tu as déjà assez de boulot comme ça.

Je me dirige vers mon bureau le pas lourd.

Moi qui étais d'humeur fainéante aujourd'hui !

Je regarde une nouvelle fois ma montre, il est 9 h 46.

Quarante-six minutes qu'elle est arrivée. Elle doit être dans son bureau, elle lit certainement ses mails. Je me demande ce qu'elle porte…

— Monsieur ?

— Oui, Beth ?

Elle entre dans le bureau et prend place en face de moi avec son bloc-notes.

— J'ai lu les nouvelles informations sur Mlle Morell.

— Oui, au moins maintenant la situation est plus claire. Elle n'est plus considérée comme suspecte.

— Tout à fait. J'ai pris connaissance également du rapport concernant le GPS et votre téléphone. Il semblerait que la fréquence ait été brouillée sur une courte distance.

— Tout à fait, à moins de cinq cents mètres. Et le message m'a été envoyé à cinquante mètres.

— Ce qui veut dire…

— Je sais ce que ça veut dire ! lui dis-je violemment.

Ce fils de pute n'était qu'à quelques mètres de moi et je n'ai rien vu. J'étais tellement occupé à jouer les jolis cœurs avec Lola que j'ai failli à ma mission, et surtout… je l'ai mise en danger.

Cinquante mètres, putain ! Il était là, ce connard !

Je n'étais ni armé ni préparé. Il aurait pu entrer et nous liquider. Ou juste elle, histoire de me donner une leçon.

Je serre les poings sous le bureau, je ne veux pas que Beth voie à quel point cette situation m'affecte. Mon visage reste impassible.

— Nos ingénieurs n'ont pas trouvé le téléphone depuis lequel le message a été envoyé, me dit-elle.

— Je sais tout ça. Vous avez autre chose ?

— Non, je voulais simplement faire un point avec vous quant à la suite des événements.

— Eh bien, nous campons sur nos positions. Bien que Mlle Morell soit hors de cause, il est évident qu'elle joue un rôle, involontaire certes, mais nous devons la garder à l'œil.

— Sans compter que l'agent D. ne nous laissera rien passer en cas de problème.

Je me fous de lui et des autres. Tout ce qui m'intéresse, c'est elle. Sa sécurité passe avant tout.

— Je sais, Beth, mais pour le moment, continuons à avancer sans nous soucier d'eux.

— Bien.

Elle réajuste ses lunettes et s'en va.

Je porte un violent coup sur le bois massif du bureau. Ma main me lance, mais je m'en fiche.

Comment ai-je pu être aussi idiot ?

J'ai bafoué chacune de mes règles. Et si ces règles existent, c'est pour une bonne raison. J'ai mis Lola en danger. Sans compter que l'info a passé les portes de l'agence. Je suis dans une merde monumentale.

Je n'ai plus droit à l'erreur.

Cinquante putain de mètres…

Je jette un rapide coup d'œil à l'horloge de mon ordinateur : 11 h 52.

J'enregistre, imprime, cours jusqu'à la photocopieuse — et vous pouvez me croire, avec des talons de dix centimètres, c'est un véritable défi. J'ai l'impression d'être Anne Hathaway dans *Le diable s'habille en Prada.*

Le Dragon aussi s'habille en Prada ! Peut-être un signe de reconnaissance entre garces revêches… Du genre « Si tu ne portes pas du Prada, tu peux dire adieu au titre de salope de l'année » !

Je récupère mon précieux dossier et sprinte jusqu'à l'antre de l'affreuse mégère botoxée. A côté, Maléfice peut aller se rhabiller ! Je suis sûre qu'en y regardant de plus près, il doit y avoir un ou deux corbeaux qui traînent dans les parages.

Je frappe un coup, puis deux. J'attends.

— Entrez, dit la voix mielleuse de celle qu'on ne présente plus.

— Votre dossier, dis-je avec un grand sourire.

Elle me regarde, puis regarde sa montre, qui doit valoir un continent entier, avec tous ces diamants.

— Il est 12 h 03. Je suis déçue, Lola, je vous avais dit midi.

— Si je n'avais pas attendu à votre porte pendant cinq minutes, vous l'auriez eu à midi, lui réponds-je froidement.

— Je vais être obligée de faire un rapport sur vous à la nouvelle direction. Vous bâclez votre travail. De plus, je vous rappelle que vous êtes mon assistante et que c'est à vous de vous adapter à mon emploi du temps et non l'inverse.

— Je vois.

— Et qu'est-ce que vous voyez ? demande-t-elle, amusée.

— Vous êtes jalouse. C'est pathétique, même pour vous. Alors faites-vous plaisir : écrivez votre rapport en disant à quel point je suis une affreuse assistante qui a rédigé un rapport de trente pages en une seule matinée ! Sur ce, je vous laisse car Paul m'attend. On va manger un énorme burger avec plein de frites bien grasses. Et vous voulez que je vous dise : je suis peut-être grosse, mais moi, au moins, je m'assume telle que je suis. Je n'ai pas besoin d'un coup de bistouri pour me sentir mieux dans ma peau.

Je m'éloigne en la laissant jeter des éclairs à mon postérieur. Elle devrait peut-être changer les piles de son vibromasseur. De toute évidence, il lui a manqué ce week-end !

Arrivée dans l'ascenseur, j'attrape mon téléphone que j'avais laissé sur silencieux.

Pour une fois que je privilégie le boulot…

Y a pas de justice !

Je lorgne l'appareil, j'ai six messages.

Ma mère.

Encore ma mère.

Safia, qui est bien arrivée.

Mathieu, qui me dit qu'il a fait des recherches sur internet et n'a pas trouvé de préservatif pour canapé.

Quel blaireau, celui-là ! Au moins, si sa carrière musicale devait prendre fin, il pourrait toujours se recycler dans la comédie.

Mon père. (Ma mère a dû lui dire que je ne répondais pas.)

Et puis…

Bonjour, belle Lola. Je pense à toi et te souhaite une bonne journée. Tendrement, J.

Jérémy, *alias* M. Sexy-Fossettes-le-Mystérieux.

Mon cœur se serre et je lis et relis le message en imaginant ses longs doigts tapotant sur son téléphone.

Super, je suis toute chose maintenant !

Il faut que je réponde un truc… spirituel ou… sensuel ou bien carrément… sexuel.

Bon, je ne sais pas.

Je demanderai à Paul ce qu'il en pense. Quand il s'agit de trucs cochons, il est toujours de bon conseil.

Je ne voulais pas jusque-là, mais, finalement, je pense que je vais lui en parler. Il n'est pas du genre à juger et, si je lui dis de garder ça pour lui, je sais qu'il le fera.

De toute manière, j'ai besoin d'y voir plus clair, et un avis extérieur ne sera pas de refus.

Perdue dans mes pensées, je heurte de plein fouet un homme à la large carrure. J'en perds l'équilibre, mais il me rattrape rapidement et me serre contre lui. Il me sourit et me dit :

— Eh bien, beauté, il faut regarder où vous allez.

— Pardon, je suis désolée.

Je souris, vire au cramoisi, ce qui ne semble pas plus le perturber que ça puisqu'il s'en va.

Une fois de plus, je n'ai pas regardé où j'allais. Je secoue la tête. Je suis un cas désespéré…

Je n'ai pas le temps de me pencher davantage sur mon cas que Paul m'accoste.

— Dis donc, tu ne peux pas t'empêcher de faire du rentre-dedans à tous les hommes canons du coin !

— Qu'est-ce que tu veux, je suis une vraie bombe ! dis-je en rigolant.

— Coquine.

— Bon, alors ?

— Alors ? répète-t-il, l'air de rien.

— Paul, ne joue pas à ça avec moi. Tu as forcément un truc en tête, sinon, tu ne serais pas venu au moins dix fois dans mon bureau me rappeler que l'on mangeait ensemble ce midi.

— Je suis si prévisible ?

— Crache le morceau, Paul.

— O.K., dit-il en levant les mains au ciel. Je vais demander Will en mariage.

— Quoi ?

J'en suis sur le cul.

— Oui, j'en ai marre d'attendre un truc qui ne viendra certainement jamais. Je vais le mettre au pied du mur et on verra bien.

— Waouh ! Paul, je savais que tu voulais vraiment sauter le pas, mais…

— Il n'y a pas de « mais ». Soit il veut avancer avec moi, soit il ne veut pas.

— Paul, c'est bien plus compliqué que ça et tu le sais.

— Je sais, mais je ne suis pas son ex. Et il faut qu'il accepte une fois pour toutes ce qu'il est.

— Paul, il a déjà remis tellement de choses en question en étant avec toi…

— Je sais mieux que personne ce que ça fait de se rendre compte que l'on aime autrement.

Je lui tapote le dos, essayant d'être réconfortante à ma manière. Malgré tout ce qu'il en pense, il ne l'a pas si mal vécu que ça, contrairement à Will.

Paul a toujours su qu'il préférait les garçons. Sa famille, ses amis, tout le monde a toujours été là pour lui. Mais pas Will.

Will s'est marié pour faire plaisir à sa famille, imaginant que ça ferait taire ses pulsions et ses envies. Mais après son divorce, lorsqu'il a rencontré Paul, ça a été le vrai coup de foudre, le grand amour, celui que l'on ne voit que dans les films à l'eau de rose. Il a dû tout reconstruire pour être avec lui. Sa famille ne lui parle plus et ses anciens « amis » non plus.

Je suis toujours aussi choquée par tout ce qu'il a dû traverser pour s'en sortir et être enfin heureux.

Ce que les gens peuvent être cons… Et encore, je reste polie.

Pendant que nous déjeunons, Paul m'expose sa tactique, et je dois dire que c'est ultraromantique. De toute manière, quand il s'agit de Will, il ne lésine sur rien.

Comme c'est beau l'amour…

Je lui parle de mon Sexy-Fossettes et de son message. Au

moment de lui montrer le texto, je me rends compte que je n'ai plus mon portable. Je fouille et refouille mon sac, rien.

— Tu l'as peut-être laissé au bureau, me dit Paul.

— Non, je l'avais, j'en suis sûre. J'ai lu les messages dans l'ascenseur en descendant pour te rejoindre.

Un doute me saisit.

L'homme dans le hall. Il ne m'a peut-être pas bousculée par erreur.

— Tu penses au type du hall ?

— Ouais, pourquoi, toi aussi ?

— Oui, il t'a foncé dessus, je croyais que c'était pour te draguer.

— L'enculé ! Il m'a piqué mon téléphone !

De retour à HEH, je fais un rapport à la sécurité sur le vol de mon téléphone. Mais j'ai très peu d'espoir de le revoir.

Je me remonte le moral en pensant que j'ai bien fait de prendre une assurance et que je vais pouvoir m'acheter le nouveau téléphone super-high-tech dont je ne connais pas le nom, mais qui se recharge sur un coussin rose. Dès que je l'ai vu, je me suis dit que ce devait être sympa de mettre son téléphone au dodo pour qu'il recharge ses batteries !

En tout cas, cette histoire de demande en mariage m'a mis du baume au cœur. Un jour, moi aussi je trouverai le prince charmant !

Ou peut-être que je l'ai déjà trouvé…

J'imagine mon Sexy-Fossettes au top du romantisme. Nous nous baladerions au coucher du soleil, main dans la main sur une plage déserte, nos mots d'amour bercés par le bruit des vagues. Il finirait par m'embrasser avec sauvagerie, puis arracherait ma robe…

Je sursaute à la sonnerie du téléphone, interrompue dans mes rêveries qui commençaient à devenir salaces.

Sérieux, ils ne peuvent pas glander, comme moi ? !

— Morell, décroché-je avec humeur.

— Bonjour, mademoiselle Morell. Beth, l'assistante de M. Hamlish.

— Ah oui, dis-je, la voix immédiatement radoucie.

— M. Hamlish vous réclame dans son bureau.

— Bien sûr, quand exactement ? lui demandé-je, nerveuse.

Les menaces de Natacha me reviennent à la mémoire.

La garce !

Elle n'aurait pas…

Si ! Je suis certaine qu'elle l'a fait, ce maudit rapport.

— Mademoiselle Morell ?

Zut ! Je n'écoutais plus.

— Oui, veuillez m'excuser. Vous disiez ?

— Immédiatement.

— Tout de suite ? Je veux dire, maintenant ?

— Oui, mademoiselle, tout de suite.

— Vous savez à quel sujet… Allô ?

Je rêve !

Elle a raccroché. Comme ça… Je fixe le combiné, ahurie.

Je prends un bloc-notes et un stylo pour me donner un genre « Comment ? Je n'en reviens pas que Mme Duchovni tienne de tels propos, moi qui suis tant dévouée à HEH ».

Allez, je vais assurer, et puis, s'il me vire, eh bien, je… je quoi ?

Merde !

Mais qu'est-ce qui m'a pris de lui parler comme ça ?

Oui, c'est une salope, mais c'est ma salope de boss !

Comme me le répète ma mère, « Lola, tu dois apprendre à

tourner ta langue sept fois dans ta bouche avant de parler ». Mais, comme d'habitude, je ne suis jamais les conseils de ma mère !

J'observe mon reflet dans les portes de l'ascenseur. En plus d'être l'employée la plus fainéante de la boîte, je suis aussi la plus mal coiffée. Si même mes cheveux ne sont pas de mon côté, je suis perdue.

J'essaie de plaquer une mèche rebelle, mais elle fait de la résistance. Je lèche mon index et mon majeur.

Dégueulasse !

Je sais ! Mais à situation désespérée, solution désespérément pas top, puisqu'elle se rebiffe encore et toujours. Au moment où je me décide à remettre mes doigts dans la bouche, les portes s'ouvrent sur…

Zut ! Je les sors aussi vite que possible et les essuie discrètement sur l'arrière de ma jupe.

Je n'ai qu'un mot : BEURKKK !

Mais qu'est-ce qu'il m'est encore passé par la tête ?

— Lola.

— Jé… Monsieur Hamlish.

Beau rattrapage. Très professionnel.

Pourvu qu'il ne m'ait pas vue me lécher les doigts puis me les essuyer…

— Vous vouliez me voir ?

— Tout à fait, allons dans mon bureau, me dit-il en plaçant la main sur mes reins.

Sa paume est si chaude que je me sens tout… excitée.

Je devrais peut-être consulter un médecin pour lui parler de ma libido débridée ?

Je n'ai pas le temps d'y penser davantage que nous sommes

dans son bureau. Je reste plantée dans l'entrée alors qu'il ferme la porte.

Respire, Lola, il ne va pas te virer...

J'aurais dû enlever ma culotte et me la jouer *Basic Instinct*. En plus, j'ai toujours rêvé de faire ça.

Je lève les yeux et me retrouve aspirée par son regard froid et ténébreux. Je déglutis, j'ai l'impression qu'il n'est pas content.

— Je...

Je n'ai pas le temps de finir ma phrase qu'il me plaque contre la porte. Ses mains dans les miennes, de chaque côté de ma tête, il glisse son genou entre mes jambes tout en remontant ma jupe. J'écarte les cuisses sans me faire prier. Ma respiration s'accélère. Mon excitation est fulgurante, je sens que mon sexe est déjà trempé de désir à l'idée de ce qui va suivre.

— Tu ne m'as pas répondu, dit-il sans me quitter des yeux.

— Je... Je... Quoi ?

— Mon message, dit-il en frottant le bout de son nez dans mon cou.

— J'ai eu beaucoup de travail, ce matin et...

Il lâche mes poignets et fait glisser ses longues mains le long de mon corps, appréciant chacune de mes courbes. Arrivé à ma jupe, il la remonte sur mes fesses, frôlant du bout des doigts mon porte-jarretelles jusqu'à mon string, il insère son index dans ma fente humide. Je rejette la tête en arrière, il mordille la peau tendre de mon cou tout en décrivant de légers cercles en moi.

Cette sensation...

Il passe son autre main sur ma gorge en descendant lentement. Sous la pression de sa caresse, mon chemisier se détache, laissant entrevoir la naissance de ma généreuse poitrine à peine contenue par la dentelle blanche de mon soutien-gorge. Je sens son membre durci entre mes cuisses. Le frottement du tissu contre mon sexe, rendu sensible par l'assaut de ses doigts, me rend folle.

— Jérémy, je t'en prie…

— Pourquoi tu ne m'as pas répondu, Lola ? dit-il à voix basse au creux de mon cou.

Sa langue suit le sillon de la veine qui y palpite. D'un geste sûr, il arrache la ficelle de mon string, me laissant aux supplices de ma libido en furie.

Je n'en peux plus. Je tente de défaire les boutons de sa chemise mais, de nouveau, il saisit mes mains et me plaque violemment contre la porte. Je plonge dans ses yeux, perplexe. Il semble réellement fâché que je n'aie pas répondu à son message.

Son visage est fermé, je ne lui ai jamais vu une telle expression. On dirait qu'il porte un masque qui ne laisse passer aucune émotion.

Je me sens mal à l'aise tout à coup.

Je ne suis pas sûre que l'on joue au même jeu.

Je ne suis plus sûre de rien.

Il me fait tellement penser à…

Lola, il faut que tu arrêtes avec ça… Jérémy Hamlish est un riche héritier. Ne compare pas l'incomparable, il est juste en colère.

— Je suis désolée, je ne voulais pas te froisser… je… je…

Il me fixe toujours, insondable, avec la même expression. Mon rythme cardiaque s'accélère.

Il finit par mettre fin à mon supplice en m'embrassant avec toute l'énergie du désespoir.

Une fois le baiser terminé, je reste les yeux fermés. On ne m'avait jamais embrassée comme ça.

— Jérémy, dis-je doucement.

— Chut !

Il me fait taire en posant son index sur mes lèvres.

Il passe la main dans mes cheveux emmêlés. Mon visage est encore plus près du sien. Nous sommes tellement serrés l'un contre l'autre que plus rien ne peut passer entre nous. Il descend une main et détache son pantalon.

Je ne bouge toujours pas. Je suis paralysée et je ne sais pas pourquoi.

Est-ce à cause de son corps massif contre le mien ?

Ses baisers ?

Je ne réfléchis plus quand il entre en moi et saisit de nouveau ma bouche pour un ultime assaut.

Ma tête cogne à chacune de ses puissantes poussées, ses doigts s'enfoncent dans la chair tendre de mes fesses.

Je vais avoir des marques, c'est sûr.

Je sens l'orgasme venir telle une vague déferlante, détruisant tout sur son passage.

Je m'accroche à lui en mordant ses délicieuses lèvres jusqu'à l'en faire saigner.

Il jouit à son tour en criant mon nom.

Dans un souffle, il me glisse à l'oreille :

— Ne refais plus jamais ça.

Durant quelques secondes, je reprends mon souffle, le temps que les paroles qu'il vient de prononcer arrivent doucement jusqu'à mon cerveau.

C'est alors que je suis submergée par une puissante montée de féminisme.

Je le repousse. Il me regarde, surpris.

— Je te demande pardon ? dis-je en remettant ma jupe en place.

— Quoi ?… De quoi ?

— Espèce de gros macho.

— Hein ?

— Tu m'as dit « Ne refais plus jamais ça » ? ! lui lancé-je.

Je pointe mon index sur son torse et tapote tout en reprenant :

— Je fais ce que je veux. Si j'ai envie de répondre, je réponds. *Monsieur* est vexé parce que pour une fois dans sa vie, une femme n'accourt pas au moindre signe de sa part. Non mais pour qui tu te prends ? !

Je m'empare de mes affaires, plus en colère que jamais, et ouvre la porte avec un peu trop d'énergie, m'assommant à moitié.

Mais rien à faire ! Je m'en vais en le laissant sous le choc et monte dans l'ascenseur sans me retourner.

J'ai comme une folle envie de brûler mon soutif !

Chapitre 9

Mardi 1er octobre

Je jette un coup d'œil à ma montre.

Génial, je vais être en retard !

Bon, ce n'est pas comme si ça changeait de d'habitude. Quoique, en ce moment, je sois plutôt satisfaite de mon timing. Y a pas à dire, avoir un Sexy-Fossettes au bureau, ça aide !

Mais pourquoi j'ai dit ça ? Pourquoi je pense à ça ?

J'ai envie de me cogner la tête contre tous les murs de l'appart, et après, j'enchaînerai peut-être avec ceux des voisins !

Hier soir, quand je suis rentrée, j'étais furieuse, exaspérée — dans un état lamentable, en somme. Je ne voyais plus qu'une solution à mes problèmes : dévorer tout ce qui traînait. Il est évident que je ne fais pas référence aux carottes, ni aux poireaux, ni à un fruit quelconque, mais à de la nourriture incroyablement grasse et super-sucrée. Je voulais de l'intensément consistant, du réconfortant… Si j'avais pu plonger dans une piscine de crème glacée, je l'aurais fait !

Raspoutine était surexcité. Tu m'étonnes ! Toute cette bouffe, ça l'a galvanisé, le bestiau ! Il roulait sur lui-même, perdu dans cet océan de senteur…

Je suis d'abord passée par la colère. Du genre : mais pour

qui est-ce qu'il me prend ? Je suis une femme libérée, je dirais même super-libérée. J'ai pas besoin d'un gros macho qui ne supporte pas que j'aie ma propre vie... Bla-bla-bla... Discours féministe... Bla-bla-bla... Je ne suis pas au service de Sa Majesté... Bla-bla-bla.

Bon, ça a duré un moment, donc je résume.

Ensuite, j'ai enfilé mon plus beau pyjama pilou-pilou rose, j'ai allumé la télé, et là, je suis tombée sur... *L'Arme fatale 2*.

J'adore ce film.

Tout allait bien, je dégustais mon pot de Häagen-Dazs vanille-macadamia avec volupté, léchant chaque millimètre de ma cuillère à soupe (les petites cuillères sont toujours... trop petites !). J'émettais même de temps à autre quelques soupirs de satisfaction à la vue du magnifique fessier de Mel Gibson... Et puis, soudain, venu de nulle part : le drame ! Melounet apprend que l'affreux Sud-Africain trafiquant de drogue a tué sa femme, et aussi la blonde dont le nom m'échappe. Je me suis effondrée, il n'y a pas d'autre mot. J'ai pleuré tout en essayant de continuer à manger ma glace, j'ai engueulé la télé que je tenais pour responsable de mon état déplorable. Je me suis mis de la glace partout, une vraie loque en souffrance.

Tout ça parce que je me suis soudainement dit qu'aucun homme ne m'aimera jamais autant, qu'aucun homme n'ira tuer plein de trafiquants de drogue ou de je ne sais quoi pour moi.

Et vous savez pourquoi ?

Non, hein ! Je vous donne un indice : parce que le mec super-hot avec lequel je couche me prend pour une tarée de féministe !

Voilà pourquoi !

Je ne pouvais pas être gentille et docile ! Non, trop simple... Il faut que je l'ouvre, ma grande bouche !

C'est sur cette constatation que je me suis endormie — ou plutôt, que je suis tombée dans un coma causé par l'ingurgitation massive de sucre, de gras et d'autres produits chimiques auxquels je préfère ne pas penser.

Heureusement, mon matou obèse a eu la bonne idée de me rouler dessus tout en me tâtant et en ronronnant jusqu'à ce que je me réveille, les yeux bouffis, la cuillère collée sur la joue, les cheveux hirsutes... La totale !

J'ai tout juste le temps d'enfiler quelque chose d'adapté à la situation — ou, plus clairement, de propre —, de me débarbouiller, de m'attacher les cheveux (rien d'autre à faire pour eux, ils sont officiellement décédés).

J'ai la tête dans le cul. Tout ce sucre m'a rendue nauséeuse, j'ai la fâcheuse impression d'avoir pris au moins vingt kilos, si ce n'est pas plus !

Et surtout, sans téléphone, je me sens coupée du monde. Hier, je me suis dit : pas la peine de te presser pour en acheter un nouveau, tu peux vivre sans.

Mais comment faisaient les gens avant ?

Enfin, bref, je songerai plus tard à ma dépendance à la téléphonie mobile, que j'ajouterai à la déjà très longue liste « les défauts de Lola », parce que là, je n'ai plus le temps.

Je viens de faire officiellement mon entrée au club très fermé des VDM (Vies de merde). Je ne ressemble à rien — enfin, jusque-là, rien de nouveau. Et j'ai mangé trop de cochonneries la veille, donc je ne me sens pas top, mais alors pas top du tout...

Je suis en retard et j'espère qu'il ne se passe rien d'important au boulot, puisque je n'ai plus de téléphone pour que l'on me prévienne. Oui, je sais, j'en parle encore, mais c'est parce que j'ai l'impression qu'il me manque une partie du corps. Et non, je n'exagère pas !

Une fois au bureau, je traîne des pieds.

Pourquoi je suis venue déjà ?

Ah oui, je m'en souviens. Je voulais me faire porter pâle, mais je n'avais pas de téléphone !

J'ai vingt bonnes minutes de retard, mais en plus de ça, mon mal de tête s'est aggravé, accompagné de ce qui ressemble à un début de crise de foie. Paul accueille mon air lugubre avec un sourire jusqu'aux oreilles.

Il s'entraîne pour une nouvelle pub de dentifrice ou quoi ?

— Lola !

Pourquoi faut-il qu'il parle si fort ?

— Humm, c'est moi…

Je crois que je suis au max de mes possibilités linguistiques du jour.

— Hein ? Pas grave. Allez, demande-moi !

— Quoi ?

Je ne comprends rien à ce qu'il me dit. J'aurais dû rester chez moi. J'aurais dormi, pris un bain, encore dormi…

— Lola ? dit-il d'une voix suraiguë.

— T'es pas obligé de crier, dis-je, plus désagréable que jamais.

— Ben dis donc, t'es de mauvais poil aujourd'hui !

— Ce qui ne semble pas être ton cas, lui rétorqué-je avec humeur.

— Effectivement, et tu peux bouder autant que tu veux, ma puce, parce que je vais me marier !

J'en reste sans voix. J'ouvre puis referme la bouche ; j'ai l'impression d'être un poisson hors de l'eau.

Finalement, il n'y a rien à dire.

Je le prends dans mes bras et lui fais un énorme câlin.

Pour le coup, comme il ne s'y attendait pas, Paul est saisi par l'émotion lui aussi, et nous nous mettons à pleurer comme deux madeleines en plein milieu du couloir.

Quand Natacha nous trouve enfin, nous sommes morveux et reniflant. Elle nous regarde de travers.

Tout ce que j'arrive à articuler, en pleurant et en souriant en même temps, c'est :

— Paul va se marier.

— Eh bien, ce n'est pas une raison pour vous donner en spectacle dans le couloir, dit-elle froidement.

Sérieusement ?

Je m'attendais à quoi ?

Je ne suis même pas sûre qu'elle puisse plisser les yeux pour pleurer.

Rectification : je suis certaine qu'elle ne peut pas plisser les yeux. Je concentre ma vision trouble sur cette partie de son visage.

Mais comment fait-elle pour fermer les yeux ? Ce ne doit pas être facile… Ou bien elle dort les yeux ouverts et cache cette atrocité derrière un masque de nuit ?

— Qu'est-ce que vous avez à me dévisager comme ça ? me demande-t-elle.

— Rien, j'aime beaucoup cette teinte de mauve sur vos paupières. Ça fait très… Désolée, je ne trouve pas les mots… Je veux dire, cela vous sied à merveille !

Bordel, elle ressemble à Cruella d'Enfer !

C'est pas possible ! Soit son miroir est en grève, soit, compte tenu de son âge avancé, elle n'a plus les yeux en face des trous.

— Ce n'est pas mauve, c'est *shining* mauve, rectifie-t-elle fièrement.

— *Shining* comme Stephen King ?

Eh bien, je comprends mieux le pourquoi du comment !

— Non. *Shining* comme *glossy*, me dit-elle, de plus en plus agacée. Sincèrement, Lola, si vous continuez à vous promener comme ça, reprend-elle en me détaillant, vous ne trouverez jamais mieux que votre ex.

— Tout le monde n'a pas votre chance, Natacha, dis-je d'une voix doucereuse.

Ou votre chirurgien !

— Mademoiselle Morell, vous avez décidé de vous joindre à nous ?

Cette voix…

Oh non ! Respire, Lola, reste calme…

Zen, voilà, je suis au top de la zénitude… Un maître zen en puissance… Ou pas.

Calme tu resteras face au regard de tueur du Sexy-Fossettes énervé.

Voilà que j'invente des phrases à la Maître Yoda maintenant !

C'est pas possible, il a choisi l'un de ses costumes qui me font fondre. Et en plus, il a mis sa cravate grise…

POURQUOI LA VIE EST-ELLE SI CRUELLE ?

Ne le regarde pas…

Je garde les yeux fixés sur la moquette et, du bout de mon escarpin, je dessine de petits cercles.

— Je suis désolée pour le retard, monsieur Hamlish, dis-je d'une voix à peine audible.

— Allons dans votre bureau, m'ordonne-t-il.

Je le suis sans broncher. Une fois confinée dans cet espace

clos, je me sens claustrophobe. J'ai l'impression que sa présence emplit toute la pièce.

Je me mords la lèvre en essayant de réfléchir à la façon de me sortir de ce guêpier.

Bon, je peux peut-être m'excuser… Certainement même…

Ça fait un peu « Je me ratatine » après la scène que je lui ai faite hier… Sinon, je me la joue « femme libérée » à fond et je vais jusqu'au bout du truc… Il aime peut-être les dominatrices ?

Il ferme la porte et, au fur et à mesure que ses yeux me détaillent, je me sens défaillir.

Ma respiration se bloque, je ne sais plus où j'en suis…

Je déglutis avec difficulté.

Finalement, je vais opter pour les excuses…

— Je suis désolé, finit-il par lâcher. Je ne voulais pas te donner l'impression que tu es ma chose ou je ne sais quoi, ajoute-t-il en passant la main dans ses cheveux, visiblement inquiet. Ce que je voulais dire, c'est que… Enfin, je m'inquiétais… Non pas qu'il y ait vraiment lieu de s'inquiéter… C'est surtout que… Voilà, je ne sais pas… Enfin, c'est compliqué, tu es si… et moi je suis…

Il m'observe un instant. Je reste impassible, ne sachant pas comment réagir.

Je rêve ou il vient de s'excuser ?

Dans un élan subit, je l'embrasse avec ferveur. Je le plaque bruyamment contre la porte, m'emparant de sa bouche, emprisonnant sa lèvre inférieure. J'ai besoin de ressentir son corps contre le mien, ses mains sur moi, lui en moi… Il me le faut tout entier, maintenant.

Je fais glisser les doigts sous sa veste le long de son torse, appréciant sa musculature de dieu vivant. Il me caresse les fesses. Je commence déjà à m'embraser à petit feu.

Il m'interrompt soudainement et essaie de reprendre son souffle. Mon regard est perdu dans le sien, et je me sens seule tout à coup.

— Lola, il faut qu'on parle.

— Maintenant-là-tout-de-suite ? l'imploré-je, au bord du désespoir.

Je n'ai pas envie de discuter, moi ! Je veux du *sexe* ! Voilà ce que je veux !

— Non, ce soir. Je t'invite à dîner.

— Ce soir ?

— Oui. Tu avais quelque chose de prévu ? demande-t-il, l'air moins assuré.

— Non, c'est O.K. pour ce soir.

— Bien.

Je crois que ça veut dire que la minute torride est écoulée.

Cela se confirme quelques secondes plus tard, quand il m'embrasse chastement sur le front avant de partir comme si nous n'avions pas été à deux doigts de forniquer sur mon bureau, la moquette, contre la porte ou bien je ne sais quoi… Il aurait au moins pu m'offrir une petite gâterie ! Je suis dans un état pas possible, moi, maintenant !

Parler ?

Mais de quoi ?

Il est pas normal, c'est pas possible ! Je m'offre sur un plateau d'argent et *monsieur* veut discuter…

Maintenant que j'y pense, ce n'est pas la première fois qu'il me casse les pieds avec cette histoire de « Il faut qu'on parle ». Ma séance de touche-pipi dans les toilettes du club me revient à la mémoire. Déjà à ce moment-là…

Et s'il était marié ?

Ou pire : s'il était recherché par la mafia ?

Ou encore pire : s'il préférait les hommes ?

Il faut vraiment que je revoie mon classement des pires nouvelles !

Je suis interrompue dans mes réflexions par Paul, qui m'informe d'une réunion de crise chez le Dragon.

Il n'y a plus de place aujourd'hui chez son coiffeur de prédilection, alors il lui faut un plan B d'urgence.

Et comme d'hab, c'est qui qui s'y colle ?

C'est Bibi !

O.K., c'est décidé : ce soir, je lui dis tout...

Sur moi, sur ma mission, ma vie... la totale.

Je risque le tout pour le tout.

Hier soir, je me suis mis la tête à l'envers. J'ai bu plus que de raison, et j'ai pensé à elle, à moi, à mon avenir, à nous.

Je n'étais même pas sûr qu'il y ait encore un « nous ».

L'épisode de ce matin m'a conforté dans mon idée. Je ne peux pas construire une vraie relation avec toute cette merde qui nous tourne autour.

Il y a beaucoup trop de secrets dans ma vie. J'en ai marre de ce mutisme infernal. Je veux du vrai !

Si elle me largue... je serai anéanti.

Mes mains tremblent, les crampes d'estomac me reprennent, ma tête tourne...

Je ne veux pas qu'elle me quitte.

Je panique...

Le célèbre, le fameux, l'insensible J. a peur de se faire larguer !

MERDE !

Je n'arrive pas à gérer tout ça.

L'amour…

Ça m'est tombé dessus et je n'ai rien pu faire.

A cause d'elle, je ressens toutes ces choses que je ne pensais plus avoir en moi. Cela fait tellement longtemps que je n'avais plus éprouvé la moindre bribe de sentiment. La peur, l'angoisse, ou même l'amour, je pensais avoir enfoui tout ça.

Lola m'a ranimé, ensorcelé, envoûté même.

Je ne sais plus où j'en suis. Je ne suis sûr que d'une chose : je la veux rien que pour moi. Je suis prêt à tuer le premier trou du cul qui essaiera de me la voler…

J'aimerais tellement pouvoir oublier toutes ces émotions, faire en sorte qu'elles disparaissent. Mais, en même temps, cette sensation est si nouvelle, si agréable, si intense. C'est la première fois depuis bien longtemps que je me sens vivant.

Comment poursuivre la même vie après avoir connu ça ?

Je ne veux pas étouffer ce feu qui m'anime. Je veux continuer de respirer, encore et encore, de sentir son odeur et de me laisser aller sous l'emprise de cette douce torture.

Comment continuer à être ce que je suis ?

Comment la faire sortir de ma tête ?

Je ne peux pas, je ne veux pas vivre sans elle.

Elle est devenue mon obsession, ma raison de vivre, mon salut…

Elle ne me quittera pas : je ferai en sorte qu'elle m'aime, je deviendrai ce qu'elle voudra, qui elle voudra.

Je vais tout lui dire et j'attendrai patiemment qu'elle

m'accepte. Et si ce que je lui offre ne lui convient pas, je lui offrirai plus, toujours plus, jusqu'à ce qu'elle m'aime…

Mon mal de tête a atteint son paroxysme après avoir réussi à convaincre le coiffeur de Natacha de la prendre en urgence. J'ai dû inventer une histoire tellement énorme que je ne comprends même pas qu'il n'ait pas remarqué la supercherie. Comme si les gens qui se faisaient faire une vidange du côlon avaient besoin d'un soin capillaire ! J'en ris encore. Heureusement, j'ai spécifié qu'il s'agissait d'un sujet ultrasensible, et de ne surtout pas y faire allusion. En tout cas, s'il lui en parle, je pourrais toujours faire la Française idiote qui ne savait pas vraiment ce que voulait dire *colon* en anglais. Je me masse doucement les tempes.

Et puis, il y a toute cette histoire avec mon boss incroyablement sexy et mystérieux.

Discuter ? Mais de quoi ?

Pourquoi il ne me le dit pas tout de suite, son méga-secret ultra-confidentiel ?

Parce que sinon tu ne te torturerais pas les méninges et ce ne serait pas drôle, Lola.

Plus la journée avance et moins j'en vois la fin.

Je n'ai même pas eu le courage de regarder *Hotwolf*, c'est vous dire. Pourtant, aujourd'hui, c'était un épisode crucial : Alison était à deux doigts de succomber au charme d'Ysahia…

Je meurs à petit feu, mon ventre émet des bruits venus d'ailleurs qui ne laissent rien présager de bon.

Je pose mon front brûlant quelques minutes sur le bois frais de mon bureau, me masse les tempes pour essayer de faire disparaître les élancements qui font rage dans ma boîte crânienne.

Je veux rentrer chez moi !

— Ouh ! là, là ! Ça va pas mieux, toi !

La voix lointaine de Paul a du mal à se frayer un chemin à travers mes synapses endommagées.

— Non, je crois que j'ai de la fièvre.

— Fais voir.

Il pose une main fraîche sur mon front et, l'espace d'un instant, une envie irrépressible d'appeler ma maman me prend.

Mais je suis une grande fille. Enfin, je crois.

A partir de quel âge arrête-t-on de se faire bichonner par sa mère ?

De toute façon, elle est trop loin…

Des larmes se mettent à couler le long de mes joues.

— Ne pleure pas, ma chérie. Je vais t'appeler un taxi et te raccompagner chez toi, O.K. ?

J'émets un léger couinement en signe d'approbation et referme les yeux, attendant que ma mère de substitution s'occupe de moi.

Paul est *la* maman poule par excellence. J'ai droit à un bon thé en attendant que mon taxi arrive, des grattouilles, des paroles douces… Une fois le véhicule en bas de l'immeuble, il m'y escorte et tend l'argent au chauffeur pour que je n'aie pas à farfouiller dans mon sac. Je ferme les yeux et les rouvre chez moi. Je me traîne telle une limace asthénique jusqu'à mon lit.

C'est dans le brouillard le plus complet que j'entends le verdict du docteur : grippe.

J'avoue que, pendant un instant, j'ai craint que ce ne soit une overdose glucidique ou un truc dans le genre.

Mais non, tout va bien… Enfin, à peu près.

Un marteau-piqueur s'est logé dans mon crâne et ne veut plus en sortir.

Woody, je vais te tordre le cou dès que j'aurai la force de lever les bras.

— Veux-tu boire ? me souffle doucement une jolie voix masculine.

— Oui, lui réponds-je, la bouche pâteuse.

Un verre d'eau se présente à mes lèvres. Elle est fraîche, c'est agréable.

Mais ma tête est trop lourde, alors elle retombe brutalement sur l'oreiller.

Le sommeil revient…

A bientôt, jolie voix…

Chapitre 10

Mercredi 2 octobre

J'ouvre un œil… La lumière m'agresse.

Ma tête tourne, je ne me sens vraiment pas top.

La mémoire me revient doucement… Grippe.

Pourquoi ne me suis-je pas fait vacciner déjà ?

Bruno Mars ! Tout est sa faute.

Je devais y aller mais il y avait ce super-concert…

Comme dirait ma mère, tout est une question de choix dans la vie. Et tout ce que l'on peut faire, c'est de les assumer.

Pas de souci, je le sens bien, là, mon choix, maman.

Pffff! Aucun regret. Bruno Mars, on remet ça quand tu veux !

Je regarde mon réveil du coin de l'œil.

Le matin.

Je hais le matin.

Bon, de toute manière, je ne suis pas en état. Il vaut mieux que je me rendorme.

Je pose la tête sur mon oreiller, ferme les yeux.

Un bruit me fait sursauter.

Qu'est-ce que… ?

Bon, on s'en fiche.

Et si c'est un cambrioleur, qu'il prenne tout ce qu'il veut, je m'en contrefiche.

Rectification : qu'il me laisse quand même Raspoutine.

Je me rendors sur cette pensée quand, de nouveau, un vacarme infernal me tire des bras de Morphée.

Sérieux, il a besoin de faire autant de bruit ?

Un énorme *BING* retentit.

Une alarme maintenant !

Je soulève légèrement la tête de mon oreiller. Je crois que c'est foutu pour moi, je ne suis pas près de me rendormir.

J'ai la tête comme une pastèque, mais le sort semble s'acharner.

Ce bruit, toujours ce bruit…

Je suis à genoux sur mon lit, tel un animal sauvage prêt à bondir sur sa proie sonore.

Je me concentre sur le son qui vient, semble-t-il, d'ailleurs. Pas « d'ailleurs » genre les extraterrestres, non. Ailleurs comme « pas dans ma chambre » seulement.

On dirait vraiment une alarme.

Je n'ai pas d'alarme.

Enfin, je crois pas.

Oui, mais il y a des trucs qui ont des alarmes !

Je me dirige vers la porte, vacillant légèrement à cause de la fièvre.

C'est alors qu'une odeur de brûlé m'interpelle.

Il y a le feu chez moi !

J'ouvre la porte de ma chambre à la recherche de flammes, mais ne vois rien.

Je titube dans le couloir ; je vais faire face à mon destin. Ou alors appeler les pompiers.

A bien y réfléchir, la seconde solution est la meilleure.

Sauf que je n'ai plus de téléphone ! Il y a bien un fixe qui existe quelque part, mais vu que l'on ne s'en sert jamais, je ne sais pas où il est.

Formidable !

Je vais mourir, seule et grosse…

Remarquez, dès que je serai morte, le fait que je sois grosse n'aura plus vraiment d'importance.

J'aurais marqué les esprits par ma sympathie, mon étonnante résistance à la vodka — j'aimerais que mes proches sachent que je suis morte heureuse, ayant connu d'incroyables orgasmes dans les derniers jours de ma courte existence… Ou pas, en fait. Je préfère garder ça pour moi !

Rectification : on se souviendra surtout de moi comme de la fille qui ne s'est pas fait vacciner contre la grippe parce qu'elle a préféré aller voir Bruno Mars, ou alors comme de la dodue qui avait un chat à roulettes…

D'ailleurs, en parlant du loup, où est-il, celui-là ? Je suis sûre qu'il s'est déjà carapaté…

Il est bien long, ce couloir.

Je continue mon chemin, je mourrai courageusement.

Mes muscles sont douloureux, j'ai des courbatures partout ; je découvre même des muscles dont j'ignorais jusque-là l'existence.

Je me traîne finalement jusque dans la cuisine et me retrouve face à un spectacle pour le moins inattendu.

Jérémy, dans mon peignoir rose.

La vision est… comment dire… ridicule !

Mon peignoir est rose, court, avec des froufrous au col.

Court, enfin, pas tant que ça sur moi. Mais je fais la taille d'une puce comparée à lui !

Mon P.-D.G. est emmailloté dans un peignoir rose,

dont l'échancrure laisse apparaître son torse musclé. Et la longueur… Que dire de la longueur ? Il est tellement court qu'il lui arrive juste au-dessous des fesses !

Il essaie désespérément de dissiper la fumée avec un torchon.

Donc, c'était ça l'odeur !

Il me remarque enfin et m'adresse un grand sourire gêné. J'appuie sur le bouton de l'alarme incendie qui s'éteint immédiatement.

— Je suis désolé de t'avoir réveillée, je voulais te préparer un petit déjeuner, mais il semblerait que je ne sois pas très doué en cuisine.

— Tu t'es plutôt dit que tu voulais m'empoisonner et, pour atteindre ton objectif, tu comptais faire diversion avec mon peignoir, c'est ça ?

— Mince, j'ai été démasqué, dit-il avec son sourire super-sexy-fossettes. Tu veux du thé malgré tout ? Promis, je n'ai fait que chauffer l'eau.

— Je ne sais pas, ça dépend : tu comptes me servir dans ce peignoir rose ou tout nu ?

— Comment veux-tu que je te le serve ?

Ça devient chaud cette histoire de petit déjeuner. J'en oublie instantanément mes courbatures, ma fièvre, le vilain virus qui me pourrit la vie.

— Quelle question ! Nu, bien évidemment.

Ses yeux gris me transpercent et je sens mon excitation grimper en flèche. Il défait lentement la ceinture du peignoir. J'ai envie de lui sauter dessus, de le tartiner et de le manger. Je le goûterai d'abord, et ensuite je le dévorerai tout cru.

— Salut, les tourtereaux !

Matt ! Je l'avais oublié celui-là !

Bon, ben voilà une belle douche froide, autant pour moi que pour mon boss super-sexy. Il rattache en vitesse la ceinture et commence à nettoyer les dégâts infligés à ma cuisine.

— Ça ne sent pas bon. Oh ! Joli peignoir ! dit-il tout en m'embrassant sur le front. Tu as encore de la fièvre, Quenelle, tu as pris tes cachets ?

Super ! On dirait ma mère. En plus, je crois qu'il vient de m'appeler Quenelle.

Non ! Ce doit être un effet secondaire de la fièvre, il n'aurait pas osé ?

Je le regarde de travers. Si ! Il a osé !

— Matt ? Tu ne veux pas aller voir ailleurs si tu ne trouves pas une starlette ? dis-je entre mes dents.

— Ne bouge pas, Matt, je vais aller m'habiller. Je pensais que tu ne serais pas là.

— J'ai cru comprendre, dit-il en désignant le peignoir entrouvert.

Bon ben, ça, c'est fait !

Après tout, je suis chez moi et je suis une adulte…

Peut-être que si je me le répète suffisamment, je vais finir par y croire. Ou pas…

C'est hypra-gênant…

Jérémy nous quitte et je me retrouve seule avec mon frère, au summum de l'embarras.

— Pas sérieux ?

— Va te faire foutre.

— Je dirais même que c'est méga-sérieux. Tu es malade et il accourt. Si tu l'avais vu, aux petits soins. Il a changé le verre d'eau assez souvent pour que, quand tu te réveilles, il soit frais. Il t'a même épongé le front ! C'est dire ! Il est fou de toi, Quenelle.

Il attrape ce qui semble être une nouvelle sorte de galette carbonisée du bout des doigts et me regarde, amusé.

Je ne sais pas quoi dire. Je n'ai pas les idées assez claires pour réfléchir.

— J'ai appelé papa et maman pendant que tu agonisais la nuit dernière.

— Et tu leur as dit quoi, au juste ?

Je saisis une spatule de bois qui traîne sur le plan de travail. Je sens que la situation va dégénérer.

— Que tu étais mourante, mais que ton nouvel « ami », dit-il en mimant des guillemets, prenait bien soin de toi.

— T'as pas fait ça ?

— Si, me répond-il avec un regard de défi.

Je resserre ma prise sur la spatule.

— Tu leur as parlé de ta nouvelle « amie » la starlette ?

— Non, je ne parle pas de ça avec eux.

— Mais ça ne te dérange pas de raconter ma vie privée aux parents ! dis-je d'une voix suraiguë.

J'avais raison ! La situation dégénère. Je ne sais pas qui commence, au juste, mais le résultat est le même.

Jérémy, dans l'encadrement de la porte, nous observe les yeux et la bouche grands ouverts. De toute évidence, la scène lui paraît étrange.

Mon frère est à califourchon sur moi, en train d'essayer de m'enfourner dans la bouche l'espèce de galette cramée pendant que je lui tape sur la tête avec ma spatule, tout ça agrémenté de jurons en français…

Dès que nous l'apercevons, nous nous arrêtons net. Matt se lève, je recrache les morceaux du truc carbonisé (je ne veux pas m'empoisonner !), me recoiffe et essaie d'avoir un minimum l'air digne, adulte et sûre de moi malgré la situation.

Mon amant reste planté à la même place tandis que mon frère et moi reprenons nos activités, comme si de rien n'était.

— Donc, pancakes ! Qu'en pensez-vous ? lancé-je tout en rangeant.

— Tu devrais te reposer, tu as une tête affreuse, me lance Matt avec un clin d'œil. Alors, Jérémy ? Les Yankees, tu penses qu'ils ont leur chance cette année ?

Je m'installe à table, prends mes médicaments.

Discussion sport : je regarde Jérémy du coin de l'œil. Il semble se détendre et même apprécier mon frère.

Il rit de bon cœur à ses blagues pourries, s'intéresse aux histoires rocambolesques des starlettes en mal de notoriété.

J'avoue que le voir parler et rire avec mon frère me fait une impression étrange ; comme s'il était vraiment à moi, comme si nous formions un vrai couple. Je sais que notre relation n'est pas sérieuse et que je ne dois rien en attendre, surtout un « nous ». Mais le voir comme ça, ça me donne envie d'imaginer ce « nous ».

Un vrai couple… Nous prendrions le petit déjeuner le dimanche matin, en tête à tête. Après un long bain ensemble, nous partirions au marché main dans la main, nous dévaliserions les étalages colorés, choisissant nos produits préférés à cuisiner. De retour à la maison (puisque nous aurions notre petit nid d'amour à nous), je préparerais le déjeuner pendant qu'il s'occuperait du jardin. Nous y mangerions au soleil avec, pour invités, des grillons nous chantant mille mélodies. Le repas terminé, nous nous blottirions l'un contre l'autre, profitant de chaque rayon venant chatouiller nos peaux exposées.

— Alors, qu'est-ce que tu en penses, Lola ?

La voix de mon frère me sort de mes pensées romantiques.

— Quoi ?

— Je te demande ce que tu en penses.

— De quoi ?

— Du fait qu'on aille, Jérémy et moi, à la salle faire un combat de kick ce soir.

— Je ne suis pas sûre que ce soit une bonne idée. Tu as encore l'œil un peu rouge, dis-je à Jérémy.

Il toussote, visiblement mal à l'aise. De toute évidence, il a zappé ce passage dans la conversation avec mon frère. Le problème… Enfin, il y en a plusieurs :

N° 1 : Si je l'ai battu, mon frère va le massacrer. Sachant que même si Matt a l'air de l'apprécier, Jérémy reste le mec qui se tape sa petite sœur — et de façon pas « sérieuse », qui plus est.

N° 2 : Je n'ai pas envie de le partager. Je ne sais pas combien de temps je vais l'avoir pour moi toute seule avant qu'il ne se lasse.

N° 3 : Je ne veux *vraiment* pas le partager.

D'un autre côté, s'il est blessé, je pourrais toujours jouer les infirmières… Je dois même avoir un costume méga-sexy dans mon placard.

Mais non ; mon frère va le tuer, et je ne pourrai plus rien en tirer après. Donc c'est définitivement non.

— Alors, Quenelle, tu te décides ?

— Je ne pense vraiment pas que ce soit une bonne idée. En plus, on avait des trucs prévus.

— Tu feras des cochonneries plus tard, Quenelle. Ça fait un moment que je n'ai pas fait de kick et je te promets de ne pas trop l'abîmer. En plus, t'es malade, tu as besoin de te reposer.

Je grimace. Non mais c'est quoi cette façon de parler ? Et puis j'avais peut-être un truc super-important à faire avec lui !

— De toute façon, c'est à Jérémy de décider, vu que ce n'est pas « sérieux » entre vous.

BORDEL !

Je viens de me faire transpercer par le regard le plus glacial de l'univers.

La trucidation d'ours polaire, c'était de la gnognotte à côté de celui-là !

Il semblerait qu'il ne soit pas content que j'aie parlé de notre relation avec mon frère. D'un autre côté, il faut bien l'avouer, on se connaît à peine !

Il reste mon patron et je ne le vois pas officialiser notre relation.

Je ne dis pas qu'il ne tient pas à moi, c'est faux ; je dis juste que ça lui passera. Je ne sais pas quand, mais une chose est sûre, c'est que ce jour-là, je vais en baver.

Donc je préfère mettre d'ores et déjà la situation au clair dans ma cervelle de grande romantique, rêvant de prince charmant, de poussette, de maison à la campagne, de labrador…

— Fais comme tu veux, Jérémy.

Là, tu dois le sentir, le piège de fille. Si tu dis oui, je vais t'en vouloir. Mais je te fais croire que je te laisse le choix.

Hypocrisie féminine, quand tu nous tiens !

— O.K. Je te rejoindrai directement après le boulot, Matt, et je reviendrai ensuite ici pour notre programme, Lola.

Mauvais choix ! Même mon frère a compris et lui adresse un sourire crispé. Je continue à jouer le jeu…

— Très bonne idée ! Faites votre soirée entre mecs. De toute façon, je suis vannée et malade à crever.

Il se lève, passe la main sur mon front avec douceur. Je ferme les yeux et me relâche à ce contact.

— Je devrais peut-être prendre ma journée et rester avec toi, dit-il, hésitant.

Celle-là, je ne l'attendais pas ! J'ouvre les yeux et observe la tête effarée de mon frère. Lui non plus, de toute évidence. Ce genre de mec, ça ne court pas les rues. Il veut prendre une journée pour veiller sur moi ! Mon cœur vient de fondre aussi vite qu'un marshmallow à une veillée scoute.

Mais ça n'empêche pas que je ne veux pas qu'il aille au kick-boxing avec l'autre abruti.

— Ça va aller, j'ai juste besoin d'un peu de repos.

— Bien, je passerai après pour voir comment tu vas et s'il y a quoi que ce soit, tu m'appelles.

Il passe la main dans ses cheveux. Finalement, il n'est pas si sûr de lui, le bonhomme…

— Je veux bien, mais j'ai perdu mon téléphone.

— Perdu ? répète-t-il, perplexe.

— Ou volé, je ne sais pas.

— Volé ou perdu ? demande-t-il froidement.

Qu'est-ce que ça peut bien lui faire si on me l'a volé ? J'ai déjà fait opposition et prévu de m'en acheter un autre avec une coque toute rose.

Je hausse les épaules, ne sachant quoi répondre.

— Il y a longtemps ?

— Lundi midi, je crois. Un homme m'a bousculée dans le hall au boulot.

— Tu pourrais me le décrire ?

— Jérémy, ce n'est pas si important que ça. Je m'en achèterai un autre et j'ai déjà fait une déposition au service de sécurité.

On s'en tape du téléphone, câline-moi encore ! Je tente

de lui faire le même regard que Raspoutine quand il me réclame à manger.

— Je vois, dit-il, crispé. Il faut que j'y aille, je reviens ce soir.

Il m'embrasse sur le front et part comme s'il avait le feu aux fesses.

Putain, c'est quoi son problème ?

— On dirait qu'il était pressé ! dit Matt en retournant un pancake dans la poêle.

Je soupire de dépit et me cale contre le dossier de ma chaise. Au moins, j'ai ma journée. Je vais pouvoir finir mon bouquin, faire le ménage, terminer la glace au chocolat, jardiner…

Je vais commencer par un petit somme sur le canapé, je crois…

On lui a volé son téléphone et ça ne l'inquiète pas plus que ça !

Merde !

Il s'approche, ce con, et je n'ai toujours rien.

Remarque…

— Trouvez-moi les bandes vidéo du hall de HEH le lundi, aux environs de midi !

— Bien, monsieur, me répond la voix grave de Bob, du service technique.

Sans le savoir, ma petite Lola vient de m'aider.

J'avais pas dit que je devais faire le ménage et des tas d'autres trucs ?

J'essuie la bave sur ma joue, regarde ce qu'il y a à la télé. On ne se sait jamais, il ne faudrait pas louper un truc…

Je zappe… Rien à part une émission de stretching pour perdre de la cellulite.

Pas intéressée ! Ma graisse, elle est bien là où elle est. Mes fesses se sentiraient trop seules sans elle.

Bon ben, ménage alors…

Je ne me sens pas particulièrement motivée, mais si ça continue, quand Safia rentrera, il y aura des rats.

J'éteins la télé. On va commencer par le linge.

J'ouvre les fenêtres, mets de la musique pour l'ambiance, enlève mes draps, me dandine au rythme de la voix de Shakira.

Raspoutine reste sur le palier de la chambre. Il me regarde, sceptique. Je sens qu'il me juge. Il m'observe, du style « Il était temps, ça commençait à sentir le fennec ! ».

Je renifle : il n'a pas tort…

Quand je pense que Jérémy a dormi avec moi dans des draps puants.

Qu'est-ce qu'il a dû penser ?

Il doit se dire que je suis une crado !

Ce qui est faux ! C'est juste que j'ai des tas d'autres activités à côté du nettoyage et du rangement.

Je suis jeune, j'ai une vie remplie de… de trucs, voilà, c'est ça, je fais des tas de trucs !

Je laisse les draps par terre et vais lancer une machine de vêtements.

Mon frère a dû sentir l'odeur du ménage puisqu'il a pris ses jambes à son cou. Je sais, c'est un peu réducteur comme point de vue sur les mecs et le ménage, mais j'ai quatre frères, alors je connais mon affaire.

Au passage, si un jour j'arrive à trouver un mari, il faudra qu'il mette la main à la pâte ! Hors de question que j'épouse un mec comme mes frères. Je ne compte pas ramasser les chaussettes sales roulées en boule dans un coin ou faire la popote pendant que monsieur regarde le sport à la télévision…

Mon mari, lui, il m'aidera dans les tâches ménagères, cuisinera, s'occupera de nos enfants autant que moi, me fera l'amour au soleil couchant… Hum ! Oui, on passera notre temps à faire l'amour partout, tout le temps, dans toutes les positions possibles…

A mon retour, je trouve Raspoutine entortillé entre les draps.

— Pauvre pépère, qu'est-ce que tu fabriques !

J'essaie de le délivrer tant bien que mal et découvre avec horreur les traces de boue sur le sol.

La sale bête a encore trouvé un moyen de se faufiler dans le potager. En plus, il a des feuilles collées aux fesses…

Génial, il est coincé. Je saisis les roulettes, essaie d'y enlever le drap accroché, mais mes mains glissent à cause de la boue. Du coup, je laisse tomber son arrière-train un peu trop brutalement et, dans la chute, la partie droite du petit chariot se casse.

Raspoutine prend peur et s'enfuit en clopinant sur deux pattes et une roue, emportant avec lui le drap. J'en perds l'équilibre et me retrouve les fesses par terre, sans omettre un énorme « Putain ! » quand mon postérieur entre brutalement en contact avec le sol. C'est pile à ce moment qu'un importun choisit pour sonner à ma porte. Ben, il va devoir attendre parce que, tout de suite, je suis occupée avec mon félin fugueur !

Je ne laisse pas tomber : je me relève difficilement et

me lance à sa poursuite, lâchant un bon nombre de jurons plus ou moins fleuris. Je ne distingue les traces de boue qu'au moment où je sens mon pied partir et prends enfin conscience de mon erreur. Je me vois tomber, m'imagine déjà me rompre le cou sur le bord de la commode.

Morte dans une course-poursuite avec son chat handicapé ! Quelle fin tragique !

J'espère que mes proches n'auront pas l'idée d'inscrire sur ma pierre tombale :

Lola Morell
Auteure de génie
Fille, sœur et amie aimante
Morte en pourchassant son chat handicapé

Je ferme les yeux. Je vais souffrir, mais, de toute manière, c'est trop tard maintenant. Je heurte une surface dure, mais finalement pas tant que ça.

J'ouvre les yeux… Je ne suis pas morte.

Je suis dans les bras de Jérémy. Ou contre son torse, plus exactement — je le sens monter et descendre au rythme de sa respiration.

Je soulève le menton et plonge tête la première dans ses yeux gris.

Bordel ! Mais c'est l'homme qui tombe à pic, ce mec !

Nos regards se croisent et ne se lâchent plus. Il passe la main dans ma tignasse mal coiffée, la laisse glisser le long de ma joue. Il semble perdu, comme s'il ne m'avait pas vue depuis des années — ou comme s'il me voyait pour la première fois, je ne sais pas trop.

— Comment tu es entré ? demandé-je tout à coup.

— La porte était ouverte, me répond-il tout simplement. J'ai entendu du raffut, puis ce qui ressemblait à des gros mots. Vu ton état, j'ai eu peur que tu aies fait un malaise.

Il me regarde de travers et me dit :

— Tu ne devrais pas être au lit d'ailleurs ?

— Raspoutine ! dis-je en me relevant vivement.

— Quoi ?

— J'ai oublié Raspoutine. Merde, le pauvre, il est blessé, son chariot est cassé.

Il me sourit, amusé. Je m'arrête et lui demande :

— Qu'est-ce que tu fais là, au fait ? Tu ne devais pas être en train de te faire taper dessus par mon frère ?

— D'abord, il a annulé : trop de travail. Ensuite, qui dit que ce ne serait pas l'inverse ?

— Moi ! Je t'ai mis une raclée, tu ne t'en souviens déjà plus ?

— Mademoiselle Morell, votre frère est visuellement beaucoup moins distrayant que vous, dit-il en m'attrapant par la taille et en me serrant contre lui. Donc, Raspoutine, hein ? demande-t-il, tout sourires.

Je lui raconte mon histoire de boue, de chariot cassé, de drap coincé, et nous nous lançons à la recherche du fauve.

Après quelques minutes, nous trouvons la cachette du fugitif poilu, loin sous un meuble de la cuisine. Même Jérémy, qui a le bras bien plus long que le mien, n'arrive pas à l'atteindre.

J'essaie de le rassurer, je l'appelle, mais rien n'y fait. A part émettre de gros « miaou », il ne semble pas très réceptif à tout ça.

— On devrait peut-être le laisser sortir tout seul.

— Il faut que je vérifie qu'il ne s'est pas fait mal. Il faudrait aussi réparer son chariot, sans ça il ne peut pas se déplacer. Et je trouve qu'il a un drôle de miaulement.

— On peut essayer de l'appâter avec des croquettes ou de la pâtée.

— Non, je sais ce qui va le faire sortir.

Je me dirige à grands pas vers le frigo et attrape de quoi faire sortir la bête de son trou.

— Qu'est-ce que c'est ?

— Du surimi, j'ai plus de salade.

— Tu lui donnes du surimi et de la salade ?

— Oui, il mange de tout, c'est un gros gourmand. En revanche, il n'est pas particulièrement fan de pâtée ou de croquettes. Mais il aime tout le reste.

Je déballe mon sésame pour la liberté féline et tends le bras sous le meuble pour le lui faire renifler. Je le vois commencer à se dandiner pour venir chercher l'objet de sa convoitise.

J'avance doucement le bâtonnet au rythme de mon gros matou qui, de toute évidence, est trop gros et a du mal à passer, même en s'aplatissant au maximum.

Une fois qu'il a pointé le bout de son museau, je dépose le surimi et l'attrape, puis lui en redonne un pour le rassurer.

— Mais il est vraiment énorme ! dit Jérémy, les yeux écarquillés. Comment a-t-il fait pour ramper sous le meuble ?

— Tu ne l'avais pas encore vu ?

— Non. Et crois-moi, j'ai jamais vu un truc pareil !

— Il est timide, il n'aime pas les étrangers. Il doit se cacher quand tu viens.

— J'en reviens pas… Il est vraiment… très très imposant !

Pendant qu'il examine mon chat sous toutes les coutures,

les yeux écarquillés devant ses bourrelets, je vérifie ses pattes arrière.

— Son arrière-train a perdu toute sensibilité, donc, s'il se coince, il ne sentira rien. Regarde, sa patte droite est tordue. Le pauvre, je dois l'emmener chez le vétérinaire.

— Tu as une cage de transport ?

— Oui, dans l'abri au fond du jardin.

— Reste là, je vais la chercher.

Je caresse la tête de mon gros matou, qui a déjà bien englouti trois ou quatre surimis le temps que Jérémy revienne.

— J'ai appelé le chauffeur, il nous attend devant.

Jérémy m'aide à rentrer Raspoutine dans sa cage, j'abandonne à mon chat la fin du paquet de surimi, et je file me préparer.

J'attrape des leggings noires, un débardeur, un sweat long rose et des Ugg roses à paillettes et à poil long. Je me brosse rapidement les cheveux, les tresse, m'asperge le visage d'eau fraîche, enlève les traces de mascara sous mes yeux, et me voilà partie !

Je rejoins Jérémy, qui a déjà installé Raspoutine dans la voiture et m'attend devant la porte.

Une fois dans la voiture, je regarde cet homme qui essaie de rassurer mon énorme chat en lui donnant des morceaux de surimi, et c'est à ce moment-là que je me rends compte que je suis folle de lui.

Je le veux pour toujours. Je l'imagine doux, patient avec nos enfants, rassurant, aimant. En plus, il est super-sexy et c'est un amant incroyable, ce qui est un méga gros plus !

Je ne m'en remettrai jamais quand il me quittera.

Alors autant en profiter tant qu'il est à moi.

De toute façon, c'est trop tard, je l'ai dans la peau.

Je reporte mon attention sur Raspoutine, qui ne semble pas si perturbé que ça par la situation, sans compter qu'il a définitivement adopté Jérémy, et nous atteignons la clinique vétérinaire.

— Ne t'inquiète pas, tout va bien se passer, c'est un chat courageux, dis-je tout en effleurant son cou de ma main.

J'essaie de la rassurer, mais ce n'est pas facile pour moi. Je ne suis pas habitué à être proche de quelqu'un, ni à être tendre, ni à compter pour quelqu'un.

Mais pour Lola, je suis prêt à être qui elle voudra, tant qu'elle veut bien de moi.

Je ne sais pas si son chat sumo va survivre. Le vétérinaire a été clair : compte tenu de sa surcharge pondérale, ce n'est même pas dit qu'il puisse supporter l'anesthésie.

Ce chat est énorme ! Un record à lui tout seul, je n'ai jamais vu une bête pareille. Quand il est sorti de sous le buffet, je n'en ai pas cru mes yeux. Comment a-t-il pu se faufiler dessous et, surtout, comment peut-il être aussi gros ?

D'un autre côté, je le comprends : la compagnie de Lola, c'est quelque chose. On n'a qu'une envie, c'est se laisser porter, profiter de ses caresses et de ses baisers. Chaque instant est unique.

Je sais que je ne suis pas censé profiter de la situation, mais je ne peux pas m'en empêcher : sa tête sur mon torse, son corps chaud tout contre le mien, mon nez dans ses cheveux, ma main parcourant son cou, son dos, caressant le bout soyeux de sa tresse par moments.

C'est plus fort que moi...

Je ne suis pas le genre d'homme qui cherche le contact de l'autre. Je n'en ai jamais vraiment eu l'occasion jusqu'à aujourd'hui. Je dois avouer qu'on devient vite dépendant.

J'en profite encore pour prendre une grande inspiration dans ses cheveux couleur de miel afin d'en capturer tous les parfums sucrés.

Ma douceur... Elle sent le bonbon, ses gestes sont tendres et chaque seconde n'est que merveille.

Jamais je n'aurais pensé pouvoir vivre aussi intensément nos échanges.

Je me demande si elle ressent la même chose que moi...

On pourrait croire que c'est ma double vie qui m'a empêché d'entretenir ce genre de relation, mais non. C'est que je n'en avais jamais ressenti le besoin auparavant.

Et maintenant, je ne veux plus vivre sans elle.

Elle est à moi, rien qu'à moi...

Je resserre mon étreinte. La peur qu'elle ne me quitte devient trop envahissante. Je n'ai pas l'habitude d'être bousculé par tous ces sentiments. Je me sens perdu. Mais en même temps, je suis vivant comme jamais.

Mon sexe aussi se sent vivant : il est dur et serré dans mon jean. J'ai besoin d'être en elle, mais je doute que le moment soit bien choisi.

Je regarde autour de moi, espérant trouver une solution à mon problème, mais je ne vois rien à part des photos d'animaux accompagnés de leur maître souriant.

La salle d'attente est toute blanche et le néon rend les murs jaunâtres. Il règne dans la pièce une odeur de désinfectant, de médicaments, de maladie, et une autre que je ne connais que trop bien... une odeur de mort.

Je replonge le nez dans ses cheveux et me laisse bercer par son doux parfum de bonbon. Elle est tellement rassurante, mais aussi incroyablement excitante, à mon grand dam.

Plus je la serre contre moi, plus j'ai envie de lui arracher ses vêtements et de la prendre à même le sol. Mais il faut que je me contrôle : ce n'est ni le lieu ni le moment.

— Tu me sembles bien songeur, me dit-elle en me scrutant de ses yeux noisette et pétillants.

Comment pourrais-je résister à un regard pareil ?

Je n'en peux plus, ne réfléchis plus ; mon corps prend le pas sur ma pensée, mes lèvres se pressent déjà sur les siennes, nos langues s'entrelacent ; mon sexe est trop gros, je sens la braguette qui s'enfonce dans ma chair tendre. La sensation m'électrise.

J'ai repéré les toilettes en entrant, je l'y entraîne sans ménagement. Je ne prends même pas le temps d'allumer la lumière, je m'en fiche. Tout ce qui compte, c'est que je me soulage. Elle le comprend. Elle passe la main sur le renflement de mon pantalon, caressant du bout des doigts mon érection proéminente.

Elle libère mon sexe de sa prison et tombe à genoux devant moi. Du bout de sa langue, elle parcourt la longueur de mon sexe tout en l'empoignant fermement.

Je suis ailleurs. Je rejette la tête en arrière quand elle lèche voluptueusement mon gland tout en imprimant un léger va-et-vient avec sa main. Je sens mon cœur s'accélérer et ma respiration devenir courte. J'en veux plus, tellement plus… Ses lèvres bordent mon sexe, elle m'enfonce au plus profond de sa gorge, sa langue s'aplatit sur moi, me caressant un peu plus à chacun de ses va-et-vient… La chaude humidité de sa bouche me rend fou. Je me laisse aller à cette enivrante torture.

Car c'est de cela qu'il s'agit : de torture.

Je suis fou de cette fille, de toutes ces sensations, de tous ces sentiments qui me troublent, mais je sais que je ne pourrai jamais être complètement avec elle, que tout ça m'est interdit. Et puis quand elle apprendra tout...

Mes pensées perdent toute cohérence. Mes hanches suivent machinalement ses gestes de plus en plus rapides, sa langue, ses lèvres, ses mains... Je saisis sa tête et l'attire plus près, m'enfonçant encore plus loin. Ses dents pressent doucement mon extrémité et je me déverse dans sa bouche tandis que sa langue me caresse encore.

Je reprends mon souffle et allume la lumière, attrape du papier, le mouille avec un peu d'eau et nettoie son visage. J'égrène de légers baisers sur sa peau humide. Nos yeux se croisent et, comme toujours, ne se quittent plus. Je pose mon front contre le sien. Comment survivre sans elle ?

Il faut que je trouve une solution. Je jette le papier et prends son visage entre mes mains. Je me noie dans son regard, je suis désemparé.

— Lola, je t'en supplie, ne me quitte jamais...

Je l'embrasse comme si ma vie en dépendait, puisque c'est de cela qu'il s'agit.

Elle ne répond pas, mais qu'importe ; un jour, peut-être qu'elle m'aimera aussi.

Nous reprenons notre souffle et quittons les toilettes main dans la main. Ce contact permanent avec elle m'est vital. Peu importe l'endroit où je la touche, cela m'est nécessaire, sinon je deviens fou ! J'appréhende les moments où je ne suis pas avec elle.

Il faut que je trouve ce qui se trame autour d'elle, et il faut que je la protège. Grâce aux caméras dans le hall de HEH, nous avons identifié le membre du réseau qui l'a délibérément bousculée pour lui voler son portable.

L'étau se resserre. Bientôt, tout cela sera terminé et je pourrai enfin mener la vie dont je rêve avec Lola.

D'abord, je dois lui parler. Le problème, c'est que ce n'est jamais le bon moment… C'est peut-être mieux ainsi. Plus j'y pense, plus je me dis que je devrais attendre que tout soit terminé. Si j'arrive à me montrer indispensable, à être ce qu'elle attend d'un homme, ou même à lui prouver à quel point je tiens à elle, ce sera probablement plus facile de lui faire accepter ma véritable identité.

— Mademoiselle Morell ? dit le vétérinaire.

— Oui ?

Je lui serre la main. Je la sens anxieuse, et je n'ai pas l'impression d'être réellement rassurant.

Je regrette ; je n'aurais pas dû l'entraîner dans les toilettes. Quelqu'un de bien n'aurait pas fait ce genre de choses. Je suis censé être là pour elle, pas lui réclamer des gâteries à tout bout de champ !

— Mademoiselle Morell, Raspoutine a bien supporté l'opération, il devrait se réveiller d'ici à quelques heures. Je vais le garder en observation deux ou trois jours et demander à l'un de mes collègues de lui réparer son chariot. Par contre, il va impérativement falloir changer son régime alimentaire.

— Mais il n'aime pas les croquettes et la pâtée…

— Nous allons lui trouver des recettes allégées mieux adaptées.

Le véto lui touche l'épaule afin de la rassurer. Pour ma

part, tout ce que je remarque, c'est qu'il la touche, et je meurs d'envie de lui arracher la tête...

Quelque chose sur ma joue me ramène à la réalité.

Lola...

Tout heureuse, elle vient de m'embrasser. Je touche du bout des doigts l'endroit qui me picote encore. Je sens mes lèvres s'étirer, je souris. Elle me sourit, je lui souris en retour.

Le bonheur.

Je me sens bien, heureux.

Comment est-ce arrivé ?

Je suis contente, Raspoutine va bien.

J'ai eu tellement peur.

Par contre, ce crétin de vétérinaire veut que je le mette au régime. Il rêve ou quoi ?

Mon bébé poilu est gras et il s'accepte tel qu'il est !

Non mais, c'est quoi ce diktat de la minceur, sérieux, même chez les chats ? En plus, il a beaucoup de poils, c'est pour ça qu'il paraît aussi gros.

Non ! Il a raison… Je vais trouver des recettes et je garderai le surimi pour les grandes occasions.

Je suis sortie de mes pensées par Jérémy qui me caresse la main. Je cesse de regarder par la fenêtre de la voiture et le détaille.

Il est adorable ; il est resté avec moi tout le long. N'importe quel mec m'aurait dit : « Débrouille-toi avec ton chat ! » Mais pas lui. Il a appelé son chauffeur, m'a aidée à rassurer Raspoutine. Il m'a câlinée pendant qu'on attendait le retour du vétérinaire. J'ai même eu droit à des cochonneries dans les toilettes…

Je me sens bien. J'aime que Jérémy partage mon goût pour les sex-partys inattendues.

Et ce baiser après…

Incroyable !

Ce mec est un dieu vivant du sexe. Rien que d'y repenser, je me sens toute chose.

Je pose la main sur sa cuisse et la remonte doucement. Je ne vais pas y aller par quatre chemins, je sais ce dont j'ai envie. Je lui chuchote à l'oreille :

— On pourrait aller à ton hôtel, pour finir ce qu'on a commencé tout à l'heure ?

Il regarde ma bouche avec envie.

— Je suis désolé, mais pas ce soir. J'ai un dîner d'affaires que je ne peux vraiment pas annuler.

— Tu passes après ?

— Je vais essayer.

Bon, eh bien, c'est tout ce que j'aurai.

Finalement, je n'aurais peut-être pas dû lui donner entière satisfaction tout à l'heure. Il serait à point et ne me refuserait pas ses services.

De toute évidence, je vais devoir m'en satisfaire.

Je boude. J'ai toujours mon vibromasseur, mais c'est pas pareil ; je préfère l'original.

Une fois devant la porte, il ne prend pas le risque de m'embrasser. Il ne me donne qu'un léger baisemain et s'en va.

Je soupire, dépitée. Je vais devoir me contenter d'une soirée pizza devant la télé. Ce soir, c'est *Danse avec les stars*. J'espère qu'il y en aura au moins un qui va se vautrer, histoire de mettre un peu de piment dans ma vie.

Je regarde la voiture s'éloigner dans la rue, puis j'ouvre ma porte, et soudain…

Chapitre 11

Ma tête.

J'ai mal.

J'ouvre les yeux, cligne des paupières.

Les lumières dansent autour de moi dans un ballet infernal.

Tout est flou : mon esprit, ma vision…

Où suis-je ?

Je tente de me soulever, mais retombe lourdement. Mes genoux heurtent brutalement le sol, la douleur se répercute telle une vague dans tout mon être.

Je tente de bouger de nouveau, mais me sens entravée dans mes mouvements. Je tire plus fort, me démets presque l'épaule.

J'ai l'esprit embrumé, mais je comprends finalement que je suis attachée. J'essaie de faire la netteté sur ce qui me retient… des chaînes.

Ma vue revient petit à petit.

Je suis enchaînée…

Les pièces du puzzle se remettent en place.

Jérémy, son baiser sur le pas de la porte, la voiture qui s'éloigne, la lumière qui ne s'allume pas et… un coup sur la tête, compte tenu de la douleur lancinante qui y fait rage.

Machinalement, je tente de passer la main dans ma tignasse

indomptable, mais me retrouve rapidement stoppée dans mon élan par mes liens de malheur.

Merde !

Ma respiration s'accélère, je panique ; je me suis fait kidnapper.

Par qui ? Pourquoi ?

Panique pas, Lola…

Quand je me dis ça, en règle générale, ça ne me calme pas du tout ; alors pourquoi ça marcherait, là, maintenant ?

Une boule se forme au fond de ma gorge, ma respiration se bloque, je me sens perdue. Je me colle contre le mur et laisse mon dos glisser jusqu'à poser mes fesses sur le sol poussiéreux. Je remonte les genoux et y cale le visage. Mes mains, quant à elles, restent suspendues au-dessus de ma tête. La position n'est pas idéale. J'ai bien conscience que je ne vais pas pouvoir rester comme ça longtemps, mes muscles sont déjà douloureux ; mais peu importe. Je ferme les yeux et tente d'enrayer la panique qui grandit en moi. Je finis par y parvenir et elle se dissipe dans tout mon être comme un nuage de fumée. Je respire, essayant de ressentir chacun des mouvements de mon thorax comprimé. Ma tête tourne sous l'effet de l'oxygène qui s'insinue doucement dans mes poumons.

Je me décide à affronter la réalité et à rouvrir les yeux.

Je regarde autour de moi : je suis dans une cave. Les murs sont gris, de longues étagères supportent des produits d'entretien, des couvertures, des outils…

Je me retourne : un gros clou retient mes liens.

Je ne sais pas quoi faire, je ne sais pas où je me trouve.

Ma respiration se bloque de nouveau. Une douleur me

poignarde le ventre, m'étreint la gorge ; des larmes coulent sur mes joues.

J'ai la tête qui tourne, je me sens mal.

J'essaie de me retenir au mur, mais ma main glisse et je tombe sur le sol. J'essaie de reprendre mon souffle, me roule en boule.

J'ai froid.

La fièvre.

Mes yeux se ferment.

— Réveille-toi, salope.

Mes yeux me brûlent. Je tente de les ouvrir, mais c'est dur. J'ai la nausée, la tête qui tourne. Je les entrouvre assez longtemps pour distinguer une silhouette massive assise sur une chaise en face de moi.

Il joue avec quelque chose de brillant, mais je n'arrive pas à distinguer ce que c'est.

J'ai tellement soif.

Je me recroqueville un peu plus dans mon coin et me rendors.

Des voix au loin me réveillent tout doucement, mais ma tête me fait trop mal et je ne peux toujours pas bouger. Mon corps tout entier souffre. Chacun de mes muscles est contracté. Ma fièvre ne faiblit pas, j'ai si froid.

Je tente de me concentrer un instant sur les voix. Un homme, une femme. Je connais cette femme, cette voix, mais je n'arrive pas à me rappeler ; mon esprit est embrouillé, tout est mélangé.

— Putain, tu m'avais pas dit qu'elle était malade. C'est quoi son problème ? dit la voix masculine.

— C'est rien, panique pas, bébé, ça va lui passer. On va lui donner un peu d'eau et ça ira mieux.

— J'en sais rien, elle a vraiment pas l'air bien, reprend-il.

— Elle a juste un peu de fièvre, dit la voix féminine en adoptant un timbre plus charmeur.

Le silence se fait un instant. Il est rapidement suivi de gémissements.

Ils vont pas faire ça à côté de moi quand même ?

Je me rendors, ça vaut mieux. Quand je me réveillerai, ils me donneront à boire.

Une sensation de froid intense me réveille brusquement. J'étouffe, je ne peux plus respirer. J'ai l'impression d'être tombée dans un lac gelé. La morsure du froid sur ma peau, l'eau partout autour de moi. Je n'ai plus de souffle, le sang cogne violemment dans ma tête. Elle va exploser, je le sens.

J'ouvre la bouche, halète, grelotte, mes yeux restent fermés. Instinct de survie, je pense. Il faut que je les ouvre, mais je ne peux pas, je n'en ai pas le courage. Je ne veux pas savoir.

Les larmes que je pensais taries reviennent. Je ne les retiens pas.

J'essaie de bouger mais mes mains sont toujours attachées au-dessus de ma tête. Je sens une surface dure contre mon dos, mes jambes sont tendues et attachées elles aussi.

— On m'a dit de te donner de l'eau, dit une voix grave et moqueuse.

Je comprends la signification de sa phrase lorsque je reçois de nouveau une bonne rasade d'eau glacée sur la figure. Je ferme la bouche pour ne pas m'étouffer de nouveau. Puis je tente de reprendre ma respiration et ouvre les yeux : je veux le voir, je veux savoir qui il est.

Je tourne la tête, le cherche du regard, mais ne distingue rien, aveuglée par des spots lumineux.

— Qu'est-ce que tu cherches, me lance-t-il avec sa voix de connard sadique.

— Toi, fils de pute ! lui réponds-je en claquant des dents.

— Mais dis donc, c'est pas des manières ça ! Tu veux encore un peu d'eau ?

Sans attendre ma réponse, il déverse de nouveau le liquide glacé sur moi. Je manque de peu de m'asphyxier. Je garde les yeux fermés un instant, essaie tant bien que mal de me ressaisir. Je ne suis pas loin de perdre connaissance.

Est-ce que ça ne vaudrait pas mieux ?

Depuis combien de temps me garde-t-il prisonnière ?

Je suis certaine de connaître la femme que j'ai entendue tout à l'heure. Qui est-elle ?

— Alors ?

Alors quoi ? Qu'est-ce que j'en sais, moi, de son « alors » ? « Alors » je serai plus polie ? « Alors » je vais bien ?

« Alors » je décide de garder les yeux clos et de ne pas répondre.

J'entends sa respiration à côté de mon oreille. Je sens sa présence, la chaleur de son corps contraste avec le froid qui a envahi le mien, mais je reste immobile.

J'essaie d'obliger mon corps à ne pas bouger. Des spasmes viennent par vagues à cause du froid, mais je les contiens.

Au bout d'un moment, il finit par perdre patience et s'éloigner. Au moment où j'expire, je me rends compte que je retenais mon souffle. Je profite de son absence pour ouvrir les yeux et détailler la pièce.

Je suis allongée sur une table en fer ; ou ligotée plutôt. Je tourne un peu plus la tête et ce que je vois me glace le sang. Des instruments chirurgicaux… Les murs blancs sont tapissés de bâches de la même couleur. Je suis dans un bloc opératoire…

PUTAIN !

Je me disais bien qu'il devait s'agir d'un psychopathe, mais pas à ce point…

N'empêche que son eau m'a fait du bien, je me sens moins groggy.

Il faut que je sorte d'ici.

J'essaie le plus discrètement possible de me détacher. Mais c'est mission impossible : à chacun de mes mouvements, la table grince et menace de s'écrouler.

Et puis, après tout…

Je me dandine jusqu'à faire chuter la table dans un vacarme assourdissant. Une douleur fulgurante se répand comme une onde de choc de mon coude à mon épaule. Je décide de passer outre et tente de desserrer mes liens.

J'entends des bruits de pas s'approcher, me hâte mais n'arrive à rien. Je tremble, je surveille la porte avec angoisse.

Elle s'ouvre sur un homme qui mesure deux fois ma taille. J'ai réussi à me détacher les mains malgré mon épaule qui me fait un mal de chien, mais mes pieds sont toujours ligotés.

— Espèce de petite salope, me lance mon ravisseur en se dirigeant vers moi à grands pas.

Au moment où il allait m'atteindre, j'ai enfin réussi à me libérer. Je roule pour tenter de m'échapper, mais il m'attrape par les cheveux. J'ai l'impression que la peau de mon crâne va se déchirer. Je me retiens à tout ce que je trouve, mais rien n'y fait : je subis le frottement du carrelage froid contre mon dos tandis qu'il me tire par les cheveux vers ce qui semble être la sortie. Je me débats, hurle, les larmes coulent sur mon visage. La douleur provoquée par le choc à mon épaule est intense, la pression trop forte sur mon cuir chevelu, mais je suis paralysée par la peur. Je n'émets aucun son cohérent. Rien, à part des cris et des pleurs.

— Tu vas la fermer ! hurle-t-il en tirant plus fort sur mes cheveux.

L'encadrement de la porte.

Je m'y accroche, y enfonce mes ongles. Il tire encore plus fort, mais je me retiens de toutes mes forces. Il lâche mes cheveux pour m'attraper par la taille, mais, dans un réflexe, je lui expédie un coup de genou dans l'entrejambe. La douleur ou la surprise le fait reculer d'un pas. Je ne perds pas une minute et lui envoie un coup de pied dans l'estomac. Il en perd le souffle, et moi, je gagne en assurance. Je me relève rapidement et lui fais une balayette. Il tombe le cul par terre. Et là, je perds toute connexion avec la réalité… Je veux qu'il meure, je veux le faire souffrir. Je saisis sa tête et la frappe violemment contre le mur. Son nez explose, du sang gicle de partout. J'en ai sur les mains, sur le visage…

Mon Dieu, qu'est-ce que je suis en train de faire ?

Il me regarde avec ses yeux de fouine larmoyants.

Il n'a eu aucune pitié, lui, alors que je croupissais dans la cave, alors qu'il essayait de me noyer…

Je lui crache à la figure et lui porte un coup de genou à la tête. J'entends ses cervicales craquer. Il a eu son compte, l'enculé. Il n'est pas mort, mais il va rester dans les vapes un bon moment.

Je fouille ses poches à la recherche d'une arme. Je ne trouve qu'un portefeuille, un couteau et mon téléphone.

Heureusement, il reste de la batterie. Sans perdre une seconde, j'appelle mon père.

Une sonnerie, puis le silence. Je sais qu'il a décroché et

qu'il attend de savoir si c'est moi ou mon ravisseur. Je connais le protocole, je connais chaque mot, même si, jusque-là, je ne m'en suis jamais servie.

— Papa ?

— Lola !

Sa voix est faible, avec une intonation que je ne lui ai jamais entendue.

— Le chat est sorti dans le jardin.

J'énonce ma phrase et raccroche.

Il en connaît le sens, et moi aussi.

Chaque mot a été choisi avec soin.

Je regarde autour de moi. Il vaut mieux que j'évacue le couloir, on ne sait jamais, il n'est peut-être pas seul.

La voix, cette voix de femme… Pourquoi je n'arrive pas à remettre un nom ou un visage dessus ? Je la connais, et même plutôt bien, mais je n'arrive pas à l'attribuer à quelqu'un. Je distingue une porte : pas de lumière, pas de bruit. J'hésite, je ne sais pas si je dois me cacher au risque que l'on me retrouve ou si je dois essayer de trouver la sortie et m'enfuir.

Mon ravisseur est tout près.

Mais combien sont-ils ?

Je ne sais pas, et j'ai eu de la chance avec le premier…

Je décide de tenter le coup et de voir si je peux m'échapper, ou au moins me cacher plus loin.

Je fais quelques pas sur la pointe des pieds, je suis à l'affût du moindre bruit. Enfin, j'essaie. Mon cœur cogne tellement fort dans ma poitrine qu'il bourdonne dans mes oreilles.

J'ignore où je suis, mais on dirait une maison.

Quel genre d'individu a une salle d'opération chez lui ?

Je crois qu'il vaut mieux que je ne pense pas à ça maintenant !

Au bout du couloir, je tends le cou pour voir s'il y a quelqu'un, mais…

PUTAIN DE BORDEL DE MERDE !

J'ouvre les yeux. Retour à la case départ.

J'ai de nouveau été assommée et enchaînée.

Je regarde autour de moi. Bizarre, il y a…

Un amas de couvertures ?

Non, putain, ça bouge.

Une bête ?

On m'a enfermée dans la cave avec une bestiole ?

C'est qui, ce taré ?

Parce que c'est forcément un taré. J'ai vu tous les épisodes d'*Esprits criminels*, alors on ne me la fait pas, à moi !

De colère, je tire bien trop fort sur les chaînes.

Génial, Lola, en plus d'avoir mal à la tête, tu t'es tué le bras !

J'avais oublié ma chute, mon épaule…

Maintenant, j'ai mal à en pleurer, j'ai dû me déplacer un truc.

J'observe le tas de couvertures qui se met en mouvement.

Un pan de tissu glisse et laisse apparaître… un pied, un pied humain, féminin, je dirais même.

Je ne suis pas seule, il y a une femme avec moi.

Elle se relève difficilement.

— Safia ?

Elle se tourne, les yeux dans le vague.

— Lola ?

— Oui, c'est bien moi. Mon Dieu, ça va ? dis-je en me levant et en me rapprochant au maximum.

— Pas terrible, dit-elle tout en secouant sa tignasse

noire. Pourquoi tu portes mon pull… et mes UGG ?! Tu sais pourtant que tu n'as pas le droit d'y toucher ! crie-t-elle.

— Tu te rends bien compte que nous sommes enfermées dans un sous-sol pourri, attachées au mur, et que tu t'inquiètes pour tes boots et ton pull ?

— Tu sais très bien que tu n'as pas le droit de toucher à mes vêtements !

— Tu l'as déjà dit ! Comment tu t'es retrouvée ici, plutôt ?

— Je ne sais pas trop, j'étais à l'aéroport, dit-elle en tentant de s'asseoir. Je suis montée dans un taxi et c'est le trou…

Nous sommes interrompues par le bruit d'une porte qui s'ouvre.

Je retiens mon souffle tandis que j'entends des pas lourds descendre l'escalier.

Mon ravisseur n'est pas beau à voir, je lui ai mis une sacrée dérouillée.

Je sais que c'est horrible d'y penser, mais je me dis que j'aurais peut-être dû le tuer.

Je lance un regard à ma meilleure amie et me mords l'intérieur de la joue jusqu'à sentir le goût métallique du sang.

Qu'est-ce que j'ai fait ?

Moi, c'est une chose, je sais que ce genre de trucs peut m'arriver, mais pas elle !

Elle n'est pas préparée à tout ça.

— Laisse-la partir, lancé-je à mon ravisseur en le regardant droit dans les yeux.

— Et pourquoi ?

Je sens le regard de Safia sur ma nuque, mais ne me retourne pas.

— Parce que je te le demande gentiment, lui dis-je, sûre de moi.

Il se met à rire, prend une inspiration, passe la main derrière son dos et en sort un flingue.

Bon, d'accord, ça commence à sentir mauvais…

Il ôte le cran de sûreté.

Là, c'est sûr, ça sent vraiment, mais alors vraiment mauvais.

— Alors, Lola, qu'est-ce que tu comptes me faire au juste ?

Ne lui montre pas que tu as peur, fixe-le, reste droite, regarde-le dans les yeux.

— Relâche-la, dis-je avec tout le sang-froid dont je peux faire preuve, c'est-à-dire pas beaucoup.

Mais comme le dit mon père, les meilleurs joueurs de poker ne sont pas forcément ceux qui ont les meilleures cartes.

— Sinon quoi ? rétorque-t-il, amusé.

— Sinon tu vas mourir dans d'atroces souffrances, réponds-je du tac au tac.

— Mon père a beaucoup d'argent, crie Safia tout à coup.

— Beaucoup ? Vraiment ?

— Oui, dit Safia, paniquée. Il est banquier. Si vous lui demandez, il vous donnera tout ce que vous voudrez.

— Qu'est-ce que tu veux, au fait ? lui demandé-je pour ramener son attention sur moi.

Il attrape une chaise, la traîne sur le sol de béton et s'installe devant moi.

— Ce que je veux, mademoiselle Morell, c'est le code.

Il veut *quoi* ?

C'est quoi ce code ?

J'en sais rien, moi. Je ne le connais pas, son code.

— Le code ?

— Ouais, c'est simple, donne-moi le code.

— Je ne sais pas de quel code tu parles, lui dis-je calmement.

— Vraiment ?

Il se lève, attrape mon téléphone dans la poche arrière de son jean et me montre le journal d'appels.

Mon sang se glace.

Ce n'est pas un taré. Enfin, si…

Je sais ce qu'il veut. Mon souffle se bloque.

— Le code, Lola.

— Je ne le connais pas, dis-je faiblement.

— Ne sois pas idiote, ce serait dommage qu'il arrive quelque chose à ta copine.

J'avale difficilement ma salive. Je ne regarde toujours pas Safia. Je ne sais pas quoi faire. Je ne le connais pas, son code !

— Tic tac, Lola, dit-il en s'approchant de Safia, les yeux brillants d'une lueur malsaine.

— Pitié, Lola, donne-lui ce qu'il veut, me hurle ma meilleure amie, hystérique.

Je me débats dans mes entraves, ma respiration s'accélère. S'il lui fait quoi que ce soit, je ne m'en remettrai pas. Je sens les larmes rouler sur mes joues.

— Je ne peux pas, dis-je d'une voix inaudible.

— Lola, donne-lui ce putain de code, crie-t-elle toujours plus fort alors qu'il se dresse devant elle et commence à pointer son arme en direction de sa tête. LOLA !

Je me mets à pleurer. Je ne peux rien pour elle, ni pour moi. Je ne connais pas ce code et ne le demanderai pas à mon père.

De toute façon, me le donnerait-il seulement ?

Je ne sais pas…

Je m'effondre sur le sol, complètement désemparée, anéantie par les cris de Safia tandis que l'autre malade s'apprête à lui tirer une balle dans la tête.

Je sais que je dois fermer les yeux, que je ne dois pas voir ça, mais je ne peux pas bouger.

J'assiste à la scène, complètement démunie.

Tout ce que j'arrive à articuler, c'est :

— Je suis désolée, Safia, vraiment désolée.

Je pleure, les larmes ruissellent, ne semblent pas vouloir s'arrêter.

— LOLA !…

Je ferme les yeux au son du coup de feu.

Je veux mourir.

Qu'il me tue rapidement ou qu'il me torture, peu importe : ma vie ne vaut plus rien.

TROISIÈME PARTIE

Chapitre 12

Mon cœur… Je n'entends plus que ses battements, il bourdonne dans mes oreilles. Tout comme le coup de feu qui résonne, encore et encore.

Respire, Lola… J'y arrive pas ! Je m'affole tandis que ma respiration se bloque.

Je sais que je dois ouvrir les yeux, mais je ne peux pas. Je ne suis pas sûre de pouvoir supporter ce que je vais voir une fois qu'ils seront ouverts. Pourtant, je dois le faire, je dois faire taire cette douleur lancinante qui me prend aux tripes et agir. J'ouvre enfin les yeux. Ma respiration, mon cœur, ma vie, tout s'arrête : mon monde vient d'exploser, laissant place au néant. Et là, je la vois, sa silhouette à terre. Elle ne bouge pas.

Je l'observe tandis qu'un torrent de larmes baigne mon visage. Ma vision se trouble. Je vois Safia bouger, d'abord légèrement. Je cligne des yeux et me concentre. Un espoir fou me submerge.

Elle est vivante. Safia est vivante !

Mon corps reprend vie à toute vitesse. Je sens l'air emplir mes poumons, puis en être expulsé violemment. Ma respiration est confuse. Le mouvement saccadé de ma cage thoracique fait tressauter mon corps malgré moi. Mon cœur bat tellement vite que c'en est presque douloureux. Mais je me fiche de ces douleurs. Il n'y a que le soulagement qui compte en cet instant. Mes larmes ont le goût de l'espoir tandis qu'elles roulent sur mon visage, caressent mes joues et glissent sur mes lèvres. Le liquide chaud et salé strie mon visage. Dans un réflexe, je récolte les gouttes du bout de la langue et me mords l'intérieur des lèvres. La pression de mes dents sur la chair fine me donne quelque chose à quoi me raccrocher : la douleur. Elle me ramène à la réalité.

Safia aussi semble s'animer peu à peu. Elle se retourne et se couche sur le dos. Sa poitrine monte et s'abaisse à une vitesse folle. Elle se passe une main tremblante sur le visage. J'observe d'un regard dur et froid mon ravisseur ; si un regard pouvait tuer, je suis sûre que le mien le pulvériserait. Il finit malgré tout par se tourner dans ma direction et me dit, tout en rigolant :

— Tic tac, Lola.

Il range son arme dans son dos et se dirige vers l'escalier. A bout de nerfs, je lance :

— Je ne le connais pas, votre foutu code ! Je vous assure !

Je finis ma phrase dans un souffle.

Il me regarde, se met à rire ; des frissons me parcourent l'échine. Il est flippant, grave flippant…

C'est plutôt normal pour un terroriste psychopathe. En tout cas, à la télé, ils ont toujours l'air flippant, donc c'est que ça doit être normal. Il m'adresse un sourire énigmatique.

O.K. Déjà, quand il ne sourit pas, c'est pas top, mais là, c'est pire ! me dis-je en grimaçant.

Je ne sais pas si c'est dû à son visage tuméfié, son œil au beurre noir, les bleus par-ci par-là, mais ce n'est pas un sourire réconfortant, mais alors pas du tout !

Je plaque mon dos contre le mur et me raidis. Je ne suis pas rassurée pour deux sous. J'aurais peut-être mieux fait de fermer ma grande bouche, après tout. Il se rapproche, n'est plus qu'à quelques centimètres de moi. De panique, je m'écrase encore un peu plus contre le mur. Il émet de nouveau son rire de psychopathe et, content de son petit effet, il s'éloigne, triomphant.

Je soupire et dévisage Safia, qui tente de se ressaisir tant bien que mal.

J'aimerais être quelqu'un d'autre en ce moment, mais je ne suis que moi : Lola Morell, petite, grosse et pas courageuse pour deux sous. Comme quoi la génétique, ça ne fait pas tout ! Si ç'avait été un de mes frères qui avait été kidnappé, il aurait déjà tout fait péter : sauvé Safia, une armée de bébés phoques en détresse (accessoirement sauté un groupe de pom-pom girls), et, bien sûr, il aurait reçu une médaille qui n'aurait que conforté son ego surdimensionné. Mais moi, ben, je sais pas faire tout ça. Je ne sais que chouiner et attendre que l'on vienne nous sauver. Tout ça en croisant les doigts pour que l'autre cinglé ne nous tue pas avant.

Mon regard est attiré par l'impact de balle dans le mur qui fume encore. Un frisson parcourt mon corps. Je le ressens de la pointe de mes cheveux indomptables jusqu'au bout de mes orteils peints en rose flashy.

Elle va bien, respire, Lola…

Ma mâchoire se crispe. Plus facile à dire qu'à faire ! Il risque de revenir à la charge avec son code de merde et je ne connaîtrai toujours pas la réponse. La situation est grave. Fini de jouer !

Je n'avais jamais été consciente jusque-là de l'éphémérité de la vie. Ce n'est pas forcément le genre de choses auquel on pense quand on est jeune. A mon âge, la mort est une notion plutôt abstraite. Et c'est bien mieux comme ça. Personne n'a envie d'imaginer ce que serait sa vie sans un de ses proches, ni quelle serait leur vie sans vous.

C'est que toutes ces conneries me rendraient presque poétique…

J'appuie l'arrière de ma tête contre le mur. Je suis au bout du rouleau. Je dirais même : au bout du bout du rouleau ! Et y a rien de pire que de se retrouver aux chiottes avec la fin du rouleau de PQ, car, quoi que vous fassiez, vous êtes dans la merde !

J'ai bien dit « presque poétique » et non juste « poétique ». Je me relève et décide de briser le silence pesant qui s'est installé.

— Safia, comment ça va ? lui demandé-je doucement.

— Pas top, me répond-elle en reniflant.

Mouais, je m'en serais doutée. Un mec vient de la menacer de lui tirer une balle dans la tête. Je ne me sentirais pas très en forme non plus à sa place.

— Lola, tu le connais, son code, ou pas ? me demande-t-elle, incertaine.

— Non, Safia, je ne le connais pas, lui rétorqué-je sur un ton agacé.

Ce n'est pas elle qui m'agace, mais cette situation où tout m'échappe. Je tire sur mes chaînes et dois vite me faire une raison. Je vais devoir attendre que mon père envoie quelqu'un pour nous sortir de là.

— Tu connais peut-être quelqu'un qui le sait, me demande-t-elle, les yeux écarquillés.

— Safia, je ne sais même pas de quel code il s'agit, dis-je en haussant les épaules.

Elle se renfrogne et semble réfléchir un moment.

— Il doit bien y avoir un lien entre toi ou quelqu'un de ton entourage et ce code, non ?

— Je ne vois vraiment pas de quoi il s'agit, dis-je, la mâchoire crispée.

— Il devait bien y avoir un truc indiqué sur le téléphone quand il te l'a montré ! C'était le tien, je l'ai reconnu ! dit-elle avec impatience.

— Oui, il s'agissait bien de mon téléphone et il ne m'a montré que mon journal d'appels, je réponds, les lèvres pincées.

— Il n'y a rien qui t'a sauté aux yeux ?

— Pas vraiment, non ! dis-je, franchement exaspérée par ses questions. Si je savais quoi que ce soit, je l'aurais dit. Mais, en l'occurrence, je ne sais rien.

— Tu ne l'aurais pas laissé me tirer une balle dans la tête si tu avais eu des infos sur ce qu'il cherche ?

Elle m'observe, anxieuse, attendant ma réponse.

— T'es sérieuse ?

Je la détaille, les sourcils froncés.

— Pardon, c'est juste que… je flippe un peu, tu vois…

— Moi aussi, Safia, je réponds en calant de nouveau l'arrière de ma tête contre le mur.

Je ferme les yeux et tente de faire le vide dans mon esprit une minute.

J'ai beau me demander comment agirait l'un de mes frères ou même mon père ou encore ma mère, rien ne me vient. Mon esprit est embrouillé par la peur, l'angoisse, le stress…

Je ne sais pas quoi faire, le temps passe et aucune solution ne me vient à l'esprit. Je serais seule, je serais considérée comme un dommage collatéral d'une famille de cinglés de père en fils, mais il y a Safia. Elle n'a rien demandé à personne. Elle ne sait même pas pourquoi elle est là. Père banquier, mère tordue (car oui, une fanatique de caniches nains, pour moi, c'est tordu !) et rafistolée par le bistouri des meilleurs chirurgiens de la ville. Rien ne la prédestinait à être victime de kidnapping, pour que des terroristes obtiennent un code qui doit servir à faire des trucs que seuls les super-vilains peuvent comprendre.

J'avale difficilement ma salive. Ma gorge est desséchée et je n'ose plus vraiment demander à boire, étant donné que la dernière fois, il a essayé de me noyer. Mes larmes ont fini par se tarir. Plus une seule ne semble vouloir couler de mes yeux qui me brûlent maintenant.

Je dois avoir l'air d'un raton laveur complètement défoncé.

Et puis, on s'en fiche ! On ne peut pas être tout le temps au top !

Respire, Lola, paniquer ne sert à rien, et le fait que tu ressembles à une bestiole poilue qui vole dans les poubelles n'a aucune importance, là, tout de suite.

C'est la merde ! Je dirais même la grosse merde !

Je me demande si je suis restée longtemps inconsciente. Je n'en ai pas la moindre idée, la fièvre m'a fait perdre toute notion du temps. Je tente de trouver une position confortable, mais c'est peine perdue. Mon épaule me fait un mal de chien. Les chaînes me cisaillent les poignets, et mes muscles, à force d'être contractés, en deviennent douloureux. J'examine Safia du regard ; elle aussi semble au bout du rouleau.

Elle n'est pas vraiment du genre G.I. Jane. Autant je suis plutôt sportive, fais du kick-boxing, de la course à pied et de la danse, autant Safia, ben, c'est l'inverse ! Le seul sport qu'elle pratique, c'est le shopping. O.K., elle a un bon niveau.

Mais dans ce genre de situation, savoir dénicher des bonnes affaires, ça n'aide pas des masses !

— Lola ?

— Oui ?

— Tu penses qu'on va mourir ?

— Je ne sais pas.

— Tu connais les mots qui rassurent, toi !

— Je suis désolée, Safia, mais je ne sais vraiment pas quoi te dire d'autre.

— Tu pourrais, je ne sais pas, me dire qu'on va s'en sortir, par exemple. Que dès que tout ça sera terminé, tu m'offriras un mojito et une nouvelle paire de chaussures ! Mais non, tu préfères me dire qu'on risque de crever attachées dans un sous-sol puant, avec des cinglés qui rôdent en espérant que tu leur donnes un code que tu ne connais même pas ! Et en plus, j'ai envie de faire pipi, me dit-elle, à bout de nerfs.

— Je te promets que, dès que ce sera terminé, je t'offrirai un mojito bien tassé avec une magnifique paire de Louboutin.

— J'en veux une qui soit très indécente, me dit-elle avec des éclairs dans les yeux.

— Je t'offrirai la paire la plus sexy que la Terre ait jamais vue.

— Et un mojito dans une carafe, parce que leurs verres sont toujours trop petits !

— O.K. pour la carafe.

— Avec beaucoup d'alcool.

— Promis.

— Lola ?

— Oui ?

— Voilà, je vais devoir faire quelque chose, et après, j'ai

peur que tu ne me regardes plus jamais comme avant, me dit-elle en fixant le plafond.

— Safia, tu es ma meilleure amie…

— *Chut*, laisse-moi finir.

— O.K., dis-je, un peu perplexe.

— Quand je tu-sais-quoi, je veux que tu regardes ailleurs et que tu fermes les yeux. Tu promets ?

— Safia, je ne…

Je la vois attraper le seau du bout de ses ongles manucurés. Elle l'observe, puis me jette un furtif coup d'œil et le pose à son niveau.

— Je veux que tu te rappelles que je suis obligée et que… tu me dois un mojito, O.K. ?

— Je te le promets, dis-je en détournant la tête.

Je la devine hésiter.

— Je sais que tu n'as pas le choix, je t'assure. Et je sais que tu ferais pareil pour moi.

Silence.

— Tu veux que je chante ? lui demandé-je.

— Ça pourrait aider, je crois.

— O.K.

Et c'est parti pour la seule chose qui me vient en tête…

Une souris verte,
Qui courait dans l'herbe,
Je l'attrape par la queue,
Je la montre à ces messieurs.
Ces messieurs me disent :
Trempez-la dans l'huile,
Trempez-la dans l'eau,

Ça fera un escargot,
Tout chaud.
Je la mets dans un tiroir,
Elle me dit qu'il fait trop noir.
Je la mets dans mon chapeau,
Elle me dit qu'il fait trop chaud.
Je la mets dans ma culotte,
Elle me fait trois petites crottes.

Je l'entends enfin défaire son jean. Je prends des voix étranges, enchaîne des déhanchés de folie. J'accompagne chaque nouvelle intonation d'un mouvement d'épaules et de tête. En bref, je la laisse à ses affaires. J'entendrais presque mon public m'acclamer. Plus rien ne m'arrête, même pas les aigus !

Avec des sons pareils, j'arriverais facilement à faire la conversation à Flipper et Willy en même temps ! me dis-je en répétant pour la troisième fois le dernier couplet. Quand elle a terminé, elle m'adresse un timide « merci », que je n'entends pas dans un premier temps, étant trop occupée à faire le Michael Jackson des comptines pour enfants.

— Lola ! finit-elle par crier, à bout de nerfs.

— Oui ?

— Pitié, arrête le massacre. Tu ne feras jamais carrière dans la chanson ! me dit-elle en fronçant ses sourcils parfaitement épilés.

— Pourquoi ? demandé-je, vexée.

— Non mais enfin, tu t'entends ? C'était affreux ! Et au dernier refrain, quand tu es montée dans les aigus, c'était épouvantable !

— Mais je faisais comme Mariah Carey ! dis-je sur la défensive.

— Non ! Je dirais plutôt comme un train qui déraille, hurle-t-elle. J'en ai encore les oreilles qui saignent !

Je l'observe un instant et me mets à rire. Elle finit par se calmer et m'accompagne de bon cœur dans mon fou rire, complètement dément si l'on prend en compte que nous sommes séquestrées par un malade.

Après un court silence, elle me dit :

— On est toujours amies ?

— Tu as juste fait pipi dans un seau, je crois que je m'en remettrai. En plus, j'ai fermé les yeux et je n'ai rien entendu puisque je chantais !

— Oui, comme une casserole ! Sérieusement, désolée pour tout à l'heure : cette histoire de code, ça me fout la trouille. J'ai paniqué parce que, tu comprends, ce serait tellement plus simple de leur dire ce qu'ils attendent.

— Je sais, ne t'en fais pas.

— C'est promis ?

— Promis, chérie, je pense que nous venons tout juste de franchir un nouveau cap dans notre amitié.

— Tu crois qu'il y a un stade pipi collectif et kidnapping ?

— Je ne sais pas, c'est une première pour moi.

— Pour moi aussi.

— Je m'en serai doutée !

Et nous partons dans un nouveau fou rire.

Je regarde ma montre : 17 h 45. Je me frotte le visage, c'est trop long, beaucoup trop long. Chaque heure, chaque minute, chaque seconde sans elle est une torture.

Cela fait déjà deux putain d'heures que l'on connaît sa position !

Quatre putain de jours que je la cherche comme un dingue !

Quatre-vingt-neuf heures et quarante-cinq minutes que j'ai arrêté de respirer, de *vivre*...

Je n'entends que le battement saccadé de mon cœur. Il n'y a plus que ce son qui fait écho dans ma tête. Cette cacophonie qui me répète sans cesse que je l'ai perdue, que je ne suis qu'un bon à rien. Si j'avais pris le temps de la raccompagner jusqu'à chez elle, de tout simplement *être* avec elle. Mais non, j'ai préféré fuir ce que je suis, ce que je ressens pour elle. Après l'épisode du véto, j'ai paniqué comme un abruti d'ado boutonneux.

Je suis paralysé par la peur de la perdre.

J'ai touché le paradis du bout des doigts avant d'atterrir en enfer. J'ai voulu oublier un instant ma vie, mettre de côté ma mission, mais ce que je suis me rattrape inlassablement.

La colère me submerge et je cogne dans le mur. Ma main est douloureuse, le mur fissuré, mais rien à battre : la douleur physique n'est rien comparée à celle de mon cœur et mon esprit en vrac. Je vais la retrouver, ce n'est qu'une question de minutes. Et après, je tuerai un à un ces connards qui ont cru qu'ils pouvaient m'enlever la chose à laquelle je tiens le plus : Lola.

Je suis à bout de nerfs. Je touche les jointures douloureuses de ma main et la passe dans mes cheveux pour la millionième fois. J'angoisse, il faut que je la serre dans mes bras, que je sente son souffle, son parfum... Jamais je n'avais ressenti pareille détresse. D'un autre côté, je n'avais jamais ressenti ce que je ressens pour elle. Comment vivre avec ça ? Après ça ?

Je la connais la réponse : on ne peut pas.

Plus rien ne sera jamais pareil pour moi maintenant, pas après Lola.

Mon cœur se serre un peu plus, ma respiration se bloque de nouveau. Comment cela a-t-il pu arriver ? Comment a-t-il fait pour entrer chez elle sans qu'aucun de nos agents s'en aperçoive ? Comment s'y est-il pris pour l'enlever ? Sa maison est sous surveillance constante. Ce genre de choses n'était pas censé pouvoir se produire. Comme toujours, trop de questions, pas assez de réponses.

Je finis par taper du poing sur la table, ce qui renverse ma tasse de café froid à peine entamée.

Pourquoi l'avoir kidnappée ?

— Tout ça n'a aucun sens ! soufflé-je entre mes dents.

Que veulent-ils, bon sang ? Que cherchent-ils ? Qui sont-ils ? Quel est le lien entre Lola et tout ça ?

Je passe encore une fois une main nerveuse dans ma chevelure en bataille. Je vais finir chauve avec toute cette merde !

J'étudie une nouvelle fois mes dossiers éparpillés.

HEH, ses collègues, sa famille (qui est définitivement hors catégorie), les fichiers sur son ordinateur… rien.

Même chez elle, tout a été fouillé. La Scientifique n'a rien trouvé à part des tas de gadgets et de sex-toys qui les ont bien fait rire. Je passe forcément à côté de quelque chose, mais je ne sais pas quoi…

Au-dessus d'un dossier, une photo d'elle, les cheveux dans tous les sens, attire mon regard. Tandis que je l'effleure, un sentiment d'impuissance me prend au dépourvu.

Il faut que je la retrouve. Maintenant.

Je traverse la pièce d'un pas décidé et me dirige vers le bureau.

— On en est où du rapport thermique ? lancé-je avec humeur à Bob, le meilleur agent du service technique.

— On l'a, dit-il en me désignant l'écran.

J'observe les silhouettes de couleur rouge, mémorise chacune de leurs positions et tente de me faire une idée de l'agencement des lieux. J'en vois deux qui semblent être à l'écart, dans un sous-sol : ce doit être Lola et Safia, la taille et la corpulence correspondent. *Lola, me cacherais-tu quelque chose ?*

Encore une fois, tout cela m'échappe. Lola sait forcément quelque chose s'ils ont pris la peine de kidnapper Safia aussi. Mais quoi ? Je ne vois pas du tout Lola collaborer avec des terroristes. Mon intuition me dit qu'il faut creuser plus loin, que je passe à côté de quelque chose de bien plus gros. Je réfléchirai à tout ça plus tard. Pour le moment, j'ai plus important en tête.

— Bien, il y a vingt-deux connards, certainement armés, dis-je à mon équipe en tentant de me concentrer et de ne pas montrer à quel point je suis tendu.

Je considère une dernière fois la carte, donne les directives et indique sa position à chacun. Je vais buter ces enculés un à un. Je veux les faire souffrir autant que je souffre. Lola est mon oxygène et ils me l'ont enlevé. Je n'en connais pas la raison et j'en ai rien à foutre. J'arme mon flingue. Je ne dois rien laisser au hasard. Je prépare deux chargeurs au cas où. Je ne doute pas de moi. C'est mon job, je suis un tueur et je suis le meilleur dans mon milieu. Je suis aussi redouté que respecté. Nous descendons rapidement du van banalisé et j'observe mes hommes tandis qu'ils se dispersent. Je me mets en position à mon tour derrière un buisson, du côté ouest de la bâtisse. Je lève le poing, signe de pause.

— T., donne-nous un visuel, je veux une belle photo de famille, lancé-je dans le micro relié à mon oreille.

Je dois rester concentré et ne plus penser à rien.

Faire le vide...

— Bien reçu, me glisse T.

Je le vois s'approcher de la fenêtre et faire glisser doucement le tube contenant la caméra.

Je pourrais me contenter du scan thermique mais, je ne sais pas, il y a quelque chose qui me dérange dans tout ça. Et l'expérience m'a appris que, parfois, le mieux est de se fier à son instinct.

J'observe un instant l'image, puis il change d'angle.

Et merde !

— Ça ne me plaît pas, dis-je, de plus en plus crispé.

Il change une nouvelle fois d'angle.

— Putain, fais chier ! T., on rentre au bercail.

Il me fait signe que c'est O.K. et revient. Je signale le repli à mes hommes et rejoins le reste de l'équipe.

— C'est pas bon, dis-je en montrant les images récupérées. Il nous en faut d'autres plus précises.

— On pourrait essayer de faire entrer l'un de nos drones par la fenêtre, dit Bob.

— Je ne pense pas que ce soit une bonne idée, ils ont placé une charge de C4 sur le mur qui longe la fenêtre.

— On en a un téléguidé qui a la taille et l'aspect d'un cafard.

— Est-ce que tu pourrais contourner la charge ?

— Evidemment qu'il peut la contourner, lance une voix dans mon dos que je connais bien.

— D. ? Je ne savais pas que tu étais attendu, lui dis-je, la mâchoire contractée.

Manquait plus que ça pour faire de ma journée un enfer suprême !

— Tu pensais qu'on allait rester en dehors de ça ?

— J'avoue que j'espérais ne pas avoir à faire de baby-sitting aujourd'hui, je lui réponds avec un sourire suggestif.

— J., sois réaliste, c'était moi ou lui, et tu sais ce qui se serait passé dans le second cas. Alors, vois le bon côté des choses et ferme ta grande bouche.

J'hésite entre lui péter la gueule ou le jeter dans la baraque bourrée de C4. Lola s'y trouvant, je préfère ne pas choisir la seconde option. La première reste envisageable, mais pas non plus dans l'immédiat.

Je préfère l'ignorer et me remettre au boulot.

— Bob, montre-moi le cafard, dis-je sèchement.

Je ne le laisserai pas gagner. J'ai mieux à faire, comme de rester concentré et de ne pas faire d'erreurs.

S'ils ont touché à ne serait-ce qu'un seul de ses cheveux...

— Tu en es où dans ton enquête ? demande l'autre connard.

— Pas loin, bougonné-je.

— Je te trouve plus tendu que d'habitude, me regarde-t-il d'un air suspicieux.

— Je n'aime pas que l'on me prenne pour un con et je compte bien buter ces connards un à un.

Il hausse les épaules et prépare son arme. *A priori*, il ne sait rien sur Lola et moi. C'est certainement mieux comme ça. Je ne suis pas sûr qu'il le prendrait bien. Il m'a demandé de veiller sur elle, pas d'en tomber amoureux. Sans compter qu'elle risque de ne pas apprécier le fait que je lui ai menti sur ma véritable identité. Je me frotte la nuque.

Elle va me tuer, me dis-je avec anxiété.

Soyons honnêtes, elle a plutôt mauvais caractère ; ou du caractère tout court ! Ce qui n'est pas pour me déplaire habituellement. Mais là, il ne s'agit pas juste de pelotage dans l'ascenseur ou d'une phrase qui ne lui aurait pas plu. J'ai encore à la mémoire la scène qu'elle m'avait faite dans mon bureau...

Non, elle ne va pas bien le prendre du tout !

— D'abord, on sort Lola de ce foutoir et ensuite, je te laisserai faire joujou, me coupe-t-il dans mes pensées.

Connard !

— Je n'ai jamais failli à aucune de mes missions et je ne compte pas commencer aujourd'hui, lui réponds-je froidement.

Voilà qui est clair. Il semble oublier à qui il a affaire. Je suis J., pas un abruti de bleu. Ce n'est pas ma première extraction et j'ai déjà fait bien pire que ce que je m'apprête à faire. Je sauve Lola, le reste je m'en fiche. Et même si pour ça je dois être ce que je déteste, je le serai.

Je suis J., un tueur.

J'ôte le cran de sûreté de mon arme et pars sans un mot.

Mort ou vif, je la sortirai de cette merde.

— Lola ?

— Oui ?

— Je dois te dire un truc, mais je ne sais pas trop comment.

— Dis-le cash, tel que tu le ressens.

— O.K., c'est par rapport à…

Elle hésite, puis reprend :

— … à ta famille.

— Ma famille ?

Elle toussote, soudainement mal à l'aise.

— Lola, franchement, je doute que ton père soit prof de maths, ou que Damien soit archéologue, et encore moins que ton dernier abruti de frère ait été victime d'un jeu sadomaso qui aurait mal tourné !

J'ouvre la bouche, puis la referme. Elle est au courant. La vérité me frappe de plein fouet. Depuis quand ? Comment ? Mon monde s'écroule !

J'ai l'impression que ma mère vient de mettre la main sur l'une des boîtes de préservatifs que je cache dans ma table de nuit !

— Lola, je ne dirai rien, tente-t-elle de me rassurer.

— Comment ? Je veux dire… J'en sais rien, en fait, de ce que je veux dire…, dis-je, de plus en plus confuse.

— Ton père m'a fait passer au détecteur de mensonge. Il m'a fait croire que c'était une nouvelle sorte de Ni oui ni non ! me dit-elle.

— Mon père est un grand fan de ce jeu !

— Sans blague ! Dis à Damien d'arrêter de pomper ses histoires sur *Indiana Jones.*

— Quoi ?

— Je ne pense pas qu'on ait essayé de lui arracher le cœur dans un rituel vaudou sur un pont après qu'il a libéré des enfants esclaves.

— Effectivement, il y a une certaine ressemblance, dis-je en grimaçant.

— Et je ne parle même pas de Thomas !

— Thomas a eu certaines expériences sexuelles malheureuses, dis-je sans y croire moi-même.

— Sérieux ! Il a disparu pendant plusieurs mois et, quand il est revenu, il était couvert de marques. Sans compter qu'il fait des cauchemars où il hurle à la mort « Je ne dirai rien » en arabe !

— C'est bien ce que je dis : expériences sexuelles malheureuses, dis-je avec une grimace.

Bon, c'est vrai que ma famille n'a pas été très discrète avec Safia. Je dirais même pas du tout ! Je n'en reviens pas que mon père lui ait fait le coup du Ni oui ni non. D'un autre côté, j'aurais dû m'en douter. Tous mes ex y ont eu droit, alors pourquoi pas ma meilleure amie et colocataire.

Tous, hormis ceux que je me suis bien gardée de lui présenter ! Heureusement, je ne dis pas tout à mes parents !

— Ta famille est bizarre, mais elle est marrante. Ne t'en fais pas, je ne dirai rien.

Je me renfrogne et regarde le mur à mon tour. C'est vrai que ma famille est complètement cinglée…

— Tu te souviens de Noël dernier ? me dit-elle en rigolant.

— Oh que oui ! Comment l'oublier !

— Tes frères ont cuit la dinde au lance-flammes !

— Elle était cramée et dégueulasse.

— Oui, mais c'était drôle, avoue.

— C'est vrai qu'on a bien rigolé. J'ai bien cru que ma mère allait les tuer, dis-je en rigolant à mon tour.

Je me remémore l'instant puis observe Safia, qui essaie de trouver une position plus confortable malgré ses chaînes.

— Je suis désolée pour tout ça, Safia.

Elle me jauge un instant puis me dit :

— Lola, tu n'y es pour rien, alors ne t'excuse pas. Ne

t'excuse jamais pour une chose dont tu n'es pas responsable. C'est quoi cette tête ? me dit-elle en me regardant de travers.

— Quelle tête ? demandé-je aussi innocemment que possible.

— Tu fais ta tronche « J'ai commis des péchés impardonnables ».

— J'ai pas de… je ne vois pas du tout de quoi tu parles, dis-je d'une voix bien trop aiguë pour être honnête.

— Parle, m'ordonne-t-elle sur un ton autoritaire qui ne permet aucune négociation.

Je me mords la lèvre au souvenir des doigts de son père dans mon intimité.

Je ne peux pas… Il ne faut pas… Elle ne me pardonnerait jamais !

Je suis interrompue dans mes réflexions par un vacarme assourdissant. Des coups de feu, des cris, une explosion…

BORDEL DE MERDE !

J'ai assisté à certains entraînements de mon père et de mes frères, sans compter tous les stages que mon père m'a fait subir, mais là, ça n'a rien à voir.

Les stages, parlons-en de ceux-là ! Il y a des gamins qui partent en colonie de vacances, et il y a moi et ma famille de dingues. Enfant, je n'ai pas eu droit aux vacances « Faisons des tresses au poney et chantons autour du feu ». Non, moi, j'ai eu droit à « Que faire quand on se fait enlever par un terroriste » ! Tout un programme, avec toujours la même issue… Je finissais saucissonnée dans les fils barbelés et le vilain terroriste gagnait toujours.

Je jette un coup d'œil autour de moi et me dis que, finalement, rien n'est différent. Mis à part les barbelés !

Des frissons me parcourent tandis que je me remémore

les crétins de gamins qui se moquaient de la petite grosse encore coincée dans les barbelés ! *Pfff*, quelle bande de merdeux, ceux-là !

Un gros *Boum* me fait revenir sur terre.

Safia tremble contre le mur. Elle aussi est choquée par la violence que l'on devine à l'étage au-dessus.

— Lola ! crie-t-elle tout à coup.

— Oui ?

— J'ai un truc à te dire.

— Encore !

— Voilà : Noël dernier, j'ai couché avec Matt. Et pas qu'une fois, et… et même après, j'ai encore couché avec lui. Je… je suis désolée. Enfin, je ne sais pas trop parce que c'était génial, mais je m'en veux quand même de pas te l'avoir dit. Mais j'ai eu plein d'orgasmes incroyables ! Alors, voilà…, crie-t-elle, à bout de souffle et tremblante comme une feuille.

— Avec Matt ? répété-je, les yeux exorbités par le choc de l'explosion. Des orgasmes incroyables ? Avec mon frère Matt ?

Ma cervelle vient de partir en vrille !

— Oui ! Bordel, il m'a fait des trucs super-hot ! me dit-elle.

— Bon sang, je veux pas le savoir ! lui dis-je, au comble du désespoir.

— Il fait des trucs de fou avec sa langue, poursuit-elle malgré tout.

Je mettrais bien les mains sur mes oreilles, mais je suis attachée.

Pitié, sortez-moi de là !

Rien ne m'arrête. Je ne réfléchis plus, je tire et me fraye un chemin à travers les cris, les rafales de balles, la fumée.

Rien ne m'atteint. Je discerne une porte malgré la poussière qui forme d'épais nuages.

Enfin...

J'accélère. Un homme me saute dessus, mais je le repousse aussitôt. L'adrénaline a pris possession de mon corps. Il retourne à l'assaut, je le descends d'une balle entre les deux yeux. Un autre me bondit dessus, plus coriace. Il me désarme, m'assène un premier coup au ventre, mais je ne me laisse pas faire. Je l'attrape et le jette contre la porte qui s'ouvre sous le choc.

La porte de la cave explose et on se met à hurler. Un nuage de fumée s'engouffre dans la pièce et deux formes enlacées dévalent l'escalier. Je ne distingue que des silhouettes mais je peux dire qu'il y a *fighting* !

Je concentre toute mon attention sur la lutte sans merci qui se joue sous mes yeux. Ma santé mentale étant ce qu'elle est déjà, je ne veux pas y ajouter une thérapie pour parler de la langue de mon frère.

Ouch, un coup de pied retourné dans l'abdomen ! Mon corps bouge au rythme du combat. Coup de poing ! Ma tête esquive de droite à gauche, mes épaules sont tendues, tout comme mon corps. J'ondule, me trémousse par moments.

Ouh ! là, là ! Ça doit faire mal !

Je n'écoute même plus Safia qui, sous le choc, continue de raconter les meilleures performances de mon frère (pitié, je veux rien savoir !).

J'avoue que ce petit combat tombe à pic !

— Et là, il m'a dit « Jouis pour moi, bébé ! » crie-t-elle à mesure que la lutte gagne en intensité.

Je tourne la tête et constate qu'elle est au bord de la folie. Non, rectification : elle est complètement folle !

Je reporte mon attention sur les deux hommes qui se rendent coup pour coup. Oh ! putain, il y en a un à terre et l'autre lui cogne la tête…

Je ne sais pas si c'est le gentil ou le méchant qui gagne, mais celui qui est par terre va mal finir.

Une silhouette traverse le nuage de fumée dans notre direction.

Il s'arrête devant moi et mon cœur fait un bond. Une larme de soulagement roule le long de ma joue. Il m'observe un moment, passe doucement une main dans mes cheveux. Ce simple contact m'est d'un grand réconfort. Si je n'étais pas attachée, je lui sauterais dans les bras et lui jurerais une reconnaissance éternelle. Mais je garde tout ça pour moi : il a la tête qui enfle facilement !

— Ça va ? me demande-t-il d'une voix mal assurée.

— Oui, je suis contente de voir ta face de rat, dis-je avec un demi-sourire qui me trahit.

— Et moi, je me sentirai mieux quand j'aurai sorti tes grosses fesses de ce bordel !

Il sort ce que je pense être un tournevis pour faire sauter les chaînes de leurs gonds.

Ah ! Ben voilà ce qu'il fallait ! Note pour plus tard : faire comme MacGyver, se promener partout avec un couteau suisse.

— D'abord Safia, lui dis-je en le regardant dans les yeux.

— O.K., me répond-il avec une grimace.

Il arrive au niveau de Safia qui, dès qu'elle le reconnaît, bondit et sort de son hystérie.

— Damien ? Tu es venu nous sauver ? lui demande-t-elle, folle de joie ou folle tout court.

— Oui, beauté, je vais te sortir de là, lui répond-il d'une voix de super-héros bien trop sûr de lui.

— Tu as vu, Lola, Damien est là ! Il vient nous sauver ! me crie-t-elle en s'agitant de plus belle.

— J'ai vu, lui lancé-je, légèrement blasée parce que je viens de me rendre compte que, durant les quarante prochaines années, mon frère racontera à tous les repas de famille comment il a sauvé son boulet de sœur. Sa tête n'est pas près de dégonfler.

— J'ai couché avec Matt, lui crie-t-elle.

Oh ! putain, elle recommence !

Oh non, je ne veux toujours pas savoir ce que fait mon frère avec sa langue !

De toute évidence, l'ombre en a fini avec sa victime, qui reste au sol sans bouger. Est-il mort ?

Non... mais il ne semble pas très en forme !

Le grand vainqueur se met debout et je me rends compte à quel point sa silhouette est massive. Il essuie ce que je suppose être du sang sur son visage et s'approche de moi d'un pas décidé.

Bon, là, je me sens top confiance ! Je suis attachée tandis que lui semble en grande forme !

O.K., pas de panique, Lola...

Il faut que j'arrête de me dire ça, parce qu'à tous les coups, je panique encore plus !

Mouais, en plus, c'est pas comme s'il venait de massacrer à mains nues un gars qui faisait une bonne tête de plus que moi ! Parce que, soyons réalistes, je mesure un mètre cinquante-neuf (le cinquante-neuf est important : c'est comme les prix psychologiques. J'atteins quasiment les soixante, ce qui me fait penser que je ne suis pas si petite que ça ; mais suffisamment petite pour me plaindre au supermarché que les boîtes de conserve sont rangées trop haut !), donc si je ne suis pas bien grande, eh ben, lui, il est carrément gigantesque. Je l'observe, les yeux écarquillés.

Je jette un coup d'œil à Damien qui est en train de libérer Safia en écoutant, l'air amusé, les prouesses de Matt. Mon regard se pose de nouveau sur le géant aux muscles d'acier qui s'approche de moi. Je peine à déglutir. Il sort quelque chose de brillant de sa poche tandis qu'il se rapproche inexorablement. Il fend la fumée et…

OH, PUTAIN DE MERDE !

Je reste figée. Mon sang se glace. Ce… Ce n'est pas possible. Comment ? Depuis quand ?

Je le détaille : les taches de sang, sa bouche, les contours de son visage, ses yeux, encore et toujours le sang.

Tout ce sang…

Je fixe la silhouette immobile au sol, puis lui, puis encore l'homme au sol. Il l'a tué… Avec ses poings, de ses propres mains ! Ce n'est pas possible ! Je ne veux pas y croire. Car y croire reviendrait à dire que tout cela est réel et je ne suis pas sûre de le vouloir.

Pourtant, c'est bel et bien lui…

Ses yeux gris dans lesquels je me suis perdue mille et une fois, ses lèvres que j'ai pris plaisir à embrasser encore et encore, ses larges épaules auxquelles je me suis appuyée pour chavirer dans un monde de plaisir complètement dément…

Jérémy Hamlish, hein ? !

Laissez-moi rire !

Je ne suis qu'une idiote, une imbécile, une abrutie doublée d'une gourde !

Il se tient maintenant face à moi. Je contracte la mâchoire. Il s'est joué de moi. Je m'en veux une fois de plus : j'ai accordé ma confiance à un homme qui n'en valait pas la peine. Je le dévisage, le regardant comme si c'était la première fois que je le voyais vraiment. Il m'a menti, il m'a fait croire que j'étais importante.

L'étais-je réellement ?

Il lève le bras. Je me raidis. Je ne sais pas comment réagir. Je me rends compte que je ne sais rien de cet homme. Je ne savais déjà pas grand-chose avant, mais maintenant, c'est pire !

Il reste un instant le bras en l'air. Malgré moi, je plonge mon regard dans le sien.

Tant de peine et de colère… Comment ai-je pu passer à côté de ça ?

Il effleure du bout des doigts l'une des zones douloureuses de mon visage, pose son front sur le mien et me dit dans un souffle :

— Excuse-moi, Lola. Je t'en prie, pardonne-moi.

— Te pardonner ? répété-je doucement, la gorge serrée par l'émotion.

Une larme coule le long de ma joue. Je pensais ne plus en avoir en réserve, mais il semblerait que je me sois trompée aussi à ce sujet ! Il passe nerveusement une main dans ses cheveux. *A priori*, il ne s'attendait pas à ce genre de réaction.

— Lola, tu te souviens de J. ? me lance mon frère qui, visiblement, a fini de détacher Safia.

— J. ? je réponds avec un rictus.

Mon pseudo-patron à la fossette trop sexy pour être

honnête recule, visiblement mal à l'aise. Il est embarrassé, c'est déjà ça !

— Vous ne vous êtes jamais rencontrés ? demande mon frère qui, de toute évidence, n'a rien suivi de l'histoire.

Abruti ! Oh que si, je l'ai rencontré, même très intimement. Si tu savais ce qu'il a fait avec ta petite sœur, tu lui fracasserais la tête !

Je reste zen. J'essaie de garder un minimum de dignité. Je pleurerai chez moi sous ma couette, comme une grande.

— Si, mais il ne s'est pas présenté sous ce nom-là, je réponds, l'air contrarié.

— Ah oui, c'est quoi déjà ton nom d'emprunt ? demande mon frère qui se décide à venir me détacher.

Nom d'emprunt ? me répété-je, de plus en plus exaspérée.

Vas-y, détache-moi, que je lui fasse bouffer ses yeux de *lover* !

— Putain, lui aussi, c'est un agent secret ! Celle-là, je ne l'ai pas vue venir, dit Safia en regardant J., ou Bidule-machin-truc (puisque, après tout, je ne connais même pas son nom !).

— M'en parle pas ! je réponds, furieuse.

— Tu savais pas ?

Elle me détaille et semble surprise. Si on était dans un dessin animé, on verrait de la fumée sortir de mon nez et de mes oreilles !

— Est-ce que j'ai l'air d'être au courant ! dis-je avec humeur.

— Non, effectivement, dit-elle comme une évidence.

Damien, qui n'a toujours pas compris, me jette un coup d'œil agacé.

Celui-là, il a vraiment rien dans la cervelle !

— Lola, arrête, il n'a fait que son travail, me dit mon frère, concentré sur la serrure qui maintient mes chaînes.

— Son travail ? hurlé-je, furieuse.

— Arrête de gigoter maintenant ! dit Damien qui perd patience.

— Oh ! putain, t'es dans la merde, mon pote ! dit Safia à Machin-truc, qui n'en mène pas large.

J'ai les yeux rouges, mon maquillage a coulé, une coiffure de folle… Je suis certaine que mon côté raton laveur doit me donner un air de psychopathe. Si avec ça je ne lui fais pas peur, je ne vois pas.

— Lola, je t'en prie, ça n'est pas ce que tu crois, essaie de se défendre Bidule.

— Donc, tu t'appelles vraiment Jérémy Hamlish ?

— Euh… non !

— Laisse-moi résumer : ton travail consiste à séduire de pauvres jeunes femmes en détresse et à leur faire croire que tu aimes… leur chat handicapé ? me rattrapé-je tant bien que mal.

Damien s'arrête de trafiquer la serrure immédiatement, me fixe et voit mon air blessé. Je tente de dissimuler mon orgueil, mon amour-propre et surtout mon pauvre petit cœur qui souffre terriblement, mais c'est peine perdue. Comment ai-je pu être aussi idiote ? Il est si… Et moi je suis si…

Je n'ai pas le temps de voir le poing s'abattre sur la figure de J. : Damien lui expédie un crochet du droit qui fait légèrement craquer sa mâchoire, mais ne le fait pas bouger d'un poil.

Bordel, c'est quoi ce mec ? Terminator ? Parce que entre ça et le mec qu'il a tué il n'y a pas cinq minutes à mains nues, je me pose de sérieuses questions !

— Putain, t'as couché avec ma sœur ? hurle Damien.

Damien est un petit peu lent au démarrage, mais toujours plein de bonne volonté.

Bidule ne répond pas, mais semble définitivement coupable puisque mon frère le frappe de nouveau, mais plus fort. Il recule légèrement mais ne bronche pas.

— Réponds, connard !

Safia et moi suivons le spectacle sans y prendre part. Je crois qu'elle non plus ne sait pas comment réagir.

J. passe son pouce sur sa lèvre, essuyant le filet de sang qui s'écoule de sa bouche.

— Damien, arrête, ce n'est ni le lieu ni le moment, dis-je pour couper court à la dispute alors que mon frère se prépare à le frapper de nouveau.

Bidule me sort son regard intensément gris, mais je détourne les yeux. Il est hors de question que je retombe dans le panneau. En plus, je ne veux pas qu'il voit combien tout ça m'affecte. Damien semble lâcher l'affaire pour le moment et me délivre (enfin, sans pour autant oublier d'envoyer un dernier regard à Bidule, qui en dit long sur ses futures intentions). Dès que mes liens se détachent, un sentiment de liberté m'envahit. Je frotte mes poignets douloureux et remarque les traces rouges qui vont certainement se transformer en bleus sous peu. Mais peu importe, je vais sortir de là bientôt, et c'est tout ce qui compte. En revanche, une fois que tout ça sera passé, je vais prendre un bon bain chaud, manger un énorme hamburger, un pot de glace (oui, entier !) et je ne bougerai plus du canapé jusqu'à Noël. Une perspective de lard et de repos s'offre à moi !

Un cri de douleur provenant de l'étage nous ramène à la réalité et nous rappelle que l'on n'est pas encore tirés d'affaire.

J. ou Jérémy, je ne sais pas trop, nous fait signe de patienter le temps qu'il analyse la situation à l'étage. Il appuie sur une espèce d'oreillette et gravit les marches en courant.

Je scrute l'escalier et suis inquiète, malgré moi. En tout cas, on ne va pas se mentir, il semble dans son élément.

Dans son costume gris de P.-D.G. — accessoirement dieu du sexe — aussi.

— Lola, je ne savais pas, me dit Damien.

Je tente de faire bonne figure mais mon frère… eh ben, c'est mon frère, donc il n'est pas dupe. Il passe une main derrière son dos et en sort un pistolet de taille moyenne. Il charge l'arme et me la tend.

— Tu sais que je ne suis pas très douée avec ce genre de trucs, lui dis-je en regardant le pistolet de travers.

— T'inquiète pas, Quenelle, il n'y a pas de barbelés ici, me dit-il avec un clin d'œil.

Je n'ai pas le temps de réfléchir davantage qu'il me dépose l'arme dans la main.

Je la serre par réflexe. C'est dingue comme un petit morceau de métal peut vous faire sentir puissant. Sauf que moi, ça me terrifie plus qu'autre chose. J'ai eu droit à plusieurs formations au tir (lors de mes super-stages de vacances) et je sais que je ne suis pas mauvaise, mais de là à tirer sur quelqu'un, un être vivant, il y a de la marge.

Je ne suis pas sûre d'en être capable. Je ne mange déjà pas de lapin parce que ça me fait penser à Panpan dans *Bambi*. Alors tirer sur quelqu'un, je ne le sens pas vraiment !

Je détaille l'arme un instant, comme si elle allait me dire ce dont je suis capable ou non. L'angoisse me prend au dépourvu. Je me mets à trembler et cale le pistolet dans la paume chaude de ma main droite en espérant ne pas me tirer dessus ou sur l'un de mes coéquipiers d'infortune.

Bidule revient et me jette un regard incertain.

— Tu t'occupes de Safia, je me charge de Lola, dit-il d'un ton autoritaire à Damien.

Un frisson me parcourt. Elle est super-sexe sa voix aussi, comme ça !

Bon, je dois me concentrer.

Mon frère lui adresse un signe de tête pour montrer son accord et attrape Safia par la taille.

— Prête, poupée ? lui dit-il d'une voix charmeuse. Après ça, tu ne parleras plus jamais de la langue de cet abruti de Matt, ajoute-t-il avec un clin d'œil.

Pour toute réponse, Safia devient rouge comme une tomate. Je secoue la tête d'exaspération. Qu'est-ce que je disais sur les bébés phoques et les pom-pom girls déjà ?

Bidule se place à mes côtés tandis que moi, eh bien, je regarde partout sauf dans sa direction. Je sens la chaleur de son corps m'envelopper, son odeur si familière, mais je résiste. Plus de Sexy-Fossettes jusqu'à ce que j'aie une conversation sérieuse avec lui. J'ai besoin de savoir ce qu'il en est réellement. Il m'a menti, c'est sûr, mais est-ce qu'il tient à moi ? Je me mords la lèvre rageusement. Je ne supporte pas de le sentir si près de moi et de ne pas le serrer dans mes bras. Au comble de mon désespoir, il passe doucement la main le long de mon dos. Je me tourne et le vois en train de m'observer avec un air de chiot battu.

Il ne manquait plus que ça !

Il approche son visage et me souffle à l'oreille :

— Tout va bien se passer, je te le promets.

Il relève la tête et je plonge malgré moi dans ses iris gris.

Qu'est-ce que j'ai envie qu'il m'embrasse…

Je secoue la tête et reviens sur terre. Il ne se passera plus rien tant que je n'aurai pas d'explications. Je suis une adulte, alors avant de lui arracher les parties génitales et de les lui faire manger, je veux des explications. Bidule rejoint Damien et ils sortent leurs armes. Ils sont prêts. Tant mieux, parce que moi, non !

Mon cœur accélère. Je ne suis pas sûre d'avoir le courage d'affronter ce qu'il y a derrière cette porte.

Safia non plus : je vois bien qu'elle est pétrifiée par la peur. Je pose une main sur son épaule pour la réconforter, mais elle sursaute à mon contact.

— Ça va aller, Safia, lui murmuré-je doucement.

Damien nous fait signe de nous accroupir et de rester derrière eux. Safia est au paroxysme de l'angoisse. Je lui prends la main pour être certaine qu'elle suive bien les instructions. Je reste accroupie et commence à grimacer.

J'en peux déjà plus, j'ai mal aux fesses et aux cuisses ! J'ai l'impression de suivre un cours de renforcement musculaire avec un coach ultra-sadique !

Allez, plus bas, Lola… Et on contracte bien son périnée…

C'est tout à fait ça !

On pourrait croire aussi que, dans ce genre de situation, la douleur importe peu, que seule compte la survie.

Mais quel ramassis de conneries ! J'ai pas envie de mourir, pour de multiples raisons, mais j'ai quand même super-mal aux fesses ! Oui, plus qu'aux cuisses. Je vais devoir faire plus d'exercices pour galber mon fessier. Finalement, hormis avoir des fesses super-canon, ça peut être aussi utile.

C'est vrai que mon popotin n'est pas le plus fin de la terre, mais j'en suis assez fière. Il a un joli volume (non, ce n'est pas une expression pour dire qu'il est gros !). Ce que je veux dire, c'est qu'il n'est pas gras et flasque, mais rebondi avec un joli volume, résultat de plusieurs années de danse. Mais bon, je ne serais pas contre l'avoir moins gros…

Un coup de feu me ramène à la réalité. Damien et J. sont d'une efficacité redoutable. Personne ne semble pouvoir nous atteindre. Je resserre ma prise sur l'arme. De légers couinements m'échappent quand Damien tue un type d'une balle dans la tête. J.-Machin n'est pas en reste non plus, une vraie machine de guerre : rien ne lui résiste et je me dis que je préfère définitivement être dans son camp quand il éclate la tête d'un mec à mains nues devant moi.

Super Terminator à la fossette sexy…

Respire, Lola, Damien a dit qu'il n'y avait pas de barbelés, me répété-je sans pouvoir m'empêcher de hurler de terreur quand un mec tente de me sauter dessus avant d'être violemment intercepté par Super J. Bonne initiative de ne pas lui avoir fait de scène tout à l'heure. Je suis ravie de ne pas me l'avoir mis à dos !

Tandis que nous avançons (toujours accroupis, pour mon plus grand malheur), je pense à toutes les raisons pour lesquelles je ne veux pas mourir. Comme ça, ça m'évite de focaliser sur le fait qu'il y a des tas de gens armés et plein d'autres trucs que je ne veux même pas savoir.

Alors…

Raison n° 1 : Je suis trop jeune.

Il me reste des tas de choses à accomplir, comme trouver un mari pas trop moche (je suis en cure anti-beau gosse !), faire des enfants (quatre dans l'idéal), m'installer au Canada (j'ai un truc avec les caribous et le sirop d'érable !), avoir une clôture blanche et un labrador que j'appellerais « Pupuce ».

Raison n° 2 : Je suis trop grosse.

C'est vrai que, comme ça, le rapport ne saute pas aux yeux. Sauf que moi, je le vois ! Je ne veux pas que la dernière image que l'on ait de moi soit celui d'une patate sur pattes avec des cheveux qui vont dans tous les sens.

Raison n° 3 : Je veux continuer de cracher dans le café de Natacha.

Mesquin, je sais, mais tellement jouissif. J'adore l'observer boire sa première gorgée et se délecter des arômes alors que j'ai mis un peu (parfois beaucoup) de ma salive dans son breuvage si parfait venu d'une contrée lointaine où les habitants sont cultivateurs de père en fils ou un truc dans le genre…

Raison n° 4 : Je veux faire une scène à Machin.

Y a pas de raison qu'il s'en sorte à si bon compte, et je lui apporterai peut-être un peu de café à lui aussi.

Mon esprit divague sur les meilleurs moyens de me venger quand je distingue, au loin, un homme prêt à tirer sur Damien, qui ne semble pas l'avoir aperçu. Je ne réfléchis pas : je lève mon arme, me répète « Attention au recul », comme me dit mon père chaque fois qu'il m'oblige à m'entraîner, et tire une balle entre les deux yeux d'un des connards qui me retenaient en otage. Mon frère et J. en reste bouche bée. Non seulement je viens de leur sauver la vie, mais, en plus, le tir est parfait.

Papa serait fier de moi ! Pas qu'habituellement il ne le soit pas. Je suis la seule fille au milieu de quatre garçons, donc je suis la fifille de mon papa. D'ailleurs, c'est un de nos nombreux problèmes, hormis le fait que je dise trop de gros mots, que je mange la bouche pleine et, accessoirement, que je vive à New York : il aimerait que je mette encore des jupettes jusqu'aux genoux, accompagnées de socquettes à pompons, et que je porte des couettes.

On en est loin, mais alors très loin… S'il savait !

Une explosion retentit et je me retrouve plaquée au sol. Mon souffle se bloque quand j'atterris sur le carrelage. J'ai à peine le temps de m'appesantir sur mon sort que l'on m'attrape par les chevilles et me tire sur le sol. Je me débats, parviens à libérer ma jambe droite. Je balance mes hanches pour me retourner et envoie un violent coup de pied dans l'entrejambe de mon agresseur. Il recule, sous le choc. La fumée se dissipe un peu. Quand je distingue son visage que j'ai déjà bien abîmé, je suis partagée entre la panique et la haine. Il se rue de nouveau sur moi. Je lève le bras pour lui tirer dessus, mais il est plus rapide. Il me donne une claque du revers de la main. Je chute, sonnée par le coup. Il s'approche de moi, arborant un sourire sadique. Mon cœur tambourine dans ma poitrine, mes mains se crispent sur le sol. Je tourne la tête et aperçois un morceau de bois. Ni une ni deux, je le prends, me relève et le frappe au visage de toutes mes forces. Le coup le fait seulement vaciller, sans plus. Je recule pour m'enfuir, mais trébuche. Sa main entoure ma gorge et la serre. Je ne respire plus, me débats, tente de reprendre mon souffle, mais rien n'y fait, je me sens partir. Je ferme les yeux, une larme m'échappe.

Mes paupières sont lourdes, j'arrive difficilement à les ouvrir. La fumée m'irrite les yeux. Je ne vois rien.

Merde !

Lola ? Où est Lola ?

Mon cœur s'emballe, la mémoire me revient. On essayait

de sortir de ce trou mais c'était de la folie, ça tirait de partout. Ensuite, le néant. Elle était juste derrière moi, j'en suis sûr. Elle a descendu un mec qui allait nous tirer dessus...

Malgré l'épaisse fumée et la douleur qui sillonne mon corps, je la cherche à tâtons. Mes oreilles bourdonnent. Il n'y a que le silence. Je m'en fiche. Je dois la retrouver et la sortir de là. Je me traîne, mes jambes ne semblent plus vouloir me porter. Rien à battre !

— LOLA ?

Je sais que je crie. Je ne m'entends pas, mais je sens l'air expulsé de ma gorge.

Putain de merde ! Lola, fais-moi un signe, bouge...

Je crie une nouvelle fois et distingue une forme qui remue doucement. C'est elle, je le sens, je le sais. Je me relève, puisant dans mes dernières forces pour l'atteindre. Je trébuche sur le membre arraché d'une des nombreuses victimes de l'explosion, mais ne m'arrête pas. Je la vois, tombe à genoux, rampe...

Un mec tente de m'arrêter. Dommage pour lui, je ne suis pas d'humeur. Je le fais tomber, enserre son cou et mets fin à sa vie d'un coup sec. Je repars tant bien que mal. Je comprends que mon équipe prend le dessus et met fin à l'attaque. L'un de mes hommes me propose de l'aide, que je refuse : je ne vois que Lola.

Sa tête saigne, elle semble à moitié consciente. J'observe autour de moi et aperçois la sortie. Mes hommes courent dans tous les sens, apportant de l'aide à ceux qu'ils peuvent. Je tourne la tête et constate qu'elle a de nouveau perdu connaissance. Je suis blessé, pas certain d'arriver dehors, mais je dois la sortir de là. Je n'ai pas le temps d'attendre que l'on vienne nous aider, il y a trop d'agitation partout.

Je me relève, chute, encore et encore.

Je finis par trouver la force, attrape son corps inconscient et marche.

La porte franchie, je ne m'arrête pas. Je reste focalisé sur mon objectif : le jeune médecin qui s'active sur un de mes hommes. Il finit par me voir, appelle quelqu'un. Ils la prennent de mes bras et partent en courant vers une ambulance. Je m'écroule, j'ai la tête qui tourne.

Lola est sauvée, plus rien n'a d'importance…

Chapitre 13

Mardi 8 octobre

Putain, que j'ai mal au crâne…

J'ouvre difficilement les yeux. L'un, puis l'autre. C'est difficile, ça brûle, tout est flou… La lumière m'aveugle. Je tente de me relever mais je n'y arrive pas, c'est beaucoup trop dur. Je me laisse tomber sur un tas d'oreillers et referme les paupières. Ça peut attendre, après tout…

Je retente ma chance : je rouvre les yeux, me focalise sur ce qui m'entoure et mon regard est happé par un truc jaune. Je cligne plusieurs fois des yeux. C'est rond et… ça flotte ! J'observe la forme jaune qui ondule doucement. Putain, je vais pas mieux, moi !

— Un ballon ! m'exclamé-je.

Ouais, c'est un ballon jaune en forme de smiley… Je le regarde encore une fois, je plisse les yeux. Je me demande s'il se fout de ma gueule, celui-là. Rectification : je suis certaine qu'il se fout de moi ! Je regarde aux alentours et bloque de nouveau sur le ballon. Il me perturbe ce truc !

— Lola, ma chérie, tu es réveillée ? me dit une voix douce.

Je fixe le ballon. Il parle ? Bizarre !

— Ma chérie, j'ai eu tellement peur, me dit de nouveau la voix.

Sauf que là, je comprends que ce n'est pas le ballon. *Heureusement!* me dis-je, soulagée. Déjà qu'il est moche, si en plus il faut lui parler, voilà l'angoisse !

Je regarde ma mère et lui souris, un peu à l'ouest. Je n'ai pas le temps d'ouvrir la bouche qu'elle me serre déjà dans ses bras, me saisit le visage entre ses mains, m'examine, me serre de nouveau. Je ne me rappelle plus ce qui s'est passé, mais en tout cas, elle semble contente que je sois réveillée. Elle pose une dernière fois son regard empli de larmes sur moi, appuie sur un bouton et appelle mon père. J'assiste à la scène sans vraiment avoir l'impression d'y participer, c'est étrange.

Mon père me serre dans ses bras et m'observe avec fierté. Il est visiblement très ému.

Je ne m'en souviens toujours pas, mais j'ai dû faire un truc super-cool !

Puis c'est au tour de mes frères de faire leur entrée : j'ai le droit à de multiples câlins, des paroles encourageantes, des « Content que tu sois de nouveau parmi nous ».

Je ne savais pas que je ne l'avais plus été !

J'observe de nouveau la pièce et comprends que je suis à l'hôpital.

Soit c'est ça, soit je joue dans un épisode de *Grey's Anatomy* !

J'opte plutôt pour l'hôpital. Dommage, je ne serais pas contre jouer au médecin avec le Dr Mamour !

Je détaille les murs blancs, les appareils qui clignotent, les fleurs, les ballons, encore les fleurs.

Ben dis donc, je suis une fille plutôt appréciée, mine de rien…

Il va falloir que je trouve qui m'a offert ce hideux ballon jaune.

Le médecin fait alors son entrée. Je l'examine : petit, à moitié chauve, bien en chair… Mouais, c'est pas le Dr Mamour ! Où est Patrick Dempsey ? !

Je me recouche, je suis naze. Et concrètement, il ne se passe rien d'intéressant.

Le médecin demande à tout le monde de sortir. Ma mère reste. Il va devoir s'accrocher s'il veut la faire sortir.

Je suis des yeux la lampe-stylo en haut, en bas, à droite, à gauche, fais de légers mouvements de tête, lève une jambe, puis l'autre, un bras puis l'autre. Ah non ! Je me rends compte qu'il est maintenu par une écharpe.

Il me demande mon nom. Je me demande pour ma part s'il me prend pour une folle ou une conne, mais réponds poliment malgré tout. Pour finir, il s'informe de la dernière chose dont je me souviens.

Alors, là, ça mérite réflexion…

Jérémy ! L'explosion ! Safia !

— Comment va Safia ?

— Bien, elle n'avait rien de grave, m'apprend ma mère en me caressant les cheveux pour m'apaiser.

— Et Jérémy ? demandé-je, l'air de rien, même si j'imagine au milieu de mon front une pancarte clignotante « Je suis accro à ce mec ».

— Il va bien, répond une voix grave à la porte.

Je lève les yeux et le vois. Mon cœur fait un bond.

Je le fixe longuement et tente d'avoir l'air digne : en bref, de ne pas sourire comme une midinette énamourée.

Je sens mon sourire s'étirer jusqu'à mes oreilles : bon, c'est pas gagné !

Il semble épuisé et pas franchement en grande forme.

— On va les laisser, docteur, dit ma mère en poussant le pauvre médecin, qui manifeste son désaccord mais se dirige malgré tout vers la sortie.

Ouais, c'est ça, cassez-vous ! J'ai besoin que des mains expertes me câlinent.

Une fois la porte fermée, il s'approche doucement de moi. Les images de sa silhouette fendant la fumée tandis que j'étais dans la cave me reviennent à la mémoire, tout comme son mensonge sur sa véritable identité.

Mon sourire s'efface instantanément.

Des bisous ? Des grattouilles ? Et puis quoi encore ? Trois balles et un Mars ! Non mais j'hallucine !

Je viens de remballer à coups de pied dans le cul la midinette qui sommeille en moi. Celle-là, elle est pas près de revenir !

Je sens la moutarde me monter au nez. Ma colère s'insinue dans tous les pores de ma peau ; même mes points noirs ne font pas de résistance.

— Je ne connais même pas ton vrai nom, dis-je, énervée. Avec toutes les cochonneries que nous avons faites, je suis en droit de connaître ta véritable identité !

— Lola, je suis désolé, je ne pouvais pas te dire qui j'étais, sinon… je l'aurais fait, crois-moi, me dit-il, visiblement tendu.

— Ça ne me dit pas comment tu t'appelles, je réponds sèchement, le sourcil relevé.

— Jerry.

— Comme la souris ? demandé-je, effarée.

— Quoi ?

— Le dessin animé ? *Tom et Jerry* ?

— Euh, oui…

— C'est pas sexy du tout comme prénom ! dis-je, sous le choc de cette révélation.

— Tu sembles déçue, dit-il, encore plus tendu. Ce n'est qu'un prénom, je veux dire, ça ne change pas grand-chose…

— C'est pas sexy du tout ! hurlé-je.

Jerry ? Non, c'est pas possible. Il n'a pas un physique de Jerry. Il est trop grand, trop beau, trop sexy… Il est trop… trop, voilà ! C'est pas un Jerry. Je le détaille de la tête aux pieds : son jean usé, son polo bleu marine, ses cheveux en bataille, ses yeux… Oui, bon, concernant les yeux, on va éviter de trop regarder ; ça finit toujours mal quand je commence. Il n'a rien de l'affreuse souris marron un peu bedonnante qui tend des pièges à l'autre idiot de chat gris. Je le fixe encore. Non, vraiment rien…

— Lola, ce que je veux te dire, c'est que…

— Tu portes le même prénom qu'une affreuse souris, déclaré-je, la voix haut perchée.

— Oui… euh, non ! Ce n'est qu'un prénom. Je veux dire, c'est un prénom plutôt courant…

— Chez les souris de cartoon peut-être, reprends-je, encore plus hystérique. Le mensonge, le sexe démentiel et maintenant, ça ! Mais tu ne t'arrêtes donc jamais ? ajouté-je, outrée.

Car oui, je suis outrée ! On m'a vendu du rêve, du sexy, du mec viril tout droit sorti d'un calendrier… pas du *Jerry*. A qui dois-je faire réclamation ?

Ses parents devaient le détester dès la naissance !

J'imagine un bébé aux yeux gris magnifiquement potelé qui me regarderait intensément.

Oh ! Le pauvre… Je devrais peut-être lui faire un câlin… Après tout, il porte un prénom de merde, ça n'a pas dû être facile tous les jours… Non, mais ça va maintenant ! On s'en tape de son prénom (mouais, pas tout à fait quand même), il s'est foutu de moi et maintenant, il vient me faire sa gueule d'amour !

— Je vois, dit-il en me jetant un regard de travers. Je veux dire… Non, en fait, je ne comprends pas… Tu m'en veux de te donner des orgasmes ?

— Pas la peine de faire diversion avec tes mains pleines de doigts et ta voix super-sexy et… et tes yeux gris trop… trop, c'est même pas une couleur pour des yeux, ça ! crié-je.

Je ne suis plus moi-même. Ça y est, je suis en colère, et c'est parti pour que tout ce qui me passe par la tête sorte de ma bouche dans un désordre plus ou moins chaotique.

Je me masse les tempes. Dans mon cerveau, c'est la pagaille !

— Jerry, ça sort d'où, ça, d'abord ?

Dire que je l'engueule parce que je n'aime pas son nom ! C'est pas comme si j'avais de vrais trucs à lui reprocher…

— Mon grand-père. Le père de ma mère est décédé juste avant ma naissance et elle m'a donné son prénom en hommage. C'était un brave homme en fait.

— Hein ? demandé-je, les yeux écarquillés.

C'est quoi son problème ? Son grand-père ? Non mais, on ne peut pas s'engueuler comme des gens civilisés, sans parler de grands-pères décédés ? Je sais plus où j'en suis du coup !

Il en profite pour s'asseoir au bord du lit et m'observe avec attention. Je le scrute à mon tour un instant. Il a des cernes noirs sous les yeux, il n'est pas rasé, ses yeux gris ont une teinte fade et triste.

— Tu es malade ? demandé-je, inquiète malgré moi.

Il secoue la tête.

Voilà que je m'inquiète pour lui maintenant ! Le chaos ! Bordel, même avec une sale gueule, il est sexy.

Je me renfrogne et cale de nouveau ma tête confortablement sur l'oreiller. Mes yeux se perdent quelques secondes dans le blanc du plafond. Je suis énervée contre lui, contre moi. J'éprouve ces sentiments qui me rendent toute chose et je préférerais ne pas les ressentir. Je sens ses doigts qui effleurent mon visage.

— Bas les pattes ! lui dis-je en lui tapant violemment dessus.

Qu'est-ce qu'il s'imagine ? Un câlin et on oublie tout ? Non mais, on n'est pas chez les Bisounours !

— Tu vois, là, tout ça, dis-je en me montrant.

Il me regarde, interloqué.

— Oui, ce corps de déesse, eh ben, ça se mérite ! Il ne suffit pas de me faire des papouilles… ou même de me regarder là comme ça, dis-je en mimant le serpent du *Livre de la jungle*. Je veux du concret !

Il fronce les sourcils, se pince les lèvres. Il semble perdu tout à coup. Il se passe une main dans les cheveux et, rapidement, sans que je m'y attende, place une main derrière ma tête et pose sa bouche sur la mienne.

Il m'embrasse doucement les lèvres. Je suis surprise. Je pourrais me dégager de ce baiser inattendu, mais je m'abandonne avec bien plus de plaisir que ma raison ne m'y autorise. Par contre, je me la joue rebelle et garde les yeux ouverts.

Un gémissement finit par franchir mes lèvres, sans le faire exprès (non, ma mauvaise foi ne m'étouffe pas !). Et ça n'a rien à voir avec le fait qu'il embrasse comme un dieu. Sans que je m'en rende compte, j'ai fermé les yeux.

Oups ! *Floup !* Les « Je t'en veux à mort, fais ce que tu veux, je m'en fiche ! » viennent de partir loin, très loin…

On les fera revenir plus tard…

Pas tout de suite. Pour le moment, je suis occupée !

Je lui mords la lèvre. J'aimerais être insensible à toutes ses tactiques, mais je ne suis qu'une faible femme !

Alors, si je peux le faire souffrir un peu…

Sauf que c'est l'effet inverse qui se produit : il se rapproche, en faisant attention de ne pas écrabouiller mon bras blessé. Je lui tire les cheveux, d'abord fermement, mais pas trop, puis de plus en plus fort. Il s'allonge doucement entre mes jambes.

Euh, pourquoi j'ai les jambes écartées, moi ? Mon corps est un sale traître, voilà pourquoi !

Une chaleur que je ne connais que trop bien s'installe entre mes jambes. Nos langues s'enlacent, se caressent, s'apprivoisent… Ses mains parcourent mon corps avec douceur.

Il arrête de m'embrasser, pose son front contre le mien. Je garde les yeux fermés, j'ai besoin d'un instant pour me reprendre…

Une boule se forme au fond de ma gorge. J'ai besoin de savoir ce qu'il ressent pour moi. J'ai besoin de savoir s'il ressent ce que je ressens. Il faut que je sache.

Et si ce n'est pas réciproque ?

J'ouvre enfin les yeux et me noie dans son regard. Je suis ses traits du bout du doigt. Je pourrais me perdre avec lui, oublier tout ce qui m'entoure. Je rapproche mon visage du sien, nos lèvres ne sont plus qu'à quelques centimètres. Je sens son souffle chaud sur ma bouche, son odeur réconfortante. Je ferme les paupières et me laisse enivrer quelques instants. Je m'écarte légèrement, rouvre doucement les yeux et les ancre dans les siens, comme si j'allais y trouver une solution. Je ne lis rien dans son regard. Et pourtant, parfois, quand je m'y noie, je crois voir son âme un fugace instant. Elle est là, elle attend, tapie dans l'ombre, que quelqu'un vienne la chercher.

Le problème, c'est que je ne suis pas sûre d'avoir le courage de mettre mon cœur en jeu… Pas comme ça, pas selon ses règles. J'ai besoin de vérité avant de le laisser m'engloutir dans ce tourment sentimental sans lendemain.

Il passe les doigts dans mes cheveux, frotte le bout de son nez contre le mien, ferme les paupières. Je sens une larme rouler sur ma joue.

Cette tension qu'il y a entre nous, je ne peux pas être la seule à la ressentir !

— Pourquoi tu ne m'as pas dit qui tu étais ? demandé-je d'une voix faible.

— Je ne pouvais pas, Lola, dit-il, la gorge serrée.

— Pourquoi ?

— A cause de ma mission, je… c'est compliqué.

— En quoi consiste ta mission ? le questionné-je, piquée par la curiosité.

Il se relève et secoue la tête. J'ai la fâcheuse impression qu'il ne me dira rien. Il semble chercher une réponse convenable. Son regard s'immobilise une seconde et se pose sur moi.

— Je ne peux rien dire, désolé.

— Tu ne *peux* rien dire ou tu ne *veux* rien dire ?

— Je ne peux et ne veux rien dire, répond-il froidement.

Je le repousse d'un mouvement brusque. Comme il ne s'y attend pas, il tombe sur le sol. Il se relève immédiatement et moi, je suis pas contente, mais alors pas du tout !

— Lola, je comprends que tu sois fâchée, dit-il doucement.

— Ah bon ? Tu comprends pourquoi ta réponse ne me convient en aucune façon ! je reprends, l'air plus mauvais que jamais.

Je me relève (parce qu'affalée sur les oreillers, ça fait tout de suite moins combatif !).

Il se passe une main dans les cheveux. Tiens, il est nerveux. Il fait moins le malin, le coco, tout à coup ! Il amorce un pas dans ma direction. Je le stoppe net d'un signe de main.

— Ouh ! là, là ! Tu vas pas recommencer ton manège. Tu restes là où tu es, lui dis-je en pointant mon index dans sa direction.

— Mon manège ?

— Fais pas semblant de ne pas comprendre, tu vois tout à fait de quoi je veux parler, dis-je en faisant de grands signes.

— Pas vraiment, répond-il en fronçant les sourcils.

— Si, tu le sais : d'abord, tes yeux, tu m'hypnotises ; ensuite, tu me grattouilles ; et pour finir, histoire de m'achever, tu m'embrasses ! Mais sache que je ne suis pas contente, mais alors pas contente du tout !

— Parce que je t'hypnotise, te grattouille et t'embrasse ? me demande-t-il avec un sourire idiot.

Il est mimi quand il sourit comme ça…

— Non mais c'est pas vrai ! Tu recommences !

— J'ai pas bougé, Lola ! dit-il.

— Tu as souri !

— Je trouve ça plutôt flatteur, en fait, comme reproche, me dit-il, tout fier.

Ni une ni deux, j'attrape la télécommande à côté de mon lit et la lui jette dans la figure. Sauf qu'il a des réflexes de fou et il baisse la tête au lieu de se la prendre en pleine figure.

Conclusion : il se marre encore plus et j'ai cassé la télécommande !

De colère (et surtout très vexée de le voir rire), je croise les bras devant ma poitrine.

— Je veux que tu me dises en quoi consiste ta mission, dis-je en fixant la fenêtre.

— Lola, ma mission…

Il laisse sa phrase en suspens et soupire.

— Tu pensais faire quoi, au juste ? T'envoyer en l'air, mettre en place toutes tes petites manigances et repartir, ni vu ni connu.

— Oui ! s'exclame-t-il.

Ma mâchoire se décroche.

— Je ne suis qu'une distraction ?! hurlé-je.

Les yeux me piquent. Je ne veux pas pleurer devant lui. Je ne veux pas lui donner cette satisfaction.

— Non, je veux dire… Merde. Lola, tu n'es pas qu'une distraction. Tu es bien plus, me dit-il en secouant la tête.

— Alors je suis quoi ?

Dis-moi que je représente quelque chose pour toi… Ne me repousse pas.

— Tu es… plus que tu ne peux le penser.

Il se rapproche doucement, peu sûr de lui. Le temps a suspendu son cours.

Ma vie aussi…

Il se poste devant moi, esquisse un geste pour me caresser les cheveux ou le visage et se ravise.

— Lola, je suis vraiment désolé, crois-moi. Le fait est que les choses sont bien plus compliquées qu'elles n'en ont l'air, murmure-t-il avec sa voix de Sexy-Fossettes-Lover.

— Explique-moi, je lui réponds doucement, de plus en

plus gagnée par l'émotion. Je te demande juste d'être honnête envers moi, envers nous. De me dire au moins s'il y a un « nous », je reprends, la voix tremblante.

Je n'aime pas le tour que prend cette conversation. Je veux qu'il me dise qu'il y a plus entre nous qu'une stupide histoire de cul. Que même s'il ne peut pas me parler de sa mission, il tient à moi et envisage plus…

— Je ne peux pas…

— Lola ! crie Safia, qui vient presque d'enfoncer la porte. Non mais c'est pas vrai ! Il ne peut pas *quoi* ?

Je n'ai pas le temps de réagir, je suis encore sous le choc de cette discussion laissée en suspens. Je suis paralysée. *Il ne peut pas…*

Safia dégage Jerry et me serre dans ses bras. Je ne bouge toujours pas. Je mets quelques secondes à sortir de ma torpeur.

— Safia, tu me serres trop fort, dis-je, au bord de l'asphyxie.

— Désolée, me dit-elle, tout émue. Je gêne peut-être ? demande-t-elle tout à coup.

Elle me regarde, puis lui, puis moi, puis lui.

— Non, je repasserai plus tard, dit Jerry, mal à l'aise.

Il semble hésiter un instant puis quitte la pièce en m'adressant un dernier sourire, qui semble plus crispé qu'autre chose. Je tente de sourire à mon tour, mais le résultat n'est guère plus convaincant. J'ai comme une grosse envie de fondre en larmes, mais me ravise. Je ne suis pas seule dans la chambre et je n'aime pas des masses me donner en spectacle.

— Je vous ai dérangés peut-être ? insiste Safia, qui semble enfin percevoir la tension qui régnait dans la pièce.

— Si tu avais pu faire ta grande entrée ne serait-ce que deux minutes plus tard, ça m'aurait bien arrangée en fait. Mais je suis contente de te voir, je réponds, sans entrain.

— Moi aussi ! Et t'en fais pas, il reviendra, dit-elle en tapotant doucement mon épaule.

— Mouais, dis-je, grognon et pas persuadée pour deux sous.

— Tu sais qu'il est resté à ton chevet tout le temps.

— A mon chevet genre *Je te promets* avec Channing Tatum ?

— Carrément !

Je m'imagine la scène… Sexy-Fossettes posant sur moi un regard désespéré. Il serait torse nu et huilé (Comment ? Pourquoi ? On s'en fiche, c'est mon fantasme !). L'inquiétude se lirait sur ses traits, il me vouerait un amour éternel car la peur de me perdre serait devenue insoutenable… L'image me tire un léger sourire malgré moi.

— Lola ? T'es encore là ?

— Pardon, tu disais ? Je suis restée inconsciente combien de temps ?

— Deux jours.

— Non !

— Si, si, tu nous as fait la totale : le trauma crânien, la déshydratation à cause de ta grippe mal soignée.

— Et ma famille est arrivée quand ? lui demandé-je, les sourcils froncés.

— Matt était déjà sur place. Ton père, ta mère et Thomas, quelques heures après notre exfiltration. Damien m'a dit que tu étais restée captive pendant quatre jours. Ils ont fait aussi vite que possible, ils ont même affrété un avion militaire ! Quant à Alex, il est arrivé hier soir. J'ai pas trop compris, mais je crois qu'il était en Australie. Enfin, tout va bien maintenant, conclut-elle en réponse à ma tête dépitée.

— Et toi ?

Elle s'installe au bord du lit, m'écrasant la jambe au passage. Je grimace, mais elle s'en fiche royalement.

— Il faut que je te raconte, déclare-t-elle.

Jamais rien de bon ne sort d'une conversation qui commence par « Il faut que je te raconte ».

La théorie se confirme quand elle me parle d'un mec aux urgences qui avait un tire-bouchon coincé dans les fesses. Pourquoi je l'écoute déjà ? Ah oui, je m'en souviens : c'est parce que c'est ma meilleure amie et que je n'ai pas le choix car je suis bloquée dans un lit d'hôpital.

Je repose ma tête sur l'oreiller et écoute les aventures de Safia aux urgences avec autant d'attention que mon état me le permet, c'est-à-dire pas des masses. Mes yeux se ferment, elle finira son histoire plus tard…

Il ne peut pas quoi ?

J'ai l'impression d'être un lion en cage, je tourne en rond.

Je ne suis qu'un con, un putain de gros con !

Mes pas sont lourds sur le sol en lino bleu de la salle d'attente. Je croise le regard des infirmières de garde qui me sourient, charmeuses, et se mettent à rire comme des gamines quand je leur jette un coup d'œil.

Sérieux, je reste au chevet d'une de leurs patientes et elles me font du gringue ! Je leur lance un regard qui les refroidit instantanément.

Elles comprennent enfin que je ne suis pas intéressé et retournent à leurs petites occupations. Jusque-là, l'attention que me portait la gent féminine ne me déplaisait pas. Mais ça, c'était avant. Avant de tomber raide dingue amoureux de Lola, avant que ma vie devienne un enfer, avant de me rendre compte que je ne suis qu'un boulet !

Je passe les doigts dans mes cheveux et tire légèrement dessus. Quand je pense que j'ai répondu « oui » quand elle m'a demandé si je comptais repartir sans lui révéler qui j'étais vraiment.

Je vais me répéter, mais je suis un putain de gros con !

J'aurais dû lui dire que ce que je ressens pour elle est complètement dément, incontrôlable et bien au-delà de ce que je pensais possible. Que je mourrais pour elle, que je mourrais *sans elle*...

J'ai vraiment merdé !

Je ne suis même pas capable d'employer les bons mots. Pourtant, je me les suis répétés encore et encore quand j'étais à son chevet.

Je me laisse tomber sur le siège en vinyle jaune de la salle d'attente. A chacun de mes mouvements, le plastique couine. Je hais les hôpitaux, les salles d'attente, les meilleures amies trop encombrantes qui me coupent la parole. Si j'avais eu quelques minutes supplémentaires, j'aurais aisément pu rattraper le coup. Là, non, j'ai laissé en suspens l'une des conversations les plus importantes de ma vie, si ce n'est la plus importante.

Je n'ai jamais été aussi anxieux. D'abord il y a eu le kidnapping et les recherches, ensuite son sauvetage, puis l'hôpital, le coma, l'attente, et maintenant qu'elle est réveillée, c'est encore pire.

Et si elle ne me pardonne pas ? Si elle ne veut pas de moi ?

Une chance, voilà, il faut qu'elle me laisse une chance...

J'appuie ma tête contre le mur et vois Safia sortir.

Sa famille n'est pas encore revenue, *c'est maintenant...* Quoiqu'elle risque peut-être d'être fatiguée ?

J., ce genre de choses se fait en douceur. Les filles aiment les trucs romantiques.

Merde, j'y connais rien en romantisme ! Je sais désarmer une bombe nucléaire, je devrais pouvoir improviser un truc qui a de la gueule... Peut-être, si je me mets à genoux, ou avec du chocolat, ou encore plus de fleurs, ou un autre ballon...

Je vais à la rencontre de Safia tandis que je me décide à faire ma déclaration à Lola. Je vais être clair, concis, et j'y mettrai tout mon cœur.

— Je suis désolée de vous avoir dérangés tout à l'heure, mais Matt m'a dit qu'elle était réveillée alors je n'ai pas pu résister.

— Pas de problème, je réponds poliment, même si je pense tout le contraire. Je vais retourner la voir.

— Elle dort, la pauvre. Je parlais et *pouf !*

— Ce n'est rien, je vais rester avec elle.

— Bien, me dit-elle avec un sourire faussement sympathique.

Décidément, elle fait beaucoup d'efforts pour ne pas montrer qu'elle ne m'apprécie guère. Je m'installe dans le fauteuil près du lit et arrange doucement une mèche blonde qui lui barre le visage ; je contemple Lola qui dort paisiblement. Je souris quand elle émet son espèce de couinement étrange, et je souffle enfin. Même si elle ne veut pas de moi, après tout, ce n'est pas ce qui est important.

L'important, c'est qu'elle soit bien vivante et qu'elle couine quand elle dort.

C'est un truc de dingue : il est sexy même quand il dort !

Il est allongé dans le fauteuil à côté de mon lit, les jambes étendues, la tête basculée en arrière, les yeux clos. Je détaille sa mâchoire carrée et constate que, même sous cet angle pour le moins désavantageux, il est beau. Pourtant, je le vois de dessous, avec trous de nez et tout le bordel. Mais non, il reste parfait !

Je soupire et rejette mes cheveux en arrière. Je n'aime pas la dernière conversation que l'on a eue ; je n'aime pas qu'elle soit restée en suspens. Je secoue la tête et passe les mains sur mon visage. J'ai envie de le réveiller et de savoir enfin ce qu'il attend réellement de notre relation.

Est-ce que l'on peut parler de « relation » déjà ?

Cela dépend du sens que l'on prête au mot.

Dans le sens large du terme, il s'agit d'une interaction avec une autre personne. Ce qui change, dans le fond, c'est la nature de la relation : amicale, professionnelle, *sexuelle*...

D'un point de vue sexuel, je pense que nous avons pas mal exploré notre « relation ».

Il faut que je me ressaisisse.

Est-ce que je suis capable de passer outre son mensonge ? Le fait de ne pas savoir en quoi consiste sa mission ?

Oui. Je dirais même : un grand « oui » !

Mon cas est désespéré, je crois. Rectification : je suis certaine que mon cas est désespéré !

Je suis censée lui en vouloir à mort, mais je ne peux pas. Je ne *veux* pas, c'est aussi simple que ça. J'ai conscience qu'une fois sa mission terminée, il partira. Mission dont j'ignore tout, mais mission quand même. Je ne sais pas quoi en penser. Malgré tout, j'ai l'impression qu'il tient à moi. Peut-être pas de la façon que j'aimerais, mais il tient à moi…

Si ce n'était pas le cas, il ne serait pas dans ce fauteuil trop petit pour lui en train de dormir !

Un léger sourire se dessine sur mon visage. Ce n'est qu'une petite victoire par rapport à tout ce que j'espère, mais c'en est une quand même.

Est-ce que mes seuls sentiments suffiront à me donner l'illusion qu'il y a un « nous » ? Est-ce que j'arriverai à surmonter mon chagrin quand il partira pour une autre mission ? Ça, je ne le sais pas.

Et si, pour le moment, je ne profitais que de l'instant présent sans penser au lendemain ? De toute manière, c'est déjà trop tard pour mon cœur, il est clairement mordu de ce mec !

Je regarde l'objet de mes tourments dormir comme un bébé.

Son torse qui se lève et s'abaisse a un je-ne-sais-quoi d'hypnotisant. Ou bien c'est ma fatigue qui pointe de nouveau le bout de son nez.

Je pourrais fermer les yeux une minute ou deux…

J'émerge doucement. Mes yeux tombent sur ma mère qui lit dans le fauteuil bleu et mon père et mes frères qui jouent aux cartes, sauf Matt, qui semble être absent. Je cherche du regard Jerry, mais il n'est pas là non plus. Je grimace quand une douleur sourde me perfore le crâne.

— Coucou, ma puce, comment tu te sens ? me chuchote ma mère.

— Ça va, merci.

Je me racle la gorge et demande, l'air de rien :

— Jerry est parti ?

Ma mère me renvoie un sourire crispé et jette un regard à mon père, qui relève le nez de son jeu de cartes.

— Il devait avoir à faire, me dit-elle avec un ton qui sonne faux.

— Et sinon, pour de vrai ? Pourquoi il est parti ? demandé-je avec un sourire qui veut dire « Arrête de me raconter des craques ».

— Il avait du travail, répond mon père d'un ton qui n'invite pas à la révolte.

— Du travail ?

— Oui, tu sais, ce truc qu'il était censé faire au lieu de jouer au joli cœur avec toi, Quenelle ! dit Damien d'un ton sarcastique.

— Il n'a pas joué au « joli cœur », dis-je, outrée.

— Non, il paraît évident que vous avez discuté de façon très intense de ta pseudo-implication dans une affaire terroriste, me rétorque Thomas, qui ne prend même pas la peine de me regarder.

— Ma… quoi ?

— Ta pseudo-implication dans une affaire terroriste, répète-t-il plus fort.

— J'avais entendu la fin, Thomas ! lui lancé-je, la mâchoire crispée.

— Lola, tu devrais te reposer, dit ma mère en me caressant les cheveux.

De colère, je repousse sa main.

— C'est quoi cette histoire ?

— Nous en parlerons plus tard, rétorque mon père, inflexible.

— Non, tout de suite, je réponds sèchement à mon tour.

Ma mère l'observe en faisant non de la tête. Mes frères

contemplent la scène, semblant guetter le rebondissement du siècle.

— Je veux savoir ! De toute évidence, ça me concerne !

— L'agent J. a été mandaté pour enquêter sur toi, énonce mon père.

Je suis sous le choc. Les pièces du puzzle se mettent en place dans ma tête. Voilà pourquoi il ne voulait pas me dire en quoi consistait sa mission !

— Il a dépassé les limites. La façon dont il a agi est tout sauf professionnelle, ajoute-t-il avec du dédain dans la voix.

— Tu veux dire… en étant avec moi ? dis-je, les larmes aux yeux.

— Les garçons, allez chercher une bouteille d'eau pour votre sœur, ordonne ma mère à mes frères pour les mettre dehors.

Ils ne semblent pas trop d'accord avec l'idée, mais s'exécutent malgré tout en me jetant un dernier coup d'œil avant de partir.

— Lola, ma chérie, me dit mon père en s'asseyant au bord du lit.

Il prend mes mains dans les siennes, inspire et reprend :

— Enquêter sur toi est une chose, mais il est allé beaucoup trop loin en te séduisant pour obtenir des informations.

Les larmes coulent le long de mes joues.

— Non seulement il s'est servi de toi, mais en plus il a mal fait son travail, puisque Safia et toi avez été kidnappées. Tu étais sous sa surveillance. Il a failli à sa mission. Il n'a aucune piste solide et plusieurs agents ont été gravement blessés lors de votre sauvetage, sans parler de toi, achève-t-il d'une voix douce.

Il me prend dans ses bras et me caresse les cheveux tandis que je fonds en larmes contre lui.

Comment ai-je pu être aussi idiote ?

Il ne faisait que son travail.

Comment ai-je pu croire que je l'intéressais ? Que je lui plaisais ?

Il ne m'a pas seulement menti sur son identité. Il s'est servi de moi.

17 h 45. J'en ai marre, je patauge de nouveau dans la semoule.

Après l'exfiltration de Lola et de Safia, j'avais espéré avoir mis fin à la fuite d'informations et avoir attrapé les coupables, mais non. Je me retrouve à la case départ. Les interrogatoires ne mènent nulle part. Ils ne savent rien. Il ne s'agissait que d'un leurre. Les connards qu'on a butés n'étaient que des sous-fifres et ceux qui ont survécu à l'explosion ne nous servent à rien. Les coupables sont toujours en liberté, Lola toujours en danger et je n'ai aucune ébauche de piste…

Je me passe fébrilement les mains dans les cheveux. Il est hors de question que je la perde encore ! Même si, avouons-le, c'est plutôt mal engagé.

Il faut absolument que je lui parle…

J'espérais pouvoir le faire à son réveil, mais son père n'était pas de cet avis et m'a gentiment remercié en me rappelant que j'avais autre chose à faire que de glander à l'hôpital, comme mon travail, par exemple. Il n'a pas vraiment apprécié d'apprendre que j'enquêtais sur sa fille et qu'accessoirement… enfin, bref, peu importe ce qu'il pense, seule compte Lola. J'ai expliqué à son père que je tiens à elle et que ce que je ressens pour elle n'a rien à voir avec ma mission.

Je me serais pris un mur en pleine face, je n'aurais pas vu une grande différence !

Je soupire, me masse la nuque et rejette la tête en arrière. En tout cas, j'ai sa parole qu'il ne dira rien à Lola et me laissera m'expliquer. Ses paroles me reviennent à la mémoire : « C'est à ma fille de faire ses propres choix, et je ne doute pas qu'elle prendra la bonne décision. Chez les Morell, il n'y a pas de place pour les mensonges et l'hypocrisie. »

Au moins, je suis fixé sur tout le bien qu'il pense de moi !

Je reprends le dossier et le feuillette pour la millième fois, espérant y trouver des réponses. Mais rien, toujours rien. Aucune pièce ne s'assemble comme je le souhaite. Je n'ai aucun indice.

Me revient à la mémoire le moment où Q. m'a donné mon ordre de mission...

Je rentrais d'Irak. J'étais à bout de nerfs, tout ne s'était pas déroulé comme prévu...

Peu importe, je ne veux pas y penser.

Ensuite, je partirai loin de New York, des mensonges et de toutes ces merdes, avec Lola, et je vivrai enfin la vie dont je rêve.

Quand je pense que je ne voulais pas de cette mission !

Des vacances à New York aux frais de la princesse... Mon cul, oui !

Une enquête qui n'avance pas, le kidnapping de la fille d'un de nos plus prestigieux agents, des terroristes, des hommes blessés dans un sauvetage qui paraissait simple comme bonjour... En bref, c'est le chaos !

Depuis que Lola a été secourue, on dit de moi que je suis fini. Tout ça avec les remerciements du père de Lola. Rien d'étonnant : tout le monde sait qu'on ne touche pas aux Morell sans en payer le prix !

Encore une fois, je me passe les mains dans les cheveux. Il faut vraiment que j'arrête ça, je vais finir chauve ! Et vieux con, puisque je radote sans arrêt.

Lola me manque... Pourquoi l'hôpital ne m'a pas encore appelé ?

J'ai donné un sacré bakchich aux infirmières pour qu'elles me préviennent à son réveil. Je soupire avec nervosité. Je sais que je dois lui laisser le temps de se remettre. De toute façon, si je me pointe à l'hôpital, je vais me faire refouler par son père et ses frères. Je décide de reprendre mon enquête point par point. Pour le moment, c'est tout ce que je peux faire : montrer toute ma bonne volonté et améliorer mes résultats.

Je ne sais pas qui est derrière tout ça, mais il joue bien son jeu. Je n'aurais pas misé autant, je l'admirerais.

Malheureusement pour lui, il perdra. Ils perdent toujours...

Je tourne une page du dossier et me retrouve nez à nez avec une photo de Lola prise à son insu. Elle discute avec son collègue Paul. Elle sourit. Ses yeux marron pétillent de joie. Mon cœur se serre. Mon estomac se vrille. Il faut que la voie, que je la touche, que je l'embrasse... *J'ai besoin d'elle.*

Je me passe la main sur le visage et me pince l'arête du nez.

Merde !

Je ne peux rien construire avec elle tant que tout ça n'est pas réglé. Sauf que je ne peux pas me concentrer sur ma mission quand elle est avec moi, et que je n'arrête pas de penser à elle quand elle n'est pas là ! C'est certainement mieux que son père se mêle de l'affaire : je n'ai pas les idées claires.

La sonnerie du téléphone met fin à ma torture psychologique.

— J., dis-je en décrochant.

— J., Jerry, Jérémy, tant de noms pour un seul homme, dit une voix qui semble être modifiée.

Je me redresse lorsque je prends conscience de l'identité de mon interlocuteur.

— Qui êtes-vous ? lui demandé-je, tandis que j'envoie simultanément un message au service technique pour enregistrer l'appel et le localiser.

— Si je vous le disais, ce serait moins drôle, vous ne pensez pas ? me répond-il, narquois.

— Que voulez-vous ?

— Toujours la même chose.

— C'est-à-dire ?

Je dois gagner du temps. Plus il parle, plus j'ai de chances d'en apprendre sur lui et sa localisation.

Une erreur, juste une, et je te fais la peau…

— Vous le savez, me dit la voix mielleuse.

Reste calme, J… C'est lui qui doit faire un faux pas, pas toi. Tu ne peux pas perdre, pas maintenant…

— Je ne pourrai pas vous aider si je ne sais pas ce que vous voulez, dis-je, crispé.

— Arrêtons de jouer. Je suis sûr que la petite grosse vous a fait la commission. Donnez-le-moi et les choses se passeront pour le mieux.

— Je ne vois pas de quoi vous parlez.

— Tic tac, Jerry, tic tac.

Et il raccroche.

Je repose le téléphone et tente de reprendre mon souffle.

Lola…

Merde ! Réfléchis un peu, putain, J…

Il faut que je cesse une seconde de penser à elle. Je dois me concentrer sur cette conversation et trouver de nouveaux indices. J'appelle immédiatement Bob pour savoir si on l'a localisé. Evidemment que non ! Comme s'il allait appeler et nous laisser son adresse ! Je lui demande de m'envoyer l'enregistrement.

En le reprenant phrase par phrase, j'en apprendrai peut-être plus… Soudain la porte de mon bureau s'ouvre sur le père de Lola, Damien et un autre agent que je ne connais pas.

— Il paraît qu'il vous a contacté, me dit-il sans attendre de réponse.

— Les informations circulent vite, rétorqué-je.

Sans rien dire, il s'installe dans un fauteuil et me jette un regard en biais.

— Il compte certainement sur votre intérêt vis-à-vis de ma fille, dit-il en me détaillant froidement.

Je serais une petite nature, je me serais déjà enfui en courant. Malheureusement pour lui, j'ai trop de bouteille pour ça. Je ne réponds rien et l'observe, lui et son air revêche.

Un peu plus et je croirais qu'il me reproche mon « intérêt », comme il dit.

— Nous avons le compte rendu de la déposition de Lola, dit enfin D. pour rompre le silence qui s'éternise.

Il me le tend, je le parcours et suis immédiatement surpris par un passage. Je lis, relis la même phrase.

C'est impossible...

Je me lève, arpente le bureau de long en large, me frotte le front. Comme si ça allait m'aider à trouver une réponse !

— Une femme ?

— Oui, et il semblerait que ce soit quelqu'un que Lola connaisse. Malgré sa fièvre, elle est formelle, me répond Damien.

— Je ne dis pas que ce soit improbable mais, comme vous dites, elle avait de la fièvre. Alors je ne suis pas certain de la fiabilité de son témoignage, dis-je en parcourant de nouveau le document en diagonale.

Son père me regarde toujours aussi froidement.

— Je n'ai rien lu de tel dans vos notes, finit-il par dire.

— Effectivement, je réponds, perdu. Cet élément n'est jamais apparu dans aucune de mes recherches.

Une femme, une connaissance de Lola...

Merde, j'ai enquêté sur toutes ses connaissances et je n'ai rien trouvé.

Je jette un coup d'œil à son père.

Il me prend pour un blaireau (et encore je reste poli).

Je me tape sa fille, mon enquête est bâclée... Elle s'est fait kidnapper, je ne m'en suis rendu compte que cinq heures plus tard, et parce que les ravisseurs m'ont envoyé un message.

J'accumule les boulettes.

Même son sauvetage s'est mal passé. Plusieurs agents ont fini à l'hôpital.

Mon stress devient manifeste. Je tente de reprendre contenance, mais on ne m'en laisse pas le temps. D. et son père se lèvent. En partant, mon bourreau me porte le coup de grâce.

— Lola sait tout. Ce n'est pas la peine de la recontacter. Non seulement elle ne veut plus vous parler ou vous voir, mais surtout, si vous l'approchez d'une quelconque manière, je vous fais abattre. Et pour finir : votre requête a été acceptée. Bonne continuation.

Ils partent, me laissant accuser la nouvelle. Je suis choqué.

Comment ça, ils ont accepté ma requête ?

Je savais que c'était ma dernière mission, mais je ne pensais pas…

C'est fini ? Non, je ne peux pas, pas comme ça, pas maintenant.

Et Lola ? Mon Dieu, qu'est-ce qu'il lui a dit ?

Il faut que je sache, il faut que je la voie… Je ne peux pas la laisser, je ne veux pas… Je dois m'expliquer, je dois lui dire à quel point je l'aime, que tout ça on s'en fout.

Je me mets à rire nerveusement. Ai-je vraiment le choix ?

Je chancelle, la pièce tourne autour de moi, mon monde s'écroule. Je tombe à genoux, passe les mains sur mon visage. Je tremble.

J'ai besoin de…

Merde…

Ma respiration se coupe, je sens quelque chose de chaud sur mes joues.

Des larmes…

Elles tombent au sol et s'y accumulent. C'est comme si ma douleur s'imprimait sur la moquette bleue.

Une petite voix me souffle : *On a toujours le choix.*

Je frappe un grand coup sur le sol à l'endroit où mes larmes tombent. Je me redresse et hurle. J'expulse toute cette douleur qui m'étrangle.

Je ne les laisserai pas faire. Tant qu'il y a une chance pour moi d'être avec elle, je ne céderai pas, *jamais*...

— J'en reviens pas, je suis trop contente, me dit Safia pour la énième fois.

— Mouais, dis-je, absente, en lorgnant encore mon portable, puis la fenêtre.

Pas un message, rien.

Bon, je ne suis pas très fière de moi ; j'ai cédé.

Pathétique...

Je sais, d'un autre côté, je n'ai jamais dit que je n'étais pas pathétique !

J'avais simplement besoin d'être sûre. Je voulais... Je ne sais pas, je voulais lui parler, l'entendre me dire que rien de tout ça n'est vrai.

A 18 heures, j'ai commencé, calme et détachée, avec un texto léger disant :

Salut J., contente, je sors demain. Et toi, comment va ?

Ce à quoi il m'a répondu : rien.

19 h 30. Je craque de nouveau. C'est l'heure de *Modern Family* et je n'ai toujours pas de nouvelles. Et je sais de source sûre qu'il a passé la journée au bureau (Paul, source de potin inépuisable). Donc : je renvoie un texto, normal.

J'espère que tu vas bien. Un moment sans news :-/ Bises, Lola

Je me suis même payé le luxe du smiley indécis !

Ce à quoi il m'a répondu : *rien !*

20 h 15. C'est l'heure des infos, et les conflits au Moyen-Orient ont raison de ma patience. J'ai déjà pleuré toutes les larmes de mon corps, ressassé toutes nos conversations et parties de touche-pipi. J'ai passé au crible chaque petite phrase qu'il a prononcée, chacun de ses gestes, de ses regards, et je dois dire : il est fort, il est très fort même…

Le problème, c'est que mon état mental se détériore au fur et à mesure que les minutes s'étiolent. En clair : je pète littéralement un câble. Mouais, je ne suis vraiment pas fière de moi ! Enfin, bref, plus de gentils messages détachés et tout le tralala. Je fais dans le direct maintenant…

Toujours pas de news !

Pas de smiley dans celui-là.

Ce à quoi il m'a évidemment répondu : *rien !*

20 h 17. Ma folie gagne en intensité.

Il ne répond pas aux messages, donc appel téléphonique. Je sais, ça devient n'importe quoi, mais je m'en fiche, je ne pense plus clairement.

Une sonnerie, deux, puis trois… répondeur.

J'hallucine !

Je respire un grand coup et prends une voix détachée (ou du moins, j'essaie de ne pas paraître hystérique) :

— Salut, c'est Lola, je voulais juste avoir de tes nouvelles. Tu ne semblais pas très en forme la dernière fois que l'on s'est vus (genre, l'excuse, il serait malade !), donc voilà, rappelle-moi à l'occasion.

Je ne veux pas qu'il sache que je sais ce que je ne suis pas censée savoir…

Mouais, je sais, c'est tordu !

Mais je veux que les mots sortent de sa bouche et non de

celle de mon père. Je veux qu'il me regarde dans les yeux quand il me dira qu'il ne ressent rien pour moi. Je mérite une vraie rupture, pas ça… pas comme ça…

20 h 32. Toujours rien…

C'est du foutage de gueule !

Je n'y tiens plus, je compose de nouveau le numéro. Une sonnerie, deux, trois… répondeur.

— Salut, c'est encore Lola ! Tu sais, la fille à l'hôpital. Je vais bien, au cas où ça t'intéresse ! Rappelle-moi.

20 h 34. Bon, perdu pour perdu, je deviens hystérique.

C'est le drame !

— C'est encore Lola. Tu ne manques pas de culot : tu m'as menti, embrassée alors que je venais de sortir du coma. Tu m'as fait croire des choses avec des bébés labradors (Qu'est-ce que je raconte ?), au Canada (au secours !), avec des caribous (c'est officiellement foutu pour moi !) et… et je suis pas contente ! Alors toi et tes fossettes, ben allez vous faire voir ! Ouais, voilà !

Et je raccroche.

Je suis sous le choc. Complètement tarée et sous le choc.

Je suis devenue une folle hystérique !

L'arrivée de la tornade Safia me fait sursauter. Voilà où j'en suis : j'essaie de suivre ce qu'elle me raconte, mais rien n'y fait, je suis obsédée par ce foutu téléphone.

Et il ne rappelle pas !

Bon, là, maintenant, il ne me rappellera plus jamais, c'est sûr.

Si je pouvais seulement effacer le dernier message. Et l'avant-dernier aussi. Et peut-être même celui d'avant.

Mais on n'est pas dans un film, je ne sais pas faire ça !

Je savais que les études de finances, c'était pourri. J'aurais dû suivre les ambitions familiales. Mais non… Et du coup, maintenant, je suis dans la merde, je ne sais pas effacer les messages à distance.

Je suis trop nulle ! Mes yeux picotent de nouveau.

Chapitre 14

Dimanche 13 octobre

Jerry ne m'a pas rappelée. Cinq jours et toujours pas de nouvelles. Pas un seul message, appel, tweet, signaux de fumée, rien, que dalle, *nada*, que tchi !

Pourtant, je ne suis vraiment pas exigeante. Je suis même prête à me mettre à la langue des signes si ça peut lui faire plaisir ! Mais non, M. « Je suis trop sexy et j'ai des super-yeux gris » s'obstine à garder le silence.

Je peux m'asseoir sur les explications, excuses et autres trucs auxquels j'aspirais !

Bon. J'ai pris une décision drastique : j'ai décidé d'attaquer une cure anti-beau gosse. Pas de panique, je ne vais pas poursuivre tous les plus beaux spécimens de la ville en leur jetant des cailloux. Je ne le ferais que si j'en croise comme ça, par hasard. Je suis civilisée quand même !

Je m'étale un peu plus sur le canapé en écartant les jambes et les bras et en poussant du bout de ma chaussette rose moisie des emballages de chocolat.

Ma vie craint !

Ma vie est pourrie !

Ma vie est un enfer !

En clair, ma vie est nulle !

C'est la merde absolue !

Bon, il y a de bons côtés à ma vie : je suis jeune, célibataire, je vis à New York, et surtout… je suis enfin sortie de l'hôpital, et je n'ai plus à me taper *Arabesque*.

Définition d'*Arabesque*, pour les jeunes gens normaux du XXIe siècle : série télévisée pourrie, mettant en scène une vieille Anglaise qui résout des enquêtes pas vraiment exceptionnelles et boit beaucoup de thé. Il s'agit accessoirement de la série préférée de ma mère qui en profite pour faire le repassage, sa manucure et d'autres trucs super-intenses. En ce qui me concerne, au bout de la troisième note du générique, mes paupières deviennent lourdes et se ferment toutes seules. Donc, pour en revenir au bon côté, qui dit sortie de l'hôpital dit également départ de maman avec *Arabesque* en France.

J'adore ma famille, mais quand elle est loin je l'aime encore plus.

Revenons-en à pourquoi ma vie est pourrie…

Je suis grosse.

Je tripote l'un de mes bourrelets qui débordent de l'élastique de mon pyjama : pas juste un peu, mais carrément trop grosse.

Ouais, même le coma et l'affreuse bouffe de l'hôpital n'ont eu aucun effet sur ma graisse. Pourtant, ils y ont mis de la bonne volonté en me servant des aliments de couleurs et de textures plus ou moins douteuses.

Mais non, ma graisse reste, ma graisse est accrochée, et de toute évidence ultra-résistante.

Pourtant, elle n'est nourrie qu'avec des choses pas saines du tout, donc manger équilibré aurait dû lui faire un choc, la faire fuir… Mais non, elle est résistante au bio, à la nourriture saine, aux légumes et autres trucs dont Gwyneth Paltrow est adepte ! Je ne sais pas si je dois être flattée ou inquiète par la fidélité de mes kilos en trop. Je n'ai pas encore pris de décision à ce sujet. Ni sur aucun autre, de toute manière.

Ou si, en fait : après de savants calculs prenant en compte la crise financière actuelle, la température extérieure et la tangente de la parallèle du canapé, j'ai décidé que me complaire dans ma déprime était ce qui me restait de mieux à faire. Et je n'ai même pas intégré dans ce calcul d'une rare finesse le fait que mes cheveux soient officiellement décédés.

En résumé, voilà ce que ça donne : je me traîne, telle une grosse larve, du canapé à mon lit, de mon lit jusqu'au canapé, et parfois (pas souvent, juste les grands jours) je prends une douche. Enfin, quand je dis « mon lit », je parle de celui que Paul et Will m'ont gracieusement prêté. Car, oui, j'ai fui mon appartement ! Comme si la longue liste de mes tourments ne suffisait pas, Safia et Matt ont décidé de m'étaler leur rapprochement tout à fait indécent sous les yeux. Inacceptable. J'ai donc migré pour retrouver mes seuls vrais amis : Paul, Will, le canapé, le lit, le chocolat.

Je souffre de larvonite aggravée.

Non, je n'invente rien ! C'est une maladie vraiment très grave causée par une forte dose d'*Arabesque*, un grand désespoir, un surpoids difficilement contestable et un surdosage de télé-réalité. J'ai consulté les plus grands experts de notre époque (Paul et Will) et ils ont été formels : larvonite aggravée.

Moui, je sais, ça fait rêver !

Et je n'ai même pas parlé de mon régime alimentaire riche en sucre, graisse, et plein d'autres trucs super-chimiques qui donnent du goût ! De toute manière, pourquoi se limiter... C'est pas comme si j'avais un mec !

Je roule légèrement sur le canapé, jette un coup d'œil à une pub pour du dentifrice avec une blonde qui a des dents brillantes et me dis que, rien que pour ça, je ne l'achèterai pas. Concrètement, qu'est-ce qu'on s'en fout d'avoir des dents boule à facettes, sérieux !

Je suis bien consciente qu'il va me falloir reprendre une activité normale, c'est-à-dire aller au travail... Et il faudrait que je me remette à écrire un peu aussi.

Pffff, rien que d'y penser, je suis épuisée ! Les émissions de téléachat sont tellement plus intéressantes.

Mon activité la plus intense consiste à couper le son des feuilletons pourris et à réinventer les dialogues en imitant des voix étranges. Sinon, je me suis remise au sport : le lancer d'objets non identifiés sur le téléviseur durant les scènes d'amour. Je m'entraîne avec assiduité, plusieurs fois par jour, et suis en passe de devenir une experte dans le domaine.

Oui, comme je l'ai dit, je vis très bien mon célibat ! Sans rancœur ni amertume...

Je ne suis que bonheur et joie de vivre !

J'ai essayé d'écrire un peu mais, au bout de deux chapitres, Julia, ma super-héroïne super-chaudasse, se faisait écraser par un bus.

Vraiment pas glamour d'être ratatinée par un bus !

Mais franchement, elle me gonfle, celle-là aussi, avec ses mensurations de rêve et tous ces milliardaires qui veulent l'épouser...

O.K., ce n'est qu'un livre. Et écrit par moi en plus ! Mais plus le temps passe, plus je me dis qu'il va falloir que je torture davantage mes personnages. Rien de bien méchant !

Juste, Julia pourrait encaisser un râteau pour une fois, prendre trente kilos rien qu'aux fesses, désespérer sur un canapé en ne se nourrissant plus que de chocolat, et elle finirait par avoir les dents qui tombent… En bref, pas grand-chose : juste une vie normale de célibataire d'aujourd'hui, quoi !

Oui, voilà, je veux un peu de réalisme, bordel !

Je me recouche quasi instantanément et me crispe.

Bon, là, le problème, c'est que demain, je dois affronter le monde extérieur. Ça va être dur, mais je peux le faire… ou pas !

Comme dirait mon seigneur et Maître Yoda : « Le courage en toi, tu trouveras. »

Il faut vraiment que je regarde moins la télé, je deviens bizarre, je crois…

La dernière fois, à table, j'ai sorti : « La dernière cuisse de poulet au frigo ne survivra, Lola la mangera. » Ensuite, j'ai pris mon air de Dark Vador et j'ai ajouté : « Au moment où tu ne t'y attendras pas », suivi d'un rire inquiétant sur lequel je me suis étranglée avec une pâte.

Mouais, je deviens bizarre…

Du coup, Paul et Will ont caché tous les DVD de *Star Wars*. Ils sont cruels parfois ! En plus, c'était pas pire que *Matrix*, quand j'essayais de faire venir le pain à moi par la force de la pensée !

Bon, revenons-en à demain, ou plus communément « Le jour de l'horreur » (Je l'ai baptisé comme ça en l'honneur de Natacha. Ça sonne bien, hein ?).

Il fait froid et en plus, demain, il est prévu de la pluie. Je n'ai rien à me mettre. J'observe le bas de mon pyjama rose parsemé de poussins et fronce les sourcils. Je réfléchis sérieusement au fait de sortir en pyjama, mais les gens me regarderaient de travers, me jetteraient peut-être même des pierres, ou des cannettes, ou des pigeons.

Dans quel monde vit-on ?

J'en ai marre de devoir suivre tous ces codes pourris : pas de pyjama, une bonne hygiène, il ne faut pas être trop grosse… Et j'en passe !

Il n'est venu à l'idée de personne que sortir en pyjama et ne pas se brosser les dents pendant trois jours n'était pas un crime ! C'est pas tout le monde qui veut faire la boule à facettes quand il sourit, merde ! Il faut penser aussi à ceux qui aiment sentir le rat crevé quand ils ouvrent la bouche et qui n'ont aucun sens de la mode. Je suis née trop tôt, trop tard, pas comme il faut, j'en sais rien, mais je ne me sens pas à l'aise avec tous ces carcans qui régissent actuellement nos vies à tous. Moi, je veux manger ce que je veux, porter ce que je veux, dormir toute la journée et que l'autre abruti aux yeux gris me rappelle !

Du genre, il me dirait avec sa voix grave super-sexy « Salut ». Je lui répondrais « Salut » (dignement, ça va de soi !) et ensuite, l'air se chargerait en électricité, la tension deviendrait palpable et il me dirait avec émotion : « Lola, je suis vraiment désolé, je te trouve tellement belle et merveilleuse que j'ai paniqué, je ne voulais pas… » O.K., pas vraiment réaliste…

Alors, il me dirait : « Lola, je suis désolé, je n'ai pas pu te rappeler, j'ai dû sauver des millions d'enfants d'un virus expérimental qu'un savant fou voulait leur injecter… » Non, encore moins réaliste.

Ou, je sais : « Lola, je suis désolé, je n'ai pas pu te rappeler, j'ai été kidnappé et torturé par des terroristes méga-vilains… »

Ouais, c'est beaucoup mieux, ça, et puis c'est tellement plus réaliste… ou pas !

La vérité, je pense, c'est que s'il ne m'a pas rappelée, c'est qu'il ne le voulait pas, tout simplement.

Mon père avait raison… Il n'a fait que se servir de moi pour son enquête. Il ne ressentait rien pour moi.

Mon moral descend en flèche.

Je n'ai plus qu'une seule solution : me suicider à coup de barres chocolatées !

J'appuie mes jambes sur le dossier du canapé et décide de regarder mon feuilleton à l'envers. Je préfère m'occuper l'esprit pendant que je meurs, c'est tellement moins cérémonieux. Je défais l'emballage et me dis que c'est une mort bien délicieuse.

— Lola, arrête de manger ces cochonneries ! A ce rythme-là, tu n'auras plus besoin de marcher pour aller bosser, il suffira que je te fasse rouler, me dit Paul, excédé par le nombre d'emballages de barre chocolatée dispersés sur son canapé.

— Au moins, ce sera moins fatigant, je lui réponds en ne prenant même pas la peine de le regarder.

Il me regarde de travers tandis que j'enfourne une énième barre chocolatée dans la bouche, la tête renversée et les pieds posés sur le dossier.

— Je ne comprends même pas comment tu peux manger dans cette position, me dit-il en m'observant comme si j'étais la chose la plus étrange qu'il ait jamais vue.

— Moi non plus. C'est morphologique, je crois, je lui réponds tout en postillonnant.

Paul me fait rire. Je me demande d'ailleurs si je ne fais

pas tout ça pour le malin plaisir de le voir lever les bras au ciel et souffler en secouant la tête.

Chacun ses petits bonheurs dans la vie !

Je suis contente de squatter chez lui le temps que Safia et Matt continuent de se « redécouvrir ».

Quand je dis que ma vie est un enfer, en voilà l'une des raisons principales. Safia et Matt sont ensemble, de nouveau, et ils sont très en forme. Tellement en forme que je me suis demandé à plusieurs reprises s'il n'y avait pas une équipe de tournage de films porno qui s'était installée chez moi.

Ma meilleure amie m'a sorti la carte « Ross et Rachel ».

Explication de la carte « Ross et Rachel » (sortie tout droit de *Friends*) : Ross couche avec une autre nana quelques heures après sa séparation d'avec Rachel, sauf qu'ils n'avaient pas vraiment rompu. Rachel finit par pardonner à Ross, etc.

Donc, l'argument absolu de Safia est que si ça marche pour eux, ça marche pour nous, pauvres mortels qui vivons de l'autre côté du poste de télévision…

Je ne suis pas complètement convaincue, mais bon. Pour moi, on ne mélange pas la télé avec la réalité. Sinon, c'est la porte ouverte à beaucoup trop de choses… Quand on prend l'avion, on pourrait se crasher et on finirait comme dans *Lost* ; ou alors, pendant une balade en forêt, on pourrait se retrouver nez à nez avec un bellâtre torse nu qui est en fait un loup-garou assoiffé de sang et de sexe.

Comme si ce que je racontais dans mes propres bouquins était réalisable ! C'est vrai, c'est ultra-courant les milliardaires super-bien gaulés, dieux du sexe et qui tombent fou amoureux après avoir échangé un seul regard. Ou même, d'avoir dix orgasmes à la suite. Ou encore, que le monsieur soit tellement en forme que sitôt fini, c'est reparti pour un tour.

J'ai besoin d'une autre barre de chocolat.

Revenons-en à mon exil.

Raspoutine (qui va beaucoup mieux) et moi n'en pouvions plus d'entendre les grincements du lit, les gémissements langoureux et, surtout, les « Oups, on t'avait pas vue ! ».

Pourtant, c'est pas comme si j'avais pas fait un *remake* de Passe-Partout en faisant tinter des clés à chaque détour de couloir ! J'ai même pensé à me mettre une cloche autour du cou. Mais ça plus mon gros cul, ça faisait un peu trop vache à mon goût.

Alors, nous avons fui chez Paul et Will avant que je me fasse rebaptiser Marguerite. Nous sommes nourris trois fois par jour, cajolés, dorlotés… Et en plus, chose non négligeable, ils lavent mon linge (et même mes culottes !).

Will entre dans le salon, fixe en grimaçant mes chaussettes poilues rayées de rose qui ont connu des jours meilleurs. Mes yeux sont tout de suite attirés par le paquet qu'il transporte.

Je relève la tête, à l'affût. Biscuits ? Muffins ? Cupcakes ? Je me mets en position, tel un félin attaquant une gazelle. Je vais leur faire leur fête, à ceux-là. J'en salive déjà…

— Lola, pas touche ! me lance Paul, qui a calculé mon plan machiavélique.

— Pourquoi ? demandé-je, chouineuse.

— Parce que tu as vu déjà tout le chocolat que tu as mangé ! dit-il en me montrant les emballages. En plus, après, tu ne mangeras pas au dîner.

— Promis, juste un, et je finirai mon assiette !

Will regarde Paul.

Bataille à moitié gagnée !

— Paul, laisse-la en prendre un. On ne mange pas avant deux bonnes heures, dit Will.

S'il n'était pas aussi gay, je l'épouserais !

— Si elle ne mange rien, ne dis pas que je ne t'aurais pas prévenu ! s'exclame Paul, exaspéré.

— Allez, viens, regarde ce que je t'ai apporté.

Il ouvre le paquet. J'en ai les yeux qui brillent d'émerveillement.

Lola, ne pleure pas, reste digne de ce magnifique présent qui va enchanter ta vie et tes papilles…

— Mes préférés, dis-je dans un souffle.

J'attrape délicatement mon précieux cupcake.

J'en baverais presque ! Remarque, pourquoi « presque » ?

Je commence par lécher la crème au beurre rose et onctueuse et fais rouler les petites billes colorées sur ma langue.

Délicieuse sensation sucrée…

Une fois la crème entièrement lapée, je mords dans le gâteau. Je suis sans pitié ! Il n'en sortira pas vivant. Sa merveilleuse vie de gâteau moelleux à souhait est terminée.

— Je crois qu'elle compense son manque de sexe par la nourriture, dit Paul à Will doucement.

Je tourne rapidement la tête dans sa direction et lui lance mon regard de tueuse. Effet garanti. Enfin, normalement, parce que là, j'ai les joues pleines, donc j'ai plus l'air d'un hamster psychopathe que d'une killeuse. Ce qui me vaut des éclats de rire en retour. Même Raspoutine semble se foutre de moi !

Bon, O.K., je compense peut-être mon manque de fossettes, yeux gris, doigts agiles, abdos d'acier, fesses musclées… par la nourriture. Mais c'est pas une raison pour se moquer de moi !

— Désolé, Lola, on ne voulait pas te faire de peine, me

dit Will en caressant doucement mes cheveux avant de se rendre compte qu'ils sont gras et pas d'une grande propreté.

— Non, ma puce, on dit ça pour toi. Vu l'allure à laquelle tes fesses prennent du volume, d'ici à une semaine, tu ne passeras plus la porte, ajoute Paul, très sérieux, en jetant un coup d'œil dégoûté à Will qui essuie sa main sur son jean.

— Jchhchebcbhetrertef, je réponds en lui postillonnant des morceaux de gâteau à la figure.

Vexée, je me lève gracieusement (enfin j'essaie, mais chez moi, ça fait jamais naturel) et me rends dans ma chambre. Certes, il s'agit d'une chambre d'amis, mais étant donné que mes affaires y sont étalées et roulées en boule un peu partout, je suis en droit de dire que j'ai marqué mon territoire et que c'est ma chambre !

Je m'affale sur le lit et décide de faire l'étoile de mer en attendant le souper, histoire qu'ils comprennent que j'apprécie modérément leurs blagues sur la taille de mes fesses.

Le pauvre Raspoutine essaie de me suivre, mais entortille une roue de son nouveau chariot 2.0 dans un de mes strings. Je me décide à me relever pour l'aider. Après tout, entre gras du bide, il faut être solidaire.

Quoique, depuis l'opération et grâce à son super-régime foie de volaille-salade bouillie, il a bien maigri.

Je l'attrape par la taille et le tâte : il en reste. Ça va, on est large !

— Hein, mon gros matou, entre briochés, on se comprend ? lui dis-je en lui caressant la tête amoureusement.

— MAOUOUOU, me répond-il entre deux ronrons.

Je me réinstalle sur le lit avec mon gros bébé poilu à côté de moi qui enfonce ses griffes entre les draps et les retire tout en bavant et en ronronnant bruyamment.

Je suis jeune, sexy…

Je fixe mes chaussettes qui puent (oui, j'en ai conscience et c'est ça le pire !) : mouais, pas certaine pour le sexy.

Donc : je suis jeune et pas vraiment sexy. Je vis temporairement chez un couple d'homos qui me traite comme leur fille adoptive qui viendrait d'une contrée lointaine, genre la Papouasie du Nord-Est. Ils me laissent m'acclimater à cette nouvelle vie à grand renfort de pâtisseries bien grasses, de paroles encourageantes et de beaucoup d'amour. Car oui, mes papas adoptifs m'aiment. Même si je ne me douche pas aussi souvent qu'il le faudrait, que je mange sur le canapé en laissant plein de miettes, et que je cache derrière les coussins les emballages vides car j'ai la flemme de me lever pour les jeter…

Pourquoi ils m'aiment ? Je n'en ai pas la moindre idée !

Idée de cadeau de mariage : leur acheter un teckel très affectueux. Mais seulement quand j'aurai quitté le nid. Je ne veux pas qu'il me vole la vedette !

Je passe la main sur le ventre poilu de Raspoutine qui atteint la félicité ultime, repérable entre autres par le léger filet de bave qui coule au coin de sa gueule.

Au moins, il y en a un qui aime mes papouilles.

Jerry…

Bordel ! Qu'est-ce que j'ai avec ce type ?!

C'est un truc de dingue, il ne veut pas sortir de ma tête.

Bon, O.K., il est super-canon, super-beau, super-sexy, le meilleur amant que j'aie jamais eu, un fantasme ambulant et j'en passe… Mais ce n'est qu'un mec !

Un grand, beau et super-sexy connard, mais un connard quand même !

Il faut que j'arrête de penser à lui ou à n'importe quelle partie de son corps.

Je devrais peut-être manger un autre cupcake ?

Non, ça suffit les cupcakes !

Je suis jeune et… pas vraiment sexy, mais jeune malgré tout. Je mérite mieux qu'un abruti de connard qui se sert de mon corps pour résoudre des enquêtes.

Dit comme ça, on se demande de quoi je me plains au juste !

Je fronce les sourcils. C'est vrai que grâce à lui, j'ai quand même eu des orgasmes incroyables, et j'ai pu faire des cochonneries avec un type qui est l'incarnation vivante de mes fantasmes.

Oui, mais il m'a brisé le cœur !

Je mérite un Paul et Will !

Ouais, voilà, un mec qui m'aime malgré mes grosses fesses, mes chaussettes qui puent, mon chat à roulettes (actuellement en transe d'ailleurs !), mon désordre mental (ou désordre tout court même, si on prend en compte le bordel que j'éparpille à droite à gauche). Je veux pas juste un mec, je veux… *the* mec !

Et sexy aussi, c'est important. On n'est pas superficiel, mais quand même, j'aime les tablettes de chocolat !

Pfff! J'ai pas dit que je devais penser à autre chose ?

Le boulot…

Je grimace rien qu'à l'idée que demain, ça y est, c'est la rentrée.

Je veux pas y aller !

Je suis sûre qu'en faisant du charme à Paul et Will, j'aurai droit à un mot d'excuse.

Il faut vraiment que je leur achète un teckel !

Chapitre 15

Lundi 14 octobre

7 h 12

Note pour moi-même : ne plus jamais me faire héberger par Paul et Will, pour cause d'incompatibilité d'humeur matinale. Je plaque l'oreiller sur ma tête pour ne pas les entendre, mais maintenant que je suis réveillée, c'est plutôt difficile.

— Allez, chéri, tu y es presque, plus que vingt, dit Will à bout de souffle.

Je ne veux même pas savoir vingt quoi !

Je ne comprends pas comment on peut faire de la gym si tôt le matin… Je n'ai rien contre le sport, étant moi-même assez sportive, mais pas le matin ! Le matin, c'est sacré ! Je m'enroule dans ma couette et y enfonce la tête. Il faut être un peu raisonnable : le matin, c'est fait pour dormir. Il y a tout le reste de la journée pour transpirer.

Paul et Will forment un couple soudé. Ils se soutiennent mutuellement.

Paul rêve de devenir acteur, alors Will l'aide à se maintenir en forme. Ils vont courir ensemble une heure tous les matins, font, ensemble, des exercices genre abdos et tout, puis ils prennent leur douche, toujours ensemble, et préparent le petit déjeuner en s'échangeant des mots doux.

Le cauchemar ultime pour célibataire. Enfin, une horreur, quoi !

Pendant le petit déjeuner, je rêve de leur jeter des tartines à la tête ou bien de m'immoler par le feu. Tous ces sentiments me collent une terrible envie de vomir des arcs-en-ciel et de péter des paillettes. Mais je reste quand même chez eux. Je deviens peut-être maso, ou bien c'est les pâtisseries de Will.

D'ailleurs, rien que d'y penser, j'en ai l'eau à la bouche.

Je me lève, morose, pour ne rien changer à mes habitudes de ces derniers jours.

Jerry…

Il ne veut pas sortir de ma tête, c'est horrible. Du matin où je me lève au soir où je me couche, il ne quitte pas mes pensées. Je suis condamnée à rester seule, vieille fille, enfant adoptif d'un couple gay qui me gave de pâtisseries et de bons sentiments alors que moi, j'ai envie de guerre, de sang, de vengeance… C'est comme si on m'avait vendu *Scarface* et qu'à la place je visionnais en boucle *Autant en emporte le vent*. Je suis obligée de mettre Manu Chao tous les matins pour redonner à mon côté révolutionnaire un peu de hargne. Oui, parce qu'avec Céline Dion, ça ne marche pas terrible !

J'arrive dans la cuisine, boudeuse, dans mon pyjama rose avec des cochons.

— *Hello*, rayon de soleil, me lance Paul, tout joyeux.

Auquel je réponds par un grognement. J'ai pas envie d'être un rayon de soleil. Je veux être le tonnerre, la tempête, la malaria.

Ouais, la malaria, c'est cool, ça! me dis-je avec un sourire diabolique.

— Je t'ai fait des croissants, beauté, dit Will dans un dernier espoir de faire apparaître un semblant de bonne humeur.

Je lui lance un regard du genre « Laisse tomber, je suis un Grinch, pas une fée clochette ».

Paul et Will se regardent avec un air entendu. Qu'est-ce qu'ils mijotent encore ?

Si c'est pour me caser, même pas la peine d'y penser ! Qu'un individu de sexe masculin s'approche trop près de moi et je lui coupe les couilles avec les dents. Je suis à la limite de montrer les crocs comme un chien enragé.

— J'aimerais que tu sois mon témoin au mariage, me dit Paul, visiblement très ému.

Je ne sais pas quoi dire, c'est tellement gentil ! Je ne dis rien, c'est mieux finalement, et les prends dans mes bras. Nous voilà partis pour un gros câlin les yeux humides. Je chouine un bon coup et croque dans mon croissant, un peu de meilleure humeur qu'il y a cinq minutes.

J'avoue que je suis contente. Mon moral n'est toujours pas au beau fixe, mais ça me fait plaisir de participer à ce moment si important pour eux.

— Bon, maintenant, tu vas sous la douche. Et surtout, tu frottes bien fort, me dit Paul en insistant bien sur les derniers mots.

— Ouich, mon cromandant, je lui réponds, la bouche pleine de croissant.

Je me dépêche. Tout ça m'a mis du baume au cœur. J'en aurais presque hâte de reprendre le boulot !

J'ai dit *presque* ! On va pas abuser quand même, je suis toujours l'assistante du Dragon.

J'avoue que je me suis quand même inquiétée pour mon

poste quand j'ai appris que Jerry n'était pas le fils du défunt Joseph Hamlish. Je me suis posé mille et une questions à propos de l'avenir de HEH. C'est là que j'ai découvert qu'en réalité, c'est le conseil d'administration qui gère l'entreprise (bien évidemment, j'étais tout à fait au courant que nous avions un conseil d'administration !). Ce qui fait que mon travail n'est pas menacé par le spectre d'héritiers peu scrupuleux qui voudraient vendre la boîte en pièces détachées.

Suite à une conversation avec Paul, pour qui ce superconseil de choc n'a aucun secret, j'en sais désormais plus. Pas tout non plus, vu que je n'ai pas écouté la totalité de ses explications : il y avait des dessins animés à la télé au même moment.

Ça devient nécessaire que je m'intéresse un peu plus à la vie de mon entreprise. Nécessaire, mais pas non plus vital.

Je me donne encore un peu de temps pour laisser mon côté pro faire son *coming out*. En plus, j'ai peur que si je me gâche toutes ces petites surprises, HEH et moi tombions dans une sorte de routine néfaste à notre entente actuellement si cordiale.

Une fois ma douche terminée, je me sens propre et prête à affronter le monde extérieur.

Je vais casser du Dragon *today* !

Je me mets même à chantonner *Kung Fu Fighting* en faisant des figures bizarres qui, dans ma tête, sont censées être du karaté. Je lève la jambe, tords du popotin, fais de grands mouvements de bras et, pour finir, lâche un « YAAA » tout droit sorti du fond de ma gorge.

Pour être au top aujourd'hui, je sors mon arme fatale : mon ensemble Aubade noir.

Avec ça, tout est maintenu comme il faut et mis en beauté.

Mon reflet ne m'apprend rien de bon. Il est clair que j'ai grossi. J'observe mon bide, mes nichons et… au secours, mes fesses !

Plus de cupcakes, maintenant, l'affaire est grave ! Je dirais même qu'il s'agit d'une urgence capiton et peau d'orange ! Je… Oh ! là, là, là, je fais un demi-tour sur moi-même, c'est pas vrai ! J'attrape la peau de mon ventre, tire dessus, fais de même pour mes cuisses. Je ne peux pas sortir comme ça !

Il est clair que je ne peux pas aller au boulot aujourd'hui… Les mauvaises langues diront qu'il s'agit d'une excuse supplémentaire et, effectivement, ils auront raison !

Je pourrais prétexter que j'ai mal à la tête, que je me sens mal, peut-être même fiévreuse…

Mouais, je ne vais pas pouvoir faire ça éternellement ! Il faudra bien que je sorte à un moment ou à un autre… En plus, je sais que si je reste chez Paul et Will, mon derrière va continuer à enfler encore et encore… Jusqu'à *explosion* !

Bon, Lola, il faut réagir. Plan commando anti-capiton !

Plus de cupcake. Non, un cupcake. Voilà, un cupcake par jour. Peut-être deux les jours où j'ai une activité plus soutenue. D'ailleurs, aujourd'hui, reprise de boulot, donc j'ai droit à deux, peut-être même trois en cas de gestion de Dragon difficile. Je continue mes calculs savants tout en enfilant un chemisier noir, une jupe crayon et mes escarpins.

En enfilant ma veste, j'ai atteint un total de six cupcakes par jour difficile.

Je me sens mieux maintenant que j'ai mis en place un plan de régime plus sain.

Je me sens même en paix avec moi-même !

Je suis prête…

*
* *

Je jette un coup d'œil à ma montre : 8 h 42.

Bordel ! Je n'ai jamais été aussi à l'heure au bureau de toute ma vie !

Tout me semble différent…

Les couleurs sont moins vives, il y a plus de monde aussi. Je les observe un instant et remarque leur démarche hâtive. Il règne une sorte de tension… Je n'avais jamais remarqué à quel point les gens sont pressés d'aller travailler !

— En tout cas, je suis très fier de toi, Lola, me dit Paul. J'avoue que je pensais avoir du mal à te bouger le matin. Tu le sais, je ne supporte pas d'être en retard.

— Mouais, je suis au courant, lui dis-je, toujours obnubilée par l'ambiance étrange.

— C'est toujours comme ça ? finis-je par lui demander.

— Euh, quoi ?

— Il y a toujours autant de gens qui courent partout ?

— Non, là, ça va. Je fais exprès d'arriver bien en avance, sinon je suis obligé de faire la queue pour monter dans l'ascenseur. Enfin, c'est une horreur !

— Vraiment ? lui dis-je, sous le choc.

— Ben oui, pourquoi ?

— Moi, quand j'arrive, il n'y a jamais personne et l'ambiance est plus cool.

— Lola, c'est normal, tu arrives à 9 h 30. La plupart du temps, tout le monde travaille déjà !

— Oui ben, c'est bien mieux ! Tu devrais y penser.

— A moins d'avoir été retardé par un cataclysme ou une armée de zombies, non !

— C'est quoi, ton truc avec les zombies ? T'es trop bizarre parfois !

— Il y a beaucoup de monde qui aime les histoires de zombies, dit-il un peu vexé.

— Beurk ! Moi, un truc mort qui se promène dans les rues de New York, je trouve ça vraiment… flippant ! Ouais, dégueulasse et flippant.

— Je crois que c'est ce qui fait l'intérêt de la chose, me dit-il en rigolant.

Je le regarde de travers un moment. Après tout, les zombies, c'est son truc, je ne vais pas le faire chier avec. C'est pas comme s'il aimait torturer les animaux et les enterrer au fond du jardin.

Mais c'est quand même dégueulasse et flippant !

Le teckel, c'est vraiment une bonne idée. En plus, il bouffera peut-être les affreuses figurines qui sont dans l'entrée. J'ai essayé de les faire croquer par Raspoutine (un peu, pas grand-chose, juste histoire de les défigurer suffisamment pour qu'il les jette), mais rien. Pourtant je les avais enrobées de surimi ! Sauf que monsieur le chat est fourbe ! Il a bouffé le surimi, mais pas la figurine. Il l'a un peu léchouillée et c'est tout. Bon, après, j'ai dû trouver une explication au fait qu'elles avaient étrangement changé de place (personne ne doit les toucher) et qu'elles sentaient le crabe chimique. Je me suis lancée dans une histoire de chariot, de surimi qui se trouvait à l'endroit exact de la chute, de *Toy Story* et de jouet vivant. En bref, de quoi faire une super-production hollywoodienne ! J'ai l'impression qu'il n'y a pas cru une seule seconde. Pourtant, ça semblait plausible… dans ma tête.

Une fois dans l'ascenseur, je me dis que cette cage en inox ne me semblera plus jamais la même.

Est-ce qu'un jour j'arriverai à l'oublier ?

Je soupire de dépit.

Non.

Je me voûte et me dis que la journée va être longue, vraiment longue ! Je crois que je vais commencer par cracher dans le café de Natacha. C'est le genre de truc qui me met toujours de bonne humeur.

Tiens, quand on parle du Dragon, on voit le bout de ses Louboutin.

Je re-regarde ma montre et constate qu'il n'est que 8 h 50 ! Mais qu'est-ce qu'elle fout déjà au bureau ? De toute évidence, cela ne semble pas surprendre Paul non plus. J'ai l'impression d'être dans un monde parallèle !

Au secours…

J'ai été transportée dans un monde étrange où je suis à l'heure au boulot, où il y a des gens bizarres qui courent de partout, animés par une seule volonté : *travailler.*

J'en ai des frissons d'effroi…

— Dites-moi, Paul, vous faites des miracles ! lui lance-t-elle en me regardant d'un air dédaigneux. Non seulement vous avez réussi à faire venir Lola avant 9 h 15, mais en plus elle ressemblerait presque à quelque chose.

— Oui, comme quoi les miracles existent, dit-il fièrement.

Non mais j'hallucine ! *« Elle ressemblerait presque à quelque chose ! »* répété-je dans ma tête d'une voix nasillarde.

Je jette un coup d'œil mauvais à Paul qui se redresse aussitôt et efface son sourire de son visage perfide (car oui, là, tout de suite, je le trouve perfide !).

— Quant à vous, Natacha, je constate que vous êtes égale à vous-même, je lui sors avec un sourire faussement sympathique.

C'est-à-dire avec une gueule aussi tendue qu'une ficelle de string !

Je l'examine un instant et me dis que j'ai vraiment bien fait de ne pas faire appel à son super-médecin. Je préfère avoir ma tronche avec mon nez de traviole que la sienne !

Elle me répond vaguement un truc, mais mon esprit est déjà loin… Il y a un super-dicton qui dit : « La bave du vilain crapaud botoxé n'atteint pas la blonde colombe super-sexy. » Bon, ce n'est peut-être pas exactement ça, mais peu importe, l'essentiel y est !

— Je vais dans mon bureau, dis-je pour couper court à cette conversation qui m'ennuie ostensiblement.

J'ai décidé d'être une rebelle aujourd'hui. Je les honore déjà de ma présence, il ne faut pas trop m'en demander non plus !

J'entre dans la pièce, m'installe dans mon fauteuil et me sens déjà plus à l'aise.

Pourquoi je suis venue déjà ?

Pfff, peu importe, de toute manière, il fallait bien reprendre un jour. En plus, il y avait rien à la télé aujourd'hui.

Bon, allez, Lola, motivation…

J'allume mon ordinateur et attrape mon sac pour sortir mon portable.

Et merde ! Je savais bien que j'avais oublié un truc !

C'est idiot alors ! Il va falloir que je retourne le chercher !

On ne sait jamais ! Après tout, je me suis fait kidnapper il n'y a pas si longtemps que ça ! Etant donné que l'on m'a retrouvée grâce à une de ces merveilles technologiques, je ne peux décemment plus m'en passer.

Que c'est ballot ! Le travail va devoir attendre… Non, je ne suis pas du tout de mauvaise foi !

Je quitte rapidement mon siège et pars à la recherche de

Paul. Je le trouve en train de mettre en place les muffins et de faire du thé.

— J'ai oublié mon téléphone à la maison, lui dis-je, surexcitée à l'idée de partir déjà du bureau.

— Ce n'est pas grave, je vais appeler Will pour qu'il te l'apporte.

— Pas la peine de le déranger, on n'est qu'à cinq minutes de chez toi, je peux faire l'aller-retour.

— Mais il est presque 9 heures.

— Tu ne vas pas embêter Will pour ça. Il est déjà au boulot, il ne va pas fermer le salon juste pour mon téléphone. C'est pas comme si je n'avais pas l'habitude d'être en retard. Pour deux minutes, je devrais m'en remettre.

— Toute seule ?

— Oui, c'est bon, c'est à cinq minutes, je fais vite.

— Tu es sûre, Lola ? Parce que je vois bien que, depuis quelque temps, tu refuses de rester seule et…

— Ne t'en fais pas, ça va aller, je fais vite, dis-je, déjà en chemin.

Je ne lui laisse pas le temps de formuler une nouvelle objection. Sans compter que je trouve ça trop bizarre d'être à l'heure au travail. Un jour de reprise, il ne faut pas trop forcer.

Il me semble, de mémoire, avoir vu un cupcake survivant dans le frigo. Je ne peux décemment pas le laisser passer une journée tout seul dans le froid et le noir… *Pauvre cupcake…* Je lui réserve une tout autre destinée !

*
* *

New York, 9 heures, c'est l'heure de pointe. Tout le monde se rend au boulot.

Quelle galère !

Je me glisse entre les groupes de piétons en évitant de me faire piétiner. Heureusement, je ne suis pas bien grande, ça facilite les choses.

Paul et Will vivent dans un appartement aménagé juste au-dessus du salon de thé. C'est bien pratique, car ce n'est pas loin du travail et il y règne toujours une odeur de pâtisserie pas désagréable du tout. Ce qui doit expliquer ma faim constante quand je suis chez eux !

J'arrive à destination en moins de temps qu'il n'en faut pour le dire. Je m'engage dans la petite rue adjacente pour atteindre directement la porte d'entrée. Je salive d'avance à l'idée d'engloutir la précieuse pâtisserie. Je sais, j'avais dit que pour le bien de mon postérieur, je devais freiner ma consommation. Mais j'ai marché vite, slalomé entre des hordes de gens moroses, donc je mérite amplement mon dû si gras et si sucré…

— Lola.

Je stoppe net, je ne me retourne pas. Je n'en ai pas besoin, je reconnais cette voix. Elle me hante chaque jour depuis qu'il m'a laissée, qu'il m'a brisé le cœur.

Je ne bouge plus. Je suis tétanisée.

Il resurgit alors que j'essaie désespérément de me débarrasser du souvenir de ses mains, de ses yeux, de ses *caresses*…

— Je t'en prie, Lola, juste deux minutes, je…

Je me passe nerveusement une main sur la figure.

Je n'en sais rien…

J'ai désespéré toute la semaine car il ne m'a jamais rappelée et qu'il m'a laissée tomber comme une vieille chaussette pourrie et aujourd'hui… Monsieur revient la bouche en cœur, les yeux gris affûtés, la fossette aiguisée, l'abdo saillant et j'en passe !

Je me pince l'arête du nez. Je sens poindre une migraine de la mort qui tue.

Le silence s'installe entre nous, engendrant une tension à laquelle mon corps réagit malgré moi.

Je ne veux pas, je ne veux plus ressentir tout ça…

Merde !

Je ne mérite pas ça…

Tout ce chocolat ingurgité par sa faute ! Je ne dois pas replonger. Pour moi, le Sexy-Fossettes, c'est *finish* !

Je ferme les yeux, tente de me ressaisir, de trouver un point d'ancrage. Peu importe, j'ai beau me dire que pour lui tout ça n'est qu'un jeu, je n'y arrive pas. Pour moi, il n'a jamais été question de jeu, mais de vrais sentiments. Je lui ai accordé quelque chose que je n'avais plus accordé à qui que ce soit depuis longtemps, bien longtemps. Je l'ai laissé s'insinuer dans ma vie, dans mon lit, dans ma tête, *dans mon cœur…*

Et pour lui, rien de tout cela n'avait d'importance. Il m'a abandonnée sans explications, *sans se retourner.*

Je n'ai pas le temps de réfléchir plus avant : il m'attrape par les épaules, me retourne, saisit mon menton et me force à relever la tête.

— Lola.

Mon prénom est comme une caresse sur ses lèvres.

Une indécente caresse… Lola, ne recommence pas avec tes films, reprends-toi…

— Ouvre les yeux, regarde-moi, hurle-t-il.

Je ne dis rien et le fixe. Je reste froide, distante. Je me contrôle du mieux que je peux.

Il recule d'un pas ; j'ai l'impression de l'avoir frappé.

Si je devais reprendre le décompte des points, je dirais :

Lola : 100000 (avec un supplément de 50000 points au moins pour une ingurgitation record de chocolat).

Sexy-Fossettes : 5 (c'est moi qui compte les points, alors je fais ce que je veux !).

Il semble si perdu, si *triste*…

Une terrible envie de le câliner me prend, mais je me retiens.

Je veux le voir ramper d'abord et après, peut-être, je dis bien peut-être, je le câlinerai.

Est-ce qu'il est vraiment triste au moins ?

Après tout, s'il voulait vraiment me voir, il en avait l'opportunité, ou, au moins, il aurait pu me rappeler. Comment c'est possible de jouer aussi bien la comédie ? Moi, j'en suis incapable.

Une larme roule sur ma joue, sans que je puisse l'arrêter.

Les forces me quittent petit à petit, me laissant à la merci de son regard. Trop tard, je suis happée par un océan de gris. Je m'y noie, et plus personne ne peut rien pour moi. Je chavire, ma respiration se bloque.

Ai-je vraiment envie de m'en aller ?

La réponse me frappe de plein fouet : *non*.

Je préfère rêver plutôt que d'affronter la vérité. Je veux rêver qu'il est à moi, qu'il m'aime autant que moi je l'aime, qu'il a autant besoin de moi que moi de lui.

Il m'attrape brusquement par la nuque et pose ses lèvres sur les miennes. J'ouvre la bouche de surprise. Il en profite pour immiscer sa langue.

Encore une fois, je ne l'ai pas vu venir ! Il va falloir que je travaille mes réflexes anti-baisers-surprises !

Il me serre si fort contre lui que je ne suis plus en mesure de bouger le moindre muscle. Ses lèvres sont sur les miennes, sa langue caresse doucement la mienne. Il m'entraîne dans un ballet où la passion et l'abandon règnent en maître. Il n'y a pas d'amour dans ce baiser, juste du désespoir et un sentiment d'urgence.

J'ai l'impression de rentrer chez moi après une longue absence… *une trop longue absence.*

Je me laisse envahir par ce baiser, laissant mes interrogations de côté. Ma langue effleure lentement la sienne, mes mains remontent le long de son corps, savourant chaque centimètre se présentant sur leur chemin, jusqu'à se perdre dans ses cheveux trop longs. Il attire mon corps encore plus près. Je sens son cœur battre fort, très fort, trop fort, à moins que ce ne soit le mien, ou l'association du sien et du mien.

Je ne sais plus où j'en suis, je suis perdue…

Comment arrive-t-il à me faire ressentir tout ça ?

Il interrompt son baiser. Je reprends ma respiration, l'air s'insinue doucement dans mes poumons.

Son corps courbé recouvre le mien, je me sens toute petite dans ses bras. Il niche sa tête au creux de mon cou, son souffle chaud est comme une caresse. Ses mains m'agrippent tellement fort que j'ai l'impression que ses doigts vont finir par transpercer ma peau. Pourtant, je n'ai pas mal, je me sens bien, à ma place dans ses bras, blottie contre sa large carrure.

Je le veux encore, qui qu'il soit…

Il gagne, je perds.

Je lui laisse ma vie, mon cœur, mon esprit, qu'il prenne tout.

Sans attendre, je me jette sur lui comme si je venais de trouver une oasis en plein désert. Et dire que je suis perdue dans ce foutu désert depuis qu'il est parti.

J'ai même arrêté de respirer, de vivre…

Bon, c'est vrai que j'ai mangé beaucoup de cochonneries, on ne va pas se mentir !

Mais j'ai souffert… terriblement souffert.

Et puis, comme l'ont dit Paul et Will, je compense mon manque de sexe par la bouffe, alors, sauvons mes fesses…

Je plaque sa massive silhouette contre l'un des murs crasseux de la ruelle, saisis sa tête entre mes mains et pose mes lèvres sur les siennes. Nos langues se battent en duel, nos mains se parcourent, vérifiant que tout est bien là.

Bordel, il est si… Et puis si…

A l'abri des regards, dans la ruelle, nous laissons nos corps s'embraser. La tristesse laisse place à la passion, la douceur à la brutalité.

Il m'attrape à son tour et inverse la situation : moi contre le mur, lui contre moi.

Ses mains se frayent un chemin sous ma jupe, caressant la dentelle de mes bas. D'un geste sûr, il arrache mon string, attrape mes fesses et me soulève. Je cale mes cuisses sur ses hanches, croise les pieds pour maintenir l'équilibre, défais la ceinture de son pantalon et le libère. Il entre en moi sans attendre, laissant échapper un gémissement.

Je savoure chaque sensation, me sentant de nouveau vivante. Il m'emporte loin, très loin… Chaque coup de reins m'entraîne un peu plus loin dans un univers de plaisirs insoupçonnés… Plus rien n'existe à part cet instant, ces sensations, lui, moi, *nous*.

Je sens quelque chose de chaud couler le long de mon visage, il pleure, je pleure, nos larmes se mélangent.

Je ne suis pas préparée à ressentir ça, comme ça…

Il entre tellement fort en moi que j'ai l'impression qu'il veut s'y perdre.

J'aimerais que ça dure toujours, mais comme tout à une fin, il hurle mon prénom et je le sens venir en moi.

Nous restons enlacés un moment contre le mur froid et sale de la ruelle. Il ne me lâche pas. Nous continuons à nous embrasser, à nous toucher, sans dire un mot.

Je sais que dès que nous nous séparerons ce sera fini et je veux y croire encore un peu, juste un peu… Nos lèvres se séparent, mais nos corps restent imbriqués. Il me regarde, les yeux encore brillants de larmes.

— J'ai tellement de choses à te dire, Lola, déclare-t-il d'une voix tremblante.

Je déglutis.

Je sais que je ne devrais pas lui montrer à quel point il me touche. Mais je ne sais pas mentir, dissimuler ce que je ressens. Je ne sais qu'être moi, entière.

Je devrais m'écarter de lui, lui faire une scène, me montrer plus digne, me dire que je mérite mieux, mais je préfère rester perdue dans ses yeux et caresser les traits parfaits de son visage.

Il colle son front contre le mien. J'entends les battements rapides de son cœur.

— Lola, j'aimerais tellement être quelqu'un d'autre… C'est juste que je suis…

Il m'embrasse. Il semble tellement perdu.

Je ne sais pas quoi faire. Je le veux tellement, mais j'ai

peur de me détruire à petit feu… Je ne suis pas sûre d'avoir la force de m'abandonner…

— C'est tellement compliqué, me dit-il d'une voix inaudible.

Il me regarde, espère. Je tente le tout pour le tout.

— Dis-moi, montre-moi qui tu es. Fais-moi confiance, lancé-je, incertaine.

— Je te fais confiance, me dit-il avec un léger sourire.

Ses lèvres caressent voluptueusement la peau délicate sous mon oreille. Il niche son visage dans mon cou, en inspirant mon odeur comme s'il voulait s'en imprégner.

— Ce n'est pas si simple, souffle-t-il.

Il caresse les contours de mon visage du bout des lèvres et reprend :

— J'étais censé rester loin de toi, mais je ne peux pas… je ne peux pas te laisser. Je ne suis pas quelqu'un de bien, ton père a raison, soupire-t-il. Encore une fois, je te mets en danger, ajoute-t-il en secouant la tête.

— En danger ? Mon père ? Tu as parlé avec mon père ?

— Je n'ai pas beaucoup de temps, Lola. C'est pas important…

— Pas important ?! le coupé-je.

Je le pousse, m'écarte de lui et arrange ma jupe.

Je sens la moutarde me monter au nez.

C'est quoi cette histoire encore ?

— Pour moi c'est important, Jerry ! J'ai le droit de savoir en quoi tu me mets en danger et ce que mon père a à voir dans cette histoire. J'en ai marre que tu me prennes pour une idiote. Je ne suis peut-être pas la personne la plus intelligente de la Terre, mais je mérite mieux que des « C'est compliqué », « C'est pas si simple » ou, encore mieux, « Je ne peux rien dire, c'est classé top secret » ! Je n'aime pas ce que tu me fais ressentir. Je n'aime pas avoir l'impression d'être une espèce de chamallow stupide qui fond et dont la petite culotte s'échappe devant un simple sourire. Je n'aime pas ton prénom non plus. Jerry, c'est trop nul !

Je m'arrête, à bout de souffle. J'ai l'impression d'avoir parcouru au moins dix kilomètres en courant. Ma poitrine monte et s'abaisse au rythme saccadé de ma respiration.

Qu'est-ce qui m'a pris ? Putain !

Des larmes coulent le long de mes joues. Je n'ose pas le regarder.

Pourquoi il ne bouge pas ? *Bordel, Jerry, parle, dis quelque chose, n'importe quoi !*

— Je t'aime, Lola, déclare-t-il simplement.

Je lève les yeux. J'ai mal entendu ? Il vient bien de dire ce que je crois qu'il vient de dire ?

Mon cœur bat à tout rompre.

J'ai des hallucinations auditives ?

Je le détaille. Il se tient raide comme un piquet et ne semble pas très à l'aise.

— Je t'aime à en mourir, et c'est d'ailleurs ce que je risque pour être venu te voir. Je ne peux rien te dire, car je ne suis sûr de rien. C'est compliqué, parce que je n'ai jamais aimé autant que je t'aime. Et c'est pas si simple, parce que ma vie ne l'est pas. Quant à mon prénom, ce n'est pas moi qui l'ai choisi.

Je crois que je viens d'avoir une attaque cérébrale.

Il m'aime ?

— Pour de vrai ? demandé-je, incrédule.

— Oui, Lola, pour de vrai, dit-il d'une voix faible.

Il lève un bras, hésite, puis finit par caresser doucement ma joue avec le dos de sa main. S'il m'aime vraiment, pourquoi me torture-t-il comme ça ? Pourquoi ne m'a-t-il pas rappelée ? Pourquoi m'a-t-il abandonnée ?

Quand on aime quelqu'un, on ne le fait pas souffrir de cette façon. On le respecte et on fait en sorte que chaque jour passé avec lui soit extraordinaire. On ne l'abandonne pas…

— Je dois aller au travail, je vais être en retard, lui dis-je en écartant sa main, complètement sous le choc.

— Tu ne pars pas dans la bonne direction, me dit-il en fronçant les sourcils.

— Je ne suis pas complètement idiote. Je le sais. Mais j'ai oublié mon téléphone. Donc d'abord je le récupère, et ensuite je vais… au boulot, je lui réponds, encore sous le choc.

— Je… je ne comprends pas. Je veux dire, tu as le droit de… que ce ne soit pas réciproque. Mais je ne comprends pas pourquoi tu es en colère, demande-t-il, de plus en plus agité.

— Je ne suis pas en colère, je suis juste… Je ne sais pas, Jerry… Tu croyais quoi, hein ? soupiré-je, et je me hâte pour atteindre la porte avant de craquer.

— Arrête de courir et calme-toi, on peut discuter, me crie-t-il en essayant de me rattraper.

Pourquoi ai-je mis des talons aussi hauts aujourd'hui ?

Et une jupe aussi serrée ?

— D'abord, j'ai pas envie de me calmer. Ensuite, je veux plus te parler, je reprends, hors d'haleine.

— Pourquoi ? Laisse-moi une chance…

— Une chance de quoi ? le coupé-je en pleurant encore plus. Tu me dis toutes ces choses, mais je ne les comprends pas. Si tu m'aimes, pourquoi tu m'as abandonnée ? Si tu m'aimes, pourquoi tu t'es servi de moi ? Si tu m'aimes, pourquoi tu m'as menti ?

— Je ne t'ai pas abandonnée, dit-il faiblement. J'ai

essayé plusieurs fois de t'approcher, mais tu ne sortais pas ou, quand c'était le cas, tu n'étais jamais seule. Et je ne me suis pas servi de toi…

— Et ton enquête sur moi ? crié-je.

— Mon enquête n'a rien à voir avec nous. Je n'ai jamais été avec toi par intérêt, bien au contraire.

Je n'en démords pas, je suis blessée dans mon amour-propre.

Je reprends mon chemin, furieuse, mais il m'arrête et me bloque contre la porte. Je sens le poids de son corps contre le mien, sa chaleur m'enveloppe et je chavire déjà.

— Lola, ne pars pas comme ça, je t'en prie. Je suis désolé, reprend-il avec tristesse en nichant la tête dans mon cou. Désolé d'être parti et de t'avoir menti. J'aurais aimé rester avec toi, mais je ne peux pas. Et que tu me croies ou non, j'en souffre énormément.

— Pourquoi tu m'as dit que tu m'aimes ?

— Parce que c'est ce que je ressens. Je suis tombé amoureux de toi dans ce foutu ascenseur.

— Alors pourquoi tu ne me le dis que maintenant ?

Il finit par relever la tête et me sort son arme ultime contre les petites culottes récalcitrantes, le regard qui tue, assorti de sa fossette ultra-sexy.

— J'espérais qu'un jour tu ressentes ce que je ressens et que ça aurait été plus simple à avouer, je pense.

— Et qui te dit que je ne ressens pas la même chose ?

— Ne joue pas avec moi, Lola.

— C'est toi qui as commencé, je reprends d'une voix charmeuse.

L'atmosphère devient électrique. Je sens déjà l'excitation revenir. Il plonge ses yeux dans les miens, fixe mes lèvres avec gourmandise. Sa main droite glisse le long de mon corps. Ses doigts frôlent ma poitrine, mon ventre, mes cuisses. Il relève ma jupe et caresse mes fesses sans me quitter des yeux.

— Dis-le, m'ordonne-t-il.

— Non.

Il me plaque de nouveau contre le mur. Ses mains pétrissent vigoureusement mes fesses. J'écarte les cuisses, je veux le sentir contre moi. Mon sexe nu et humide frotte contre le tissu tendu recouvrant son entrejambe. Nos lèvres se touchent presque, nos souffles ne font qu'un. Je le sens se raidir contre moi.

— Dis-le, souffle-t-il contre mes lèvres.

— No…

Il ne me laisse pas finir et m'embrasse. Pas comme la première fois. Il est plus doux, plus sincère. Je prends enfin conscience de ses paroles et lui rends… avec mon *cœur*.

Quand il me pénètre une nouvelle fois et que je le sens en moi, je le laisse me faire l'amour à l'abri des regards, à quelques mètres des passants qui se hâtent. Je lui offre mon corps dans le brouhaha new-yorkais. Et quand il se décharge en moi, je lâche prise tout entière, lui abandonnant mon amour et mon âme.

Il m'embrasse, encore et encore. Quand il s'arrête, je nous vois dans ses yeux, ce qui me fait sourire… comme une imbécile.

On peut toujours essayer, mais dans le fond, on ne change jamais vraiment…

— Il va falloir que je parte. Tu m'attendras ? demande-t-il tout en passant sa main chaude sur la peau fraîche de mes fesses.

— Peut-être, je lui réponds, joueuse.

— Promets-moi que tu m'attendras, dit-il en faisant glisser doucement le bout de son nez le long de mon cou.

— J'en sais rien ! Tu as un nom de personnage de dessin animé, des yeux bizarres, et tu es un foutu tueur de petites culottes !

— Un tueur de petites culottes ? reprend-il en rigolant.

— Euh, oui, monsieur ! Tu crois que ce genre de petites choses, c'est gratuit et que ça vient tout seul dans mon armoire ? lui signifié-je tandis que je remonte ma jupe et expose mes fesses nues à son regard inquisiteur afin de lui montrer l'objet du litige.

Je prends une mine boudeuse et son sourire se fait plus sensuel. Son corps se rapproche encore de moi…

Bordel, j'ai bien chaud tout à coup !

Il pose doucement ses lèvres sur les miennes et m'emporte dans le baiser le plus hallucinant que l'on ne m'ait jamais donné.

Lorsque je rouvre les yeux, il est déjà parti. Encore…

Une boule se forme au fond de ma gorge, ma vue se trouble, mais mon cœur est gonflé à bloc.

J'ai l'impression d'être sur des montagnes russes émotionnelles avec lui : le calme, la tempête, la passion, tout un tas d'émotions que l'on n'est pas censé ressentir en l'espace de quelques minutes.

Il me demande de l'attendre.

Et il dit qu'il m'aime…

Des larmes coulent le long de mes joues et un sourire béat se dessine sur mes lèvres.

Je n'ai plus si faim que ça finalement.

J'entre dans l'appartement faiblement éclairé et me couche sur mon lit. Raspoutine vient me rejoindre en ronronnant déjà.

Normalement, aujourd'hui, je devais reprendre une vie normale, mais je ne suis plus vraiment certaine que ce soit le bon jour.

Je réessaierai demain, ce sera peut-être plus simple…

Je me hâte. Je presse le pas. Je tente d'effacer ce sourire idiot de mon visage, mais il semble s'être figé.

Elle m'attendra, je le sais, j'en suis certain.

En fait, non, je ne peux pas en être certain…

Je me renfrogne, tendu. Mon sourire disparaît et mon expression redevient neutre.

J'ai pris des risques énormes en allant la voir, je le sais, mais il le fallait. Je n'en pouvais plus d'être loin d'elle, j'avais besoin de la voir, de lui expliquer, *de m'expliquer…*

Je me passe une main dans les cheveux, histoire de remettre un peu d'ordre dans ma chevelure ébouriffée par le vent.

Finalement, ça ne s'est pas si mal passé que ça !

Mes lèvres s'étirent de nouveau au souvenir de nos ébats dans la ruelle.

« Tueur de petites culottes ». Je souris : il n'y a que Lola pour avoir des idées pareilles !

J'ai massacré un homme à mains nues devant elle et ce qu'elle retient, c'est que j'ai des yeux hypnotiques et que je suis un tueur de culottes. Ça, je ne suis pas près de l'oublier !

Comment ne pas tomber fou amoureux d'une fille pareille ?

La réalité me rattrape immédiatement.

Merde, j'ai été repéré.

Je savais que la retrouver était risqué.

J'accélère, fends la foule, me fraye un chemin entre les

groupes, esquive, entre dans une boutique, puis ressort par une autre. New York et ses New Yorkais toujours pressés sont du pain béni pour moi. J'emprunte une ruelle, puis une autre, et constate qu'ils me talonnent.

Je me précipite dans une ruelle perpendiculaire et m'arrête net.

J'ai perdu, je le sais.

— Jerry, me dit-elle de sa voix charmeuse.

Je ne réponds pas, contracte la mâchoire.

— Petit J. a perdu sa langue, déclare-t-elle en me scannant de haut en bas.

Un regard à droite puis à gauche m'apprend que je suis encerclé.

Un ricanement s'échappe de ma gorge lorsque je détaille mes assaillants.

Donc c'était ça... Pour ça, que je ne trouvais aucune réponse.

Pour elle, je savais, j'avais compris. Pas tout de suite, loin de là ! Ce qui m'a mis la puce à l'oreille, c'est le compte rendu : une femme, *une connaissance de Lola...*

Mais c'est surtout à l'hôpital, son attitude, ce dédain à peine camouflé, la façon dont elle me regardait.

— Le code ? dis-je en rigolant.

— Je vois que la situation t'amuse, me dit-elle, visiblement vexée par ma réplique.

L'un de ses gorilles, mais également un de mes plus proches coéquipiers, me passe un Serflex autour des poignets. Il me regarde attentivement, semble évaluer ma réaction.

Qu'est-ce qu'il espère ? Je suis J., et non un petit merdeux qui se laisse facilement intimider.

Il me bouscule pour me faire avancer jusqu'à une camionnette garée le long d'un trottoir.

En chemin vers le véhicule, tout se met en place dans ma tête.

Je me rends compte qu'il n'y a pas d'enquête, qu'il n'y en a jamais eu.

Lola, la famille Morell, la fuite d'informations des bases de données… Tout ça n'était que du vent.

Mais c'est quand les portes de la camionnette s'ouvrent que je prends conscience de l'étendue de mes problèmes.

Comment ai-je pu passer à côté de ça ?

Chapitre 16

Avant d'envisager l'avenir, il faut faire face à son passé…

Un mois plus tôt…
Samedi 21 septembre

Je traverse la grande salle bleue sans prêter attention aux écrans et aux divers agents.

Au début, j'avais l'impression d'être un gosse dans un magasin de jouets. J'étais fasciné par tout ce qui m'entourait et chaque nouvelle découverte aiguisait un peu plus ma curiosité. Maintenant, je presse le pas et me fous complètement de savoir qui fait quoi.

Les secrets empoisonnent la vie, la vôtre autant que celle des autres.

Je crois que je suis trop vieux ou trop vanné pour toutes ces conneries maintenant.

J'atteins la porte de bois où seuls les agents accrédités peuvent passer et exécute le protocole sans entrain. J'ai tellement l'habitude de répéter les mêmes gestes, encore et encore, que je n'en ai même plus conscience. Machinalement, je présente d'abord mon index, puis mes yeux. Après un scan de ma rétine, la porte s'ouvre enfin. Je salue de la tête l'agent armé qui m'attend derrière et continue dans le couloir d'un blanc immaculé, jusqu'à la porte de verre poli qui m'intéresse. Je la pousse sans prendre la peine de m'annoncer. De toute manière, au moment où j'ai posé le pied dans l'immeuble, elle savait que j'arrivais.

Comme d'habitude, elle est installée à son bureau, le nez plongé dans un dossier, ses cheveux blonds dissimulant son visage.

— J., me salue-t-elle sans prendre la peine de lever les yeux.

— Madame, dis-je en la toisant froidement.

— Asseyez-vous, m'ordonne-t-elle en me désignant le siège en cuir marron devant son bureau, toujours plongée dans son dossier.

Je prends le temps de considérer la pièce avant de m'installer.

La moquette bleue, les sièges en cuir disposés devant le bureau de verre, l'énorme fenêtre qui occupe quasiment tout un pan de mur. Pas un tableau, pas un objet de décoration, la pièce est triste et impersonnelle.

Tout comme *elle*.

Toujours ce rouge à lèvres trop criard, cette coupe de cheveux où aucune mèche folle n'a sa place, son décolleté aguicheur, cette attitude de sainte-nitouche alors que je sais qu'elle aime hurler mon nom, encore et encore.

C'est triste mais c'est bien la seule femme que je baise régulièrement, mine de rien.

A chacun de mes passages dans ce foutu bureau, ça finit toujours avec ma tête entre ses cuisses !

Quoique, la dernière fois, c'est elle qui a fini avec sa

bouche autour de ma queue. Ce n'est pas sa spécialité, mais je ne refuse jamais une petite pipe !

Enfin, rien ne change. Même bureau, même ambiance, même blondasse...

Cela fait combien de temps déjà que je travaille pour l'Agence ? Trop, je dirais sans réfléchir.

Ma mâchoire se contracte au souvenir de ce qui m'a amené à faire ça, à devenir ce que je suis devenu malgré moi.

Je ne veux pas penser à ça maintenant, pas à elle... Même si je sais que son souvenir me hantera jusqu'à la fin de mes jours. Pas un ne passera sans que je me remémore chaque détail funeste de cette tragique journée qui m'a changé, qui m'a façonné à jamais.

Si j'avais su, si j'avais pu...

Arrête d'y penser, m'ordonné-je en me composant un visage neutre.

Tout ce temps qu'ils ont passé à faire de moi quelqu'un d'autre, une chose dépourvue de sentiment, de conscience...

Ils y sont arrivés.

Je les ai laissés faire, je les ai laissés me vider de mon humanité pour leurs petits profits. A l'époque, je n'avais pas l'esprit clair, pas le recul ni le vécu suffisant pour percevoir leurs vrais visages.

Mais aujourd'hui, tout a changé...

Désormais, je sais, et plus jamais je ne les laisserai faire.

Je contourne le fauteuil et prends place, ramenant ma cheville sur le devant de ma cuisse. Ma posture désinvolte est calculée.

Je bous intérieurement.

Je suis fatigué de cette vie, de toute cette mascarade, des faux-semblants. J'aspire à mieux... à quelque chose d'authentique, à peut-être recouvrer un peu de mon humanité, qui sait...

— J'ai reçu votre requête, me dit-elle en levant enfin ses yeux noirs sur moi tout en pianotant rapidement du bout de ses ongles rouges sur le bureau pour me signifier son impatience.

Je ne réponds rien, j'attends stoïquement la suite. Ces années passées m'auront au moins appris ça : le calme apparent cache la tempête. Si je pouvais, je lui enverrais tout ce que je pense, toute cette rage qui bout en moi en pleine figure. Mais je reste immobile, le dos droit, et pose la main sur ma cheville en attendant le verdict qui, je l'espère, changera ma vie.

— C'est une belle connerie, J., me dit-elle en m'étudiant comme si je n'étais qu'un insecte qui se serait glissé sous ses talons aiguilles.

Je me fous de ce qu'elle pense, ma décision est déjà prise. Après ce qui s'est passé en Irak, je n'ai plus les mêmes envies et elle le sait. J'ai rendu mon rapport il y a deux jours déjà, donc elle connaît le fond de mes pensées et elle a compris qu'il ne fallait plus rien attendre de moi. Je ne peux pas continuer à faire ce que je fais, pas maintenant que je suis au courant. On s'est servi de moi trop longtemps.

Après un long silence pesant, elle reprend :

— J'ai une dernière mission pour vous, avant que vous n'alliez danser nu dans les bois, me lance-t-elle.

Elle fait glisser un dossier le long de son bureau sans me quitter du regard.

Je suis tenté de le lui renvoyer dans la figure, mais je reste impassible. Je sais surtout que s'il me prenait ne serait-ce que l'idée de respirer un brin trop fort à son goût, je pourrais dire adieu à mes rêves ainsi qu'à ma jolie tête, que je préfère garder encore un moment sur mes épaules.

— Qu'est-ce que c'est ? demandé-je, sans prendre la peine d'attraper ledit dossier tamponné à plusieurs endroits « secret-défense ».

Elle se lève, contourne son bureau, se positionne devant moi, retrousse sa jupe de tailleur jusqu'à la démarcation de ses bas noirs et pose dans un geste calculé son postérieur sur le bord du verre.

Je connais son manège, depuis le temps.

Je reste un moment à observer ses longues jambes fuselées et remonte en caressant du regard sa silhouette athlétique. Je lève un sourcil appréciateur devant son décolleté plongeant.

Je connais déjà la sensation de sa peau contre la mienne, ses gémissements, la moiteur de ses replis… Quand j'arrive enfin à son visage, j'ai la certitude de ne plus jamais vouloir goûter au parfum de sa chair.

De toute manière, je me la suis déjà bien trop faite. Par-devant, par-derrière, sur ce bureau, contre ce mur. En bref, je l'ai bien trop niquée, me dis-je avec un léger sourire.

— J., je comprends que vous soyez fâché, me dit-elle de sa voix charmeuse tout en caressant la dentelle de son bas. Mais l'Agence est là pour vous, elle vous a toujours soutenu, même dans les moments difficiles, et je pense que vous allez le regretter, nous regretter. Vous n'aurez plus accès à… tout ça, dit-elle d'une voix langoureuse en laissant ses mains parcourir son corps. Je vous connais bien, alors je vous offre cette dernière mission. Vous verrez, c'est simple, sans risque. En clair, des vacances à New York aux frais de la princesse.

— Ce n'est pas ce que j'avais demandé, dis-je sans me montrer plus atteint par ce semi-refus.

Elle m'adresse son sourire « J'en ai rien à battre de ce que tu veux ! ».

— Il s'agit d'une enquête qui a été ouverte sur la fille de l'un de nos agents. Vous connaissez les Morell, n'est-ce pas ?

Elle n'attend pas ma réponse. Evidemment que je connais les Morell. Tout le monde dans le milieu les connaît ! Agents spéciaux de père en fils. Ils ont tous des états de service impressionnants. J'ai eu l'occasion de bosser avec D., l'un des rejetons, un sacré bon mec dans sa branche. Ils font partie de ces gens hors norme, qui ont des valeurs, et qui n'ont absolument aucune idée de ce qui se passe sous leur nez. De toute manière, personne ne sait vraiment ce qui se cache derrière l'Agence. Hormis moi, depuis quelques jours, depuis l'Irak. Mais ça, j'évite de le dire. Je veux être libre, et rien d'autre…

Par contre, la fille, jamais entendu parlé. Encore une bécasse qui profite de papa et maman à New York, j'en suis sûr.

— Et qu'a donc bien pu faire Mlle Morell pour qu'une enquête lui soit consacrée ? demandé-je, légèrement moqueur.

— Nous pensons qu'elle fournit des codes d'accès réservés aux membres de l'Agence à des terroristes.

J'essaie de dissimuler ma surprise, mais j'ai du mal. Finalement, la demoiselle n'est peut-être pas une bécasse.

— Vous avez interrogé sa famille ? questionné-je, intéressé malgré moi.

— J'étais certaine que tout cela vous plairait, me dit-elle, fière de son petit effet.

— Je suis un homme curieux.

— Ce sont les codes de D. qui ont été le plus utilisés. Nous avons déjà enquêté, aucun risque que ce soit lui. D'autre part, l'épicentre semble se situer à New York.

— Vous semblez bien sûre de vous pour D., demandé-je, suspicieux.

— D. a déjà été interrogé et il avait un alibi solide chaque fois que ses codes ont été utilisés, m'informe-t-elle.

Tout ça devient intéressant... Je ne mets pas en doute les compétences de l'Agence quand il s'agit d'interroger les agents et de démêler le vrai du faux.

— D'ailleurs, il a donné son accord pour l'enquête, me dit-elle avec une moue.

— Et son père ?

— Il n'est au courant de rien. Et vu le personnage, nous pensons que c'est préférable.

— Je vois, dis-je, pour la forme.

— Je suis certaine qu'elle n'y est pour rien et que vous allez vite arranger les choses.

Je n'ai pas vraiment le choix, on ne me demande pas mon avis. Je ne me fais pas d'illusions. Je sais que la retraite, ce n'est pas demain la veille. Je suis marié à l'Agence, et l'Agence est une épouse exigeante. Mais parfois, je me prends à rêver de tout quitter. Depuis toutes ces années, j'ai accumulé assez d'argent pour m'installer enfin loin de tout ça et me consacrer à mes passions : la lecture, le jardinage, ma maison près du lac...

Une vie simple, en somme, loin de toute cette agitation. Et peut-être que je pourrai enfin me dire qu'elle serait fière de moi...

Mais le problème, c'est que quand tu signes avec l'Agence, c'est pour la vie.

Je me lève nonchalamment, me rapproche. Je la sens déjà se tendre, je la déshabille du regard et la vois se mordre la lèvre. Mes mains se positionnent sur le haut de ses cuisses, que j'écarte sans plus de cérémonie. Mon érection vient frotter contre le satin de sa culotte déjà humide.

— Q., voyez ça comme des... vacances longue durée, lui dis-je avec mon sourire en coin que je sais irrésistible.

— Ce ne sont pas des « vacances » que vous demandez, J., et je le sais, dit-elle en me mordillant le lobe de l'oreille.

Putain, que j'aime pas quand les femmes font ça !

L'odeur du café mélangé à son haleine vient me chatouiller les narines. Fait chier ! Ça va rester dans mon cou.

Je me concentre sur la moiteur de ses replis, histoire de ne pas débander.

Celle-là, elle me gave, j'en ai vraiment marre de me la taper. Heureusement qu'elle est bien gaulée !

Je lui attrape d'un coup sec les fesses et la rapproche de moi.

— Effectivement, Q., lui dis-je en frottant mon érection contre elle, ce ne sont pas des vacances que je veux.

— Dites-moi, J., dit-elle en gémissant. Dites-moi ce que vous voulez.

— D'abord, je veux votre cul, lui dis-je en la retournant violemment.

Je relève sa jupe, baisse sa culotte, attrape une capote dans ma poche tout en maintenant fermement sa poitrine plaquée contre le bureau.

Je suis pressé d'en finir.

Je détache ma ceinture, baisse mon boxer et enfile le

préservatif. J'écarte ses fesses et entre en elle d'un violent coup de reins. Mon sexe comble totalement l'espace entre les lobes couleur crème. Son cul se contracte autour de ma queue.

Elle hurle.

Putain, qu'elle est bruyante, celle-là !

J'accélère mon va-et-vient, ne lui laissant aucun répit, et je jouis sans avoir vraiment pris goût à tout ça.

J'attrape un mouchoir, enlève ma capote, la noue, range le tout dans ma poche et remonte mon pantalon.

Je prends le dossier pendant qu'elle se remet de ses émotions. Elle se relève mais je la plaque de nouveau contre le bureau, sans ménagement.

Assez joué…

— Je veux ma liberté, Q., lui susurré-je à l'oreille. C'est la dernière fois. Ensuite, il faudra vous trouver une nouvelle bite et un nouvel agent.

Je la relâche et pars, la laissant fesses nues et furieuse.

De toute façon, la psychologie féminine, c'est pas mon truc !

Je prends, je jette, pas d'attaches…

Allons faire la connaissance de Mlle Morell !

QUATRIÈME PARTIE

Chapitre 17

Lundi 21 octobre

Bon, O.K., j'y vais…

J'observe une nouvelle fois le portable, me tords les doigts, me mords plus fort la lèvre.

Bordel, une vraie gamine… Ce n'est que mon père !

J'ai besoin de savoir : pourquoi a-t-il interdit à Jerry de me voir ? A cause de son métier ? Ou bien tout simplement dans un élan d'amour paternel exacerbé ?

Je soupire, passe les mains sur mon visage.

Je ne peux pas continuer comme ça ; manger, pleurer, re-manger et me traîner comme une larve. Déjà, j'ai pris trop de poids, mes yeux sont tout rouges et tout bouffis à force d'être constamment larmoyants et, surtout, on avait déjà convenu que j'étais jeune et pas très sexy, mais surtout trop jeune pour me morfondre.

Aujourd'hui, j'étais censée reprendre ma vie en main et voilà le résultat : une sex-party dans la ruelle et je me retrouve stoppée dans mon élan.

Pourtant j'étais bien partie, et même à l'heure au boulot !

Il faut que je me décide à rappeler Paul, qui m'a laissé plusieurs messages sur mon répondeur ainsi qu'un texto me menaçant de venir me chercher par la ficelle de mon string et de me traîner jusqu'au bureau. Je grimace et me frotte machinalement les fesses en me disant que ça doit quand même faire mal. Je m'assois sur le bord du matelas et compose le numéro de ma mère adoptive…

Répondeur !

Je laisse un message expliquant à quel point mon état est critique, que je suis mourante, Natacha-phobique et que surtout j'ai bien trop mal à la tête, au ventre, au bras et au pied pour retourner travailler.

Voilà une bonne chose de faite !

Revenons à mon Sexy-Fossettes problème…

Je ne suis pas contre l'attendre, franchement, je suis complètement dingue de lui et de ses fossettes *muy caliente* ! Mais pour combien de temps ? Il ne peut pas faire les choses simplement et être avec moi tout de suite ?

Les choses ne pourraient pas être simples, pour une fois ?

Je me mords un peu plus la lèvre. Il y a tant de choses que j'ignore à propos de lui… Que fuit-il ? Et qui ? Il a dit qu'il risquait sa vie pour venir me voir…

Je prends mon visage entre mes mains.

Peut-être que mon père l'a menacé. Il n'a jamais approuvé mes choix amoureux. De mémoire, je ne me rappelle pas un seul de mes ex qui a su trouver grâce à ses yeux, ou à ceux de mes frères, d'ailleurs.

J'ai besoin de savoir ce que lui a dit mon père.

Je soupire. Je ne sais pas si être la seule fille de la famille doit être considéré comme une bénédiction ou une malédiction ! Il y a des fois où c'est bien utile. J'ai zappé la partie où mes frères ont fait comprendre à Nathan (mon grand amour de jeunesse avec lequel j'avais prévu de faire ma vie à Paris) que la fidélité n'était pas une option ! Je n'avais rien demandé, mais à la vue de mon petit cœur brisé et de mes yeux de raton laveur, ils n'ont pas pu s'empêcher de le torturer un peu. Je n'ai jamais vraiment su ce qu'ils lui avaient fait, mais le lendemain de ma première rupture, alors que je préparais mes valises pour quitter la France, il est venu s'excuser en me répétant plusieurs fois de bien dire à mes frères qu'il ne recommencerait plus jamais. D'après les dernières news, il aurait finalement abandonné l'idée de devenir ingénieur et vivrait dans un coin reculé au Sri Lanka où il élèverait des chèvres.

Des fois, je me demande vraiment ce qu'ils ont bien pu lui faire ! Mais bon, du moment que Nathan est heureux avec ses chèvres, c'est l'essentiel. Sauf qu'après, ils ont le culot de me reprocher de ne pas leur présenter mon nouveau Jules ! Moi aussi j'ai le droit à une vie privée. Comme s'ils nous présentaient chacune de leurs conquêtes, eux…

Remarque, c'est mieux qu'ils ne le fassent pas, ça doit être assez gratiné ! Et puis, je n'ai pas envie d'étaler mes aventures plus ou moins sérieuses à chaque repas de famille. Sans compter que je suis la petite dernière, donc le bébé de la famille. Je suis certaine que si je leur présentais M. Parfait, ils ne le trouveraient toujours pas assez bien pour moi.

J'attrape une nouvelle fois le téléphone avant de me raviser. Finalement, je vais employer les grands moyens, ma meilleure arme… Mon regard de petite fille perdue, esseulée, au bord du précipice…

En bref, mon père n'a pas la moindre chance.

J'ai besoin de réponses.

*
* *

Je me regarde dans la glace et grimace. C'est peut-être un peu trop quand même. Je tourne une nouvelle fois sur moi-même.

Je me suis fait deux couettes et j'ai enfilé un sweat rose Hello Kitty ainsi que mon bas de jogging gris que je sors en situation de crise (maladie, rupture difficile, froid polaire et autres raisons qui ne me viennent pas spontanément à l'esprit). Je ne me suis pas maquillée. Etant une vraie madeleine en ce moment, je préfère éviter le style panda aujourd'hui.

Je fais un joli sourire… On dirait une affreuse ado ! Déjà, en règle générale, je ne fais pas bien vieille, mais là, c'est pire ! Mon visage joufflu et mes boucles blondes me donnent un air poupin.

Autant que ça me serve à autre chose que de me faire refouler à l'entrée des boîtes de nuit !

Quand je pense qu'il va falloir que je me promène dans la rue comme ça, je me sens légèrement sceptique.

Avec mes couettes bouclées, on dirait un caniche !

La sonnette de l'entrée retentit. Je resserre une dernière fois mes couettes, adresse une moue boudeuse à mon reflet et vais ouvrir.

Je tombe nez à nez avec Safia, qui reste plantée sur le palier, les yeux écarquillés.

— J'ai l'impression que ton cas s'aggrave, me dit-elle.

— Bonjour à toi aussi, je réponds en ignorant ostensiblement sa remarque.

— C'est ton nouveau style ? Tu espères lancer une mode ? reprend-elle, moqueuse, en pénétrant dans l'appartement.

— Je suis morte de rire. Non, j'ai un truc à demander à mon père.

Elle me dévisage et se met franchement à rigoler.

— Tu veux de l'argent de poche pour t'acheter des Carambar ? se moque-t-elle en posant son sac et sa veste.

— Je suis ravie de te faire autant marrer, dis-je, un peu vexée.

— Désolée, mais honnêtement, tu es ridicule, me dit-elle en essayant de se ressaisir.

Je m'observe encore une fois dans le miroir de l'entrée et dois avouer qu'elle n'a pas tort. Mon père ne va pas me prendre au sérieux une seconde. Ce n'est pas comme ça que j'en apprendrai plus sur Jerry.

Je défais mes couettes, jette les chouchous roses avec des cœurs sur la console à côté de moi et décide de préparer du thé en attendant de trouver une meilleure idée.

Safia me suit jusque dans la cuisine et s'installe sur un tabouret pendant que je mets l'eau à chauffer. Je sors une assiette du placard et y dispose quelques biscuits qui ont survécu à la morfale que je suis. J'attrape des tasses que je dépose sur le plan de travail tandis que Safia me dévisage. Je remplis de feuilles séchées la boule à thé que je dispose dans la théière, puis je verse l'eau chaude et constate que les yeux verts de ma meilleure amie ne m'ont pas quittée une seconde. Une fois servie, elle fixe sa tasse fumante, et c'est au moment où elle ouvre la bouche que je sens venir un interrogatoire en règle.

— Tu ne travailles pas ? lui lancé-je avant qu'elle ne commence.

On ne sait jamais, si je change de sujet, elle ne me cassera peut-être pas les pieds !

En plus, j'en ai marre de me justifier pour tout et rien. J'ai laissé un message à Paul disant que je ne me sentais pas bien et que je ne reprendrai le boulot que demain. En réponse, il en a laissé un sur ma boîte vocale (pas folle, la fille, j'allais pas décrocher !) où il menace de me ligoter si nécessaire pour que je passe la journée de demain assise devant mon bureau. Je le trouve bien sévère parfois… Je préfère Will. Il est bien plus cool et, en plus, il me fait des cupcakes avec des bonbons roses !

— J'ai pris ma journée, dit Safia en remuant sa cuillère.

Finalement, je me suis peut-être trompée. Elle semble absente.

— Et Matt ? Vous ne vous voyez pas aujourd'hui ?

— Il travaille, me dit-elle avant de souffler sur sa tasse.

— Je vois, dis-je en me dandinant sur mon tabouret.

— Tu ne devais pas reprendre le travail ce matin ? me demande-t-elle tout en buvant une gorgée de thé.

— Si, mais je ne le sentais pas. J'ai paniqué, dis-je, un peu mal à l'aise.

Je préfère garder pour moi ma rencontre avec Jerry dans la ruelle. Il plane tellement de secrets autour de cette relation que ça en devient flou.

Un vrai mystère mystérieux mon Sexy-Fossettes !

— Et pourquoi tu as paniqué ? me demande-t-elle en me coupant dans mes réflexions.

Evidemment, elle insiste ! *Trouve un truc, Lola…*

— Je crois que c'est de me rendre aussi tôt le matin au travail. Ça m'a perturbée ! Il n'était que 8 h 42 ! J'avais l'impression d'être dans un univers parallèle.

— Un univers parallèle ? Rien que ça ! Donc tu as préféré ne pas y aller du tout ?

— Sans compter que Natacha m'a fait un compliment. Elle a dit que je ressemblais à quelque chose.

— Et c'est censé être bizarre ?

— Elle ne me fait jamais de compliments !

— O.K., reprend-elle, de plus en plus sceptique.

Merde, je sens que je la perds !

Elle réfléchit une seconde et reprend :

— Mais tu portais ça ? demande-t-elle en désignant mon sweat.

— Non, ça allait. J'avais mis ma jupe crayon noire avec un chemisier assorti et Paul m'avait même coiffée.

Elle tourne sa cuillère dans son thé, l'air songeuse.

Bon, O.K., je l'ai vraiment perdue, là ! Je décide de changer de sujet, non seulement parce que je mens mal, mais en plus parce que ça me fait transpirer des dessous de bras et que je n'ai pas mis de déo ce matin. Au moins, on peut dire que ça se sent, quand je mens, et dans tous les sens du terme !

— Sinon, avec Matt, tout va bien ?

— Je ne sais pas, c'est bizarre. Et toi, avec ton agent secret ex-patron méga sexy ?

— Comment ça, « bizarre » ? je demande.

Non seulement je suis curieuse, mais en plus, ni vu ni connu, on évite de parler de ma relation méga-complexe avec mon beau gosse beaucoup trop sexy pour être honnête.

Elle semble hésiter. De toute évidence, elle est mal à l'aise.

— Je crois qu'il m'évite.

— Comment ça ?

— Eh bien, ça fait deux jours qu'il… tu vois ? Enfin, qu'on n'a pas…

— O.K., dis-je en devenant moi-même mal à l'aise à cause du tour que prend la conversation.

Oui, parce que Matt est mon frère, donc parler de sa vie sexuelle ou de son absence de vie sexuelle me gêne un peu, quand même.

— Tu l'as vu récemment ? Il t'a dit quelque chose ? me demande-t-elle avec un léger sourire.

Je réfléchis à la dernière fois où je l'ai aperçu…

— Il est venu samedi mais rien ne m'a semblé étrange. Il m'a dit que vous deviez aller manger au restaurant le soir même. Il m'a même proposé de me joindre à vous.

— Et ?

— Et… j'ai décliné l'invitation. Vous n'êtes pas sortables, vous passez votre temps à vous tripoter, c'est super-chiant !

— Moui. Et depuis, tu ne l'as pas revu ?

— Non, je réponds, plus sèchement qu'il ne le faudrait.

Franchement, rien que deux jours sans sexe, c'est abuser de se prendre la tête pour si peu ! Moi, je ne baise pas, et est-ce que je me plains ? Bon, O.K., c'est pas un bon exemple !

Le problème, c'est que Matt n'est pas le mec le plus sérieux de la Terre avec les filles. Mais avec Safia, ça a l'air différent. Je crois qu'il l'aime vraiment.

— Vous vous êtes disputés ?

— Non, me répond-elle en soupirant.

— Tu as essayé de lui en parler ?

— Il faudrait encore que je le voie ! me dit-elle, énervée maintenant.

— Comment ça « que tu le voies » ? Vous vivez quasiment l'un sur l'autre, ce ne doit pas être si difficile !

— Pas depuis deux jours ! me crie-t-elle tout à coup.

Je recule, légèrement surprise par son mouvement d'humeur. Safia n'est pas du genre à crier. Elle est autoritaire, perfectionniste, mais elle ne crie jamais.

— Ecoute, il faut que j'y aille. Si tu as des nouvelles de Matt, appelle-moi, O.K.

Elle se lève brusquement sans me laisser le temps de réagir, attrape ses affaires et, avant de partir, me demande :

— Tu ne m'as pas dit ce qu'il en était pour J. ?

— Non, effectivement, je lui réponds, encore plus surprise.

— Vous vous voyez toujours ? s'informe-t-elle avec un sourire crispé.

— Non, on ne se voit plus.

Elle se retourne et me lance une dernière fois :

— Appelle-moi, O.K. ?

— O.K., je réponds, perplexe.

Elle ferme la porte et je me rends compte que je retenais mon souffle.

Putain !

Qu'est-ce qu'il se passe ?

Il faut que j'appelle Matt, il y a un truc qui cloche.

Je file dans ma chambre, attrape mon portable et compose le numéro… répondeur. Je retente ma chance qui se solde par un nouvel échec.

Un mauvais pressentiment me gagne. Il y a quelque chose qui me dérange dans l'attitude de Safia mais je ne sais pas quoi. Toute cette histoire de sexe, c'est louche… J'y crois pas une seconde ! Je n'imagine pas mon crétin de frangin faire vœu de chasteté…

Crétin qui ne répond pas : je tombe une nouvelle fois sur son répondeur.

Je tourne en rond dans la chambre, essaie de tirer mes idées au clair, mais trop de choses se bousculent dans ma tête : l'enquête de Jerry sur moi et mon entourage, mon kidnapping, le fameux code…

Je me suis complètement désintéressée de tout ça. Je suis restée focalisée sur mon histoire de cœur, de cul, de je-ne-sais-trop-quoi. Je n'ai même pas cherché à y comprendre quelque chose… J'en suis restée à ce que m'a expliqué mon père sans creuser plus loin. Mais là ça ne marche pas, ça ne marche plus.

Pourquoi m'aurait-on kidnappée et fait chanter en utilisant ma meilleure amie pour avoir des codes que seul mon père connaît ? Ce n'est même pas lui qui est venu me sauver, c'est Jerry et Damien. Ça ne tient pas la route !

A moins que ce ne soit pas mon père qui ait été visé mais mon mystérieux Sexy-Fossettes… Mais si c'est lui qui était visé, alors pourquoi menait-il une enquête sur moi ? Ça n'a aucun sens !

Je soupire, me passe les mains sur le visage. Je me sens dépassée.

En plus, j'ai un mauvais pressentiment. Je m'inquiète pour Matt et je ne sais pas pourquoi.

L'attitude de Safia était vraiment étrange. Je ne comprends pas le sens de sa visite. Avoir des nouvelles de Matt ?

Non, elle ne voulait pas de nouvelles, elle voulait savoir si je l'avais vu ou si je lui avais parlé depuis deux jours. Je suis quasiment certaine que si Safia et lui s'étaient disputés, il me l'aurait dit. Il m'aurait appelée pour se plaindre, comme il le fait si souvent. Et s'il avait rencontré quelqu'un d'autre, me l'aurait-il dit ? Probablement pas. Mais en deux jours ? Aucune femme ne lui aurait tourné la tête aussi facilement. Même si mon frère ne réfléchit pas avec sa tête, ça ne semble pas tenir debout.

Non, là, c'est vraiment pas clair…

J'attrape mes clés, mon portable et mon sac. Ce n'est pas

en tournant en rond que je trouverai les réponses à mes questions.

Je verrouille la porte d'entrée et me rue dans l'escalier. Je vais aller voir mon père, lui seul pourra m'aider à trouver un sens à toute cette histoire. Peut-être qu'il sait aussi quelque chose sur Matt, même si je doute que mon frère évoque sa vie sentimentale avec lui.

Mais bon, qui ne tente rien n'a rien !

En parlant de trucs qui ne servent à rien, je devrais téléphoner à Damien. Après tout, il a travaillé avec mon beau gosse au nom de souris et il est assez proche de Matt pour que celui-ci lui ait parlé de ses histoires de cœur.

Je plonge la main dans mon sac, mais il y a trop de bazar et je ne trouve rien. Un doute me saisit... Est-ce que j'ai pris mon portable au moins ?

Je réfléchis une seconde. Je suis certaine de l'avoir pris en même temps que mes clés.

Je grimace.

Bon, O.K., allons-y pour les grands moyens !

Je cale mon genou contre le mur, pose mon sac sur ma cuisse et pars à la recherche de mon téléphone. Alors que je farfouille au milieu des tampons, paquets de mouchoirs, sachets de bonbons et papiers en tout genre, je reconnais la voix de Safia un peu plus loin. Elle parle à voix basse. Je tente de me concentrer une seconde...

— Elle ne sait rien, je te le garantis, dit-elle, visiblement énervée. Arrête, cette fille est une abrutie finie ! Non, je n'avais pas prévu que son frangin me surprendrait. Non, elle n'a pas de nouvelles. Son père est sous surveillance également, mais c'est plus compliqué. Contrairement à ses crétins de mouflets, il ne se laisse pas facilement manipuler...

Je me raidis, comprenant tout à coup l'impensable…

Matt l'a surpris ? A faire quoi ?

Putain !

La mémoire me revient. Cette voix…

Bordel ! C'était elle !

Depuis le début, elle se fout de moi !

Impossible ! C'est ma meilleure amie !

Je me mets à trembler. Tout s'effondre une nouvelle fois autour de moi. J'ai la tête qui tourne, je ne sais pas quoi faire…

Matt…

Matt est en danger.

Je tente de me calmer, mais ça n'est pas facile !

Il faut que je le retrouve. Mon esprit s'embrouille, je ne sais pas comment m'y prendre pour le retrouver. Je ne sais pas faire ça, moi !

Damien. Lui, il sait faire ça…

Il faut que…

Merde !

J'entends des bruits de pas dans ma direction. Elle a fini sa conversation et se dirige vers moi.

Je tente de ranger à la hâte ce que j'avais sorti de mon sac, mais fais tomber mes clés qui tombent par terre dans un boucan terrible.

Lola, la discrétion personnifiée !

Je les récupère malgré tout et me rends compte que je n'ai pas eu l'idée du siècle quand elles tintent dans mes mains.

Eh merde !

Je finis par les jeter dans mon sac à main. Le bruit de pas se rapproche et moi… eh bien, je panique, évidemment !

Je tourne sur moi-même comme un chien qui tente

d'attraper sa queue et avise une benne à ordures ouverte. Ni une ni deux, malgré ma répugnance à l'idée de me rouler dans les déchets, je saute dedans et referme aussi doucement que possible le couvercle. Le terme « douceur » ne faisant a priori pas partie de mon vocabulaire aujourd'hui, ma main dérape sur une espèce de sauce marron et le couvercle retombe lourdement.

J'entends le claquement des Louboutin hors de prix que je lui ai offertes tourner autour de la benne. Je tente de calmer ma respiration et, surtout, mon envie de vomir.

Bouge pas, Lola… Bouge pas…

Quand je pense au prix que m'a coûté cette foutue paire de godasses !

Je bous de colère et une subite envie de sauter hors de cette affreuse poubelle puante me prend. Je vais lui tordre le cou à cette pétasse, et ensuite je lui taperai dessus avec les chaussures ! *Ouais*, je vais lui faire bouffer ses Louboutin ! Elles m'ont coûté un mois de salaire ! Mais quand je les lui ai achetées, je n'ai pas fait attention au prix, simplement à lui faire plaisir, alors qu'elle… elle se fout de ma gueule ! Et depuis toujours, probablement !

Une larme de rage coule sur ma joue. Je me raidis quand les pas s'immobilisent devant la benne.

J'hésite entre l'affronter et rester cachée. Et d'abord, pourquoi je devrais avoir peur d'elle ?

Je ne pense pas qu'elle soit armée… Mouais, je n'en suis pas certaine, quand même. Elle n'a pas hésité à me faire kidnapper ou, tout du moins, à y participer.

Je retiens mon souffle alors que le couvercle se soulève doucement…

J'entends quelque chose heurter brutalement le battant

en plastique, accompagné d'un énorme miaulement. Safia lâche un juron en allemand.

Allemand ?

Elle parle *allemand* ?

Safia ne parle pas allemand !

Bizarre, quel genre de personne jure en allemand ? Oh la salope ! Alors comme ça elle est allemande ?

Je ne vois que cette explication à ce juron inopiné…

Mon Dieu, ça fait quatre ans que je partage ma vie et mes secrets avec une inconnue !

Les bruits de pas s'éloignent, mais je préfère attendre encore un peu, même si ça pue ici.

Quand je pense à tout ce que j'ai partagé avec elle, alors qu'elle ne jouait qu'un rôle… Mais pourquoi ?

C'est une terroriste ? Une terroriste allemande ?

Je n'ai rien contre les Allemands, moi ! Alors pourquoi eux m'en voudraient ? Il y a des terroristes, en Allemagne, d'abord ?

Je hausse les épaules. J'en sais rien, en fait.

Elle est peut-être même pas allemande…

Pfff, ça devient bien trop compliqué tout ça !

Je remue légèrement les fesses pour m'aménager un trou un peu plus confortable dans mon tas d'ordures.

J'ai besoin d'aide.

Damien !

Je glisse la main dans mon sac à la recherche de mon portable et, cette fois-ci, le trouve du premier coup. Je sélectionne le nom de mon frangin dans le répertoire et me ravise. Si mon père est surveillé par les terroristes allemands, alors Damien aussi. Ben oui, il n'y a pas de raison que seul mon père le soit. Damien aussi est un agent secret. Lui aussi est susceptible de savoir où Matt se cache et de connaître les codes de je ne sais pas quoi. Je pourrais appeler Jerry, mais il ne m'a pas répondu la dernière fois. Je ne sais pas à qui faire confiance. J'ai comme l'impression que les Allemands (qui ne le sont peut-être pas !) sont partout…

Je me dandine une nouvelle fois, histoire d'être confortablement installée pour réfléchir.

Quelles sont mes options ?

— Thomas et ma mère sont rentrés en France, donc pas possible.

— Alex, je ne sais même pas où il est. Et puis, soyons réalistes il est encore moins doué que moi pour ce genre de choses. Il va faire quoi ? Leur peindre la figure ?

— Paul et Will. Après ce qu'il vient de se passer avec Safia, je ne suis plus sûre de rien. Je ne vois pas vraiment en quoi ils vont m'aider ? Les cupcakes et les encouragements ne me sont d'aucune utilité, là, tout de suite.

Bon, de toute évidence, je ne suis pas sortie de l'auberge !

Je me tape la tête avec mon téléphone. Comme si la toute-puissance divine de la téléphonie mobile allait m'aider !

Et si…

Oui ! Tournons le problème à l'envers… Ma meilleure solution reste Damien et mon père, qui sont sous étroite surveillance… Alors, il suffit que je les approche sans me faire repérer ! Simple, non ? !

Je jette mon portable dans mon sac, me soulève et pousse violemment le couvercle de la benne. Je trébuche sur une boîte de conserve, perds l'équilibre, fais un roulé-boulé et tombe lourdement sur le goudron. Bon, O.K., c'était pas la sortie la plus gracieuse du siècle, mais le résultat est là !

Je récupère mon sac et mes clés et me dirige rapidement

vers l'appartement. Je n'ai pas une minute à perdre, mais je vais quand même prendre le temps de me doucher et surtout de me changer. Je jette un coup d'œil à mon sweat Hello Kitty. C'est sûr que ce n'est pas avec ça que je vais passer inaperçue ! Je grimpe l'escalier deux par deux. Une fois à l'intérieur, je jette mon sac sur mon lit et ne fais même pas une caresse à Raspoutine, à qui j'ai terriblement manqué, de toute évidence.

— Désolée, Raspoupou, mais je suis en mission ultra-secrète et méga-confidentielle, lui dis-je tout en me débarrassant de mes vêtements puants.

Il me regarde de travers et ne semble pas vraiment me prendre au sérieux.

— Mais si, je t'assure ! je me défends.

Je n'aime pas des masses son petit air de félin supérieur.

— Tu savais, toi, que Safia était une terroriste psychopathe probablement allemande ? je lui demande, complètement déboussolée par cette dernière révélation.

Je l'observe un instant les yeux étrécis, attrape la brosse à cheveux et prends un air menaçant :

— Avoue, matou cul-de-jatte !

Pour seule réponse, il m'adresse un gros « maou » et s'éloigne en se dandinant.

Disons qu'il n'est au courant de rien…

Bon, à la douche, maintenant, parce que je sens la poubelle et que j'ai un truc visqueux collé dans les cheveux. J'entre dans la cabine et me frotte énergiquement en émettant des *Beurk* toutes les deux secondes. Une fois propre, j'attrape une serviette rose molletonnée et parfumée à la lavande…

Ai-je déjà dit à quel point j'aime vivre chez Paul et Will ?

Hum, très certainement. Je renifle une nouvelle fois la serviette.

Je passe une main sur le miroir pour en chasser la buée, fronce les sourcils et essaie de trouver la tête à adopter si je me retrouve face à un méchant.

Je tente un grognement. Bon, c'est pas gagné !

Soyons réalistes : je suis petite, blonde et plutôt boulotte. En bref, je ne suis pas terrifiante une minute, ni même une seconde d'ailleurs !

Je peux toujours compter sur mon intelligence hors du commun. Mouais… ou pas.

Soyons réalistes une nouvelle fois : je ne suis pas un génie !

Je resserre ma serviette autour de ma poitrine et commence à me tartiner de crème hydratante qui sent bon le jasmin, puis je me peigne en cherchant des indices qui m'auraient permis de me rendre compte de la vraie identité de Safia.

Il y aurait bien la fois où… ou plutôt… Bordel, elle a vraiment bien caché son jeu ! Je ne trouve rien !

Bon, O.K., je ne suis définitivement pas un génie !

J'ouvre mon armoire.

Alors, qu'est-ce que ça porte, les espions ?

Je me mords la lèvre.

Du noir !

Je me décide pour des sous-vêtements noirs, un pantalon près du corps de la même couleur, un débardeur blanc, un pull noir et mes bottes plates (on ne sait jamais, si je dois courir, les talons sont déconseillés). J'inspire un grand coup, me regarde. Il faut que je m'attache les cheveux. Je ne dois rien laisser au hasard, et ma tignasse se rebelle facilement. J'attrape un peigne et les tresse. Là, au moins, pas de risque. Machinalement, je saisis mon flacon de parfum et me ravise.

Est-ce que les espions se parfument ?

Je réfléchis une seconde. Mes frères et mon père mettent de l'après-rasage. Maintenant que j'y pense, mon Sexy-Fossettes sentait plutôt bon.

O.K., alors un spray !

Bon, ben, maintenant, y'a plus qu'à…

Je me gratte le dessus dc la tête. Et sinon, dans la pratique, je fais comment pour approcher mon père sans me faire remarquer ?

Il faut que je sois organisée, tout comme ma coiffure, me dis-je en caressant du bout des doigts ma tresse dont je suis assez fière.

Pour une fois, je dirais même que je suis bien coiffée !

J'en voulais une qui fasse genre Lara Croft… Mais en réalité, elle fait plus Elsa dans *La Reine des neiges* ! En fait, au début, je voulais me faire le total look Lara, mais on est fin octobre, donc une fille en short et débardeur, c'était pas vraiment discret ! Black code, c'est pas mal non plus… Je rentre le ventre devant le miroir : en plus, le noir, ça mincit !

Changement stratégique de sac à main, je vais prendre celui qui se porte en bandoulière. Comme ça, si je dois courir, je serai plus à l'aise.

Je commence à farfouiller gentiment dans l'armoire.

Au bout d'une seconde et demie, j'en ai déjà marre, je ne trouve pas ce que je veux et ça me gonfle. J'attrape les fringues et les jette frénétiquement par terre. Je marche sur mes pulls et mes chemisiers, escalade le placard grâce un amas de chaussures et, enfin, du bout des doigts, je chope la lanière du sac tant convoité avant de tomber les fesses sur le sol.

— *Ha ! Ha ! Mon précieux,* je m'écrie, d'une voix de psychopathe.

Je le lève à hauteur de mes yeux et me décide à lui annoncer la couleur.

— J'espère que tu es prêt pour la guerre, mon petit !

Il ne me répond pas. Je crois que c'est normal. L'inverse serait bizarre, en fait.

Bon, alors, mes débuts d'espion ne sont pas super-géniaux…

Déjà, en bas de chez Paul et Will, j'arrive au bout de la ruelle, regarde à gauche, à droite et là, ça me frappe : je ne sais où se trouvent ni mon père ni Damien !

Donc je suis restée plantée comme une truffe bien deux minutes avant de me résigner à les appeler. C'en est suivie une conversation super-bizarre où je suis clairement passée pour une conne !

Du genre : « Salut papa, t'es où ? » Et vu que me donner gentiment la réponse à cette question pourtant simplissime n'est, semble-t-il, pas faisable sans se lancer dans une argumentation pathétiquement tordue, il a bien fallu trouver un truc ! D'ailleurs, il faudra que je pense à lui faire livrer un colis- « surprise » de cookies sans fruits secs…

Heureusement, il s'agit de ma famille et ils ont grandement l'habitude de mes loufoqueries.

Maintenant, je suis cachée derrière une benne à ordures, à observer l'entrée de HEH avec des jumelles achetées dans un magasin de jouets. Le vendeur m'a certifié qu'elles faisaient vraiment espion et je dois dire que j'ai de la gueule avec.

*
* *

Je regarde ma montre.

Pfff, franchement, j'en ai marre. Ça fait déjà une bonne heure que je suis là et la patience n'est pas ma plus grande qualité. En plus, j'entends des bruits étranges venant de la benne. Je suis sûre qu'il y a de vilains gros rats à l'intérieur. Celle-là, j'y mettrai pas les pieds ! J'ai trop peur de me faire bouffer par Ratatouille !

J'observe une nouvelle fois les gens sortir et me dis que finalement, je ne suis peut-être pas celle qui glande le plus ! Et vas-y que je fume ma cinquantième clope avec ma collègue en parlant de je ne sais pas quoi… En vérité, j'adorerais savoir de quoi elles parlent !

Dommage, il ne vendait pas de micro au magasin de jouets. Je grimace : Benny, mon amie la poubelle, vient de couiner.

J'ai longuement hésité à prendre un talkie-walkie Hello Kitty, mais je me suis amèrement souvenu que ma meilleure amie était Judas en personne, donc faire la conversation *alone* dans le talkie me paraissait bizarre. D'ailleurs, j'ai appelé la banque et fait opposition au paiement de ses saloperies de Louboutin. Et tac, dans ta face !

Finalement, j'ai déjà moins de remords d'avoir fait des cochonneries avec son père au restaurant indien. D'ailleurs, si j'avais su… Est-ce qu'il est seulement au courant que sa fille est probablement une terroriste, et peut-être allemande ? Est-ce que c'est son vrai père, déjà ? Et sa mère, est-ce qu'elle est vraiment accro au caniche nain ? Je suis sûre que, pour de vrai, Safia n'est même pas allergique aux noix de cajou !

Je devrais aller à l'appart et en foutre de partout histoire de vérifier…

— Lola ?

Je me retourne, interrompue dans mes réflexions, et tombe sur l'un de mes collègues qui me regarde comme si j'étais devenue cinglée — ce qui est probablement le cas ! Mais je vais éviter de lui parler de mes soupçons de plus en plus fondés.

— Bill, comment vas-tu ? je lui demande avec un sourire poli.

— Bien, et toi ? J'ai appris que… tu avais eu quelques soucis dernièrement.

Oui, gros nul ! J'ai été kidnappée et je viens d'apprendre que ma future ex-meilleure amie, qui va certainement décéder à cause d'une ingurgitation massive de noix de cajou, était dans le coup !

— Trois fois rien ! Je vais bien, je te remercie, dis-je avec un sourire de plus en plus faux.

— Euh, O.K. ! Et là, tu fais quoi ? me demande-t-il, me regardant comme s'il n'avait vraiment aucun doute sur ma santé mentale déficiente.

— Eh bien, c'est une très bonne question, Bill, dis-je en réfléchissant à une explication plausible sur ma présence cachée derrière une benne à ordures, habillée en noir et avec des jumelles en plastique dans la main.

— Tu as des ennuis ? me demande-t-il doucement.

Je le regarde, lui, son ventre bedonnant, ses cheveux bien coiffés, son air de gros ours sympathique et…

Oh, putain !

Je le pousse, m'accroupis et colle les jumelles sur mon nez.

— Safia, dis-je, sifflant, la mâchoire crispée.

Je l'observe à travers les jumelles. Elle se dirige vers HEH.

Ouh ! là, là ! Pétasse, ça ne va pas se passer comme ça ! Alors comme ça, tu voulais jouer ?

— Lola, tu n'as vraiment pas l'air en forme, me dit Bill, de plus en plus inquiet.

— *Chuuut !* je lui réponds, en plaçant mon index sur mes lèvres. Je vais me la faire ! dis-je, accompagné d'un rire étrangement sadique.

Toujours accroupie, je longe le mur, suivie de près par Bill. Au moment où elle tourne la tête dans ma direction, je plonge derrière un amas de cagettes.

Je suis en mode SUPER-LOLA !

Je suis rapide…

Je suis un serpent ! J'ondule derrière les cagettes. Je vais l'attaquer, juste *tchac*, comme ça.

Attaque anaconda !

Ouais, je vais la bouffer !

— Lola, vraiment, je te trouve étrange, reprend Bill. Tu fais quoi ? demande-t-il alors que je suis repartie en longeant le mur et en faisant des bruits étranges.

— Tu vois la fille là-bas ? dis-je en lui montrant Safia.

— Oui, c'est ton amie, non ?

— Oui, mon amie ! je lui lance en me redressant instantanément.

— Vous faites un jeu ?

— Oui ! Un jeu ! On fait un jeu ! je reprends avec un air de plus en plus fou. Et en fait, tu vois, le but, c'est de l'attraper par surprise !

— C'est un jeu étrange, non ? demande-t-il, sceptique.

— Les réseaux sociaux, tu sais…

— Ah, c'est un jeu Famebook ?

— En fait, c'est Facebook. Mais oui, c'est un truc comme ça.

— J'en ai entendu parler, m'explique-t-il, sûr de lui.

— Ah oui ? je l'interroge en me cachant derrière un autre mur.

— Oui, oui, je t'assure ! Bon, en tout cas, je suis ravi que tu ailles bien !

— Ouais, moi aussi, dis-je distraitement tandis que je regarde une nouvelle fois dans mes jumelles.

Zut, elle est de l'autre côté de la rue. Si je veux la choper, il va falloir la jouer fine…

— Il va falloir que tu traverses, me sort Bill.

— Oui, mais comment ? je lui réponds, désespérée.

— Par le passage clouté !

A mon tour, je l'observe comme si c'était lui qui venait de perdre la tête. Franchement, c'est pas discret !

— Ben quoi ? demande-t-il, semblant ne pas comprendre mes reproches silencieux.

Je tourne la tête, lève un sourcil. Sérieusement ? C'est quoi cette idée de merde ? Je me promène avec une pancarte lumineuse indiquant « Attention, folle dangereuse en approche ! », aussi ? Il est définitivement pas 007, lui non plus !

— Il y a toujours du monde sur ce passage piéton. Tu te frayes un chemin au centre et, ni vu ni connu, tu l'atteins et tu gagnes.

Mouais, c'est pas con… Je pourrais me la jouer Passe-partout warrior…

— Bill, tu m'épates, lui dis-je, sincèrement surprise.

— Tu veux que je te filme ?

— Pourquoi ?

— Pour ton Famebook !

— Euh, non, c'est bon, je le ferai moi-même. C'est un gage selfie !

Bordel, je m'améliore carrément ! *Un gage selfie ? !* Mais où je vais chercher tout ça ?

Je constate que Safia s'approche dangereusement de HEH et me presse, toujours suivie de Bill qui ne semble plus vouloir me lâcher.

J'avance, me dissimule derrière les passants, les lampadaires, les poubelles, les boîtes aux lettres, les poussettes. En bref, je suis la femme invisible.

J'arrive quasiment à sa hauteur et je me rends compte que je n'ai aucun plan !

Un mec se retourne sur son passage, elle semble apprécier puisqu'elle lui sourit en retour. Je resserre mon emprise sur les jumelles, que je tiens toujours dans la main droite.

Et là…

Merde !

Elle se retourne, me regarde, l'air surpris, et moi… ben, par réflexe, je l'assomme avec mes jumelles.

— Bon sang, Lola, que s'est-il passé ? me demande Bill en fixant Safia, couchée par terre.

Bordel, je l'ai pas loupée !

— Elle a fait un malaise, je déclare à mon coéquipier de fortune.

Il me regarde, l'air inquiet.

— Euh… elle fait toujours ça quand elle est stressée. Elle est… sarcoleptique, je reprends, peu sûre de ma connerie.

— Tu veux dire narcoleptique ?

— Oui, c'est ce que j'ai dit ! je m'écrie en l'attrapant par les dessous de bras pour la tirer plus loin.

Je regarde autour de moi et constate que les passants se retournent sur nous sans s'arrêter.

Heureusement que je suis à New York ! Il ne manquerait plus qu'il y ait tout un tas de bons Samaritains qui s'arrêtent pour m'aider.

O.K., Lola, tu fais quoi maintenant ?

J'avise un taxi au loin.

— Je vais la ramener à la maison. Il vaudrait mieux qu'elle se repose un peu, ajouté-je en faisant signe au taxi qui s'arrête devant moi.

— Euh… oui, c'est une très bonne idée. Avec sa maladie, tu ne devrais pas lui faire de blagues de ce genre, me dit-il sur un ton moralisateur.

— Je sais, je sais, je lui réponds en essayant de la faire entrer dans la voiture.

Je lui cogne une nouvelle fois la tête (sans le faire exprès, enfin, pas vraiment) et l'allonge sur la banquette arrière. Je lui plie les jambes et m'étale sur elle en tentant de monter à mon tour. Je l'écrase un peu plus et ferme la portière tout en disant au revoir à Bill.

Le chauffeur me demande l'adresse et là, une idée me vient.

Et en plus, pour une fois, c'est une bonne idée !

On arrive enfin devant la maison en question. Le problème, c'est qu'à New York, toutes les maisons sont collées les unes aux autres et se ressemblent.

Je vérifie une dernière fois le numéro. J'essaie de jeter un discret coup d'œil à travers le vitrail de la porte, mais ne distingue rien. On va dire que c'est celle-là… Je sonne et file récupérer Safia que j'ai laissée en bas des marches. La porte s'ouvre sur un homme d'une cinquantaine d'années qui, malgré sa silhouette assez fine, impose le respect.

— Bonjour, je lance avec un grand sourire forcé. Je suis Lola, l'amie de Diamonds. Elle m'a dit que je pouvais utiliser votre… salle de jeu.

— C'est exact, dit-il en m'ouvrant la porte pour que je puisse me faufiler à l'intérieur avec Safia.

Bordel, qu'est-ce qu'elle pèse lourd !

En tout cas, pour une fois que Diamonds me sert à autre chose qu'à avaler de la dinde de travers pendant qu'elle parle de plug anal, c'est déjà ça ! Je savais bien qu'être gentille et à l'écoute des autres me servirait un jour… Mais je n'en démords pas, elle est franchement bizarre comme fille ! Je ne vois pas en quoi ses expériences d'esclave sexuelle me serviraient pour mes romans.

— Pourquoi votre amie est-elle inconsciente ? me coupe mon hôte dans mes réflexions.

— Elle est narcoleptique, je lui réponds en cognant une nouvelle fois la tête de Safia contre l'encadrement de la porte.

Mais c'est qu'il ne m'aiderait pas ! Je lance un regard mauvais en direction de mon hôte.

— Une maladie peu courante ! La salle est au sous-sol, me dit-il en m'indiquant la direction.

Je jette un coup d'œil désespéré aux nouvelles marches qui m'attendent.

Je pourrais peut-être la faire rouler jusqu'en bas ? Je me reprends en me disant qu'elle risque de se tordre le cou. Ce n'est pas le but non plus !

J'essaie tant bien que mal de descendre les marches avec Safia, mais l'opération se conclut par un magnifique roulé-boulé.

Bon, après tout, le but est atteint !

Je vérifie l'état de mon ex-meilleure amie : toujours inconsciente, mais elle respire encore, donc tout va bien. En revanche, elle va être couverte de bleus et de bosses.

Je jette un coup d'œil circulaire à la pièce et un frisson me parcourt.

— Je sais, c'est impressionnant, m'annonce fièrement mon hôte.

— C'est le moins qu'on puisse dire, ajouté-je en tripotant nerveusement un crochet qui pend du plafond.

Bon, alors, je confirme que les trucs sadomaso, ça n'est officiellement pas pour moi. J'attrape une sorte de plumeau et le repose instantanément quand je comprends à quoi sert le manche. D'un autre côté, vu la forme, il n'y a pas de doute quant à son utilité. Je m'essuie machinalement la main sur mon pantalon.

— Je n'ai jamais assisté à une séance femme/femme. Donc, puis-je vous proposer mes services ?

Je le regarde encore plus horrifiée.

— Eh bien, c'est que c'est plutôt personnel et vraiment très privé, je lui réponds.

Je suis sûre que je suis rouge comme une tomate, maintenant !

Il ouvre puis referme la bouche.

— Comme vous voudrez, finit-il par ajouter avec un sourire malicieux.

Il se tourne et commence à remonter, puis s'arrête à mi-chemin.

— Je serai à l'étage, si vous avez besoin de *quoi que ce soit*, dit-il en accentuant la dernière partie de la phrase.

Une fois la porte fermée, je respire enfin.

Putain, quel gros pervers !

J'observe une nouvelle fois le plumeau sans le toucher.

C'est quand même bien fait, ce truc…

Je suis tellement perdue dans mes pensées que je ne calcule même pas que Safia est en train de reprendre connaissance. Je profite qu'elle soit encore dans les vapes et l'assomme avec le gode-plumeau.

Si un jour on m'avait dit que j'agresserais quelqu'un avec un gode-plumeau, je n'y aurais pas cru une seconde !

Bon, il vaudrait mieux que je l'attache. Je me dirige vers les cordes…

Youhou ! Il y a une magnifique paire de menottes à fourrure rose avec des petits cœurs… Elles sont super-chouettes, je me demande où il les a achetées… Je veux les mêmes !

Je les repose, attrape des chaînes et un crochet. Je vais la suspendre au plafond…

Je ne sais pas si c'est l'atmosphère de la pièce ou le fait que je ne digère pas la trahison de Safia, mais l'idée me met complètement en joie !

Je retourne la ficeler comme un rôti le pas léger. D'ailleurs, je me mets même à chantonner !

Tiens, non seulement je t'attache, mais en plus je le fais en chantant comme une casserole, *na* !

Du bout du pied, je la pousse légèrement, et tire une nouvelle fois sur les chaînes.

En tout cas, j'ai fait du bon boulot. Je pourrais me reconvertir en dominatrice ficeleuse, si le cœur m'en dit. Je place la chaise devant elle.

Je n'ai plus qu'à attendre qu'elle se réveille !

Chapitre 18

Mardi 22 octobre

Je tente de tourner la tête, mais ma joue reste collée sur l'espèce de tissu en PVC que j'ai décidé d'utiliser en guise d'oreiller. Je me frotte vivement le visage pour me réveiller, regarde mon portable — dix appels en absence.

Eh merde !

— Je me suis demandé combien de temps tu allais encore me faire profiter de tes affreux ronflements.

— Premièrement, je ne ronfle pas ! je râle en essuyant la bave collée sur ma joue.

— Tu es consciente que tu t'es servie d'une balancelle d'éducation comme repose-tête ? me demande-t-elle avec un demi-sourire.

— Si tu crois que tu vas faire diversion comme ça, tu te mets le doigt dans l'œil, ma… petite !

— Une balancelle d'éducation est un support pour donner la fessée, mais je dis ça, je ne dis rien ! me sort-elle avec un large sourire.

Sourire qui s'élargit au moment où je frotte vivement ma joue.

Non mais sérieux ? ! C'est carrément *beuuurk* !

— Donc, tu m'as assommée et attachée dans quel but ? demande Safia.

— Si tu veux tout savoir, je t'ai assommée avec un gode-plumeau, je réponds, fière de moi.

Elle fronce les sourcils et me demande :

— Tu te promenais dans la rue avec un gode ?

— Non, non, d'abord, je t'ai tapé sur la tête avec mes super-jumelles d'espionne. Et après, je t'ai assommée avec le gode, je lui explique, accompagné de gestes.

— Et tu as fait tout ça dans quelle idée ?

— Parce que j'ai découvert que tu es une terroriste peut-être allemande ! je lui dis en lui fourrant le coussin à fessée sous le nez.

— Une terroriste peut-être allemande ? répète-t-elle.

— Ouais, je t'ai entendue…

— Tu m'as entendu dire que j'étais une terroriste peut-être allemande ?

— Bien sûr que non ! je réponds, comme si la question était complètement absurde.

— Alors pourquoi tu penses que je suis une terroriste allemande ? demande-t-elle d'une voix haut perchée.

— Je t'ai entendue dans la ruelle. Je suis sortie de chez Paul et là, j'ai surpris ta conversation.

— Qui disait ?

— Que je ne savais rien, que je suis une abrutie, que mon père est sous surveillance et… et que mon pauvre frère est en fuite par ta faute !

— Ah oui, quand même, m'avoue-t-elle en dodelinant de la tête.

— Non mais j'hallucine ! C'est tout ce que tu as à dire pour ta défense !

— Qu'est-ce qu'il est arrivé à mes chaussures ? demande-t-elle en regardant les escarpins que j'ai massacrés à grands coups de ciseau.

— Tu ne les méritais pas !

Je les attrape et lui mets sous les yeux avec un sourire machiavélique. Je tire un peu sur les morceaux de cuir qui pendouillent et la vois détourner le regard.

— Je vois, souffle-t-elle, la tête toujours tournée.

— Alors, que j'ai découvert le pot aux roses ne te touche pas, mais le fait que j'ai massacré tes chaussures, si !

— Premièrement, je n'ai rien avoué : je n'ai pas nié, c'est différent ! Deuxièmement, ces malheureuses chaussures ne méritaient pas un tel sort, me répond-elle, en regardant toujours ailleurs.

Je la contourne, lui jette un regard énigmatique. Elle tente de se retourner mais sans grand succès. Je souris de satisfaction en me félicitant de nouveau de l'avoir si bien attachée.

— Alors, ça fait quoi d'être ligotée comme un rôti de porc ? je lui demande d'une voix douce qui n'augure rien de bon.

— Je trouve l'image pas géniale, étant donné que je ne mange pas de porc ! me crie-t-elle.

— Donc ça, c'est vrai ? Je te sens un peu tendue. Ça va ?

— Qu'est-ce que tu fabriques ? m'interroge-t-elle en se tortillant pour essayer d'entrevoir ce que j'attrape dans un tiroir.

Je caresse longuement et avec un plaisir incroyable la petite cravache en cuir. Je dois bien l'avouer, je crois que l'atmosphère de cette pièce fait ressortir mon côté dominatrice !

Elle m'observe les yeux écarquillés. A y regarder de plus près, on pourrait même lire un peu de terreur dans ses yeux verts. Je tourne autour d'elle en la caressant du bout de la cravache.

— Le problème, tu vois, c'est que depuis hier, je me demande ce qui est vrai et ce qu'il ne l'est pas, lui dis-je en regardant l'heure sur ma montre.

Je tapote doucement la paume de ma main avec la partie plate de la cravache.

— Légitime, tu ne crois pas ? je lui demande en relevant son menton avec l'objet en question.

Elle toussote, de plus en plus mal à l'aise.

Bordel, c'est que je suis super-douée pour ça !

— Je comprends tes… interrogations, déclare-t-elle en jetant un coup d'œil à la paire d'escarpins massacrée. Mais à aucun moment je n'ai mis ta vie en danger.

Je frappe plus violemment dans ma main, ce qui la fait sursauter.

— Eh bien, me voilà rassurée !

— Je ne suis pas allemande, dit-elle doucement.

— Ce qui veut dire que tu avoues être une terroriste ?

— Je ne suis pas une terroriste, crie-t-elle, visiblement vexée.

Je tape violemment sur ses fesses avec la cravache, une fois, un coup sec.

Bordel, c'est carrément jouissif, ce truc !

— Ne t'avise pas d'élever la voix avec moi ! je l'avertis d'un ton autoritaire en la tapant une nouvelle fois.

— Aïe ! se plaint-elle en se dandinant.

Fifty Shades of Lola…

J'ai envie d'essayer la grosse tapette de bois, me dis-je, complètement survoltée.

Je m'apprête à commencer mon interrogatoire à coups

de tapette géante à fessée, mais suis interrompue par mon portable qui sonne.

— Jolie sonnerie, fait remarquer Safia.

— C'est 007, je lui réponds avec un sourire.

— Je vois. Un vrai petit agent secret, me dit-elle, sarcastique.

J'appuie sur le téléphone vert.

— Bonsoir, papa, dis-je en m'écartant un peu de Safia qui me regarde de travers.

Je m'assieds sur une sorte de chaise munie de menottes en haut du dossier. Je me demande où notre hôte trouve tout ça. Est-ce que ce genre de choses plairait à Jerry ?

— Où es-tu, Lola ? demande sèchement mon père.

— Chez un ami, pourquoi ?

Feignons l'innocence, c'est certainement ma meilleure défense.

— Donne-moi l'adresse, m'ordonne-t-il.

— Pourquoi ?

— Je dois te parler de quelque chose d'important.

— Ben, en fait, tu sais, papa, c'est un ami un peu particulier.

Je me vois mal lui expliquer mes activités nocturnes plutôt étranges. Oui, parce que cravacher mon ex-meilleure amie, qui en réalité est certainement une terroriste mais pas allemande, c'est pas banal.

— Encore ? gronde-t-il.

— Comment ça « encore » ? je demande, blessée.

— Ecoute, ma fille, quand tu as… (il toussote) avec l'agent J., passe encore, mais là, tu fais ménage à trois avec tes amis, tu écris des livres à caractère pornographique et maintenant tu as « un ami un peu particulier » ! Mais combien d'hommes te faut-il ? Ce n'est pas comme ça que je t'ai élevée, Lola Eva Morell !

Non mais j'hallucine…

— Papa, Paul et Will sont gay !

— Gay ? Ce sont eux qui le disent ! Une très jolie jeune femme…

J'émets une sorte de grondement de colère et aperçois en coin Safia qui se marre comme une baleine.

— J'ai kidnappé une terroriste et là, je suis en train de l'interroger ! je hurle dans le téléphone pour couper court à son délire.

Silence…

Safia arrête immédiatement de rire et se raidit.

Ha ha ha ! On fait moins les malins, maintenant !

— Une *terroriste*, dit mon père, encore plus en colère.

— Euh… oui, enfin, je crois, dis-je d'une toute petite voix.

— Comment ça, tu crois ? hurle-t-il.

— Ben, en fait, c'est que, voilà, hier, je… enfin, j'ai entendu…

— J'arrive. Ne bouge pas. Tu vas devoir m'expliquer tout ça, mademoiselle.

Et il raccroche.

Je grimace.

Bon, c'est pas bon du tout… mais alors pas bon du tout, du tout…

— O.K., Lola, il faut que tu me sortes de là, dit Safia, qui essaie de ne pas montrer qu'elle panique.

— Et pourquoi ?

— Parce qu'on est amies !

— Mais on n'est pas amies ! Tu m'as menti, tu t'es servie

de moi dans un but que j'ignore. D'ailleurs, je ne sais même pas qui tu es pour de vrai !

Elle semble accuser le coup.

— Lola, crois-moi ou non, mais tu es mon amie.

Sa voix tremble légèrement, une larme coule le long de sa joue.

— Tu es ma meilleure amie, Lola. Je suis désolée d'avoir dû faire tout ça, mais je n'avais pas le choix. Je ne t'aurais jamais fait de mal, ni à toi ni à Matt. Je ne peux pas t'expliquer, dit-elle en soupirant. Tu dois me faire confiance, tu dois me rendre ma liberté.

— Pourquoi je ferais ça ? je demande, gagnée par l'émotion.

Je m'immobilise devant elle et reste droite, les larmes aux yeux.

— Donne-moi une raison de te faire confiance, je lui murmure.

— Avec tout ce qu'on a vécu en quatre ans, tu as besoin d'une raison ! Je pourrais t'en donner cent ! Quand tu es arrivée à New York le cœur brisé, quand ton pantalon a craqué au bureau et que je t'en ai apporté un autre en urgence, quand tu étais malade et que je visionnais pour la millionième fois *Star Wars* avec toi, quand, quand… Merde, Lola, tout ça, c'était pour de vrai !

— Mais pas tout le reste ? je demande, tremblante.

Elle se mord la lèvre, me regarde dans les yeux et secoue la tête.

Mon cœur manque un battement.

— J'étais prête à donner ma vie pour toi dans cette foutue cave, Safia.

— Je sais, dit-elle dans un souffle.

Nous nous observons pleurer en silence.

J'ai connu des peines de cœur, mais je savais que j'aurais toujours ma meilleure amie pour me consoler. Mais pas là. Maintenant, je suis seule. Je suis une île perdue au milieu d'un océan secoué par la tempête.

On parle souvent des peines de cœur, mais l'amitié, c'est définitivement de l'amour. Mon cœur saigne, ma confiance est brisée, mon âme est fatiguée d'être trompée, encore et encore.

Je me lève le matin, je donne le meilleur de moi-même pour être aimée pour ce que je suis, et je me rends compte que c'est insuffisant.

Je vis entourée de mensonge, les gens autour de moi ne sont pas eux-mêmes. Ils portent des masques, cachent leurs émotions, leur vrai visage, et moi, je vis au milieu de tout ça. De ma famille, de Jerry, de Safia…

J'attrape mon sac sans faire plus attention à celle pour qui j'aurais donné ma vie il y a encore quelques heures et m'en vais.

Ma vie n'existe pas, ma vie n'est qu'illusion.

Comment être moi-même alors que tous se jouent de moi ?

Je ne peux plus, je ne suis que moi, *que* Lola.

Je profite de la vie à fond et, surtout, j'aime les gens même s'ils me font du mal. J'aimerais détester J. et Safia, mais je ne peux pas.

Je pourrais retenir mon souffle encore et encore pour eux. Je pourrais continuer de sourire et faire comme si ma peine n'existait pas. Je pourrais leur donner encore et toujours plus, cela ne suffirait pas, *jamais.*

A force de me prendre des coups, je tombe en morceaux et ne suis pas sûre de pouvoir me relever et continuer à marcher. Je ne peux plus supporter le poids des mensonges.

Je pourrais attendre que quelqu'un ramasse les morceaux de mon âme et tous ces sentiments éparpillés, mais personne ne viendra.

Une fois sous le porche, devant la maison, je profite de l'air frais de la nuit et inspire une grande bouffée d'oxygène. Je resserre les pans de ma veste et décide de marcher au hasard, dans la pénombre.

Je n'ai nulle part où aller. Je ne peux pas rentrer chez moi, vu que je partage mon appartement avec Safia. Il y a forcément des micros ou d'autres trucs auxquels je ne préfère pas penser. Idem chez Paul et Will. Elle y est venue suffisamment souvent pour avoir installé ce qu'elle voulait. Je prends subitement conscience que cela fait quatre ans qu'elle m'épie et qu'elle récolte des tas d'informations sur ma famille et moi. Chaque parole, chaque secret que je lui ai confié a pu être rapporté aux gens avec qui elle travaille. Je me sens souillée, mon intimité a été violée… Je me sens seule…

J'inspire un grand coup et ferme les yeux, tentant de faire le vide dans mon esprit.

Je suis une île, mais je suis mon île, je ne laisserai plus personne se jouer de moi, je serai maîtresse de ma destinée. Je suis Lola Morell, petite, grosse, fille d'espion, amie fidèle et amoureuse d'un inconnu au nom de souris.

Arrivée à un croisement, je regarde un lampadaire qui clignote. Le poids de tout ce que je garde enfoui depuis bien trop longtemps au fond de moi me submerge et je m'effondre en pleine rue.

Je laisse aller ma peine et mes sanglots, déverse mes larmes et une partie de mon cœur sur le trottoir humide et puant de la rue. S'il restait une partie de moi innocente qui voulait croire en la vie et aux êtres humains, elle vient de s'évaporer.

Elle aussi m'a abandonnée !

Je gémis, j'ai l'impression de mourir.

La douleur est atroce, paralysant tout mon corps. Je me roule en boule sur le trottoir et vide mon cœur de sa peine.

Le chuchotis de la ville qui s'éveille me sort de mes songes. Mais je reste encore un peu sur mon bout de trottoir, observant au loin le soleil qui se lève sur les hauts buildings.

Mes larmes se sont taries et mon cœur s'est asséché.

Les traînées orange se dispersent, les passants commencent à affluer, les boutiques ouvrent leurs rideaux métalliques. Il règne une odeur de café, d'humidité, et l'air frais s'engouffre doucement comme une caresse dans mes cheveux.

Je cale les genoux contre ma poitrine.

J'aimerais être dans les bras de Jerry, contre son torse. Il passerait les doigts dans mes cheveux, caresserait mon cou du bout de ses lèvres. Le silence serait notre paradis, juste lui, moi, son souffle au creux de mon oreille…

Je me recroqueville un peu plus pour ne pas gêner les passants se pressant pour se rendre au travail. L'affluence commence à devenir trop importante. Je décide de me lever et de marcher.

Je suis un pion parmi les pions, une fourmi au milieu d'autres fourmis, je fais partie du décor, marche tête baissée dans la masse qui grouille. Mes pas se succèdent d'une rue à l'autre, d'une artère à l'autre, mes pieds foulent le béton. Je suis le mouvement, me laisse porter par le courant de la foule.

Lorsque je relève enfin la tête, je promène mon regard

sur l'horizon et profite de la vue majestueuse sur le pont de Brooklyn.

L'eau calme et sombre me semble hypnotique tout à coup.

Je m'empare d'un gros caillou, le serre dans ma paume jusqu'à sentir les arêtes prêtes à transpercer la peau tendre de ma paume. La douleur me submerge et je la sens monter en moi : la colère.

Elle s'insinue dans tout mon être, je me sens prête à exploser.

Dans un accès de rage, je jette une première pierre, puis une deuxième, puis une troisième…

Je hurle des sons inarticulés.

J'ai mal à la mâchoire, mes poumons sont en feu, mon épaule me fait souffrir. Cette douleur, mon épaule… C'est comme un rappel de la trahison de Jerry, de Safia, de mon père qui me cache sans cesse la vérité. Un rappel de tous ces mensonges qui empoisonnent ma vie depuis toujours.

Je hurle encore plus fort, saute sur place, jette à l'eau tout ce que je trouve autour de moi.

A bout de souffle, je m'arrête enfin et prends conscience que je ne suis plus seule.

Le père de Safia se tient les bras croisés devant une berline noire, accompagné de deux autres hommes. Il me suffit d'un coup d'œil pour voir que ceux-ci sont armés. Je ne cherche même pas à m'échapper et me dirige vers eux. Le père de Safia reste immobile, et je me dis qu'il est bien trop sexy pour être honnête.

— Monsieur Amberson, je le salue, une fois arrivée à sa hauteur.

— Mademoiselle Morell, me salue-t-il à son tour en me déshabillant du regard.

Je lui répondrais bien que des tas de femmes se seraient enflammées pour moins que ça, mais je préfère le garder pour moi.

Il m'ouvre la portière et je m'engouffre dans la berline. Il s'installe à côté de moi sur la banquette arrière, mais je ne lui prête aucune attention. Mon regard est perdu dans le vide. Au bout de quelques minutes, je constate que nous prenons la direction du port.

— J'attends toujours votre appel, mademoiselle Morell, me lance-t-il pour rompre le silence.

— Je suis désolée de briser votre petit cœur, monsieur Amberson, mais vous pouvez encore attendre un long moment.

— Lola, ce n'est pas vraiment mon cœur qui vous réclame, me rétorque-t-il, clin d'œil à l'appui.

— Vous n'êtes pas le père de Safia, n'est-ce pas ? je lui demande en calant ma tête contre l'appuie-tête.

— Dans un sens purement biologique, non. Mais j'ai une affection très particulière pour elle, me dit-il avec un grand sourire.

Vu le bonhomme, je ne suis pas certaine que nous parlions du même type d'affection.

A cette idée, je prends une mine dégoûtée.

— Nous arrivons, me dit-il en indiquant un hangar délabré.

Je soupire de dépit. Qu'est-ce qu'on me réserve encore ?

La voiture s'arrête et M. Amberson me lance, avec son regard pervers :

— Ne vous en faites pas, Lola, nous aurons bien d'autres occasions de discuter de tout ça.

— Dois-je comprendre que vous comptez me sauter avant de me tuer ?

Il semble réfléchir une seconde et me sort, avec sa belle assurance, de mâle trop sûr de lui :

— C'est tout à fait ça !

Eh bien, au moins, ça a le mérite d'être clair !

L'un des mecs qui l'accompagnent ouvre la porte. Je descends, suivie de près par M. Pseudo Amberson qui se permet de me donner une claque sur les fesses au passage. Je me retourne et lui lance mon regard de tueuse. Il lève les mains au ciel.

Genre il est innocent, non mais je vous jure !

— Au fait, pourquoi vous m'avez kidnappée, cette fois-ci, je demande tandis qu'il me guide jusqu'à l'entrée du hangar.

— Notre invité joue au timide, alors nous nous sommes dit qu'il serait peut-être un peu plus bavard si vous lui teniez compagnie.

— Une attention charmante ! dis-je, ironique.

— Sans compter que nous avons eu du mal à vous trouver.

— Je m'en excuse sincèrement. La prochaine fois, je me promènerai avec une pancarte lumineuse autour du cou, ce sera plus simple.

Il ouvre la porte du bâtiment et m'invite à entrer, me pinçant les fesses au passage. Je me retourne et lui tape sur le bout des doigts.

— Aïe, murmure-t-il, sensuellement.

Putain, mais il est en chaleur, celui-là !

Je jette un coup d'œil dans le hangar et ce que je vois me glace le sang. Un homme est suspendu au plafond par les poignets. Du sang marbre son torse nu, sa tête est rejetée en arrière, il semble inconscient.

J'arrête de respirer, mon cœur tambourine dans ma poitrine.

Pourvu que ce ne soit pas Matt, pas Matt, pas Matt…

Je me mets à courir vers lui, les larmes aux yeux. Arrivée à sa hauteur, je comprends que ce n'est pas mon frère, mais Jerry.

Je ne réfléchis pas une minute, je l'attrape au niveau des genoux pour tenter de le détacher. Rien n'y fait, il est trop lourd, je m'y prends mal et n'arrive à rien. Mes mains tremblent, la panique, la peur de le perdre me gagne. Je regarde autour de moi, mais aucune idée ne me vient, je ne sais pas comment m'y prendre pour le décrocher. Mes sanglots s'intensifient, ma respiration est saccadée et mon esprit chaotique.

— Comme c'est touchant, se moque le faux père de Safia.

Je m'écarte doucement de Jerry. Mon regard se pose sur mon kidnappeur.

Je ne suis pas contente du tout. Mais alors pas contente du tout, du tout.

Je m'approche doucement et me place en face de lui.

Il me regarde, toujours souriant.

— Je n'ai pas besoin de faire les présentations apparemment, blague-t-il, toujours avec son sourire de fouine.

— Je m'appelle Lola Eva Morell, lui dis-je calmement.

Il m'observe, surpris.

— Relâchez-le ou je vous tue tous un par un, je déclare sèchement.

— Lola, je ne veux pas être blessant, mais tes menaces…

Il n'a pas le temps de finir sa phrase que je lui ai déjà balancé un coup dans la glotte. Sa respiration se bloque. Lorsqu'il tombe à genoux, j'en profite pour attraper l'arme qu'il cache dans son dos. J'ôte le cran de sûreté et pointe le canon sur sa tête.

— Je le répéterai une dernière fois, je m'appelle Lola Eva Morell, relâchez-le ou je vous tue tous.

Il reprend peu à peu son souffle mais reste interloqué.

— Espèce… de… petite pute idiote, dit-il doucement. Tue-moi et les gardes t'abattront avant que tu aies eu le temps de dire *ouf.*

— C'est ce qu'on va voir, je lui réponds calmement.

Je vise sa cuisse et tire. La détonation résonne lugubrement dans le hangar crasseux et vide.

Il se tord de douleur, m'insulte et accessoirement pisse le sang. Quant à moi, je reste calme. Je jette un coup d'œil autour de moi, constate que tout un tas de gardes m'encerclent et que le coup de feu a fait reprendre connaissance à Jerry, qui m'observe les yeux écarquillés.

Je ne le regarde pas, je ne veux pas flancher.

— Je répéterai une toute dernière fois : je m'appelle Lola Eva Morell, relâchez-le ou je vous tue tous un par un.

— Espèce de petite salope, tu crois vraiment que tu sortiras d'ici vivante ! braille-t-il en postillonnant sur le sol.

Sans réfléchir, je lui tire une nouvelle fois dessus, cette fois-ci dans le pied.

Il hurle à la mort, perd encore plus de sang, mais je m'en fous.

— Ne me demandez pas de répéter une nouvelle fois, lui dis-je en visant sa tête.

— Pétasse, aboie-t-il en tenant à deux mains son pied ensanglanté.

— Dis à tes gorilles de le détacher, je lui souffle tout bas.

Il me regarde en grimaçant de douleur.

— Détachez-le, crie-t-il aux gardes, lesquels semblent hésiter mais finissent par obtempérer.

Ils tirent sur une espèce de levier et Jerry chute lourdement par terre. Je cours vers lui, pose l'arme à côté de moi.

Il ne bouge pas. Son corps est gelé et couvert d'ecchymoses.

Je vérifie son pouls… rien…

Pitié, faites qu'il ne soit pas mort…

— Jerry, je t'en prie… Réponds-moi… je t'en supplie, dis-je, au summum de l'angoisse.

— Lola, souffle-t-il.

J'inspire un grand coup. C'est officiellement la première fois que mon prénom me transporte de joie !

Je le serre contre moi, laissant couler mes larmes, embrassant son visage, caressant ses cheveux.

— Ne me laisse pas, Jerry, jamais, jamais, tu ne peux pas, tu m'as demandé de t'attendre… Tu t'en souviens…

En réponse, j'ai droit à un faible sourire. Je me colle encore plus contre lui, le secouant à chacun de mes sanglots.

— Tu m'attends, souffle-t-il avec un léger sourire.

Je me mords la lèvre pour ne pas sourire comme une idiote.

Je tourne la tête et vois le père de Safia qui rampe, ni vu ni connu, jusqu'à l'arme posée au sol. Je la saisis et le mets en joue.

— Si vous ne voulez pas finir aussi troué qu'un gruyère, vous devriez rester là où vous êtes.

J'attends qu'il retourne à sa place, abaisse mon arme et vais récupérer une chaise un peu plus loin. Je l'attrape par le dossier et la traîne en faisant grincer les pieds sur le sol en béton. Jerry m'observe, à moitié conscient, mais ne dit rien. Je pose la chaise devant l'homme que j'ai pris pendant quatre ans pour M. Amberson, enlève mon pull, le plie et le cale sous la tête de Jerry. Je pose un léger baiser sur son front et lui murmure à l'oreille « tout va bien se passer, on va sortir de là, ne t'en fais pas ». Je lui caresse les cheveux et vais m'asseoir sur la chaise.

— C'est quoi votre vrai nom ? je demande, curieuse.

— Connor O'Brian.

— Sérieux ?

— Tu as quelque chose contre les Irlandais ? demande-t-il, surpris par ma réaction.

— Non, c'est simplement que je trouve que ça ne vous va pas du tout ! Alors racontez-moi tout, *Connor*.

Il ricane, visiblement amusé, mais je ne bronche pas, j'attends.

— Eh bien, je suis le petit dernier d'une famille de sept enfants. A l'école primaire, j'étais amoureux de ma maîtresse, elle s'appelait Madeleine. J'ai fantasmé sur elle jusqu'à ce que je saute Marcia Peters à 16 ans. Un grand moment !

Je l'examine un instant et il se met à glousser. Son rire est narquois et sonore.

— Si tu voyais ta tête ! Ne t'en fais pas, depuis Marcia, j'ai gagné de l'expérience ! Tu veux qu'on parle de tes premières règles ?

— Non ! je réponds, rouge comme une tomate.

— O.K., alors je continue, reprend-il avec un sourire en coin. Marcia n'était pas un canon à proprement parler. Elle avait de tout petits seins qui tenaient pile dans la paume de mes mains…

— Ça suffit ! je crie. Je ne veux pas que vous me parliez de Marcia ou de Madeleine !

— *Oups*, fait-il avec un air faussement contrit. Tu es jalouse ? On peut remettre le couvert, si tu veux, dit-il en commençant à déboucler sa ceinture.

Je jette un coup d'œil à Jerry. Il est toujours à moitié

conscient. Je deviens de plus en plus rouge à mesure qu'il défait son pantalon.

— Tu ne m'as pas rendu la politesse depuis le resto et je dois avouer que je me sens un peu tendu, alors si tu le souhaites…

— Assez ! je hurle, avant de reprendre, à bout de souffle : Je veux savoir à quoi rime tout ça. Qu'est-ce que j'ai à voir avec toutes vos histoires ? Comment sortir Jerry d'ici ?

— Ah ! ça… Je ne crois pas que ça va être possible, dit-il en appuyant sur la blessure de sa cuisse pour empêcher le sang de trop s'écouler.

— Pas grave, je vais vous tirer encore dessus, jusqu'à ce que vous ressembliez à un morceau de gruyère ! je l'informe en pointant de nouveau l'arme sur lui.

Le grincement de la porte qui s'ouvre résonne et me fait sursauter. Je me retourne et aperçois une grande blonde filiforme en tailleur et talons hauts. Je zieute son visage, ses chaussures, son carré parfait, une nouvelle fois ses escarpins…

Bordel, Safia tuerait pour des chaussures pareilles !

Peu importe, on n'est plus vraiment copines toutes les deux !

Mes yeux restent fixés sur la blonde.

Qu'est-ce qu'elle fout là, celle-là ?

— Euh, excusez-moi, mais c'est une soirée privée ! je lance.

O.K. ! Aucune réaction, Blondy n'est pas sensible à mon humour !

Elle continue d'avancer dans ma direction. Je jette un coup d'œil à Jerry, toujours inconscient, ainsi qu'à Connor, qui arbore un sourire malsain.

— J'insiste peut-être, mais je préférerais vraiment que vous partiez ! je l'informe.

Même pas un léger mouvement de brushing, rien.

Non mais c'est qui, celle-là ?

Comment elle fait pour que ses cheveux ne bougent pas d'un millimètre ? Et où a-t-elle acheté ses chaussures ? Des Prada ? Non, je ne pense pas, elles ont l'air françaises…

Elle arrive quasiment à ma hauteur, regarde Jerry, soulève un sourcil épilé, puis se tourne vers Connor et secoue la tête (ses cheveux n'ont pas bougé d'un pouce, c'est incroyable !).

— Lola ? me demande-t-elle.

— Oui, je réponds en la dévisageant ouvertement.

— Q.

— Je vous demande pardon ?

— Je suis Q.

Je secoue la tête.

— Je vous dis que je suis Q.

Pourquoi elle me parle de cul ?

— Excusez-moi ? je demande de nouveau.

J'ai pas tout suivi, là.

— Vous êtes bien Lola Morell ? s'impatiente-t-elle.

Je hoche la tête.

— Bien, et moi, je suis l'agent Q. Je travaille avec votre père et vos frères.

— Et vous vous appelez Cul ? je l'interroge de nouveau, histoire d'être certaine.

— Comme la lettre Q, en fait, dit-elle, un peu mal à l'aise.

— Ah, comme la lettre ! je répète, un peu soulagée. C'est mieux, parce que franchement…

— Je ne comprends pas, me coupe-t-elle en fronçant les sourcils.

— Eh bien, cul, vous savez, comme un cul, je marmonne.

Bon, on va s'arrêter là, je sens que je m'enfonce.

— Donc vous êtes l'agent Q. Qu'est-ce que je peux faire pour vous ? la questionné-je.

Elle me regarde de travers. Visiblement, je la fais chier.

Elle manque pas de culot, celle-là ! C'est elle qui vient nous déranger en plein milieu d'une réunion ! Je ne la connais pas, mais déjà, je ne l'aime pas. En plus, ses cheveux me font peur, son rouge à lèvres est beaucoup trop rouge et ses jambes sont bien trop brillantes et musclées !

Elle est pas nette…

— Bien, Lola, vous devriez poser votre arme avant de blesser quelqu'un, me dit-elle avec mépris.

— Euh… en fait, c'est déjà fait, je lui réponds en indiquant du bout du canon Connor, qui ne semble pas très en forme.

— Ce n'est rien. Mais il ne faut pas pousser le bouchon trop loin, mon petit.

Je forme un O avec ma bouche, puis la referme.

— Euh… rien ? Je ne pense pas que Connor soit d'accord, le pauvre. Il a une balle dans la cuisse et dans le pied ! C'est pas rien !

— Connor ? répète-t-elle en lançant un regard dédaigneux à l'obsédé blessé.

— Euh… oui… Connor ! je répète, agacée.

Bon, elle me gonfle maintenant !

Elle se pince l'arête du nez, ferme les yeux et secoue la tête.

— Je suis ravie que vous et l'agent O'Brian ayez fait connaissance, mais je perds patience. Alors, posez votre arme ou je fais signe qu'on vous tire une balle dans la tête, m'énonce-t-elle.

Je lève le nez et vois un tas de loupiottes rouges s'allumer sur moi.

Ça calme un peu, quand même !

Je me mords la lèvre et pose instantanément le pistolet au sol.

Dès que je me relève, un groupe d'hommes armés déboule et m'encercle. Je lève les bras tandis que deux gorilles se détachent du groupe et m'attrapent. Je grimace quand ils me passent des Serflex aux poignets et tirent un peu trop sur mon épaule encore douloureuse. Ils me positionnent face à la blondasse au nom de fesses. Elle me scanne d'un regard qui me hérisse les poils des bras.

— Qu'allez-vous faire de Jerry ? je l'interroge.

Elle se tourne, se place devant lui, se baisse et lui caresse doucement les cheveux.

J'ai comme une grosse envie de la tabasser à mort avec ses escarpins probablement français…

— Pauvre petit J., je lui avais dit que l'Agence lui manquerait, dit-elle d'une voix faussement contrite.

— Il lui faut un médecin, dis-je, la mâchoire serrée.

— Oh ! mais ne vous en faites pas, Lola, je vais prendre soin de lui, ajoute-t-elle avant de poser un baiser sur sa bouche.

D'abord, je lui arrache la tête, ensuite, je l'achève avec ses chaussures…

Blondy m'examine et lève les yeux au ciel.

— Débarrassez-moi de ça, dit-elle à ses hommes en me pointant du doigt.

Je me débats, mais ça ne sert à rien. Je donne des coups de pied, me tortille, mais ça n'a aucune utilité. L'un des gardes finit par en avoir marre : il m'attrape et me cale sur son épaule.

Il finit par me jeter au sol dans une pièce obscure. Je me relève et cours vers la porte, mais j'arrive trop tard et me la prends en pleine face. Je ne décolère pas… Saleté de blondasse !

De rage, j'expédie des coups de pied dans la porte en hurlant un florilège de gros mots à son intention.

Ma voix finit par s'éteindre, tout comme mes forces. Je me blottis derrière la porte et me roule en boule tout en pleurant.

Chapitre 19

Mercredi 23 octobre

Je me redresse un peu et m'adosse contre le mur. J'examine ma cellule de fortune.

Bon, ben c'est pas le Ritz !

De toute évidence, ils ont misé sur une déco minimaliste. Il n'y a rien, mais alors rien de chez rien ! Quatre murs, une porte, et ce qui semble être une bouche d'aération. Il fait sombre, mais je crois que ça donne sur l'extérieur.

En plus, je me gèle ! Je rapproche mes genoux de ma poitrine.

Je grimace. Je réclamerais bien un pull ou une couverture, mais j'ai la gorge en feu à force d'avoir crié durant des heures. Et je frictionnerais bien mes bras nus pour tenter de me réchauffer, mais j'ai toujours les poignets attachés dans le dos.

Je me mets debout, sautille pour me réchauffer et arpente une nouvelle fois la pièce. Je suis morte d'inquiétude pour Jerry, Matt et, bien malgré moi, pour Safia.

Je n'aurais peut-être pas dû l'abandonner à mon père et à ses hommes. Ou au moins, j'aurais dû rester avec elle.

Un rire m'échappe.

Et qu'est-ce que j'aurais fait ?

Elle s'est servie de moi pendant quatre ans, a pris part à mon kidnapping et moi, je m'inquiète pour elle !

De colère, je donne un coup de pied un peu trop fort dans le mur.

Bordel, ça fait mal !

Je sautille tout en secouant ma cheville douloureuse, finis par perdre l'équilibre et m'affale par terre. Je reste couchée dans la même position et mes yeux se perdent dans le noir. Je ne sais pas depuis combien de temps je suis ici, mais je crois apercevoir le soleil se lever par la petite bouche d'aération. Je soupire et ferme les yeux. Quand je les rouvre, je vois la porte s'ouvrir sur deux hommes et…

… Jerry !

Je me précipite à sa rencontre. Il ne tient pas franchement sur ses jambes, mais il est conscient, c'est déjà ça !

Je vais pour l'aider, mais me souviens que j'ai les mains attachées ! Heureusement, il passe de lui-même un bras autour de mon cou. Je le soutiens pour qu'il puisse s'installer par terre.

Il soupire et rejette la tête en arrière.

Je le regarde, attends qu'il dise un truc, mais rien ne vient. Il reste immobile, les yeux fermés, et moi je suis plantée comme une tarte devant lui. Mais pas un mot. D'impatience, je tape doucement avec mon pied dans le sien.

Il relève enfin la tête et m'observe un instant avant de passer une main sur son visage.

En tout cas, lui, il n'est pas attaché ! Ce qui n'est pas vraiment logique, si vous voulez mon avis. Il est bien plus rapide et plus fort que moi ! Franchement, un mètre quatre-vingts de muscles contre un mètre cinquante-neuf de cellulite, y a pas photo !

Me revient à la mémoire notre combat de kick-boxing…

J'avais oublié !

J'ai tourné et retourné la question dans ma tête depuis mon kidnapping et mon super-sauvetage — ma vie n'est pas vraiment trépidante ces derniers temps, ce qui fait que j'ai beaucoup de temps pour réfléchir ! —, enfin, bref, j'en suis arrivée à la conclusion qu'il m'a laissée gagner. J'avais calculé qu'il y avait un truc pas net quand je lui avais mis une dérouillée… Moi qui croyais que j'avais un super-coup de pied… Ou qu'il avait trop maté mes seins !

Non, j'ai un super coup de pied… et de très beaux nichons…

Donc il y a peut-être un peu des deux, ou plutôt des trois (si on compte le super coup de pied, mes magnifiques nichons et le fait qu'il me laisse gagner pour avoir le plaisir de voir tout ça de plus près).

Un sourire idiot apparaît malgré moi sur mon visage.

Il m'aimait déjà bien à l'époque.

Enfin, il m'aime tout court. Je sens naître un sourire encore plus idiot au souvenir de ses mots d'amour.

Je n'ai pas pensé à lui demander son nom de famille, j'espère qu'il n'est pas trop moche ! Sinon je garderai mon nom de jeune fille ! Enfin, ce n'est pas le moment pour les idées romantiques ! On décidera du plan de table plus tard. Pour l'instant, il faut régler mon kidnapping version *bis repetita*.

Je soulève les épaules tout en secouant la tête pour lui faire comprendre que j'attends.

Moi qui imaginais des retrouvailles un peu romantiques…

Romantisme, mon cul !

— Alors ? finis-je par demander.

Il soupire une nouvelle fois et me regarde avec des éclairs dans ses yeux gris.

Il est en colère ?

Non mais j'hallucine !

Il se fait bisouiller par miss Blondasse-j'ai-une-chevelure-de-Playmobil et il a le culot de bouder !

— Tu as couché avec O'Brian, dit-il, la mâchoire crispée.

— Quoi ?

— Putain, tu as couché avec cet enfoiré ! reprend-il, encore plus énervé.

— Non, j'ai pas couché avec lui, je réponds, agacée.

Il me jauge.

— Non mais dites-moi que je rêve ! Tu ne me crois pas ?

— J'en sais rien, je sais plus, dit-il en se passant une main dans les cheveux.

Je m'installe à côté de lui contre le mur. Je sens la chaleur de son corps m'envelopper. Nous nous toisons du regard en silence un moment, mes yeux marron perdus en pleine tempête.

— Je n'ai pas couché avec lui, je répète doucement.

— O.K., finit-il par lâcher à contrecœur.

— Pourquoi je te mentirais ?

Il regarde ses pieds, mal à l'aise, puis finit par passer son bras autour de moi pour m'embrasser dans les cheveux tout en marmonnant :

— Je suis désolé, ils m'ont embrouillé l'esprit.

— Comment ça ?

— Je ne veux pas en parler, répond-il, évasif.

Je l'observe et lève un sourcil. De toute évidence, il a envie de me mettre en colère ! Déjà le coup de la blondasse, je ne l'ai pas digéré, mais je me retiens. Ce n'est ni le lieu ni le moment de faire une scène de jalousie. En plus, il était inconscient au moment des faits, ce qui joue définitivement en sa faveur.

Je respire, je suis zen : en bref, je respire la zénitude !

En tout cas, je suis fière de ma réaction qui, pour une fois, est très adulte… contrairement à la sienne (si je puis me permettre !).

Maître Yoda serait fier de moi. Ou plutôt : fier de moi serait Maître Yoda !

— Tourne-toi, je vais te détacher, me dit-il avec un demi-sourire.

— C'est quoi ce petit sourire en coin ?

— C'est juste que j'aurais adoré dire cette phrase en d'autres circonstances, me répond-il avec une lueur de malice dans le regard.

— Tu me fais encore le coup de la diversion version fossettes ! je lui reproche.

— Je ne vois pas du tout de quoi tu parles, reprend-il en souriant largement

— Tu joues avec mes nerfs, Jerry, je lui lance, plus provocatrice qu'énervée.

Il ne répond pas et se met à desserrer mes liens. Une fois terminé, il les fait glisser le long de mes mains en effleurant ma peau du bout des doigts. Je me retourne face à lui et surprends son regard.

Il est conscient de l'effet qu'il me fait, le salopard !

— Jerry, tu comptes me dire pourquoi j'ai encore été kidnappée ?

Il soupire, replace une mèche rebelle et lève les yeux au plafond.

— Tu sais que j'adore tes cheveux ? me répond-il soudain, l'air sérieux.

Je l'examine. J'ai l'impression qu'il se fout de moi !

— Ils sentent bon, et cette couleur… reprend-il, perdu dans la contemplation de ma chevelure.

Rectification : je suis certaine qu'il se fout de moi !

— Jerry, réponds ! je crie presque.

Il me regarde, l'air surpris, et appuie de nouveau sa tête contre le mur.

— Lors de ma dernière mission en Irak, j'ai découvert que certains agents haut placés rendaient des services à des personnes peu fréquentables en utilisant l'Agence comme couverture.

— Quoi ? Je ne comprends pas. Tu les as fait arrêter ?

— Pas vraiment, je suis allé voir ma responsable, Q., qui m'a demandé de lui faire un rapport détaillé.

— Et tu l'as fait ?

— Plus ou moins, répond-il vaguement.

— Comment ça, plus ou moins ?

— On va dire que devant sa réaction ou plutôt son manque de réaction, j'ai pensé qu'il était plus judicieux de ne pas révéler que j'étais au courant de tant de choses. Si tu préfères, je suis resté vague en disant que j'avais des soupçons sur certains agents, tout en essayant d'orienter les recherches sur les personnes concernées.

— Pourquoi tu n'es pas allé jusqu'au bout ? Tu aurais pu aller trouver un autre responsable si tu avais des soupçons ?

— Lola, ça fait très longtemps que je travaille pour l'Agence et j'espérais prendre prochainement ma retraite et changer de vie, tout simplement. J'ai fait tellement de choses que je n'aurais pas dû faire… J'ai participé à beaucoup de ces fameuses opérations qui n'avaient pas la justice pour but. J'ai suivi les ordres sans jamais réfléchir à ce que je faisais. Je ne suis pas quelqu'un de bien. Je suis désolé, souffle-t-il. Je sais que ma réaction est lâche…

— Tu as eu peur, c'est tout, dis-je en caressant sa mâchoire du bout des doigts.

— Lola, je n'ai pas d'excuse, me répond-il en me regardant tristement.

Je m'installe à califourchon sur lui.

— Jerry, regarde-moi, dis-je en levant son menton pour plonger dans ses magnifiques yeux gris. Tu as le droit d'avoir peur. Tu as le droit de vouloir être égoïste, de changer de vie.

Il m'observe une seconde comme s'il évaluait ma sincérité, puis colle son front au mien, passe les mains sous mes fesses et me rapproche. Malgré moi, je sens une chaleur m'étreindre entre les cuisses en sentant la rigidité de son jean frotter contre mon entrecuisse. Il plonge son regard gris dans mes yeux marron et me dit :

— Lola, je t'aime parce que tu as le don de toujours voir le bon côté des gens. Mais crois-moi, je ne mérite pas toutes les excuses que tu me prêtes.

Comme seule réponse, je pose mes lèvres sur les siennes et l'embrasse avec douceur. Nos langues se caressent, se cherchent, se trouvent, s'enlacent. Ses mains parcourent mon dos et mes fesses avec gourmandise. Je sens le renflement de son pantalon prendre du volume, je frotte mon intimité déjà chaude et humide contre lui sans pudeur.

Il est à moi, rien qu'à moi…

Notre baiser s'enflamme. Je passe les mains dans ses cheveux, les tire, rapproche ma poitrine contre son buste ferme. A chaque respiration, mes tétons durcis frottent sur la dentelle de mon soutien-gorge. La sensation m'électrise. Je ne perçois que lui, ses mains, sa bouche, sa langue qui se frotte effrontément à la mienne… J'en veux plus… Tellement plus.

Je mordille sa lèvre, il me répond avec un gémissement avide.

— Lola, il faut qu'on se calme, dit-il à bout de souffle.

Très franchement, je me fous de ce qu'il faudrait ou non, là, tout de suite !

Je continue mon rapprochement sans vergogne. Je lèche avec convoitise la veine qui palpite dans son cou. Si j'étais un vampire, je l'aurais déjà bouffé tout cru !

Il se dégage et me regarde, hagard.

— Lola, on ne peut pas… C'est pas que l'envie me manque, crois-moi… Je…

Il ne finit pas sa phrase et se jette de nouveau sur moi, me faisant basculer sur le sol. Sa bouche assaille la mienne et nous entraîne dans un intense baiser. Il caresse mes seins tendus avec volupté, puis se relève brusquement et me regarde, les yeux écarquillés. Je ne comprends pas sa réaction et tente de me rapprocher de nouveau de lui, mais il me stoppe avec la main.

— Tu restes là où tu es, Lola.

— Hein ?! Tu peux pas me repousser comme si j'étais une vieille chaussette ! dis-je, vexée et beaucoup trop excitée pour arrêter tout ça.

— Ce n'est vraiment pas le moment. Je ne veux pas faire l'amour avec toi ici, ajoute-t-il en reculant encore.

— Je te demande pardon ?

Il passe les mains dans ses cheveux et sur son visage. Il semble en proie à un véritable dilemme. Ses yeux se posent sur ma poitrine, je le vois flancher un instant avant de se reprendre. Il ferme les yeux et entreprend une sorte d'exercice de yoga bizarroïde.

Non mais c'est quoi son problème ?

— Jerry…, je souffle son prénom d'une voix sensuelle tout en me rapprochant en ondulant du popotin.

Lola, plus forte que Shakira…

Il ouvre un œil et respire plus fort.

Mais comment dire ? J'en ai rien à faire ! Je suis à bout, je le veux, lui, moi, nos corps qui s'emboîtent…

Je l'atteins et ne perds pas de temps. Je passe doucement les mains sur ses cuisses et les agrippe. J'approche mon visage de son entrejambe. Son souffle s'arrête. Mon nez frôle le jean tendu, mes mains parcourent son torse, ma bouche caresse son sexe encore caché sous ses vêtements, mais je le sens se gonfler et tressauter quand je le mordille à travers le tissu. Je jette un coup d'œil à ma victime : il a la tête rejetée en arrière et semble avoir complètement oublié ses espèces d'exercices respiratoires. J'en profite pour déboutonner doucement son pantalon et là…

Eh merde, il s'est ressaisi !

Il se lève précipitamment et me fait basculer violemment sur les fesses.

— Mais tu es une vraie… diablesse ! dit-il, visiblement énervé, tandis qu'il rattache son pantalon.

Je croise les bras devant moi, prends une mine boudeuse et le regarde arpenter la cellule de long en large.

Il s'installe à l'autre bout de la pièce, l'air plus renfrogné que jamais.

— On peut parler aussi. On n'est pas obligé de… tout le temps, reprend-il, crispé.

Vu que je suis bien trop excitée pour être de bonne foi, je tourne la tête pour signifier mon mécontentement.

— Parfait, tu boudes, maintenant !

Je lui sors mon regard noir et me concentre de nouveau sur le mur.

— Eh bien, nous parlerons quand tu auras fini de faire la tête. En tout cas, merci, parce que, grâce à toi, je me sens mieux !

— Merci, j'avais remarqué quand tu as bondi ! je lance, en colère.

Il me sourit mais ne dit rien. Après un long silence, il reprend la parole.

— Tu ne m'as pas dit comment tu t'étais fait enlever, cette fois, demande-t-il d'une voix douce.

— Le père de Safia, qui n'est pas le père de Safia…

— Il ne t'a pas blessée ? demande-t-il, inquiet.

— Non. Tu savais que Safia, en fait, c'était une terroriste ?

— Ce n'est pas une terroriste, me dit-il en souriant.

— En tout cas, c'est elle qui est responsable de mon kidnapping. Pas celui-là, le premier.

— Je sais.

J'appuie ma tête contre le mur.

— Si ce n'est pas une terroriste, elle est quoi, au juste ?

— C'est un agent comme moi, mais elle travaille pour une autre société, qui revend des informations à de riches hommes d'affaires, des politiciens et d'autres personnes qui ont les moyens de se payer ce genre de services.

— Je ne comprends pas. Pourquoi elle s'est fait passer pour mon amie ? Je ne sais rien d'important, moi !

— Ce n'est pas à toi qu'elle volait des informations.

Un déclic se fait dans ma tête.

— Ma famille ! Elle volait des infos à ma famille ! dis-je, sous le choc.

Il hoche la tête et vient s'installer à côté de moi. Il m'enlace et m'embrasse dans les cheveux pour me consoler. Je me niche au creux de ses bras et profite de sa chaleur réconfortante.

Quand je pense à toutes les fêtes auxquelles elle a participé, ça me fait froid dans le dos. Même si ma famille est en France et moi à New York, on s'arrangeait toujours pour être ensemble pendant les événements importants. Safia faisait partie de la famille. Son père n'avait soi-disant jamais de temps à lui accorder et encore moins sa mère (elle avait toujours des concours de beauté pour ses caniches nains)… Alors Safia suivait la joyeuse troupe Morell en France ou chez Matt, et était toujours ravie de recevoir ma famille dans notre coloc.

Pauvre Matt…

J'espère qu'il va bien, en dehors du fait qu'il doit avoir le cœur brisé.

Je ne l'avais jamais vu aussi attaché à une fille. Je crois qu'il aime ou aimait sincèrement Safia. Je ne supporte pas le fait qu'elle se soit servie de moi pour faire du tort à ma famille qui l'a accueillie à bras ouverts. A l'heure actuelle, elle doit être avec mon père, qui va apprécier ça encore moins que moi, le connaissant.

Tandis que je suis perdue dans mes pensées, Jerry passe les mains sur mes bras nus.

— Mais pourquoi j'ai été kidnappée ? je demande, tout à coup.

— Pour avoir mes codes, me répond-il.

— C'est quoi, ces codes qu'ils veulent tous absolument ?

Oui, parce que, mine de rien, c'est la deuxième fois que

je me fais kidnapper pour ces saloperies de codes, donc j'ai le droit de savoir de quoi il s'agit !

— Chaque agent possède un code qui lui est propre. Il donne accès à toutes ses données personnelles et professionnelles. C'est également ainsi que l'on gère nos différentes identités, sans compter les informations confidentielles relatives à nos missions. Ses codes sont bien spécifiques, ce qui veut dire que lorsque l'on consulte une information, on est immédiatement identifié.

— Pourquoi vouloir tes codes à toi en particulier ? Je veux dire, ce ne serait pas plus simple que Q. utilise les siens et qu'elle dise qu'on les lui a volés ?

— Les siens ne servent à rien. Elle n'a pas accès à certains renseignements.

— Comment ça ? Ce n'est pas ta supérieure ? Si c'est relatif à tes missions, elle doit forcément superviser le truc !

— Pour plus de sécurité, l'Agence ne délivre pas les mêmes accès à tous les agents, même aux plus gradés. Comme ça, elle évite les fuites. Donc, certes, elle connaît les informations relatives à mes missions, mais pas tout.

— Quelles sont les informations qui lui manquent ?

— Certaines de mes identités, mes données personnelles, des codes d'armement ou des localisations de témoins sous protection, et des tas d'autres choses.

Mouais, vu la situation, c'est pas plus mal qu'elle n'ait pas accès à ces codes !

— Tu ne les lui as pas donnés ? je demande.

— Non, mais je ne suis pas certain que… dit-il en secouant la tête.

Il ne finit pas sa phrase mais je vois où il veut en venir. Si sa chef veut vraiment les codes, elle ne reculera devant rien. Et pour être sûre d'y arriver, elle a pris de quoi le motiver : moi.

J'ai comme l'impression que nous allons passer un sale quart d'heure.

Au moins, si on avait fait quelques galipettes, je me sentirais moins frustrée, esseulée, affolée, angoissée…

La porte s'ouvre sur deux gardes.

— Jerry, quoi qu'il se passe, ne dis rien, je lui lance, plus courageuse que jamais.

Je me lève, la tête haute, je me ferai torturer avec honneur !

Jerry m'attrape par la main. Les gardes ne bronchent pas mais ne semblent pas ravis.

— Lola, je ne suis pas sûr de le pouvoir. Je sais que tu es très courageuse, mais quand il s'agit de toi, j'ai la fâcheuse tendance à ne pas me montrer très objectif.

Je me jette à son cou et l'embrasse tendrement. Une fois notre baiser terminé, je lui glisse à l'oreille :

— Si tu dis quoi que ce soit, je ne te le pardonnerai jamais.

Puis je me tourne vers les gardes avec la même résolution.

Au fur et à mesure que nous foulons le sol poussiéreux, je sens toute ma bonne volonté s'évanouir. Une envie irrépressible de partir en courant me prend.

Je zieute les armes de mes geôliers : mauvaise idée.

Me faire tirer dessus alors que je tente l'évasion du siècle sera peut-être moins pire que ce que j'ai en tête…

Parce que voilà, mon imagination part en vrille.

J'aime pas avoir mal, alors, la torture, je le sens pas du tout… *mais alors pas du tout…*

Ça me rappelle quand j'étais enfant et qu'il faisait noir dans ma chambre. En chaque ombre, j'imaginais un monstre maléfique aux dents crochues. Ben là, c'est la même chose mais avec Miss J'ai-un-nom-de-merde-et-une-coiffure-aérodynamique dans le rôle du croque-mitaine. Des frissons parcourent mon corps. Je pourrais accuser le froid, mais ce n'est même pas le cas. Je ne sais pas si j'ai chaud, si j'ai froid ou si je suis pile à la bonne température. Je jette un nouveau coup d'œil autour de moi et constate que nous n'avons avancé que de quelques pas. Pourtant, j'ai l'impression d'avoir fait des kilomètres…

Un nouveau plan me vient en tête : je pourrais retourner dans la cellule, m'y enfermer et… et puis voilà ! Après tout, il suffirait que je fasse demi-tour, et en quatre pas grand max, c'est réglé. En plus, je pourrais compter sur l'effet de surprise !

C'est drôle, je me sens toujours plus courageuse quand je n'ai pas besoin de l'être !

Par exemple, tout à l'heure, dans la cellule, j'étais au top de la bravoure et de l'audace, tout ça porté par une belle assurance. Mais maintenant… ben, j'ai envie de me rouler en boule dans un coin et d'appeler mon papa à l'aide !

J'avance à la vitesse d'un escargot.

En fait, non. Même un escargot semblerait sous ecstasy à côté de moi !

Je ne vois pas Jerry venir. Il met K.-O. un des gardes et désarme l'autre avant de lui réserver le même sort.

Je le regarde, encore sous le choc.

— Je te l'ai dit, je ne peux pas les laisser te faire du mal, me dit-il avec un sourire à cinquante millions de volts façon Sexy-Fossettes.

Il pourrait faire des pubs pour dentifrice. Si vous voulez mon avis, il serait bien plus vendeur que Miss Boule à facettes ! Dommage pour eux, je ne partage pas ! Je le garde pour moi, et son sourire aussi !

Il m'attrape par le bras et me plaque contre le mur. Il arme l'un des flingues, me le tend et garde l'autre pour lui.

— Tu crois vraiment qu'on a une chance de s'échapper ? je lui demande à voix basse.

Il semble hésiter, mais me répond avec un grand sourire :

— Bien sûr !

— T'as mis trop de temps pour répondre à la question ! Et en plus, si tu pensais pouvoir t'échapper, tu l'aurais déjà fait avant d'être torturé et suspendu comme un porcelet au plafond ! dis-je, un brin tendue.

Bon, O.K., très tendue !

Pour toute réponse, il m'embrasse dans les cheveux et me sort d'un ton autoritaire qui fait frémir ma petite culotte :

— Reste bien derrière moi et, quoi qu'il se passe, continue. Ne réfléchis pas, tire et fais attention au recul.

Puis il s'avance, les jambes fléchies et le corps sous tension.

Pourquoi ma vie ne peut-elle pas être simple ? Pourquoi n'ai-je pas le droit à un mec normal avec, comme seule complication à notre relation, une belle-mère acariâtre ?

Non !

Moi, il me faut des psychopathes voleurs de codes, des hommes armés, des blondasses à coiffure de Playmobil, une meilleure amie qui se révèle ne pas être une meilleure amie, un petit copain capable de tuer un homme à mains nues (démonstration en cours !)...

Bordel, mais c'est une machine !

Un couinement s'échappe de ma gorge quand je tire sur un mec en train de viser Jerry. Je cours me cacher derrière une cagette de je-ne-sais-quoi et continue de tirer chaque fois que je vois un garde s'approcher, accompagnant chaque coup de feu d'un couinement étrange. En bref, je couine en tirant ! Ou plutôt, je tue des gens en couinant !

Jerry, lui, ne semble ni tourmenté par sa conscience ni pris de couinements intempestifs. Il avance, rend coup pour coup, enchaîne des figures de fou, balance des trucs qui traînent sur eux (et *zoup*, un morceau de palette de bois dans la tête !)… Il semble complètement maître de la situation.

C'est pas le cas de mon côté ! D'autres gardes arrivent, plus armés que jamais. Ils sortent des mitraillettes et se déchaînent sur ma pauvre cagette qui ne leur a pourtant rien fait ! Je m'accroupis un peu plus et lis l'inscription sur la caisse de bois…

Oh, putain de merde !

Je sprinte en direction de Jerry et lui saute dessus, alors qu'il se préparait à frapper un nouvel adversaire. J'encaisse un violent coup dans les côtes, mais ce n'est rien à côté de l'explosion qui projette des morceaux de bois dans tous les sens. Personne n'est épargné. Certains sont violemment propulsés et restent sous le choc, d'autres sont mortellement touchés. En tout cas, c'est la pagaille.

Je me relève difficilement et constate que ça a calmé l'ambiance. Plus personne ne tire, un épais nuage nous recouvre. Jerry ne perd pas de temps. Il m'attrape, me jette comme un sac de pommes de terre sur son épaule et se dirige vers la sortie. Il continue d'abattre un à un ceux qui ont le malheur de se trouver sur notre passage. De mon côté, je surveille ses arrières et tire à vue.

Je distingue enfin la porte de l'entrepôt entrouverte et sens l'air frais nous envelopper.

Jerry me fait descendre avec douceur le long de son torse.

C'est quand je regarde son visage que je comprends que nous ne sommes pas tirés d'affaire, loin de là. Un groupe armé nous encercle, et ils n'ont pas l'air contents. Un tas de lumières rouges s'arrêtent sur moi. J'ai l'impression d'être un sapin de Noël !

Par réflexe, Jerry se place devant moi. Je suis obligée de passer la tête sur le côté pour voir ce qu'il se passe. Miss Blondasse-j'ai-un-nom-de-derrière fend la foule. Elle nous regarde avec un air d'institutrice sévère et s'avance vers nous.

— J'avoue que cela ne m'étonne guère de vous, agent J. Par contre, mademoiselle Morell, je vous croyais plus… docile. Et en plus vous savez vous servir d'une arme ! dit-elle en me la prenant du bout des doigts comme si elle était sale.

— Si vous saviez jusqu'où s'étendent mes compétences, vous seriez étonnée ! je lui réponds avec des éclairs dans les yeux. Je pratique le kick-boxing également. Une petite démonstration, peut-être ?

Histoire de te faire bouffer ton sale petit air de sainte-nitouche !

D'ailleurs, je commencerai par la décoiffer… Ses cheveux me perturbent !

Jerry me repousse derrière lui avec la main.

Et puis c'est quoi cette remarque de merde ? Evidemment que je sais me servir d'une arme ! Le faux père de Safia en est la preuve ! Je l'ai pas loupé…

— Bien. Que vais-je donc faire de Bonnie and Clyde ? dit-elle en se tapotant le menton.

— Vous avez qu'à nous relâcher ! je lui lance en faufilant de nouveau ma tête à côté de Jerry.

Elle me regarde et se met à rire comme si je venais de

lui sortir la meilleure blague de l'année. Agacé, Jerry me repousse une nouvelle fois derrière lui.

O.K., je dois le prendre comment ? Si on n'a plus le droit de parler, alors !

— Allez, en route, lance Q. en faisant signe à ses gardes pour qu'ils viennent nous menotter.

Bon, je sens qu'on n'a pas avancé tant que ça dans notre fuite, me dis-je tandis que l'on me passe des Serflex. Jusque-là, je n'avais rien contre ce petit morceau de plastique, mais plus ça va et plus j'ai une grosse envie de retrouver le mec qui a inventé ce truc et de le lui faire bouffer.

En tout cas, cette fois-ci, on en met aussi à Jerry !

Ça ne me console pas vraiment, mais bon… c'est déjà plus logique.

Les gardes nous conduisent jusqu'à une sorte de fourgonnette et nous poussent à l'intérieur. J'en ai quand même marre de me faire kidnapper ! L'exploration des tanières de vilains ne fait pas partie de mes sorties favorites. J'ai l'impression d'être Dora l'exploratrice version commando…

Comme dirait ma cops :

Allons-y let's go
C'est parti les amis
Ils vont pas trouver leur code de merde
Je sais qu'ils peuvent pas y arriver
Où allons-nous ?
Dans le repère des vilains !
Où allons-nous ?
Dans le repère des vilains !
Où allons-nous ?
Dans le repère des vilains !

Chapitre 20

Jusque-là, ma taille ne m'avait jamais dérangée. Je me sais petite, mais ça ne me gêne pas plus que ça. Je ne voulais pas être mannequin, basketteuse ou je ne sais quelle profession qui me pousserait à regretter mon misérable mètre cinquante-neuf. La seule difficulté que représente ma petite taille, c'est pour choper des trucs tels que les boîtes de petits pois au supermarché.

Heureusement pour moi, j'ai de beaux nichons et un visage d'ange, donc je trouve toujours une âme généreuse pour me venir en aide dans ce genre de moments difficiles.

J'ai ce que l'on appelle un charme tout-terrain !

Je suis capable de faire craquer aussi bien la vieille dame avec mon air poupin, la mère de famille avec mon humour dévastateur (ça marche également avec les gays !) et l'ensemble de la gent masculine hétérosexuelle en gonflant les nichons !

Mais là, tout de suite, alors que je me retrouve encadrée par deux Vikings de bien deux mètres de haut et au buste aussi large que celui de Hulk, je me sens minuscule, et quelques centimètres de plus n'auraient pas fait de mal à mon courage (qui a définitivement pris la poudre d'escampette). Je chercherais bien Jerry du regard histoire de me rassurer, mais mes gardes du corps version XXL me bouchent la vue et je n'ose pas leur demander de se décaler. Je me vois bien lancer à celui de droite : « Eh, Musclor ! Tu bouges, je veux faire un coucou à mon petit copain super-sexy ! »

Mouais, je ne suis pas persuadée que ça passe. Je jette un coup d'œil en douce à mon voisin.

Putain, on dirait qu'il s'apprête à mordre quelqu'un ! Manque plus que la bave et on pourrait croire qu'il a la rage. Je ne sais pas ce que le monde ou même la Terre entière lui a fait, mais il ne semble pas content. Et le pire, c'est que je crois que c'est inné chez lui !

Je prends donc mon mal en patience — puisque de toute manière, je n'ai pas vraiment le choix — et essaie de repousser au loin mes angoisses sur les éventuelles tortures abominables qui m'attendent à l'arrivée.

Soyons réaliste, je suis certaine que la blonde ne me garde pas en otage pour boire le thé en ma charmante compagnie. Ce qui est plutôt nul, car je suis une fille super-agréable et très amusante. Au passage, je pourrais même lui donner quelques conseils capillaires, parce que, franchement, sa coupe, c'est tout simplement pas possible.

Comment fait-elle pour que ses cheveux ne bougent pas d'un poil ?

Pas une mèche de travers, rien… Je crois connaître la réponse : la laque !

Elle doit faire un putain de trou dans la couche d'ozone tous les matins, un truc de fou…

De toute façon, je ne suis pas sûre d'arriver à la dérider. Je crois que le balai qu'elle a entre les fesses est bien vissé, ou collé. Enfin bref, il est bien là où il est.

Donc, revenons à ce qui m'attend…

Si je devais faire mon top 5 des pires tortures, ça donnerait un truc dans le genre :

(Attention, âmes sensibles, ne pas lire la suite — vous pouvez sauter les prochains paragraphes, je ne vous en voudrai pas !)

Numéro 5 (je commence par la moins pire) – *On tente de me noyer.*

Pour l'avoir déjà vécu, je sais que c'est horrible ! Mais bon, tu finis par perdre connaissance et une fois que tu n'as plus conscience de rien… eh bien, tu n'as plus conscience de rien, voilà !

Numéro 4 – *Me faire électrocuter.*

Là aussi, déjà tenté. Quand j'étais petite, il y avait un pré avec des vaches à côté de chez nous. Mes frères et moi, on s'y rendait pour leur faire peur. Sauf que je ne cours toujours pas vite maintenant, et encore moins à l'époque ! Alors je vous le donne en mille, c'est qui qui se faisait poursuivre par les vaches en colère ? C'est bibi ! J'accélérais jusqu'à la clôture électrifiée, et ma maladresse étant ce qu'elle est, je me prenais souvent le jus. Le pire, c'est quand, une fois, j'ai relevé la tête trop vite et me suis pris le fil en plein dans le mille. J'ai marché de travers un moment après ça, mais ça a fini par passer. Tout ça pour dire que j'ai conscience que le courant qui servira à me torturer sera certainement plus fort que celui de la clôture mais que je sens que je peux gérer.

Numéro 3 – *Me faire tirer dessus.*

Bon, pas besoin de faire beaucoup marcher son imagination, j'en ai des frissons dans le dos rien qu'à l'idée de la douleur. Mais c'est comme la noyade, tu finis par perdre connaissance et… je vais pas me répéter, vous avez compris l'idée !

Numéro 2 – *Qu'on m'injecte une drogue paralysante et qu'on me déguise en poupée.*

Celle-là, elle sort d'un épisode d'*Esprits criminels.* J'en ai fait des cauchemars durant au moins deux semaines ! Raspoutine n'en pouvait plus. Il a dû dormir avec moi et ne devait sous aucun prétexte quitter mon lit. J'ai gardé la lumière du couloir allumée la nuit pendant plus d'un mois ! J'en ai la chair de poule rien que d'y repenser. Il s'agissait du psychopathe standard, vous savez, celui qui tue sa mère et la garde au congélo (je ne préfère pas me demander pourquoi il la garde au frais !). Son kif, c'était de kidnapper de jolies demoiselles, de les droguer et de les déguiser en poupées. Il les installait à une petite table genre salon de thé et jouait comme un petit fou avec ses nouvelles amies.

C'est bien ce que je disais, flippant !

Numéro 1 – *Me faire torturer avec des insectes, des rongeurs, des serpents…*

En bref, tout ce qui fait moins de dix centimètres, rampe, est recouvert d'une substance visqueuse. Là, c'est sûr, je ne maîtrise plus rien. Je hurle, pleure et frôle même la crise cardiaque en cas d'attaque soudaine de cafards ! Je grimace et un frisson d'effroi me parcourt à l'idée de croiser le chemin d'une affreuse blatte.

Je m'enfonce légèrement sur mon siège et cale la tête contre le dossier en fermant les yeux. Mon crâne suit les mouvements saccadés de la voiture, tressaute, dodeline à droite, à gauche…

Un brusque coup de frein nous projette tous contre la paroi de séparation. Mon front cogne violemment contre la vitre. Un des gardes m'écrabouille dans sa chute, me coupant la respiration. Le choc ravive ma douleur à l'épaule. Je suis tout étourdie. Je tente de trouver Jerry du regard. Je veux être sûre qu'il va bien…

Je le distingue en train de frapper brutalement les gardes.

Tout est flou, j'ai la tête qui tourne.

L'habitacle de la voiture est trop petit… Je reçois de nouveau plusieurs coups. Un éclair de douleur traverse mon crâne, un coude s'enfonce dans mon ventre, un genou me frappe brutalement dans les côtes, ma respiration se coupe de nouveau… Je perds pied petit à petit, lutte pour rester consciente, mais ne parviens à distinguer que des bruits de mâchoires qui craquent sous la violence des coups, des os qui se brisent…

Je ferme les yeux un instant et sursaute lorsque j'entends des détonations à l'extérieur de la camionnette. Des cris étouffés me parviennent comme un écho. Le bruit des coups résonne contre le métal de l'habitacle. L'ensemble forme une étrange symphonie, ou plutôt une funeste mélodie… Je ne sais pas trop ce qui se passe, mes yeux se ferment, encore. Je sens qu'on m'écrase la tête contre la vitre, le verre tente de percer mon crâne, mais la pression s'interrompt d'un coup. Un courant d'air m'enveloppe, me ranimant légèrement. Lorsque je rouvre les paupières, je constate que Jerry a assommé ou tué tous les gardes. En tout cas, ils ne sont pas conscients. La portière est grande ouverte, des rafales de balles frôlent la voiture. Je me passe la main sur le visage, je n'arrive pas à me ressaisir. Il faut que je sorte d'ici… Enfin, je crois… Je ne suis pas certaine ! Je ne sais pas ce qui se passe dehors, mais ça a l'air d'envoyer du lourd !

Mon père m'a peut-être retrouvée et vient me sauver ?

Ça doit être ça. Je ne vois pas qui ça pourrait être d'autre !

Qu'est-ce que je fais ? Je sors du van ou pas ?

Je me dis que si on m'a laissée là, ça doit être pour ma sécurité… Une balle vient de fracasser la vitre qui se trouve à quelques centimètres de ma tête.

Il faut que je sorte d'ici !

Je décide de tenter ma chance de l'autre côté. Ça a l'air plus tranquille par là-bas ! Sauf que mon corps ne semble pas vouloir bouger. J'ai l'impression que ma tête pèse une tonne, la garder droite relève de l'exploit, et j'ai les membres tout engourdis.

Allez, Lola, tu peux le faire…

J'ai pas envie de mourir aujourd'hui !

En plus, il fait super-beau et c'est bien connu, on ne meurt que quand il fait un temps de merde !

Je tente de soulever la jambe droite, mais ça veut pas… Je mets quelques secondes avant de m'apercevoir que l'un des sosies de Hulk est allongé dessus. Ne me reste plus qu'à bouger le gros bébé qui doit bien peser plus de cent kilos. J'y vais avec les deux mains mais rien n'y fait, je n'arrive pas à le soulever de plus de deux centimètres.

Si seulement j'avais un truc pour faire levier ! Un tronc d'arbre, enfin, un truc… *Un gros truc*, me dis-je en usant de toutes mes forces.

La bataille fait rage dehors. Les coups de feu s'intensifient, mais rien à faire, je suis bloquée. Une nouvelle balle vient se loger juste en face de moi.

Une boule se forme dans ma gorge et la panique commence à poindre.

Pourquoi personne ne me fait sortir de cette putain de voiture ?

Je sens les larmes couler sur mes joues.

Et s'il n'y avait plus personne pour me sauver ?

Après tout, je ne sais pas ce qu'il se passe dehors. Concrètement, je n'ai pas vu Jerry sortir du van.

Bon, Lola, tu ne vas pas attendre de mourir ici…

Je balance mon corps de gauche à droite, tire sur ma jambe en soulevant Hulk. Ça bouge un peu, ça fait un peu mal aussi. Je sens mon genou craquer et comprends que maintenant, je ne pourrais plus courir quand je sortirai du véhicule. Mais je ne peux pas attendre de me prendre une balle perdue ! Je tire une dernière fois sur ma jambe et sens mon genou craquer définitivement. Un cri sort du tréfonds de ma gorge.

Je suis libre ! Je souffre ma race, mais je suis libre !

Je sais que ce n'est qu'une douleur musculaire, mais, pour le moment, ça me fait un mal de chien. Si je m'en sors, je mettrai un peu de glace sur mon genou et, d'ici à deux jours, ça ira mieux. Mais ça, c'est si je m'en sors !

Mes larmes ne semblent pas vouloir s'arrêter, mais je n'y prête pas attention. Je me soulève sur ma jambe valide et aperçois une arme coincée entre l'un des gardes et la portière. Je la saisis, vérifie qu'elle est chargée, ôte le cran de sûreté.

Je respire un grand coup, tente de calmer mon rythme cardiaque, mais sans grand succès. Mon cœur a décidé de danser la java dans ma poitrine et rien ne semble vouloir l'arrêter. Je m'apprête à sortir et change d'avis au dernier moment. Je ne suis vraiment pas sûre que ce soit une bonne idée. Je me vois mal clopiner entre les coups de feu. Je jette un nouveau coup d'œil à la première porte par laquelle je voulais m'échapper et souffle de dépit. Elle est coincée, et vu le mal que j'ai eu pour débloquer ma jambe, je préfère ne pas tenter par là. Il va falloir que je sorte par la portière ouverte. Je vais pour quitter de nouveau le véhicule mais, tout comme la première fois, je change d'avis.

C'est la merde, la vraie de vraie, la super-méga-grosse merde !

Il faut que je me lance comme ça, sans réfléchir…

C'est sûr que ça va être dur de réfléchir avec une balle dans la tête !

C'est pas possible, si mon esprit sarcastique s'en mêle, je ne suis pas sortie de l'auberge.

Une nouvelle balle me passe devant le nez et vient se ficher dans la carrosserie du véhicule.

Bon, Lola, t'as plus le choix…

Je n'ai qu'à imaginer qu'il y a le feu, que je dois absolument sortir. Ou non ! Des cafards ! Il y en a plein partout qui grouillent et qui remuent leurs affreuses antennes. Ils me regardent avec leurs yeux vitreux de blattes…

C'est bon, là, je tiens un truc…

Je tente de me coucher au sol malgré mon genou douloureux. Peut-être qu'en rampant j'aurai plus de chances de m'en sortir. Certes, je serai moins rapide, mais qui ne tente rien n'a rien.

Je me demande vraiment pourquoi Jerry m'a laissée dans la voiture si c'est dangereux ?

Peut-être que ça ne l'est pas ? Ou bien c'est peut-être moins risqué que dehors ?

Et voilà que je me dégonfle une nouvelle fois !

Je me fatigue à changer d'avis toutes les deux secondes. Je me relève et m'assois sur l'un des gardes. J'effleure de la main l'une de mes bosses et me dis que je ne suis vraiment pas la nana la plus courageuse de la Terre. Un vacarme assourdissant retentit dehors, une explosion…

Bon sang, elle était tellement puissante que la voiture a bougé !

Maintenant…

Je bondis hors du véhicule en ne réfléchissant pas trop à ce qui m'attend. C'est le moment ou jamais.

Je sors la tête de la voiture et suis accueillie par… Safia !

— Bouge-toi ! Allez vite, Lola, il faut partir, dit-elle en m'attrapant par la main.

Je la retire immédiatement. Je ne sais pas trop comment réagir. J'ai une arme, je devrais peut-être lui tirer dessus ?

Je secoue la tête. Ce n'est pas une bonne idée.

— Lola, je sais que tu m'en veux, mais ce n'est vraiment pas le moment, me hurle-t-elle.

— Tu es venue me sauver ? je demande, incertaine.

— Oui, Lola, je te l'ai dit : tu es mon amie. Alors bouge tes fesses ! me lance-t-elle en me saisissant de nouveau la main.

Je la suis aussi vite que possible malgré ma jambe blessée. Je réfléchirai plus tard. On ne sait jamais, si ça trouve, elle est vraiment venue me sauver… De toute façon, je suis armée, alors, si elle m'embête, je lui tirerai dessus.

Jerry…

— Merde, où est Jerry ? je demande en regardant à droite à gauche et en dévisageant chaque homme au sol.

— En sécurité, ne t'en fais pas, me répond-elle, sans ralentir.

— Tu l'as tué ?

Je m'immobilise. Elle m'observe comme si je venais de l'insulter.

— Non… T'es pas sérieuse, là ? *Je ne l'ai pas tué*, dit-elle en articulant chaque mot.

Je la fixe. Elle semble sincère et, de toute manière, j'ai trop mal à la jambe pour être suspicieuse.

— Mouais, dis-je en avançant de nouveau.

Elle soupire et me soutient pour m'aider à marcher. Nous arrivons devant une Coccinelle qui a connu des jours meilleurs.

— Tu crois vraiment que je vais monter là-dedans ? je lui demande, les yeux écarquillés.

— Oui, figure-toi que j'avais cet espoir fou de te voir monter dans la voiture sans rechigner.

— Mais c'est quoi, cette voiture ? dis-je en détaillant le véhicule, l'air sceptique.

— C'est tout ce que j'ai trouvé pour venir te sauver les fesses, alors sois reconnaissante et monte dans cette fichue Coccinelle, s'exclame-t-elle, visiblement à bout de nerfs.

— Où est Jerry ? j'insiste.

Elle soupire et semble un peu perdue.

— J'en sais rien, voilà. Quand je suis arrivée, j'ai vu qu'on le faisait monter dans une berline noire. Au début, j'ai pensé que tu y étais aussi, puis je t'ai entendue crier, donc j'ai tout fait péter.

— Tu m'as encore menti ! dis-je, furieuse en la tapant sur l'épaule. Qui me dit qu'il n'est pas là-bas ?

— Je n'aurais pas dû te le dire !

— Tu ne penses pas que j'aurais fini par m'en rendre compte ? !

— Bon, Lola, monte dans la voiture ou je t'y fais entrer de force, me dit-elle, menaçante.

Je cède. Il n'y est pas, c'est sûr. Jamais il ne m'aurait laissée dans la voiture autrement… En plus, un mec s'approche de nous et il n'a pas l'air content du tout ! Ni une ni deux, Safia lui tire dessus, avant d'en éliminer un autre.

On ne va pas s'attarder. Je grimpe dans la Coccinelle, suivie de près par Safia qui s'installe au volant et démarre sur les chapeaux de roues.

— Je ne comprends pas. Jerry est monté dans la berline comme ça, sans tenter de venir me chercher ? je demande en pressant doucement l'une de mes bosses.

— Pas vraiment, non.

— Comment ça, *pas vraiment* ?

— Il était inconscient, me répond-elle en regardant dans le rétroviseur.

— J'hallucine, tu es une vraie garce ! En sécurité, *mon cul* !

— On va le retrouver, panique pas, me dit-elle, pas très convaincante.

Je me renfrogne. C'est pas possible de mentir tout le temps comme ça !

— Pourquoi tu n'es pas avec mon père ?

— Je me suis échappée avant qu'il arrive.

— Et où est-ce que tu m'emmènes ?

— Dans un endroit sûr. En plus, tu as besoin de soins et de prendre une douche.

— Pourquoi es-tu venue me sauver ?

— Je te le répète mais c'est la dernière fois, car je me suis déjà excusée : tu es mon amie et à aucun moment je n'ai mis ta vie ou celle d'un membre de ta famille en danger.

— Non, tu as juste profité de notre hospitalité pour dérober des informations confidentielles.

— Tu vois, tu as fini par comprendre, me dit-elle avec un sourire en me tapotant l'épaule.

— Tu ne prends même pas la peine de nier ? je crie, furieuse.

— Pourquoi ? C'est la vérité !

Je secoue la tête et lève les bras au ciel. Voilà que je fais mon Paul, maintenant !

— Tu m'as menti pendant quatre ans…

— Oui, mais pas sur tout !

— Déjà, ton nom ! Je veux le vrai, je lui demande, m'attendant au pire.

— C'est Safia Amberson.

— Arrête, je te dis, le vrai.

— C'est mon vrai nom !

— Tu utilises ton vrai nom ? je demande, surprise.

— Oui, je ne suis pas un agent comme ton père, tes frères ou même Jerry. Je suis une sorte d'intérimaire.

— Tu blagues ? Une intérimaire ?

— Oui, il y a un peu plus de quatre ans, j'ai demandé un prêt étudiant pour payer mes études. J'ai démarché plusieurs banques et aucune ne me l'a accordé. J'étais à deux doigts d'abandonner quand un organisme m'a contactée et m'a proposé de me payer mes études en échange de quelques services. Et je crois que tu devines la suite.

— Tu as fait tout ça pour payer tes études ?

— Pas que ! Je l'ai fait pour l'argent en plus de mes études. Si tu savais combien j'ai gagné en quatre ans, c'est un truc de fou !

— Je ne sais pas ce qui est le pire : que tu te sois servie de moi et de ma famille pour l'argent ou que tu n'aies aucun remords.

Elle ne dit rien et semble se concentrer sur la route.

— Et mes livres, qui est-ce qui les publie, si tu n'es pas éditrice ?

— Je n'ai pas dit que je ne l'étais pas ! Je travaille comme une folle, ma cocotte ! Tu crois quoi ? Voler des infos à ta famille, on fait mieux comme métier d'avenir ! Mon vrai travail, c'est l'édition. Et les infos, ça me permet de me faire un peu d'argent.

— Pas qu'un peu, si je te suis bien ! je lui rétorque.

— Je ne vais pas le nier, pas qu'un peu.

Le silence s'installe de nouveau dans l'habitacle.

Pour le coup, je ne peux pas lui reprocher d'être honnête !

— Mais ta mère, c'est vraiment une fanatique de caniches ?

Elle se met à rire et m'observe un instant.

— Non, mes parents sont décédés il y a cinq ans dans un accident de voiture. C'est pour ça que j'avais besoin de cet argent. Ils s'étaient saignés pour payer mes études et, quand ils sont morts, j'ai été ensevelie sous une montagne de dettes.

— Je suis désolée, Safia.

— Arrête de t'excuser sans arrêt ! Grâce à toi et à ta famille, je n'ai plus aucune dette.

Mouais, vu sous cet angle, effectivement, je n'ai pas à m'excuser.

Je regarde par la vitre et observe le paysage défiler. Nous avons quitté New York et ses grands buildings pour une banlieue où des enfants rient et font du vélo.

— On est presque arrivées, me dit Safia avec un grand sourire.

Cela se confirme quelques minutes plus tard quand elle gare la Coccinelle dans une allée. J'observe la maison, petite mais charmante, et me demande ce que nous foutons ici.

Mon ex-meilleure amie sort de la voiture et vient ouvrir ma portière. Un enfant passe à côté de nous à vélo et nous fait coucou. Je ne réponds pas et le regarde comme s'il venait d'une autre planète.

— Lola, sors de la voiture. Tu ne voulais pas y entrer et maintenant tu ne veux plus en sortir ? T'es vraiment difficile à suivre.

— Venant d'une fille qui est éditrice et agent secret intérimaire, je ne sais pas trop comment le prendre ! je lui rétorque en finissant par sortir.

Une fois debout, je dissimule mon arme du mieux que je peux, sans pour autant oser la glisser dans mon pantalon. On ne sait jamais, vu la chance que j'ai, je suis capable de me tirer dessus sans faire exprès !

Je suis Safia jusqu'à la porte d'entrée. Elle sort un porte-clés Mickey et ouvre. Elle a l'air à l'aise et l'endroit lui semble familier. En ce qui me concerne, je suis sur le qui-vive. Je me fais un peu trop souvent kidnapper ces derniers temps !

A peine la porte franchie, je comprends immédiatement où je me trouve : chez Safia ou, plutôt, chez les défunts parents de Safia. Mon regard se pose immédiatement sur les photos de famille. Y a pas à dire, ces vrais parents paraissent plus vrais que les faux… Elle me regarde, toujours souriante, et finit par fermer la porte.

— Je dois t'avouer que je suis contente que tu sois ici et que je n'aie plus à mentir.

— Je dois t'avouer que je préférerais que tu ne m'aies pas menti tout court ! je lui réponds en détaillant une photo d'elle déguisée en un truc jaune indéfinissable.

— Halloween, j'avais 5 ans. Ma mère m'avait fabriqué un costume de Winnie l'Ourson. Ce n'était pas une grande couturière et, pourtant, elle s'obstinait chaque année à me créer mon costume ! me dit-elle avec nostalgie.

— C'est Winnie l'Ourson, ça ? Ah oui, quand même !

— Viens avec moi, on va te soigner et te rendre forme humaine.

Je la suis et me dis que, finalement, je suis contente qu'elle m'ait amenée ici. Ça me permet de découvrir la vraie Safia.

J'essuie la buée sur le miroir d'un geste de la main et m'examine. *Pfiou*, voilà l'horreur ! J'ai les yeux cernés et bouffis, des bleus partout et, surtout, une bosse spectaculaire au milieu du front.

— Lola, tu la veux à quoi, la pizza ? Je pensais prendre une quatre fromages, me lance Safia à travers la porte de la salle de bains.

— Ça me va ! Prends la formule avec la bouteille de Coca et la glace, s'il te plaît.

Je soupire et resserre la serviette autour de ma poitrine. J'en ai marre de me torturer les méninges et de me demander si tout ce qu'elle m'a raconté est vrai ou non. Le hic, c'est que quatre ans de mensonges, ça laisse des marques. Donc, pour le moment, je préfère ne pas me forger d'opinion sur la question et décide de profiter de l'instant en dévorant une pizza bien grasse.

Je finis de me sécher et enfile les vêtements que Safia m'a prêtés, un bas de jogging gris molletonné, un débardeur blanc et une veste à capuche rose. J'enfile les chaussettes rayées et des boots beige imitation Huggs. Une fois mes cheveux secs, je les attache en une queue-de-cheval toute simple. Mon visage est ravagé, mais je crois qu'il n'y a rien à faire à part attendre que ça passe tout seul. J'ouvre la porte et me dirige dans le salon où Safia est affalée sur le canapé, occupée à zapper distraitement.

— Bon, je te l'annonce, il n'y a rien à la télé ce soir,

me dit-elle en regardant d'un air perplexe une pub pour du papier-toilette super-absorbant et enrichi à l'aloe vera.

— Je ne compte pas m'attarder. Il faut que j'appelle mon père et que l'on retrouve Jerry.

Elle se relève instantanément et m'observe avec une grimace.

— Je ne suis pas sûre que ce soit une bonne idée, me lance-t-elle, inquiète.

— Et pourquoi ce ne serait pas une *bonne idée* ?

— Tu vas lui dire… tu sais, pour moi, murmure-t-elle en baissant les yeux. De toute façon, Matt a dû déjà tout lui dire. Il doit me détester aussi, tout comme toi. Même si tu restes polie, je vois bien que…

Je la fixe. Elle semble au bout du rouleau et me fait de la peine, malgré tout. Je m'installe à côté d'elle.

— Effectivement, je t'en veux, je ne vais pas te le cacher. Mais je vois que tu fais des efforts. Déjà, tu es venue me sauver, et ensuite tu m'as amenée ici…

— Mais ça ne suffit pas !

— Non, Safia, ça ne suffit pas, mais je dirais quelques mots en ta faveur à mon père, je lui réponds en lui caressant l'épaule.

Elle soupire et me passe le téléphone au moment où l'on sonne à la porte.

— Pizza ! Ça aussi, ça devrait jouer en ma faveur. J'en ai pris une XXL avec supplément fromage, tu vas adorer, chantonne-t-elle en allant ouvrir.

Je compose le numéro et tombe directement sur le répondeur. Bizarre, mon père décroche toujours… Je tente ma chance avec Damien, rien. Ma mère, rien. Alex, Thomas et Matt (j'essaie quand même, on ne sait jamais), même résultat. Je tourne en rond, me passe les mains sur le visage.

C'est pas bon du tout…

— Regarde-moi ce festin ! Si avec ça… Qu'est-ce qui se passe ? demande-t-elle en posant son butin sur la table basse.

— Aucun membre de ma famille ne répond au téléphone.

— Ils n'ont peut-être plus de batterie, suggère-t-elle, pas vraiment convaincue.

— Tous en même temps !

— Mouais, c'est vrai que c'est louche.

— Tu ne sais rien ? Tu me le dirais si tu savais un truc, Safia ? je la menace en pointant le téléphone sur elle.

— Je sais que tu n'as pas super-confiance en ma parole en ce moment, mais je te jure que je ne sais rien.

Je réfléchis une seconde en tapotant mes lèvres avec le combiné.

— Comment as-tu su où j'étais ce matin ? Je veux dire, tu savais forcément où j'étais puisque tu es venue me sauver…

— J'ai soudoyé le mec de la technique, me dit-elle, un peu gênée.

— Tu pourrais peut-être…

— Lola, il fait la même taille que toi, doit peser dans les cent kilos et pue la transpiration.

— Le pardon est un chemin tortueux. Parfois, ça pue aussi, mais il faut savoir faire un pas vers l'autre pour expier ses péchés.

— D'où tu sors ça ? me demande-t-elle, un sourcil relevé.

— Un prêtre m'a dit ça, je réponds, ailleurs.

— Tu es au courant que je suis juive ?

— Il était rabbin aussi, à ses heures perdues.

Elle m'arrache le téléphone des mains et me jette un regard dur.

— Mange ta pizza, et après ça, on est quittes.

— Je ne sais pas, Safia. Tu as été vraiment très vilaine, dis-je en fourrant un morceau de pizza dans ma bouche.

Elle soupire et se dirige dans la cuisine. Mais je ne veux pas louper ça, alors je la suis et me poste avec ma pizza devant elle.

— Norbert, salut…

Bordel, Norbert ! Rien que ça…

— Non, je n'ai pas oublié le dîner Bingo avec ta mère… Oui, je mettrai une robe avec des fleurs…

Houlalala, un dîner Bingo !

J'explose carrément de rire. Du coup, elle s'éloigne, me laissant me marrer comme une baleine.

Elle revient quelques minutes plus tard avec un bloc-notes. Je dévore la pizza toujours morte de rire mais me calme instantanément devant son air grave.

— C'est pas bon ? je lui demande avec une petite voix.

Elle hoche la tête. Elle semble vraiment secouée.

— Ils retiennent toute ta famille, et Jerry aussi.

Je m'effondre. Mon monde s'écroule encore, mais cette fois-ci, pas sous le poids du mensonge. Je suis morte d'inquiétude. Ma famille, mon père et mes frères sont les piliers sur lesquels je m'appuie. Seule, je ne suis rien…

— Ce n'est pas tout, poursuit-elle, encore plus tendue.

— Pourtant, je trouvais que ça faisait déjà beaucoup…

— Ils te recherchent et ils ne sont pas contents du tout.

Je l'observe et panique.

Elle ne va quand même pas me livrer…

— Ne t'inquiète pas, ils ne savent pas que tu es ici, mais…

Lola… je ne suis pas en mesure de te protéger, dit-elle tandis qu'une larme roule sur sa joue.

— Tu sais où ils sont ?

— Tu ne comprends pas. Ce ne sont pas des rigolos…

— Donne-moi l'adresse, j'exige, main tendue.

Elle s'avance et me regarde droit dans les yeux.

— On ira ensemble.

— O.K., je lance, après un silence.

Elle hoche la tête.

— Suis-moi, m'invite-t-elle en se dirigeant vers le garage.

Elle allume et nous descendons l'escalier accédant au sous-sol. Je reste bouche bée devant le spectacle qui s'offre à moi.

— Bordel de merde, Safia, d'où tu sors tout ça ? je demande en examinant une sorte de mitraillette.

— Eh bien, d'un peu partout. Tu ne peux pas savoir ce que l'on amasse en quatre ans.

Je la regarde, les yeux écarquillés.

— Ton sous-sol est rempli d'armes, de grenades et… qu'est-ce que c'est que ce truc ?

— Un bazooka.

— C'est pas le genre de trucs qu'on trouve chez tout le monde ! je rétorque, complètement sous le choc.

Elle se met à rire et me présente fièrement sa collection.

En réalité, Safia est une folle furieuse !

Chapitre 21

J'ouvre difficilement les yeux. Mes mouvements sont entravés. Je me rends vite compte que je suis attaché, pieds et mains liés.

— Salut, la Belle au bois dormant.

— D., dis-je en redressant la tête. Et tu n'es pas seul ! ajouté-je en détaillant mes compagnons d'infortunes qui sont ligotés eux aussi.

— Le kidnapping, l'espionnage, une longue histoire de famille, renchérit Matt qui ne semble pas ravi d'être là.

— Où est Lola ? je demande immédiatement, inquiet de ne pas la voir.

— C'est une très bonne question, agent J., me lance son père sur un ton sarcastique.

Il ne m'apprécie définitivement pas.

— Je l'ignore. La dernière fois que je l'ai vue, c'était dans la camionnette qui nous transportait je ne sais où. Notre véhicule a été pris d'assaut, j'ai neutralisé les gardes dans l'habitacle, puis d'autres ont ouvert la porte. Ils ont essayé de s'en prendre à elle, mais je les ai repoussés et… je ne me souviens de rien d'autre.

— Tu vois, papa, je t'avais dit qu'elle était dans le véhicule, dit Damien.

— Bien, espérons qu'elle ait réussi à s'échapper, lui répond-il de sa voix bourrue.

— C'est vous qui avez orchestré cette attaque ? je demande.

— Oui et ça n'a pas été une grande réussite. Durant l'opération, nous avons été doublés par certains de nos hommes qui se sont retournés contre nous, m'explique le père.

— Cela ne m'étonne guère. Lorsqu'on m'a attrapé, j'ai découvert également que certains membres de mon équipe étaient de la partie, je déclare à mon tour.

Bien, on n'a plus qu'à attendre... Pourvu que Lola soit loin de tout ça...

Je me tourne, me retourne, prends la pose...

— T'as fini de t'admirer ? Tu vas user le miroir à force, me dit Safia, un brin moqueuse.

— Avoue que je suis super-bandante dans cette combinaison. Ta mesquinerie n'y changera rien, je suis une sex-machine, je continue en me dandinant.

Elle se met à rire.

— Ravie que la combinaison te plaise, madame la sex-machine !

Elle arme son flingue et le range dans sa ceinture.

— Tu veux que je t'explique de nouveau comment fonctionne chaque arme ?

— Pas touche à ma ceinture, dis-je en lui tapant sur les doigts. Je suis l'inspecteur gadget en beaucoup plus sexy, ajouté-je en prenant une moue boudeuse devant le miroir.

Il m'aime, c'est indéniable, chacun de ses reflets me susurre des mots d'amour...

Safia règle la fréquence des talkies-walkies et me tend le mien. Je l'observe et me dis que le Hello Kitty du magasin de jouets était bien plus joli. Elle se met face à moi et m'inspecte, vérifiant que tout est bien ajusté et en état de marche.

— Dommage pour toi, je n'ai pas de gode-plumeau dans mon stock, elle me sort avec un sourire en coin.

Je lui tire la langue et me mets à rire à mon tour.

Elle inspire un coup et se redresse.

— Lola, on est O.K. pour le plan ? Tu le suis à la lettre, hein ?

— Ce que tu peux être perfectionniste ! Tu sais, c'est chiant à force. Oui, maman, j'ai tout compris, et oui, je suivrai les instructions à la lettre.

— Mauvaise fille, me répond-elle en me tapant sur les fesses. Allez, allons-y.

— Ouais ! On va casser du méchant terroriste pas du tout allemand… et on va décoiffer la blondasse au nom de fesses et à la coiffure de Playmobil, je lance en suivant Safia jusqu'au garage.

— Tu parles de Qweeny ? me demande-t-elle en ouvrant le garage.

— C'est quoi, Qweeny ?

— Q. Son prénom, c'est Qweeny. Elle est blonde avec une coiffure étrange.

— Bon sang, je comprends pourquoi elle est aussi garce ! Avec un prénom et un pseudo pareil, la vie doit être dure !

Elle rigole et appuie sur la commande de la voiture, laquelle s'allume aussitôt.

— Mon Dieu, Safia, qu'est-ce que c'est que ce beau bébé ? je demande en caressant du bout des doigts la peinture métallique noir ultra-brillante de la voiture.

— C'est une Bugatti Veyron et elle s'appelle Athéna. Je ne la sors que pour les très grandes occasions. Et vu que ce soir nous allons fracasser du méchant, j'ai décidé de le faire avec du style et beaucoup de classe.

— Oulala, j'ai l'impression d'être Batman ! je m'exclame, complètement survoltée.

— Mets pas trop tes doigts dessus, me dit-elle en frottant avec sa manche là où j'ai touché Athéna.

— T'as le don de refroidir l'ambiance, c'est un truc de fou ! Et je te rappelle que c'est grâce à moi que tu t'es acheté Athéna, alors si je veux faire ça, dis-je en léchant la carrosserie sous le regard médusé de Safia, je le fais, na !

— Ne t'avise plus de faire une chose pareille ! Tu n'as absolument aucun respect pour rien ! Athéna est une desse. Si tu veux lécher un truc, la Coccinelle est dans l'allée.

Je secoue la tête et m'installe sur le siège passager. Il y a tellement de boutons sur le tableau de bord qu'on dirait une navette spatiale.

Elle appuie sur la commande d'ouverture du garage et démarre en trombe. La voiture semble caresser le goudron et Safia n'est plus elle-même. Elle regarde la route avec un sourire étrange.

Entre les armes, les gadgets en tout genre et maintenant la voiture, je me dis qu'elle a quand même des hobbies étranges !

— Maître Yoda à Obiwan, je répète, Maître Yoda à Obi…

— Lola, on avait dit pas de noms de code, alors arrête. En plus, pourquoi tu serais Maître Yoda et moi Obiwan ?

— Tu chipotes pour pas grand-chose, franchement, je

lance dans mon talkie-walkie en me cachant derrière une poubelle.

— Tu me laisses être Maître Yoda, alors ?

— Euh… non ! Tu es sûre qu'on est au bon endroit ? Je ne vois rien de suspect… Tu n'as qu'à faire Chewbacca si tu veux.

— Je veux pas être une bête qui pue et qui grogne ! reprend-elle. Cherche encore…

— J'ai un truc, je la coupe en voyant sortir un homme baraqué en costume noir.

Il se plante à quelques pas de ma poubelle et allume une cigarette.

— Lola, reste où…

Je coupe le talkie. Oups, plus de son !

Bon, alors, j'ai des tas de gadgets, une combinaison super-sexy, une coiffure de guerrière (Safia m'a fait une tresse plaquée de folie, la même que celle de Kate Hudson !), en bref, je suis au taquet !

Je me baisse et avance en douceur en essayant de faire le moins de bruit possible.

D'abord l'observation, ensuite… l'action.

J'attends, puis j'attends et je dirais que j'attends encore…

Je finis par poser mes fesses au sol. Il vaut mieux que j'économise mes forces. Je ne pense pas que *Qweeny* (O.K., je me plaignais de Jerry, mais là, on bat des records !), donc Machine-au-nom-de-fesses-et-à-la-super-coiffure-aérodynamique, se laisse faire.

Je soupire. L'ennui me gagne.

Depuis quand être 007, c'est si chiant ? Et combien compte-t-il fumer de cigarettes, Men in Black ?

Je le vois écraser sa cinquième (j'imagine même pas l'état de ses poumons !) quand un autre garde arrive à sa rencontre. Je me couche sur le ventre et les observe avec mes jumelles à infrarouge.

Je sens qu'il se passe un truc… mais ne vois que leurs chaussures en gros plan avec mes super-jumelles…

Je crois que ces machins ne marchent que de loin, en fait !

— La boss te demande, énonce-t-il d'une voix grave.

Le premier Men in Black baragouine un truc et je les regarde franchir la porte.

Je me relève mais reste accroupie et longe la benne à ordures sur la pointe des pieds.

Un coup d'œil, personne devant la porte…

Je me méfie, c'est beaucoup trop simple. Pourquoi n'y a-t-il pas de garde devant ? Ils sont peut-être très confiants, ou tout simplement cons, ou bien c'est un piège…

J'opte pour le piège, on n'est jamais trop prudent. J'inspecte la façade du bâtiment. Il doit y avoir une autre entrée ou une fenêtre par laquelle je pourrais jeter un coup d'œil. Je recule un peu et aperçois une ouverture pas loin.

Bon, O.K., c'est bien beau, mais je fais comment pour l'atteindre ? C'est bien à deux mètres du sol, il me faudrait une échelle ou *un truc*… comme la poubelle ! Vérification : toujours personne en vue. Je tente de bouger la benne à ordures, mais ça veut pas. Depuis quand c'est si lourd, une poubelle ? Bordel, mais y a quoi là-dedans ?

Je soulève le couvercle, elle est vide.

Mais elle se fout de ma gueule, cette saleté ! Je pousse de toutes mes forces.

Mais pourquoi ils ont foutu des roues si ça roule pas ?

Putain, je suis en nage et cette saloperie n'a pas bougé d'un millimètre ! De colère, je donne un coup de pied dans une des roulettes et là... Oh miracle miraculeux ! Elle bouge !

— Petite coquine ! Tu aimes quand on te fait mal, hein ?

Je parviens à la caler sous la fenêtre et soupire de satisfaction.

Ne me reste plus qu'à grimper dessus !

Première tactique : je pose les mains à plat sur le couvercle et tente de me soulever à la force des bras.

Résultat : je dirais, pas terrible, puisque je ne suis toujours pas dessus !

Deuxième tactique : prise d'élan et saut ventral (tel un pingouin sur la banquise)

Résultat : je suis contente d'être seule à cet instant, puisque je me suis royalement vautrée !

Je me gratte machinalement la tête.

J'ai besoin de prendre de la hauteur.

Si je n'étais pas si courte sur pattes, j'y arriverais *fingers in the nose* ! Mais voilà, j'ai l'impression d'être un chihuahua qui aimerait monter un labrador. Je suis petite, *petite, petite* et j'en ai marre ! Je trépigne de colère tout en essayant de contenir un grognement hargneux.

Bon, O.K., Lola, calme-toi, tu vas y arriver...

Je cherche du regard quelque chose pour me servir de marchepied et aperçois une vieille cagette qui a connu des jours meilleurs. Ce n'est pas complètement ce que j'espérais, mais ça fera l'affaire. Je la positionne devant la benne, pose de nouveau les mains à plat sur le couvercle et grimpe dessus à grand renfort de dandinements de popotin laborieux.

Une fois le buste hissé sur la poubelle, je constate qu'il faut vraiment que je me mette au régime.

Reste plus que les fesses !

Je balance la jambe gauche, une fois, deux fois. Mon buste commence à glisser. Je garde la pointe de mon pied droit en équilibre sur un bout de cagette, laquelle craque dangereusement. Les paumes de mes mains font ventouse. Je retente un lancer-balancer de la jambe gauche et parviens à poser mon pied sur le couvercle. Mes adducteurs me font un mal de chien.

Penser à s'inscrire au yoga : ça peut servir…

Je remue un peu des fesses et tente de hisser le bas de mon corps vers le haut.

— Bordel, Lola, qu'est-ce que tu fabriques ? lance Safia derrière moi.

Je décide de ne pas bouger. Déjà, je ne suis pas sûre d'être capable de redescendre, mais en plus, j'ai trop galéré pour parvenir à ce résultat. Je ne lâcherai pas l'affaire aussi facilement !

— Pas grand-chose, et toi ? je réponds, l'air de rien tout en continuant de me tracter.

— Ton talkie ne fonctionne plus. J'essaie de te joindre depuis au moins cinq minutes, dit-elle en l'attrapant pour le vérifier. Si tu éteins le son, effectivement, ça ne risque pas de *marcher !* ajoute-t-elle en se plaçant face à moi.

— Oups ! Pas fait exprès ! je réponds, à bout de souffle.

Elle m'examine, le sourcil relevé. Je soupçonne qu'elle ne croit pas une seconde à mon innocence.

— J'ai vu un garde devant cette porte, là, j'explique en soulevant juste un index pour désigner l'endroit en question. Et du coup, je pensais regarder par la fenêtre au-dessus de la poubelle, discrètement… Tu sais, histoire d'avoir une idée de ce qu'il se passe à l'intérieur, je finis en hochant la tête pour donner plus de poids à mon explication.

Elle m'observe. Je la sens sceptique…

Elle se met à sourire.

— C'est ça que tu trafiques ? Tu essaies de monter sur la poubelle ? demande-t-elle en riant.

Je pose le front sur le socle en plastique, au comble du désespoir.

— Oui ! je souffle, rageusement. Et c'est pas beau de se moquer. Tu n'imagines même pas à quel point c'est dur.

Elle passe derrière moi, pose les mains sur mes fesses et les pousse.

Enfin ! Je suis enfin sur cette foutue poubelle !

Un sourire de satisfaction se dessine sur mon visage, une indicible joie m'étreint…

— Qu'est-ce que tu attends ? Va regarder par la fenêtre, me lance Safia, impatiente.

Elle vient de me gâcher mon moment. Si elle savait depuis combien de temps j'essaie de grimper dessus…

Mouais, il ne vaut mieux pas qu'elle le sache, en fait !

J'avance à quatre pattes jusqu'au mur, mais la benne commence à gigoter.

Non mais j'hallucine ! Elle ne voulait pas bouger et là, maintenant que je suis dessus, elle s'agite, la garce…

— Lola, tu as pensé à mettre le frein ? me demande Safia avec une grimace à un autre mouvement de la poubelle.

— Le frein ? je répète au moment où la poubelle se barre vers l'arrière.

Heureusement, Safia se met devant et la repousse contre le mur.

— Bouge pas, m'ordonne-t-elle tandis qu'elle enclenche le frein. Tu sais que de te voir à quatre pattes sur un couvercle de poubelle a quelque chose de comique ? ajoute-t-elle en se marrant de nouveau.

Une fois la benne diabolique calée, je me mets debout sur la pointe des pieds pour essayer d'apercevoir un truc par la fenêtre.

— Tu vois quelque chose ?

— Non, je suis trop petite. File-moi la cagette, s'te plaît.

— Je ne pense pas que ce soit une bonne idée, elle n'a pas l'air très solide.

— Si elle a tenu une fois, elle tiendra une deuxième, dis-je, confiante.

Elle me la passe et je la cale contre le mur. Je pose mon pied droit, croise les doigts, les orteils… Si je le pouvais, je croiserais même les oreilles !

Je plaque les mains contre le mur, ferme les yeux et pose enfin le pied gauche. Le bois craque mais ne cède pas. Je me hâte d'ouvrir les yeux et ce que je vois me glace le sang. Ma famille, ainsi que Jerry, est alignée, retenue au plafond par des crochets et torturée par Q. avec une espèce de sonde électrique. Des larmes coulent le long de mes joues alors que le corps de Matt se convulse sous la décharge électrique.

Je n'entends rien, le son ne semble pas vouloir traverser l'épais mur de la bâtisse.

Je sais que je devrais détourner les yeux, ne pas regarder, mais je ne peux pas…

En cet instant, je me sens plus forte que jamais. Je vais sauver les gens que j'aime, et je le sais avec certitude. Je vais y arriver parce que je suis Lola Morell, petite, grosse et armée jusqu'aux dents !

Je descends de ma cagette et bondis de la poubelle.

Safia me regarde de travers et je ne comprends pas tout de suite pourquoi. Ce n'est que quand je me retourne et que je vois le garde nous tenir en joue que ça fait *tilt* dans ma tête. Safia contracte la mâchoire, m'adresse un sourire entendu et passe doucement la main sur sa ceinture.

— Les mains en l'air. Je ne voudrais pas trouer de si jolies têtes, lance le Men in Black avec un sourire en coin.

Je m'exécute immédiatement. Je sais que ce genre de type ne rigole pas. Je jette un coup d'œil furtif à Safia qui attrape un objet dans sa ceinture avant de lever les mains. Elle arbore toujours le même sourire. Je ne sais pas ce qu'elle prépare, mais je suis certaine qu'elle a une idée derrière la tête. Cela se vérifie quelques secondes plus tard, quand elle jette un truc au sol et qu'une épaisse fumée blanche nous encercle.

— Cours, Lola ! crie Safia.

Je ne réfléchis pas et prends mes jambes à mon cou. Je cours aussi vite que si une horde de cafards me poursuivait. Je ne m'arrête que lorsque je pense être hors de portée. Je reprends mon souffle difficilement.

Où est Safia ?

Merde ! Je me tourne dans tous les sens et tente de l'apercevoir, mais rien.

Heureusement, j'ai toujours le talkie-walkie !

— Lola à Safia… Safia, tu m'entends ? je lance une première fois dans l'appareil.

Aucune réponse…

Bon, O.K., je le glisse dans ma ceinture et me dirige d'un pas décidé vers Athéna, *la voiture guerrière.*

J'en ai marre de ce bordel !

***

Je m'allonge sur le sol, me stabilise et me dis que *ça va faire mal…*

Je vise…

Ça va vraiment, mais alors vraiment faire mal…

J'enfonce légèrement les pieds dans le sol, bloque mes coudes et mes genoux. J'ai décidé d'arrêter de réfléchir. Au moment où je m'apprête à appuyer sur la détente, je me dis que ce n'est peut-être pas une bonne idée.

Et puis merde !

Mon doigt presse le bouton. La puissance du tir projette mon corps en arrière comme une vulgaire poupée de chiffon. Je regarde avec fascination la roquette se diriger vers la bâtisse. Une énorme explosion retentit au moment où elle touche sa cible. Je me relève, ne perds pas une minute et cours droit vers mon but, mais je suis vite repérée par des gardes armés qui me prennent en chasse. Je saute derrière un pan de mur effondré, attrape une bombe fumigène à ma ceinture, chausse les lunettes de protection et leur jette mon projectile dessus. Dès que la fumée s'est suffisamment répandue, je la fends, frappant à grands coups de matraque électrique ceux qui se mettent en travers de mon chemin. Je me hâte, consciente que mon atout en cet instant repose sur l'effet de surprise. Je ne dois surtout pas me faire attraper ou même m'engager dans un combat au corps à corps. Ces mecs sont surentraînés et, concrètement, moi pas vraiment. Certes, je fais du kick-boxing depuis un moment, mais sur un ring, il y a des règles. Pas là.

Le nuage commence à se dissiper, les gardes grouillent autour de moi.

Je cours, esquive, je suis méthodique et maintiens tout le monde à distance. J'aperçois une entrée par une bouche d'aération et m'y faufile. Je ne décélère pas pour autant. Je suis à quatre pattes dans un tuyau plein de poussière, je n'ai absolument aucune idée d'où je vais, mais j'y vais !

Je perçois une sorte de grésillement, mais continue malgré tout. Au bout d'un moment, je me rends compte que c'est mon talkie-walkie.

Safia...

Je m'arrête. De toute manière, je ne sais même pas où je suis !

— Lola à Safia, j'écoute, je chuchote.

J'attends une seconde : pas de réponse. Finalement, ce n'était peut-être pas ça...

— *Mademoiselle Morell, je dois dire que vous êtes pleine de surprises !*

— Q. ?

— *Bien sûr. Qui voulez-vous que ce soit d'autre ?* répond-elle sèchement.

— Je vous trouve un peu tendue, ma petite Qweeny. Vous devriez prendre quelques vacances ou un bon verre d'arsenic, je suis certaine que ça vous ferait le plus grand bien, je lui rétorque, sûre de moi.

— *Et impertinente, avec ça !*

— Si vous saviez ! Bon, on va faire un deal : relâchez tout le monde et je vous épargne.

— *Je vous demande pardon ?* crie-t-elle.

— Oh, je comprends ! Vous avez un nom de merde, une coiffure de Playmobil, même votre nom d'agent est à chier ! Non, c'est sûr, la vie ne vous a pas épargnée. Mais je suis généreuse et vous offre l'opportunité d'aller chez le coiffeur, de changer de nom et de vous faire sauter. Ne me dites pas merci, Qweeny, et saisissez ce merveilleux présent qu'est la vie !

Pas un bruit… Je suis peut-être allée trop loin… Eh puis merde ! C'était sacrément bon quand même !

— *Mademoiselle Morell, je vous donne cinq minutes pour vous rendre ou je tuerai un otage. Puis, si vous ne vous êtes toujours pas montrée, j'en tuerai un autre cinq minutes après. En clair, puisque vous semblez être une jeune femme aux capacités intellectuelles limitées, je tuerai un membre de votre famille toutes les cinq minutes jusqu'à ce que vous vous rendiez*, m'énonce-t-elle froidement avant de raccrocher.

Oups ! Elle est pas contente… mais alors pas contente du tout !

Et moi je n'ai pas la moindre idée d'où je suis…

Fait chier, me dis-je en me tapant la tête contre l'un des murs du conduit.

Je lance le chronomètre de ma montre. Cinq minutes. C'est abusé, c'est trop court !

Je décide de reprendre mon chemin en même temps que la conversation.

— Euh… voilà, en fait, c'est encore Lola. Vous étiez sérieuse pour les cinq minutes ? Parce que je viens de mettre le chronomètre de ma montre en route et… je veux dire, ça va être un peu juste.

Pas de réponse…

Bon, j'accélère. Elle est pas franchement sympa, celle-là…

Ouh ! Mais que vois-je ?

J'éteins discrètement le talkie-walkie, je ne veux pas prendre le risque de me faire repérer par un grésillement intempestif. Je me rapproche de la grille de ventilation d'où, malgré l'hélice, j'ai un bon point de vue. Tout le monde semble en plus ou moins bonne forme, hormis Jerry…

Mon pauvre bébé. Une fois tout ça terminé, docteur Lola va s'occuper de toi…

Je ne vois pas Safia, ce qui laisse deux options : soit elle ne s'est pas fait attraper, soit elle n'est pas retenue au même endroit que les autres. Je jette un coup d'œil à ma montre, il ne me reste pas des masses de temps. J'attrape le couteau suisse dans ma ceinture et commence à dévisser la grille aussi silencieusement que possible.

— Je trouve que votre fille est une sacrée garce, dit Q. à mon père, lequel ne répond pas mais sourit largement.

Je crois que mon papa est fier de moi !

Q. regarde sa montre, attrape le talkie de Safia, pointe son arme sur Alex et dit dans l'appareil :

— *Lola, il vous reste une minute et trente secondes*, puis elle raccroche et change de cible.

La salope, elle a l'air d'aimer ça.

Je vais lui faire la peau…

Ma montre vibre, ce qui veut dire qu'il reste trente secondes et, vu le sourire de plus en plus sadique sur le visage de la blondasse, elle a dû s'en rendre compte.

Les vis ne tiennent quasiment plus. Je respire un grand coup, ferme les yeux et compte mentalement jusqu'à dix. J'attrape un nouveau fumigène, le lance aux pieds de Q. Je m'empare de mon arme, tire sur les chaînes qui retiennent mon père au plafond, une fois, deux fois, elles cèdent. Il ne perd pas de temps et prend le contrôle de la situation en désarmant les gardes qui s'approchent. Je me concentre et fais de même pour Damien puis Thomas. Les gardes commencent déjà à affluer, je leur tire dessus un par un, mais ils finissent par être trop nombreux. J'expédie un coup de pied dans la bouche d'aération et saute sur l'un d'eux. Mon père a réussi à récupérer une arme et tire à son tour tandis que Thomas les affronte à mains nues et que Damien détache le reste de la troupe, qui ne se fait pas prier pour entrer dans le combat. Même Jerry semble avoir un regain d'énergie et se mêle à la bataille. Ma mère se retrouve face à un garde qui ne semble pas commode. Je lui lance la matraque électrique, qu'elle attrape du premier coup, et elle lui frappe violemment dessus. O.K., il ne faut pas mettre ma maman en colère ! Je regarde autour de moi et constate que la famille Morell a l'avantage. Même Q. semble s'en rendre compte puisqu'elle tente de s'échapper.

Hors de question qu'elle s'en tire comme ça !

Je lui cours après et la rattrape facilement.

Ben oui, grognasse, y a qu'à la télé qu'on peut courir comme Usain Bolt avec des talons de quinze centimètres !

Je ne fais pas de quartier et lui saute dessus. Elle se débat, mais j'ai l'avantage. Je finis par lui mettre un coup de tête qui l'assomme, l'achève avec une droite et souris, victorieuse.

La petite, grosse : 1

La grande, bien foutue : 0

Tandis que je reprends ma respiration, je distingue au loin une voiture qui nous fonce dessus. Je n'ai pas le temps de me relever qu'elle finit de fracasser la façade que j'avais explosée avec le bazooka et fait un dérapage contrôlé devant moi.

Je reste immobile, tétanisée…

Et c'est pas fini ! Safia bondit hors du véhicule, armée jusqu'aux dents en pointant son arme dans toutes les directions comme une folle furieuse.

— Ben c'est déjà fini ? me lance-t-elle en abaissant son arme. T'étais censée m'attendre, Lola ! ajoute-t-elle, déçue.

— Désolée, j'ai essayé de te joindre sur le talkie-walkie, mais tu l'avais perdu, alors, voilà..., ajouté-je en haussant les épaules.

Soudain, je vois Safia se décomposer, lâcher son arme de destruction massive et courir vers... Matt, qui l'accueille à bras ouverts. Ils s'embrassent, pleurent, se tripotent. O.K., on va arrêter de les regarder, on dirait qu'ils vont nous faire des petits en plein milieu. C'est trop *beurk*.

Je cherche Jerry du regard. Y a pas de raison, moi aussi je veux des papouilles !

J'attends, mais rien. Pourtant, le combat semble terminé.

J'ai un mauvais pressentiment...

Je cours là où je l'ai laissé avec mon père et... j'avais raison...

— Lola, ne t'approche pas, me dit Alex qui se place devant moi.

— Laisse-moi passer, je lui réponds en le poussant.

Il s'écarte de mon chemin en soupirant.

Mon cœur vient de s'arrêter de battre...

Ce n'est pas possible...

Je tombe à genoux et fixe la silhouette immobile qui baigne dans le sang.

— Les secours arrivent, mais... Mon père laisse sa phrase en suspens tout en me posant doucement la main sur l'épaule.

Je m'effondre, me couche sur lui et l'implore de ne pas me laisser.

Jerry...

Epilogue

J'examine mon reflet dans le miroir, lisse les plis de ma robe et touche du bout du doigt les fleurs disposées dans mes cheveux.

— Tu es très belle, me dit Paul dans mon dos.

Je vais à sa rencontre et arrange son nœud de cravate avec un sourire empreint de fierté.

— Stressé ?

— Will est l'homme de ma vie, je ne m'inquiète absolument pas. Par contre, je flippe pour le DJ, les jeux idiots que tu as prévus pendant le repas, les alliances…

Je le coupe d'une tape.

— En bref, tu t'inquiètes vis-à-vis des tâches que tu m'as confiées ?

— Je sais que je devrais déjà m'estimer heureux que tu n'aies pas encore taché ta robe avec la fontaine à chocolat, mais je me sens un peu angoissé pour le reste, malgré tout.

— Je n'ai pas touché à la fontaine et je peux être une adulte responsable, tu sais.

Il m'embrasse sur la joue et me regarde comme s'il pouvait lire en moi.

— Je sais, je vois bien que tu as changé depuis quelque

temps. Je suis fier de toi, Lola, tu traverses toutes ces épreuves avec énormément de classe et…

Je le coupe de nouveau :

— C'est ton grand jour Paul. Je ne veux pas… parler de tout ça, aujourd'hui. Et tu sais pourquoi ? je reprends en souriant. Parce qu'aujourd'hui, nous célébrons la plus belle chose qui soit : *l'amour*. Et je parle du vrai, du grand amour, celui qui t'unit à Will *pour toujours*.

— Arrête, tu vas me faire pleurer, me rétorque-t-il les yeux déjà humides.

— On vous laisse seuls deux minutes et vous voilà comme deux madeleines, lance Natacha en faisant une entrée fracassante dans la pièce.

Pour une obscure raison, Paul a cru bon d'inviter le diable à son mariage !

— Natacha, vous êtes… éblouissante !

Putain, c'est le cas de le dire… On dirait une boule à facettes sur pied… C'est pire que la nana pour la pub de dentifrice !

Je ne sais pas ce qui est le pire entre le diadème ou le collier spécial caniche de luxe avec non pas une, non pas deux, mais bien trois rangées de diamants, si gros que l'on pourrait se voir dedans.

J'examine sa tenue de plus près et constate que des tas de petits strass sont incrustés dans sa robe. Elle se déplace pour s'admirer dans le miroir. Un rayon de soleil éclaire faiblement la pièce et se réfléchit sur elle. Des milliers de lumières se réfractent sur les murs. Un peu plus et je trouverais presque ça magnifique si elle n'était pas aussi grotesque !

Je jette un coup d'œil à Paul, qui semble énormément

prendre sur lui pour ne pas éclater de rire. Il se penche vers moi et me glisse à l'oreille :

— Je crois que pour les photos de groupe, ça risque d'être compliqué !

En ce qui me concerne, je n'ai malheureusement pas autant de retenue et je sombre dans un énorme fou rire.

Je n'y avais pas pensé, le photographe n'arrivera jamais à la prendre en photo ! Ou peut-être, si, dans le noir !

— Lola, un peu de tenue, nous sommes à un mariage ! me lance-t-elle d'un air dédaigneux avant de se retourner et de sourire à son reflet.

Je tente de reprendre un peu contenance, mais la chose semble complètement impossible. Je me tords de rire quand je vois Paul cligner des yeux pour cause d'agression oculaire par un reflet récalcitrant. Mon rire est communicatif et Paul succombe à son tour, ce qui met en rage Natacha.

— Qu'est-ce que vous êtes agaçants tous les deux, dit-elle en claquant rageusement la porte.

Paul se redresse et nous tentons de nous ressaisir. Il m'observe le plus sérieusement du monde et me dit :

— Surtout, tiens-la éloignée des vitraux. Et pour les photos en extérieur, on n'a qu'à croiser les doigts pour qu'elle n'ait pas un manteau assorti au reste de sa tenue.

Je hoche la tête en me mordant les lèvres pour ne pas repartir dans un fou rire.

— On appelle la star, le moment est venu ! vient nous avertir l'organisatrice du mariage.

J'arrange une dernière fois la cravate de Paul et il me sourit.

— Lola, tu n'es pas obligée de t'avancer seule vers l'autel…

— Non, effectivement !

Je me retourne au son de cette voix qui fait toujours autant d'effet à ma petite culotte.

— Jerry !

Je cours vers lui et lui saute dans les bras. Il perd légèrement l'équilibre, fait tomber ses béquilles au sol, me serre et m'embrasse avec passion.

Paul en profite pour s'éclipser, nous laissant à nos retrouvailles. Qui deviennent chaudes : je sens ses mains sur mes fesses.

Je reprends doucement mon souffle et colle mon front contre le sien. Je suis si bien contre son torse. Quand je pense que j'ai failli le perdre…

Je repousse au loin ce souvenir. Je ne veux pas y songer, même si je sais que cette angoisse sera toujours présente le reste de ma vie. Pour le moment, je ne veux que profiter de cet instant. Lui, moi, nous, notre avenir…

Je relève la tête et plonge dans ses yeux gris pleins de sombres promesses.

— Les médecins t'ont laissé sortir de l'hôpital ou tu t'es échappé ? je demande en souriant comme une bécasse.

Il frotte son nez contre le mien et me glisse à l'oreille :

— Laquelle de ces versions te plaît le plus ?

Je recule un peu et lui dis :

— Celle où tu vas mieux, Jerry.

Il me serre de nouveau contre lui. Tout le monde sait que ces derniers jours ont été éprouvants… Le transport à l'hôpital, les soins intensifs, le moment où l'on nous a annoncé qu'il ne marcherait certainement plus jamais, la joie quand finalement ses jambes sont revenues peu à peu à la vie… et tout le reste, tout ce que je garde pour moi depuis maintenant trois semaines, depuis le jour où j'ai cru que son cœur ne battrait plus jamais…

Jerry perçoit mon malaise, me soulève le menton du bout des doigts, me rapproche et me dit, avec toute la sincérité du monde :

— Lola, je vais bien, les médecins m'ont laissé sortir…

Il se penche et niche la tête au creux de mon cou.

— Je vous aime, Lola Morell, et je ne vous quitterai plus jamais.

— Promis ?

— Juré.

Il m'embrasse de nouveau et je chavire…

Au moment où notre baiser prend fin, je le sens faiblir. Je lui rends ses béquilles. Mon cœur bat la chamade. Je sais que c'est le moment, que je dois lui dire… ça fait trois semaines que je ne trouve jamais le bon instant, mais là, je ne peux plus attendre. J'ai peur et n'ai absolument aucune idée de sa réaction, mais il faut que je me lance. Je me suis entraînée, j'ai répété au moins un million de fois.

Un vide intersidéral s'installe dans ma tête, mon corps semble figé. Je reste devant lui, tenant toujours les béquilles.

— Lola ? Tout va bien ? demande-t-il, soudain inquiet devant mon absence de réaction.

Je ne réfléchis pas, plus du tout…

— Je suis enceinte, je lance au bout de quelques secondes de silence.

Il ne réagit pas… Pourquoi il ne dit rien ?

On dirait que ses yeux vont sortir de sa tête !

Oulala c'est pas bon, mais alors pas bon du tout…

— Jerry, dis un truc, pitié, je le supplie, au bord de l'apoplexie.

Il attrape ses béquilles d'un geste vif, me regarde, l'air complètement perdu.

Bon, de toute évidence, il est surpris…

— On devrait y aller, à l'autel… dit-il en partant. Je veux dire, pour le mariage de ton ami, ajoute-t-il en s'arrêtant net.

Puis il repart sans m'attendre.

Je reste bouche bée, seule dans le couloir, et proche, mais alors vraiment très proche du désespoir. J'avoue que, dans ma tête, quand j'imaginais ce moment, ça ne se passait pas du tout comme ça…

— Lola, on n'attend plus que toi, annonce l'organisatrice.

Je ne bouge pas.

J'en reviens pas…

Je repasse la scène dans ma tête. Il n'a peut-être pas compris ce que j'ai dit ? J'ai dû bafouiller ou un truc dans le genre. Voilà ! Il n'a pas compris…

L'organisatrice perd patience et me pousse jusqu'à l'annexe où tout le monde attend pour faire son entrée et remonter l'allée avant Paul. Jerry est à sa place en début de cortège. L'organisatrice me laisse à côté de lui. Il est raide et regarde droit devant. Il semble vraiment ailleurs, comme terrifié…

Donc je n'ai pas bafouillé. Il a bien compris.

L'organisatrice nous pousse quand c'est notre tour et nous progressons côte à côte en silence. Il marche fièrement malgré ses efforts pour dissimuler sa douleur. Arrivée devant l'autel, je m'arrête et lève les yeux vers lui. Il m'observe bizarrement, m'embrasse timidement sur la joue et s'assoit dans la rangée de devant.

Tout au long de la cérémonie, je sens son regard sur moi mais je fais un effort surhumain pour rester concentrée sur

Paul et Will. Je signe le registre, souris pour les photos… J'ai l'impression d'être un automate. Lorsque je lève les yeux et cherche Jerry, je me rends compte qu'il n'est plus là. Je commence à avoir du mal à donner le change. Mon sourire est faux, la boule au fond de ma gorge ne semble pas vouloir partir. Mes rêves de famille heureuse s'estompent au fur et à mesure que les minutes s'écoulent.

Arrivée dans la salle de réception, je n'ai toujours pas de nouvelles. Plus le temps passe, plus je me sens abandonnée et trompée par cet homme qui n'a cessé de me dire qu'il m'aimait et qui a pris ses jambes à son cou à l'annonce de ma grossesse.

Je passe une main songeuse sur mon ventre. Je sens les larmes monter.

Il faut que je sorte d'ici.

J'ouvre la porte et inspire l'air frais de novembre. Je ferme les yeux et tente de faire le vide dans mon esprit.

— Lola ?

Je ne réagis pas tout de suite au son de la voix de cet homme qui semble prendre un malin plaisir à me torturer.

J'ouvre les yeux et le vois se mettre difficilement debout. Il enlève son manteau et me le pose doucement sur les épaules. Il passe la main dans mes cheveux et soupire. Il semble désemparé.

— Tu ne devrais pas être dehors. Il ne faudrait pas que tu tombes malade, ce ne serait pas bon dans… ton état, me dit-il en finissant sa phrase dans un souffle.

Je ne réponds rien et baisse la tête. Je ne veux pas qu'il voie à quel point il me fait du mal. Je pourrais lui dire qu'il n'a pas d'obligations, que bla-bla-bla… Mais je n'ai pas envie de lui faciliter la tâche.

— Je ne pense pas te l'avoir dit, mais je te trouve très belle.

Je secoue la tête. Il se passe les mains sur le visage, l'air songeur.

— Je… tu es tellement jeune, dit-il en frôlant doucement ma joue. Je suis désolé…

J'ai l'impression d'avoir accusé un violent coup dans l'estomac.

Il est désolé ?!

— Tu es désolé ?! je répète en le poussant. Et tu es désolé de quoi au juste ? De m'avoir dit que tu m'aimais ? De m'avoir mise enceinte ? Ou même d'avoir couché avec moi ? je crie en le faisant reculer avec mon index.

Il perd légèrement l'équilibre mais se rattrape de justesse.

Il me regarde, l'air en colère, écarte mon doigt et se redresse, me surplombant de toute sa stature.

— Je ne suis pas désolé de t'avoir dit que je t'aimais, puisque je suis fou de toi ! Je ne suis pas désolé d'avoir couché avec toi, parce que je te désire tellement que parfois c'en est douloureux !

Il finit sa tirade à bout de souffle. Un silence s'installe.

— Tu ne veux pas du bébé, je dis doucement, comprenant où il veut en venir.

Ma gorge se noue, j'ai les jambes qui flageolent… J'ai besoin de m'asseoir.

Je me dirige vers le banc et m'y laisse tomber, écrasée par le poids de ses mots, ou plutôt de ses silences. Des larmes coulent le long de mes joues. Je sens son regard sur moi, lève les yeux et le vois tenter de se mettre à genoux. Il s'y reprend à deux fois, mais il finit par y arriver. Il glisse la main dans la poche de sa veste de smoking et en sort quelque chose.

— Lola, je t'aime comme un dingue. Je veux passer ma vie avec toi. Je ne m'attendais tout simplement pas à devoir te partager si vite… J'ai paniqué, je ne sais pas faire ça… Les bébés, c'est compliqué, j'y connais rien ! Mais pour toi, pour lui, ajoute-t-il doucement, j'apprendrai, si tu me laisses une chance, dit-il en ouvrant un écrin au creux de sa main.

Il demeure silencieux et moi, je suis hypnotisée par le diamant qui brille au centre. Mon regard navigue entre lui, la bague, lui, encore la bague.

— Lola, dis quelque chose… On peut attendre si tu veux, si tu ne te sens pas prête…

Je ne le laisse pas finir sa phrase et lui saute dessus en l'embrassant avec fougue. Nous roulons par terre. Il commence à neiger et moi, j'en ai rien à faire !

Je vais me marier avec un mec qui ressemble à un mannequin pour sous-vêtements et qui est, en plus, un dieu du sexe !

Et on va faire des tas de bébés aux yeux gris, adopter un labrador, acheter une maison avec une barrière blanche et manger du sirop d'érable… Qu'est-ce que je dis ? Je le recouvrirai tous les jours de sirop d'érable et le dévorerai tous les matins !

— J'en déduis que c'est un oui, me glisse-t-il à l'oreille en m'embrassant.

Je suis submergée par l'émotion. Plus aucun mot ne semble pouvoir franchir mes lèvres. Je hoche la tête et pleure comme une madeleine quand il me passe la bague au doigt.

Nous restons encore un moment couchés par terre, à nous embrasser sous la neige, avant d'être interrompus par l'organisatrice du mariage qui nous rappelle de manière plus ou moins sympathique qu'il y a des chambres à l'étage. Jerry est super-gêné ; moi, pas du tout. J'ai une sorte de sourire idiot collé sur le visage.

Et il est pas près de partir, me dis-je en pinçant les fesses bien fermes de mon futur mari.

DÈS LE 3 JUIN

Colocs (et plus)- Emily Blaine

La plupart des hommes se divisent en deux catégories :

1) Les *serial lovers* à mémoire de poisson rouge – ceux qui notent le prénom de leur conquête d'un soir sur la paume de la main pour être sûrs de ne pas l'oublier au réveil.

2) Les idiots qui ne voient pas plus loin que le bout de leur nez – ceux qui promettent de ne jamais toucher à la sœur de leur meilleur ami

Connor n'échappe pas à la règle : il réussit même l'exploit de faire partie des deux catégories à la fois. Connor, c'est le meilleur ami de mon frère. Et accessoirement l'heureux élu avec qui j'ai passé un délicieux moment lors d'une soirée très arrosée à la tequila. Une nuit intense, passionnée, mémorable… suivie d'une douche froide quand il a compris qui j'étais et qui j'allais devenir – sa colocataire.

Depuis, j'ai découvert qu'il appartenait en fait à une troisième catégorie : les *serial lovers* idiots qui n'assument pas leurs erreurs nocturnes, mais qui vous font des pancakes en boxer dès qu'ils en ont l'occasion…

Presque parfait - Annie Lyons

Dans la famille Darcy, je voudrais :

- La sœur aînée : Rachel

Rachel est mariée-trois-enfants-dont-des-jumeaux-de-trois-ans. Et même si elle adoooore ses mini-monstres, Rachel a la nostalgie du temps où elle enchaînait réunions à l'agence de com, cocktails et soirées branchées…

- La sœur cadette : Emma

Emma a tout ce dont elle a toujours rêvé : Martin, son petit ami, vient de la demander en mariage, et sa carrière d'éditrice est sur le point de faire un bond spectaculaire. Oui, mais voilà, il y a aussi ce célèbre auteur dont elle s'occupe, là, et qui commence vraiment à lui faire tourner la tête avec ses déclarations enflammées.

Les sœurs Darcy sont donc du genre à vouloir le beurre, l'argent du beurre, et le sourire du crémier…

Bonne ou mauvaise pioche ?

Moi & moi vice versa - Sarah Mlynowski

On m'a toujours répété que, dans la vie, on ne peut pas tout avoir. Eh bien, il faut croire que je suis l'exception qui confirme la règle. Car, plutôt que de choisir entre un job de rêve (dans une chaîne d'infos à Manhattan) et l'homme de ma vie (qui m'a demandée en mariage, mais ne veut pas me suivre à New York), j'ai décidé d'avoir les deux. Pourquoi ? Parce que je n'aime pas choisir. Je ne sais pas si je dois remercier Dieu, Chronos ou Ganesh, mais j'ai découvert que je possède un étrange – et génialissime ! – pouvoir : je peux me dédoubler.
A moi les vies parallèles !

Hot Love Challenge - Cécile Chomin

Hot, comme Julien, alias mon boss terriblement sexy, qui est aussi l'être le plus odieux et le plus détestable du monde. Julien, qui, accessoirement, est également l'heureux invité du mariage de ma meilleure amie Sophia.
Love, parce que je suis réquisitionnée à J–7 pour aider Sophia dans les derniers préparatifs de son mariage. Sophia est folle amoureuse de son futur mari. Et folle tout court, ce qui laisse présager une semaine très, très chaotique. Surtout avec Julien dans les pattes.
Challenge, comme le défi que me lance la vie pour les sept jours à venir : assurer en tant que témoin, ne pas étriper Julien. Ah, et surtout : ne pas coucher avec lui.

Lola, petite, grosse et exhibitionniste - Louisa Méonis

Moi, c'est Lola. Petite (pas tant que ça). Grosse (no comment). Et exhibitionniste (mais jamais exprès !).
Auteur de romans érotiques la nuit et, le jour, assistante d'une chef aussi tyrannique que botoxée pour une grosse boîte new-yorkaise : jusque-là, je ne m'en sortais pas trop mal.
Mais il a fallu que mon P-DG décède (l'égoïste !) et que son fils débarque dans nos bureaux pour le remplacer. alias Joseph Hamlish alias M. JE SUIS UN DIEU VIVANT.
Et c'est là que tout s'est compliqué. Parce que moi, j'ai beau être une fille bien sous tous rapports, le jour où je me suis retrouvée dans un ascenseur avec l'incarnation de mes fantasmes, forcément, j'ai dépassé les bornes. Et le pire c'est qu'aujourd'hui, je n'ai qu'une envie : recommencer.

GRAND FORMAT - À PARTIR DE 9,90€ LE ROMAN

Composé et édité par HARLEQUIN

Achevé d'imprimer en Allemagne
par GGP Media GmbH, Pößneck
en mai 2015

Dépôt légal en juin 2015